꿈을 꾸다

꿈을 쿠다

초판 1쇄 찍은 날 2012년 7월 20일
초판 1쇄 펴낸 날 2012년 7월 27일

지 은 이 | 작가K
펴 낸 이 | 서경석
편 집 장 | 권태완
편　　 집 | 주소영 · 박우진 · 어정원
디 자 인 | 이혜정

펴 낸 곳 | 도서출판 청어람
등록번호 | 제1081-1-89호
등록일자 | 1999. 5. 31
어람번호 | 제10-0015호

주소 | 경기도 부천시 원미구 심곡2동 163-2 서경B/D 3F (우) 420-822
전화 | 032-656-4452 팩스 | 032-656-4453
E-mail | chungeorambook@daum.net
HOMEPAGE | http://www.chungeoram.com

ⓒ 작가K, 2012

ISBN 978-89-251-2944-0 03810

※ 파본은 구입하신 서점에서 교환하여 드립니다.
※ 저자와 협의하여 인지를 붙이지 않습니다.
※ 이 책은 도서출판 청어람과 저작자의 계약에 의해 출판된 것이므로,
　무단 전재 및 유포 · 공유를 금합니다.

작가K 장편 소설

큼을 쿠다

목차

프롤로그 7 ... 7
1장 기묘한 죽음 ... 11
2장 미궁 ... 45
3장 자라지 않는 아이 ... 55
4장 파충류의 뇌 ... 99
5장 꿈은 이루어진다 ... 107
6장 세상이 나를 다루는 방식이 싫어요 ... 141
7장 시선 ... 157
8장 결투 ... 187
9장 아바타가 죽으면 죽는다 ... 209
10장 꿈의 루프 ... 251
11장 미녀 바이러스 ... 265
12장 의태 ... 281
13장 없는 것을 보는 자들 ... 303
14장 쿰의 보늬 ... 313
15장 프레디 퀸 ... 329
16장 프레디의 무덤 ... 353
17장 아이데카 랩소디 ... 375
18장 이상한 도시 ... 405
19장 꿈과 현실의 경계를 걷는 자 ... 417
20장 고양이 제 꼬리 물기 ... 435

내 쿰 속에 등장한 모든 이들에게,
내 쿰 속에 등장하지 않았지만 현실의 친구로 남아준 광수, 대성, 만진에게,
그리고 첫 독자인 K에게 이 글을 바친다.

프롤로그

칼잠이 액셀을 힘껏 밟았다. 애꾸눈이 도끼로 타이어를 후려쳤다. 지녹스7이 총알처럼 튀어나갔다. 보닛을 기어오르던 의사가 퉁겨져 차 지붕에 부딪혔다가 아래로 떨어졌고, 차가 빠지는 바람에 허공에 도끼질하던 애꾸눈과 부딪혔다. 괴물 같은 두 놈은 한 덩어리가 되어 나자빠졌다.

지녹스7의 속도는 빨랐다. 길바닥의 풀을 뽑아버리고 스치는 나뭇가지를 꺾어버렸다.

"안전벨트!"

칼잠이 소리쳤고, 은형사가 안전벨트를 맸다.

열린 차창을 통해 들어온 바람이 뺨을 할퀴고 머리칼을 잡아챘다.

칼잠이 지녹스7을 거칠게 몰았다.

흙길에서 콘크리트길로 들어서는 곳에 턱이 져 있었다.

"뭐든 꽉 잡아!"

터어억, 텅……. 차는 공중으로 솟구쳤고, 몇 미터를 날았고, 하강하면서 거칠게 길을 낚아챘다.

뭔가 부서지는 소리가 났지만 차는 끄떡없었다. 지녹스7은 골목길을 헤집으며 미친 듯이 달렸다. 칼잠은 커브에도 속도를 줄이지 않았다. 차체가 바깥쪽으로 쏠렸고, 바퀴가 돌을 씹었고, 퉁겨진 돌과 바람이 길을 잃고 비명을 질렀다. 지녹스7은 전복될 것 같으면서도 전복되지 않았다. 물리학과 역학을 비웃으며 무서운 속도로 질주했다.

헤드라이트 불빛이 등대처럼 움직였다. 집들이 어둠의 바다에서 섬처럼 떠올랐다. 구조가 비슷한 집들. 평범한 문, 평범한 담, 평범한 마당에 심어진 평범한 감나무, 평범한 옥상. 하지만 오늘 밤은 평범한 밤이 아니었다.

지녹스7이 능수버들 길로 들어섰다.

칼잠이 백미러를 보며 브레이크를 밟았다.

"끈질긴 놈들."

"네?"

칼잠이 고갯짓으로 마을에서 능수버들 길로 빠지는 곳을 가리켰다. 애꾸눈과 의사가 초속 10미터 속도로 달려오고 있었다. 호러 영화에 등장하는 죽여도 죽지 않는 괴물처럼 보였다. 은형사가 총으로 그들을 겨냥했다. 칼잠이 검지로 총구를 밀며 고개를 저었다.

"소용없어."

지녹스7이 다시 질주했다.

애꾸눈과 의사가 차 뒤편으로 점점 멀어졌다. 지녹스7은 능수버들 길을 벗어나 부둣가로 들어섰다.

"어디를 가는 거죠?"

은형사가 물었다.

"그건 자네에게 달렸네."

칼잠이 말했다.

"네?"

방파제 끝에서 지녹스7이 멈췄다. 칼잠이 시동과 헤드라이트를 껐다.

"자네가 원하는 곳에 우리가 있게 된다는 뜻이야."

칼잠이 말하다 말고 흠칫 고개를 돌렸다. 애꾸눈과 의사가 난폭한 속도로 달려오고 있었다. 좀비가 아주 빨리 달린다면 저런 모습일 것이다. 애꾸눈의 손에는 도끼가 쥐어져 있었다.

칼잠이 키를 돌려 차에 시동을 걸었다. 지녹스7이 선회를 했고, 애꾸눈과 의사를 정면으로 마주 보았다.

지녹스7이 쏜살처럼 달렸다. 두 괴물은 피할 생각을 하지 않고 탱크 같은 기세로 달려들었다.

쾅.

보닛이 우그러지고 칼잠과 은형사는 충격을 받았다. 철벽에 부딪힌 충격과 맞먹었다. 칼잠이 핸들을 잃었다. 지녹스7이 바다 쪽으로 미끄러져 곤두박질쳤다. 지녹스7이 바닷물에 잠겼을 때 칼잠과 은형사는 차 안에 있지 않았다. 그들을 못 박아놓고 사방이 폭발하듯 움직였다. 바닷물이 넘실댔고, 솟구쳤고, 회오리쳤다. 하늘에 거대한 수채 구멍이 존재하듯 바닷물이 빨려 들어갔다. 전봇대가 뽑혀 날아올랐고, 지붕이 날아갔고, 쓰레기들이 빨려 올라갔다.

제1장

기묘한 죽음

꿈을 꾸다

1

그 후에, 혹은 10년 후에.
12월 5일 일요일 오전.

　가을이 겨울에게 길을 비켜주었다. 12월의 하늘에 12월의 차가운 바람이 불었다. 시린 손들이 호주머니 속을 들락거렸다. 호주머니 속의 손을 빼서 장 순경이 앞을 가리켰다.
　"고양이 섬입니다, 유 형사님."
　고양이 섬 파출소에 근무하고 있는 장 순경은 육지에서 온 두 형사의 안내를 맡고 있었다.
　칼잠은 뱃전에 부딪히는 파도를 응시하고 있다가 고개를 천천히 들었다. 안개 속에서 섬이 떠올랐다. 햇살은 안개를 뚫지 못하고 부서지거나 안개와 섞였다. 고양이 섬은 두 개의 섬으로 이루어져 있었다.

"잘 보면 고양이를 닮았을 겁니다. 왼쪽의 안 섬은 고양이의 머리 부분이고, 오른쪽의 바깥 섬은 몸통과 꼬리 부분입니다. 두 섬을 공중다리가 잇고 있습니다. 그리고 바깥 섬의 4분의 1은 공동묘지입니다. 임진왜란 당시에 죽은 아군과 적군을 합쳐 수백 명의 원혼이 거기에 잠들었다고 합니다. 바깥 섬 뒤쪽 바다에는 그 수의 몇 배나 되는 원혼이 수장되었고요."

칼잠은 안 섬과 바깥 섬을 비교했다. 바깥 섬은 보통 섬보다 컸고 안 섬은 바깥 섬보다 컸다. 안 섬은 고양이가 두 발에 머리를 대고 납작하게 엎드린 모습이고, 바깥 섬은 뒷다리를 꼿꼿이 세우고 엉덩이를 바짝 치켜든 모습이다. 유연한 허리를 감안한다면 고양이에게 가능한 자세지만 실제로 고양이가 저런 모습을 할 것 같지는 않았다. 안 섬은 주로 평지고 바깥 섬은 주로 봉우리다. 동쪽 봉우리에 수많은 원혼이 잠들어 있는 공동묘지가 있다고 했던가.

장 순경에게 들었음에도 칼잠은 고양이 섬의 본래 이름을 기억할 수 없었다. 배표에 '고양이 섬'이라고 찍혀 있었다. 섬의 이름을 몰라도 상관없었다. 이름보다 별명이 존재의 개성과 이미지에 더 접근하기 쉬운 법이므로.

'칼잠'도 그의 별명이었다. 그는 불면증 환자였다. 겨우 잠이 들어도 불편한 자세로 잠을 잔다고 붙여진 별명이었다. 그에 비하면 그의 파트너 은형사는 잠과 아주 친했다. 조금 전까지도 갑판에 실은 자동차 안에서 늘어지게 자고 있었다.

"문제의 그 섬이군요."

은형사가 기지개를 켜며 뱃머리 쪽으로 걸어 나왔다. 스포츠형 머리에 눈꼬리는 아래로 처져 졸음이 가득했다. 은형사의 온몸에는 봄날의 나른함 같은 것이 배어 있었다. 팔다리는 시원스럽게 뻗었고 가슴은 아스팔트처럼 탄탄했다. 바바리코트의 높은 옷깃을 흉내 낸 모직 코트는 유행에 한참 뒤떨어진 것이지만 그에게 너무나 잘 어울렸다.

"고양이 섬이라고 생각해서 그런지 정말 고양이를 닮았습니다. 그런데 저 젊은 순경은 살인 사건 때문에 흥분한 것 같군요."

은형사가 말했다.

칼잠은 고개를 갸웃했다. 살인 사건이란 보고는 없었다. 물에 빠진 시체가 발견되었다는 보고가 올라왔을 뿐이다. 은형사에게 이 사실을 지적해 줄까 생각했다. 하지만 단독주택 옥상에서 발견된 익사체라면 타살일 가능성도 있었다. 칼잠은 갸웃한 고개를 돌려 안 섬을 바라보았다.

안 섬을 누르며 태양이 떠올랐다. 안개는 햇살에 조금씩 자리를 내주었다.

사체가 발견된 시간은 오늘 새벽이고 사체가 발견된 곳은 안 섬의 눈꽃마을이었다. 안 섬과의 거리가 줄어들고 안개가 흩어졌다. 배는 칼날이 되어 바다를 갈랐고, 솟구치는 파도 허리를 12월의 바람이 베고 지나갔다.

2

조수석에는 칼잠이 앉았고 뒷좌석에는 장 순경이 앉았다. 은형사가 운전대를 잡았다.

자동차가 초록색 갑판을 빠져나왔다. 자동차는 서에서 내준 지녹스7이었다. 얼마나 험하게 탔는지 차령이 20년 이상은 된 중고로 보였다. 당장 폐차장에 갖다 준다고 해도 이상하지 않을 것 같은 낡은 차였다.

지녹스7은 선착장에 잠시 정차한 다음 선착장을 빠져나와 능수버들을 양쪽으로 거느린 신작로를 달렸다.

"섬이라서 다를 줄 알았는데, 소도시 같군요."

젊은 형사는 전원적인 풍경을 예상했는가 보았다.

3

여자가 울었다. 여자를 달래는 남자도 울었다. 사망자의 부모였다. 마당 밖으로 구경꾼들이 웅성거렸다. 그 웅성거림 속에는 선의의 탄식과 악의의 동정이 번뜩였다. 구경꾼들 속에는 아이들도 끼어 있었다.

섬의 파출소에서 나온 직원 몇 명이 노란 줄을 치고 사람들의 출입을 막았다.

칼잠은 마당을 가로지르다 거실 유리문을 통해 여자아이를 쳐다보았다. 사망자의 여동생인가? 인형처럼 예쁘지만 세상으로부터 여자아이를 따로 오려낸 것처럼 이질적인 분위기를 풍겼다. 여자아이는 거실 마루에 앉아 상체를 앞뒤로 천천히 흔들었다. 입으로 쉴

새 없이 뭔가를 중얼거렸다. 여자아이의 정면에 텔레비전이 놓여 있었다. 아직도 저런 게 남아 있나 싶을 만큼 낡은 텔레비전이었다. 애니메이션 '원피스'를 방영해 주고 있었다. 칼잠은 뭘 한다는 의식 없이 두 눈으로 애니메이션의 줄거리를 좇았다. 그러다가 유리문을 사이에 두고 여자아이와 눈이 마주쳤다. 여자아이의 눈길이 무심했다. 그와 여자아이 사이에 암흑이 가로놓여 있는 것처럼 초점이 허공 중간쯤에 머물러 있었다. 여자아이의 얼굴에 표정이라고 부를 만한 것이 전혀 없었다. 눈이 마주친 것은 1초도 되지 않았다.

여자아이가 눈길을 돌려 텔레비전을 쳐다보았다. 칼잠은 여자아이의 옆모습을 훔쳐보며 걸음을 떼었다. 등 뒤로 은형사의 목소리가 들렸다.

"언제 아드님을 발견했습니까?"

대문 앞에서 은형사가 여자와 남자를 달래면서 몇 가지를 질문했다. 그리고 펜으로 뭔가를 받아썼다.

칼잠은 옥상으로 올라갔다.

팡, 팡, 번쩍.

플래시가 터졌다. 30대 후반의 검시관이 사진을 찍으면서 시체를 살폈다. 장 순경이 검시관을 거들었다. 거들면서도 시체 쪽은 쳐다보지 않았다.

칼잠은 흰 장갑을 끼고 현장을 둘러보았다. 한쪽 구석에 평상이 놓여 있었다. 그 곁으로 녹이 슨 역기, 아령 따위가 보였다. 옥상의 난간 안쪽을 돌아가며 빈 화분들이 놓여 있었다. 보통의 단층 가옥에 보통의 옥상이다. 보통의 옥상에서 사람이 죽었다. 그건 보통의 일이 아니다. 그는 허리를 숙이고 바닥을 꼼꼼히 살폈다. 눈에 띌

만한 것은 없었다.

칼잠이 검시관에게 다가갔다. 검시관이 허리를 펴고 칼잠을 돌아보았다.

"사망원인은 익사. 폐에 물이 찼습니다. 몸 곳곳에 타박상이 있고요. 나트륨도 검출되었습니다. 바닷물에 빠진 상태에서 여기저기 부딪힌 것으로 보입니다. 사망시간은 어젯밤 9시에서 10시 사이로 추정됩니다."

사무적인 목소리였다.

칼잠은 의아한 기분이 들었다. 부검도 하지 않았는데 사망시간을 저렇게 정확하게 추정하는 것은 드문 일이었다. 그 의문을 풀어주듯 검시관이 깨진 야광시계를 가리켰다. 시체의 왼쪽 손목에 채워져 있는 야광시계였다.

"시계바늘이 9시 25분에 멈춰져 있더군요."

칼잠은 시체를 톺아보았다. 퉁퉁 부은 시체의 얼굴은 창백했다. 물에 젖은 청바지와 체크무늬 남방, 옷 이곳저곳에 오줌자국 같은 소금기가 보였다. 나이키 운동화에는 미역 따위의 갈조류가 감겨져 있었다.

그의 시선을 좇으며 검시관이 말을 이었다.

"깊은 바다에 빠졌던 것 같습니다. 미역은 한류 깊은 곳에서 나거든요."

검시관이 비닐봉투 두 개를 내밀었다. 첫 번째 봉투에는 알에 금이 간 안경이 들어 있었고 나머지 하나에는 담배꽁초가 들어 있었다. 칼잠은 첫 번째 봉투의 내용물을 살폈다. 전체와 안경알의 비율이 이상했다. 안경알을 강조한 것으로, 안경알이 지나치게 크고 두

끼웠다.

"안경은 사망자의 오른손에 들려져 있었고, 담배꽁초는 왼손의 검지와 중지 사이에 끼워져 있었습니다. 담배꽁초엔 젖은 흔적이 없습니다. 젖은 게 말랐다면 흔적이 남았을 겁니다. 하지만 호주머니 속의 담배와 성냥갑은 젖어 있었습니다. 같은 종류의 담배입니다. 그리고 성냥 한 개비가 바닥에 떨어져 있더군요. 그것은 젖은 흔적이 없었습니다. 소지품 중에서 어떤 것은 젖고, 어떤 것은 젖지 않았습니다."

검시관이 비닐봉투 두 개를 더 내밀었다. 한쪽에는 담배 한 갑과 성냥갑이 들어 있었고, 다른 한쪽에는 반쯤 탄 성냥 한 개비가 들어 있었다. 검시관은 시체를 찍은 사진들도 칼잠에게 건네줬다.

사진을 살피면서 칼잠이 입을 열었다.

"안, 안, 안경은 어때요?"

칼잠은 말을 더듬었다. 말을 더듬기 때문에 그는 말을 아끼는 편이었다. 말을 할 때 계속 더듬는 것은 아니었다. 말을 처음 꺼낼 때만 심하게 더듬었다.

"그게 이상합니다."

검시관이 고개를 갸웃했다.

뭐가?

칼잠이 소리없이 입 모양으로 물었다.

"다른 안경과 뭔가 다른 것 같습니다. 뭐가 다른지는 잘 모르겠지만 뭔가 엉성합니다."

검시관의 말꼬리를 붙드는 목소리가 있었다.

"그 학생은 안경을 끼지 않습니다. 다른 사람의 안경일 겁니다."

장 순경의 목소리였다.

칼잠은 장 순경에게 시선을 돌렸다.

"사, 사, 사망자를 알고 있나?"

"문제서입니다. 별명이 '문제아' 예요. 행동도 그래요. 몇 번 사고를 쳐서 파출소에 들락거렸지요. 대단한 것은 아니었습니다. 그냥 애들끼리……."

4

안 섬 북쪽 변두리에 눈꽃마을이 있었다. 가옥은 열세 채. 집들은 5분 거리로 떨어져 있었다. 마을 뒤쪽으로 다섯 봉우리를 품은 오름산이 병풍처럼 펼쳐져 있었다. 산허리를 베어내는 오솔길을 따라 오름산을 넘으면 가파른 비탈이 나오고, 비탈을 내려가면 안 섬과 바깥 섬을 잇는 공중다리가 나온다.

눈꽃마을의 동쪽 너머로 방파제와 바다가 펼쳐져 있었다. 방파제와 붙은 선착장의 바다마을에서는 매일 시장이 섰다.

눈꽃마을과 바다 사이에 민박집과 가게들로 구성된 바람마을이 있었다. 야산, 논밭, 대나무 숲이 눈꽃마을과 바람마을 사이를 채우고 있었다. 눈꽃마을 서쪽으로 황금빛 들판이 반짝였고, 들판의 남쪽으로 섬의 심장이 뛰었다. 섬의 심장에는 소리마을이 있었다. 소리마을은 아파트 단지로 거기에 섬 거주자의 대부분이 살았다. 소리마을 서쪽 외곽에 미리내 고등학교가 있었다.

안 섬의 심장을 남쪽으로 젖히면 젖빛 황무지가 나타난다. 황무지에 풍력발전기들이 있었다. 헬기 날개를 닮은 풍력발전기들 사이로, 밑동이 부러져 나간 둥근 회전초가 황무지를 굴러다녔다. 황무지의 남쪽 머리를 골산(骨山)이 누르고 있었다. 돌과 바위가 많은 골산은 섬의 남쪽을 병풍처럼 감싸고, 여름과 가을엔 남쪽의 태풍을 걸러내곤 했다. 고양이 머리뼈 형상이기 때문에 섬사람들은 골산을 고양이 머리라고 불렀다.

크고 작은 길들이 건물과 건물을 깁고 장소와 장소를 연결하며 이쪽으로 돌아들거나 저쪽으로 돌아나갔다. 어떤 길은 동맥이 되어 섬의 중심에서 변두리를 겨누었고, 어떤 길은 정맥이 되어 섬의 변두리에서 중심을 겨누었다. 능수버들 가로수를 양쪽으로 거느린 도로는 섬의 심장을 꿰뚫고 있었다.

5

"만져봐도 될까요?"

여자가 금테 안경 너머로 검은 테 안경을 쳐다보았다.

섬에서 썩히기엔 아까울 정도로 예쁜 여자라고 젊은 형사는 생각했다. 은형사가 대꾸하기 위해 목소리를 가다듬는 동안 오지랖이 넓고 은형사보다 더 젊은 장 순경이 나섰다.

"지문이 지워질 줄 모르니 조심하세요. 손수건을 사용하면 될 거예요."

장 순경이 미소를 지으며 두 형사를 쳐다보았다. 동의를 구하는 시선이었다. 칼잠이 어깨를 으쓱했다.

금테 안경을 쓴 여자가 손수건을 꺼냈다. 그것으로 안경테의 한쪽 끝을 잡고 이쪽저쪽을 살핀 다음 유리 진열대 안에서 안경 하나를 꺼냈다. 검은 테 안경이었다.

"비슷한 것은 이것밖에 없어요."

"비슷해 보이네요."

장 순경이 또 나섰다.

은형사가 눈살을 찌푸렸다. 여자가 꺼내놓은 안경은 디자인이 우아했다. 두 안경의 공통점은 안경테의 색깔밖에 없었다.

여자가 은형사의 관찰에 세부를 더했다.

"가져온 안경은 디자인이 조잡해요. 제조연도와 제조회사를 알 수 없는 안경입니다. 안경알이 두꺼운데 도수가 전혀 없고요. 이렇게 두꺼우면 대개 도수가 높아요. 게다가 이음새에 나사가 전혀 쓰이지 않았어요. 테와 알의 이음새도 나사로 고정된 게 아닙니다. 이음새 자체가 없다는 말이 맞을 거예요. 하나의 주물에 넣고 안경알과 안경테를 한꺼번에 찍어낸 것 같아요."

"알의 금도 좀 이상하지 않습니까?"

은형사가 물었다.

"잘 물어보셨어요. 충격 때문에 깨졌다면 그런 모양의 균열은 생기지 않습니다. 충격을 받았다면 균열의 중심이 있어야 할 텐데, 균열의 중심이 없어요. 금이 간 것 외에는 일체의 흠도 없고, 알 부스러기가 떨어져 나간 흔적도 없습니다. 안경알에 큰 충격이 없었다는 얘기예요. 뭐, 온도의 갑작스런 변화가 있었다면 안경알에 금이 갈 수도 있겠지만."

깨진 안경에 대해서 더 알아낼 것은 없었다.

"장사는 잘되나요?"

은형사가 여자의 얼굴을 쳐다보며 물었다. 그의 시선을 받은 여자는 공적인 대화의 부담을 덜어낸 듯 살짝 미소를 지었다.

"그럭저럭……. 선글라스 하나 사시지 않겠어요? 젊은 분들은 겨울에도 자외선을 조심해야 해요. 싸게 해드릴게요."

"저것 얼마입니까?"

은형사가 물었다.

"안목이 뛰어나시군요."

안경점을 나서면서 은형사가 새로 산 선글라스를 꼈다. 졸린 듯한 눈이 검은 선글라스 너머로 사라졌다. 그는 두 팔로 자신을 감싸며 졸린 목소리로 말했다.

"깨진 안경을 보며 느낀 게 있습니다."

뭘?

칼잠이 입 모양으로 물었다.

"깨진 안경은 어린아이가 종이에 그린 안경 같은 느낌을 주더군요. 안경의 특징만 살려서 상상으로 그린 안경 말입니다. 주인 여자의 말처럼 안경알의 금도 그래요. 제가 보기엔 일부러 안경알에 거미줄을 새겨 넣은 것 같았어요. 균열을 따로 떼 놓고 보면 누구라도 거미줄이라고 생각할 겁니다."

그래서?

"전 어렸을 때 유리창이 깨지면 저런 거미줄 모양으로 금이 갈 거라고 생각했습니다. 깨진 유리창의 금을 그리라고 하면 어릴 때의 저는 거미줄 모양의 금을 그렸을 겁니다. 그렇게 그리는 게 그럴싸하니까요."

칼잠은 감탄이 섞인 눈길로 은형사의 얼굴을 쳐다보았다.

"그런 눈으로 쳐다보지 마세요. 그런 눈길은 선배님의 여자를 위해서 아껴두십시오."

칼잠을 당황케 만든 다음 은형사는 앞장서서 걸었다.

"어, 어, 어딜 가는데?"

6

바다마을 전체가 바람에 펄럭였다. 강한 해풍이 불었고, 바람에 펄럭일 만한 소재의 가건물이 많았다. 곳곳에 활기가 넘쳤다. 궤짝을 든 사람들이 분주하게 오고 갔고, 고함 소리가 이곳저곳에서 터졌다.

바다마을의 반이 어시장이었다. 뱃고동 소리와 시장의 소음을 밟으며 칼잠과 은형사가 걸었다. 길 양쪽으로 육지로 막 잡아들인 물고기들이 퍼덕거렸다. 냉동된 물고기들이 박스째 쌓여 길까지 점령하고 있었다. 그들이 걸음을 멈춘 곳은 '할매집'이라고 간판이 걸린 식당이었다.

돼지국밥 두 그릇을 시켰다. 여기까지 왔는데 회를 먹지 않느냐고 은형사가 입을 한 발이나 내밀었지만 칼잠이 박한 경비를 들먹이며 불만을 잠재웠다.

"소주 한 잔 어떻습니까?"

칼잠의 대답을 기다리지 않고 은형사가 소주를 시켰다.

식당 중앙에는 낡은 난로가 놓여 있었다.

칼잠이 국밥에 사리와 짠 새우를 풀어 넣고 있을 때였다. 식당의 문이 열리고 여자아이가 들어왔다. 여자아이는 두 형사의 눈치를 살피며 총총걸음으로 주방에 들어갔다.

잠시 후, 주인 할머니가 접시에 수육을 담아서 내놓았다.

"안주로 드시구려, 형사양반."

주인 할머니가 미소를 지었다. 눈가와 입가에 주름이 물결처럼 흘렀다.

"어떻게 아셨습니까?"

은형사가 싱글거렸다.

"손녀딸이 가르쳐 준 거라우."

주인 할머니가 주방 쪽을 가리켰다. 여자아이가 뺀 고개를 후닥닥 집어넣었다.

"손녀딸이 눈꽃마을에서 형사양반들을 봤다고 그러네. 그래, 욕들 좀 보겠구먼. ……어린 게 그런 변을 당했으니 그 부모 심정이 오죽할까?"

주인 할머니가 혀를 쯧쯧 찼다.

"소문이 퍼진 모양이군요. 어쨌든……."

은형사가 넙죽 인사하며 수육을 집었다.

"그쪽은 형사처럼 보이지 않는구먼."

주인 할머니가 은형사를 가리켰다.

"외지에서 놀러 온 대학생인 줄 알았제."

"아, 그러세요? 제가 형사 티가 좀 나지 않죠."

은형사의 입이 귀에 걸렸다.

"모자라면 말하구랴."

주인 할머니가 등을 돌렸다.

"저, 저, 저기요."

칼잠이 주인 할머니를 불러 세웠다.

"필요한 거 있는감?"

칼잠이 말없이 출입구 쪽의 벽을 가리켰다. 벽에 액자가 걸려 있었다.

"아, 저것? 우리 집 명물이라우. 작년 가을쯤이었나? 월척을 낚은 낚시꾼이 선물한 거라우. 거시기, 거, 뭐냐……. 그래, 저런 걸 어탁이라고 한다지. 먹을 잔뜩 칠한 물고기에 종이를 대고 뜨더구먼."

"그냥 그림인 줄 알았는데……. 저런 물고기가 정말 존재한단 말입니까?"

은형사가 물었다.

"두말하면 잔소리. 하기사 못 믿는 사람도 있었제."

"할머니의 말씀이 맞습니다."

안쪽 테이블을 차지하고 있는 낚시꾼 차림의 사내가 끼어들었다. 서울 말씨에 굵직한 목소리였다.

"저도 처음엔 저런 물고기가 있을까 생각했는데, 저 물고기를 직접 본 사람이 한둘이 아니라고 하더군요. 저 물고긴 낚시꾼들 사이에서 인어 같은 존재입니다. 이 섬에 오는 낚시꾼들은 저 물고기를 잡는 게 평생소원일 거요. 나도 그렇고요. 신문과 잡지에도 기사가 났었습니다. 날개 달리고 사람의 얼굴을 한 돌연변이 물고기가 있다는 기사를 잡지에서 읽었더랬죠."

"사람의 얼굴요?"

은형사가 눈을 휘둥그레 떴다.

"이번 봄에도 낚시꾼 한 명이 저것과 똑같은 물고기를 잡았다고 합니다."

칼잠과 은형사가 액자 가까이 다가갔다. 아가미 쪽의 머리 윤곽이 사람 얼굴과 비슷해 보였다.

"믿어지지 않는군요."

은형사가 혀를 내둘렀다.

"낚시꾼들은 저 돌연변이 물고기를 인면어라고 부릅니다."

사내가 말했다.

"날기도 합니까?"

은형사가 물었다.

"그렇다고 하더군요. 하지만 아가미 호흡을 하기 때문에 오랜 시간 물을 떠날 수 없다고 합니다. 인면어의 존재가 학회에 보고가 되어 한바탕 소란이 일어났습니다. 정부 산하의 생태 연구소에까지 보고가 되었다지요. 하지만 거기선 조작극이라고 결론을 내렸답니다."

"실물이 있었을 거 아니에요?"

"저도 그걸 이상하게 생각했습니다. 인면어의 실물을 보여줬으면 그런 이야기가 나오지 않았을 텐데 말이죠. 다른 사정이 있었나 봅니다. 아참, 인면어를 잃어버렸다는 소문을 들은 것 같습니다."

칼잠이 인면어의 머리를 가리켰다.
"여, 여, 여자 얼굴이야."

                          7

"이 근처라고 했는데……."
바람마을에는 민박집이 즐비했다. 낚시 관련 도구를 파는 가게들이 민박집과 나란히 붙어 있었다. 은형사가 민박집이 간판을 하나하나 살폈다.
두 시간 전에 칼잠과 은형사는 소리마을 입구에 있는 파출소에서 소장을 만나 협조 사항을 두고 의견을 나누었다. 복잡한 서류 업무도 끝냈다. 가지고 온 총기는 파출소에 맡겼다. 학교 방문은 내일로 미루었다. 숙소 얘기가 나왔을 때 장 순경이 뜨락이란 민박집을 추천했다.
"마음에 드실 겁니다. 바다와 가깝고 방이 깨끗합니다. 무엇보다 그 집 여주인이 탤런트 뺨치는 미인입니다."
장 순경은 그들이 뜨락에 가겠다면 미리 연락을 취해놓겠다고 덧붙였다. 은형사가 그 추천을 적극적으로 받아들였고 칼잠이 침묵으로써 동의했다.
칼잠은 지녹스7에서 내린 다음 보닛에 기대 바다를 쳐다보았다. 소도시를 번쩍 들어서 바다에 옮겨놓은 듯한 곳이 고양이 섬이었다. 하지만 저녁이 시작되면서 고양이 섬은 도시의 활기를 버리고 자연과 적막과 바람을 불러냈다. 섬 특유의 체취가 풍겼다. 바다 비린내도 있었고 생선 비린내도 있었다.

20미터 떨어진 곳에서 방파제가 펼쳐였고, 방파제 너머로는 난바다가 펼쳤였다. 태양이 수평선에 붉은 뿌리를 내리고 있었다. 수평선의 작은 섬들은 닻을 내린 선박처럼 보였다. 12월의 바다는 정갈했다. 어떤 배는 석양을 안고 나아갔고 어떤 배는 땅거미를 이고 들어왔다.

낚시꾼 몇몇이 방파제에 낚싯대를 드리우고 있었다. 방파제 오른쪽으로는 배 수십 척이 닻을 내리고 부두에 몰려들었다. 방파제 왼쪽으론 소라, 고동, 담치의 껍질로 이루어진 자갈 비탈이 바다를 끼고 암벽까지 이어져 있었다.

비탈을 거슬러 장밋빛 바람이 칼잠을 후려쳤다.

"여기가 아닌가 보네요. 안으로 더 들어가야겠어요."

은형사가 말했다.

그들은 차를 타고 바람마을 북쪽으로 깊숙이 들어갔다. 건물의 숫자가 줄어들었다. 어디선가 개 짖는 소리가 났다. 왼쪽에서는 논두렁이 따라왔고 오른쪽에서는 장밋빛 바다가 따라왔다. 칼잠은 차창을 내렸다. 바람을 타고 소금기 밴 냄새가 따라왔다. 태양은 수평선에서 마지막 턱걸이를 하고 있었다.

"가게네요."

은형사가 차에서 내렸고, 두 손을 바지 호주머니에 꽂은 채 구멍가게 안으로 들어갔다. 그의 눈에 여자의 뒷모습이 걸렸다. 꽤 큰 키였다. 175센티 정도는 될 것 같았다. 탐스러운 머리칼은 어깨를 지나 등에서 찰랑거렸다. 등은 곧았으며 두 다리는 시원하게 뻗어 있었다. 그는 청바지가 저렇게 잘 어울리는 여자를 본 적이 없었다.
"옛다."
40대의 파마머리 아줌마가 여자에게 거스름돈을 내주었다.
여자가 아줌마에게 꾸벅 인사를 한 다음 채소와 계란이 담긴 비닐봉투를 들고 돌아섰다.
은형사는 걸음을 멈추고 내친김에 숨까지 멈췄다. 가게 안은 좁았다. 여인의 머리칼이 코끝을 베어내며 지나갔다. 그는 그녀의 체취를 맡았다. 벼 익는 논 전체를 이삭 하나에 압축시킨 듯한 냄새. 벼 베기를 하는 도중에 잘린 벼 밑동에서 나는 알싸한 냄새가 이럴 것이다. 뭔가 비현실적이고 머릿속에서나 존재하는 그런 냄새가 그를 압도했다.
은형사의 고개가 등대처럼 움직였다. 은형사는 여자의 뒷모습에서 시선을 떼지 못했다.
"뭐가 필요하세요?"
주인아줌마의 목소리에 정신을 차렸다.
"뜨락이 어디에 있습니까?"
"저 아이를 따라가 보세요."
주인아줌마가 밖을 가리켰다.
"네? 아이요?"
은형사는 고개를 돌렸다. 긴 머리의 여자가 보였다.
"저 아가씨 말인가요?"
주인아줌마가 소리쳤다.
"유리야!"

8

라디오에서 내일도 날씨가 맑을 거라고 했다.

칼잠은 볼륨을 낮췄다. 두 사람이 차 쪽으로 걸어오고 있었다. 은형사와 머리 긴 여자. 은형사의 행동이 어딘지 모르게 이상했다. 은형사는 멈칫했고 멈칫한 것보다 자주 흠칫했다. 시선을 바닥에 떨어뜨렸고, 사춘기 소년처럼 여자와의 어깨 간격에 주의를 기울이고 있었다.

"뜨락으로 안내해 줄 겁니다."

은형사가 그렇게 말하며 조수석에 냉큼 올라탔다. 그리고 조개처럼 입을 야무지게 닫았다. 나머지 인생을 벙어리로 살기로 작정한 사람 같았다.

여자가 뒷좌석에 올라타 편안하게 앉았다. 칼잠은 기어를 넣으며 백미러로 여자의 얼굴을 살폈다. 20대로 보이는 여자였다. 은형사를 첫사랑에 빠진 소년으로 만들 만큼 아름다웠다. 하지만 어두운 뒷골목에서 단둘이 만나게 된다면 어떻게 하고 싶을 만큼 방만하고 관능적인 구석도 있었다.

칼잠은 백미러에서 시선을 떼고 액셀을 밟았다. 그러다가 급히 발을 뗐다. 시동이 꺼지면서 차가 덜컹거렸다.

"왜 그러세요?"

은형사가 물었지만 칼잠은 대답하지 않고 고개를 돌려 뒷좌석의 여자를 톺아보았다. 무례한 행동에도 여자가 빙긋 미소를 지었다.

"제, 제, 제가 알고 있는 사람과 닮은 것 같아서요. 그런데 자세히 보니까 아니군요."

여자가 속눈썹이 긴 눈을 깜빡이며 미소를 지었다.

칼잠이 다시 시동을 걸고 지녹스7을 출발시켰다. 이따금 백미러를 통해 여자를 곁눈질했다. 조금 전 백미러를 봤을 때 여자의 얼굴과 인면어의 얼굴이 겹쳐졌다. 인면어의 잔상이 머릿속에 남아 있다가 격발의 조짐도 없이 갑자기 백미러에 떠오른 것이다. 다시 백미러를 보는데, 거울에 비친 여자와 눈이 마주치고 말았다. 여자가 미소를 지으며 입을 열었다.

"두 분이 오실 거라고 엄마가 그랬어요."

칼잠은 약간 당황했다. 외모에 어울리지 않는 목소리였다. 그 목소리에 천진함이 배어 있었다. 목소리 때문에 얼굴이 10년은 어려 보였다. 그녀가 입을 닫았을 때는 얼굴이 10년 정도 성숙해 보였다.

"말씀이 통 없으시네요. 제가 두 분을 불편하게 만들었나 보죠?"

질문을 던짐으로써 두 형사를 더 불편하게 만들었다.

"아, 아, 아닙니다."

칼잠이 말했다.

두 형사가 서로를 쳐다보며 어색한 미소를 지었다.

세 사람은 침묵을 지켰다. 썰렁한 농담을 즐기며 비교적 말이 많은 은형사의 침묵은 칼잠에게 생소한 것이었다. 은형사의 수다와 유쾌함에 익숙하고 그것을 즐기곤 했는데 지금은 그 유쾌한 개성을 즐길 수 없었다.

칼잠이 라디오 볼륨을 높였다. 재즈의 선율이 흘렀다. 음악 방송 시간인가 보았다. 부드러운 선율이 가라앉고 경쾌한 곡조가 치고 올라왔다.

여자가 허밍으로 따라 불렀다. 차는 그녀의 허밍과 그들의 침묵을 싣고 5분 동안 비탈길을 달렸다. 달린다고 하지만 사람이 걷는 속도만큼 느렸다. 비탈은 가팔랐다. 오른쪽으로 1미터를 벗어나면 절벽이었다. 검푸른 바다가 절벽 아래에서 꿈틀거렸다. 밖이 금세 어두워졌다. 지녹스7 안에도 어둠이 내려앉았다. 어둠은 허밍을 부드럽게 하고 침묵을 깊게 했다.

칼잠이 라이트를 켰다.

왼쪽은 대나무 숲을 품은 야산이었다. 대나무 잎들이 바람에 살랑거렸다. 바람이 안으로 불어왔다. 차가 비탈을 넘었다. 타이어에 자갈 씹히는 소리가 났다.

바위산을 배경으로 통나무집 몇 채와 붉은 기와로 처마를 두른 이층집이 보였다. 이층집은 태양열 주택으로 동화책에 나올 만큼 아름다웠다. 지붕의 오른쪽 경사면은 돔처럼 우아한 곡선의 집열창으로 이루어져 있었다. 집열창은 정원 입구에 켜 놓은 가로등 불빛에 푸른빛을 띠었다. 가로등은 크리스마스트리처럼 화려하고 아름다웠다. 소나무 나뭇가지에 서너 개의 커다란 전구를 달아서 만든 가로등이었다. 왼쪽으로 꺾이는 길 가장자리에 초승달 모양의 바위가 박혀 있었다. 초승달 바위에 '뜨락'이라고 새겨진 검은 글씨가 보였다.

뜨락은 유럽풍의 고풍스런 느낌을 주는 건축물이었다.

"다 왔어요. 저기에다 주차하시면 돼요."

여자가 공터를 가리켰다. 거기에 승용차 한 대가 주차해 있었다.

칼잠이 지녹스7을 주차시켰다. 가게에서 여기까지 10분 거리도 되지 않았다. 걸어서도 10분이면 도착할 거리였다.

칼잠과 은형사가 여자의 뒤를 따랐다. 폭 2미터의 고른 자갈길. 좌우로 흰색 울타리가 박혀 있었다. 12월인데도 울타리를 따라 꽃이 피어 있었다. 덩굴장미였다. 꽃들은 핏빛을 띠었다.

두 사람은 주위 경치에 매료되었다. 오른쪽 암벽 아래로 파도가 손에 잡힐 듯했다. 깎아지른 암벽과 암벽을 받치는 칼날 모양의 바위들, 암벽에 뿌리를 내린 기형의 소나무들……. 저 멀리 방파제가 보였다. 방파제 너머로 고깃배의 이화(漁火)가 껌뻑였다.

"엄마, 손님들 오셨어요!"

정원에 들어서자 여자가 소리쳤다.

"그래, 나간다."

현관문이 열리며 여자의 어머니가 모습을 드러냈다. 두 형사는 눈을 크게 떴다. 그녀는 기껏해야 20대 후반 정도였다. 발걸음이 조용했다. 자갈 밟는 소리도 옷자락 스치는 소리도 나지 않았다. 그녀는 단아하고 기품이 있었다. 동양의 미인도에서 막 빠져나온 미녀처럼.

칼잠은 나란히 서 있는 두 여자를 보고 자매 같다고 생각했다. 앞치마를 두른 여자와 잠깐 시선이 마주쳤다. 그녀의 깊은 눈동자가 흔들렸다. 앞치마를 두른 여자가 고개를 살짝 틀어 그의 시선을 피했다. 칼잠은 기묘한 감각에 사로잡혔다. 몸 전체가 나침반이 되어 그 여자를 가리켰다.

9

 통나무집 세 채는 디귿(ㄷ)자 배열을 이루고 있었다. 두 형사는 안쪽의 세 번째 통나무집으로 들어갔다. 방 두 개, 거실, 화장실이 딸려 있었다.
 커튼이 쳐진 유리문이 한쪽 벽면을 차지하고 있었다. 유리문 너머는 베란다였다. 칼잠이 커튼을 젖혔다. 바람이 소나무 가지를 흔들어 베란다에 드리우게 했다. 유리문을 열자 진한 솔잎 냄새가 풍겼다. 바람이 세차게 불면 소나무 잔가지가 난간을 붙들었다. 잔가지 사이로 검푸른 바다와 바다를 누르고 있는 기암절벽이 보였다.
 숙박비는 생각만큼 비싸지 않았다.
 "그렇게 어릴 줄은 몰랐어요."
 은형사가 그렇게 말하며 늘어지게 하품했다.
 칼잠이 더듬거리는 목소리로 누구? 하고 물었다. 은형사는 대답을 하지 않았다.
 이른 아침 칼잠은 기지개를 켜면서 유리문 너머를 바라보았다. 아침 햇살 속에 젊은 여주인의 딸 유리가 모습을 드러냈다. 자전거를 타고 자갈길을 내려가고 있었다. 단정히 묶인 긴 머리, 검은 외투와 검은 치마가 잘 어울렸다. 검은 스타킹, 검은 단화, 외투 안에 받쳐 입은 상의도 검었다. 치마가 펄럭이고 매끈한 종아리가 드러났다. 목에는 하얀 목도리를 두르고 있었다. 검은색을 배경으로 목도리는 눈부실 만큼 선명했다. 어깨에는 배낭을 메고 있었다. 순정만화에서 막 튀어나온 여자 주인공 같았다. 그리고 앳돼 보였다.

"음."

칼잠이 신음을 흘렸다. 유리가 입고 있는 건 교복이었다. 순간 배신감이 밀려왔다.

자전거 바큇살에 빨려 들어간 햇살이 한 바퀴 맴돌다 사방으로 튕겨졌다. 강렬한 햇살 때문에 눈이 부셨다.

자전거가 비탈 너머로 사라졌다.

"누구지?"

칼잠은 고개를 갸웃했다. 태양이 정면에 떠 있었기 때문에 검은 실루엣밖에 보이지 않았다. 실루엣은 자전거가 잠시 머물렀던 비탈에 머물렀다. 실루엣의 주인이 여자인지 남자인지, 또 무슨 옷을 입었는지 알 수 없었다. 실루엣은 자전거를 따라 비탈 너머로 사라졌다.

뜨락에 묵고 있는 사람인가?

칼잠은 고개를 돌려 은형사를 쳐다보았다. 은형사는 이불을 두 다리에 친친 감고 거실 바닥에 누워 있었다.

소파에 앉은 칼잠은 두 눈을 감고 엄지와 중지로 관자놀이를 받치며 사건의 단서를 더듬었다. 단서를 조합하면 사건의 윤곽이 어느 정도 드러나는 법이다. 하지만 이번의 사건은 단서들이 서로를 배반했다. 자살인지 타살인지 구별도 가지 않았다. 단서가 더 필요했다.

10

소년은 유리를 쫓았다. 유리를 쫓으면서도 왜 유리를 쫓는지 알지 못했다. 자석의 한쪽 극이 다른 자석의 다른 쪽 극을 끌어당기듯 유리의 뭔가가 소년의 뭔가를 끌어당겼다. 팔다리가 뻑뻑하고 남의 의지로 이루어진 것처럼 조작하기 어려웠다. 팔다리를 어느 정도 길들였을 때는 유리가 탄 자전거가 비탈 너머로 사라졌다. 소년이 언덕에 올라섰을 때는 자전거가 언덕 아래로 질주했다.

비탈길이 S자로 완만한 곡선을 그렸다. 소년은 비탈길을 버리고 직선의 지름길을 선택하여 안쪽을 찔러 달렸다. 안쪽은 대나무 숲이었다. 숲에 가려 유리를 볼 수 없었다. 소년은 가슴에 구멍이 뚫린 것처럼 허전했다. 소년이 대나무 숲을 벗어나기도 전에 자전거가 쏜살처럼 지나쳤다. 자전거를 따라 달렸지만 소년은 유리를 놓치고 말았다.

근육이 물로 이루어진 듯 힘이 빠져나갔다. 소년은 주저앉았고, 울었다. 소년은 점점 생기를 잃어갔다. 몸의 바깥이 몸의 중심을 겨누며 쪼그라드는 감각이 찾아왔다. 소년은 얼굴을 묻은 무릎을 팔로 감싸 안고 온몸을 작게 말았다. 몸이 달아나지 못하도록 두 팔에 힘을 주었다.

이마에 맺힌 땀방울이 칼날 같은 바람에 씻기었다.

소년은 얼마나 시간이 흘렀는지 알지 못했다. 자신이 어디에 있는지도 알지 못했다. 부드러운 손길이 소년의 머리를 어루만졌을 때서야 두 팔을 풀고 고개를 들었다.

"몸이 엉망이구나. 두려워할 필요 없단다. 네가 배울 수 있다면 앞으로 많은 것을 할 수 있단다. 애야, 그런 뜨거운 눈길로 내 얼굴을 보지 말거라. 미안한 일이지만…… 난 이미 결혼한 몸이란다."

상대의 목소리는 부드럽고 웃음기가 섞여 있었다.

소년은 눈을 말똥말똥 떴다.

손길의 주인은 "애야, 일어서렴." 하고 말하면서 소년의 손을 잡아주었다.

소년은 손의 주인을 쳐다보았다.

"얘, 야, 일, 어, 서, 렴."

소년은 말을 처음 배우는 어린아이처럼 한 자 한 자 끊어서 말했다. 그리고 자리에서 일어섰다. 소년의 몸은 생기가 넘쳤다. 쪼그라들던 몸이 몸의 둘레를 겨루며 팽창했다.

11

숨을 들이쉬자 가슴이 팽창했다.

이야호!

유리는 자전거 페달을 힘껏 밟았다. 비탈길이다. 핸들의 진동이 심했다. 안장이 엉덩이를 때렸다. 자전거는 자갈을 퉁겨내고 먼지를 피워 올렸다. 까딱 잘못했다간 왼쪽의 절벽 아래로 떨어질 판이었다.

그래도 유리는 속도를 즐겼다. 뺨을 할퀴는 찬바람. 스타킹 올 사이로 냉기가 칼날같이 올올이 박혔다. 치맛자락은 강풍을 안은 돛처럼 부풀었다.

길가 대나무 숲이 출렁이며 부스럭거리는 소리가 났다. 유리는 대나무 숲을 향해 고개를 돌렸다. 서슬에 길이 시야에서 벗어났다. 자전거도 길에서 벗어났다. 시선을 제자리에 갖다놓으며 핸들을 제어했다. 길이 시야에 들어왔고 자전거가 길로 돌아왔다.

자전거는 쏜살같이 달려서 가게를 지나쳤다.

"안녕하세요!"

가게 앞을 쓸고 있는 아줌마에게 손을 흔들었다.

아줌마가 고개를 들었을 땐 유리가 탄 자전거는 저만치 가고 있었다.

20분 후에 자전거는 능수버들 길로 들어섰다. 길 양쪽으로 능수버들이 긴 가지를 늘어뜨리고 있었다. 12월의 햇살에 씻기고 있는 이파리들은 사금파리처럼 빛이 났다.

유리는 길 가장자리에 붙어서 달렸다. 능수버들의 머리채가 날렸으며, 치렁치렁한 이파리가 유리의 어깨를 치고 지나갔다. 유리는 그 착착 안기는 감촉을 좋아했다. 이따금 이파리가 채찍처럼 얼굴을 때렸다.

"유리야."

자전거 하나가 유리의 자전거를 붙들었다. 그 자전거에는 같은 반 경아가 타고 있었다. 경아는 유리가 그런 것처럼 하얀 목도리를 두르고 있었다.

유리는 자전거 속도를 늦추었다. 능수버들 길을 수십 대의 자전거가 점령했다. 자전거를 타고 등교하는 아이들이 걸어서 등교하는 아이들보다 많았다. 유리는 몸의 사방으로 그렇고 그런 시선들을 느꼈다. 동경과 질시가 담긴 시선들. 경아가 따라붙으며 시선 몇 개를 치워 버렸다.

"소식 들었어?"

경아가 물었다.

"뭘?"

"제서가 죽었대."

경아가 끔찍하다는 듯이 몸을 부르르 떨었다.

"……."

"유리야, 괜찮아?"

"뭐가?"

"육지에서 형사들이 왔잖아."

유리는 두 형사의 모습을 떠올렸다. 하나는 과묵하고 하나는 순진했다. 그들을 맞이할 때 엄마의 태도가 이상했다. 과묵한 형사의 눈길을 피하며 유리의 손을 찾는 엄마의 손길은 기묘한 떨림을 간직하고 있었다.

뒤에서 시끄러운 경적이 울렸다. 유리는 상념에서 깨어났다. 유리와 경아는 길 한쪽으로 붙었다. 길 한가운데로 순환버스가 지나갔다. 버스에는 아이들이 타고 있었다. 다른 섬에서 온 아이들을 외항에서 태운 버스였다.

"그래서?"

유리가 말했다. 경아는 바로 대답하지 않았다. 유리의 시선을 붙들어놓으려는 듯 유리의 얼굴을 빤히 쳐다보았다. 유리는 짜증이 섞인 시선으로 경아를 쳐다보았다. 그제야 경아가 입을 열었다.
"토요일 날 제서와 무슨 일 있었다며?"

12

"소문을 들어서 이미 알고 있을 것입니다. 일어나서는 안 되는 일이지만 이미 일어난 일은 어쩔 수가 없습니다. 이럴 때일수록 마음을 가다듬고 학업에 정진해야 할 것입니다. 수업이 끝나고 나서는 혼자 귀가하지 마십시오. 에, 그리고……."

교장 선생님이 제서의 죽음에 애도를 표하며 전교 조례 시간에 늘 그랬던 것처럼 일장 연설을 토했다. 마이크가 쩌렁쩌렁 울리면서 운동장을 들었다가 내려놓았다. 숙연한 분위기였지만 조례가 끝나자 아이들은 숙연함을 버리고 활기를 되찾았다. 2학년 2반 아이들은 그렇지 못했다.

맨 뒤에 앉은 유리는 영호와 광수를 쳐다보았다. 그들은 심각한 얼굴로 이야기를 나누고 있었다. 그들 앞에 빈자리가 있었다. 제서의 자리였다. 영호와 광수가 이야기 도중에 자주 창가를 힐끔거렸다. 그들의 시선을 짚으면서 유리는 창가를 쳐다보았다. 창가에 혁이가 앉아 있었다.

영호와 광수가 천천히 일어섰다. 그리고는 혁이에게 다가갔다.
"야, 반!"

영호가 혁이의 별명을 불렀다. 아이들은 혁이의 아이큐가 150의 반인 75라고 해서 그를 '반'이라고 불렀다. 그 아이큐로 좋은 성적을 유지했다. 그 성적은 미리내의 다섯 번째 불가사의였다.

책에 얼굴을 묻고 있던 반이 고개를 들었다. 오른쪽 눈가는 멍이 들어 있었고, 입술은 부어 있었다. 덩치만 떼어놓고 보면 영호와 광수는 어른이었다. 움츠리고 있는 반은 비 맞은 참새처럼 작고 연약했다.

"왜?"

들리지 않을 만큼 작은 목소리였다. 반이 눈동자를 굴리며 흘러내린 은테 안경을 미간 쪽으로 밀어 올렸다.

"제서가 죽어서 좋아 죽겠지?"

영호가 이죽거리며 책상에 한쪽 발을 얹었다. 반이 바닥을 파고들 듯 몸을 움츠렸다.

"아, 아니."

"어디 있었어? 토요일 밤 9시와 10시 사이에!"

영호가 반의 멱살을 잡고 거칠게 당겼다. 두 개의 얼굴이 가까이 붙었다. 창백한 반의 얼굴은 영호의 까무잡잡한 얼굴과 대조를 이루었다.

"집에."

반이 말했다.

"거짓말하지 마, 새꺄."

영호가 멱살을 흔들었다. 은테 안경이 벗겨지면서 코 아래로 처졌다.

"우리가 그 시간에 너를 봤는데?"

광수가 거들었고 아이들이 술렁였다.

"웃기지 마!"

유리가 소리치며 자리에서 일어났다. 영호와 광수는 유리를 한 번 곁눈질한 다음 서로의 얼굴을 쳐다보았다. 영호가 반의 멱살을 놓았다.

"넌 빠져!"

영호가 눈을 부라리며 유리에게 말했지만 목소리는 누그러져 있었다.

"혁이는 그 시간에 우리 집에 있었어."

유리가 말했다.

교실 한가운데 폭탄이 터진 것처럼 교실이 술렁였다. 영호는 유리를 노려보았고, 광수는 어깨를 으쓱했다.

반이 유리를 돌아다보며 밑으로 처진 안경을 검지와 중지로 밀어 올렸다. 표정이 멍했다. 다른 아이들이 볼 수 없도록 유리가 반에게 살짝 윙크했다. 유리의 윙크를 본 반은 흠칫 고개를 창 쪽으로 돌렸다.

영호가 허리를 숙여 반의 귀에 대고 속삭였다.

"우린 어젯밤에 네가 한 일을 알고 있다."

공포영화 제목을 본떠 한 말이었다. 그 말은 효과가 있었다. 반이 겁을 집어먹은 얼굴로 안경을 밀어 올렸다. 영호와 광수가 자기 자리로 돌아갔다. 자리로 돌아가면서 광수가 남몰래 유리를 힐끔거렸다.

"그 말 정말이야?"

경아가 쪼르르 달려와서 유리에게 물었다.

"뭘?"

"반이 너희 집에 있었다는 것."

유리는 경아의 얼굴을 후려치고 싶은 충동을 느꼈다.

제2장

미궁

꿈을 쿠다

그전에, 혹은 10년 전에.

노크 소리가 났다.
"들어오세요."
새매는 몸을 일으켰다. 짧게 깎인 머리를 매만지고 있는 동안 병실 문이 열리고 현서가 들어왔다. 현서는 그녀의 재활프로그램, 소위 현실적응프로그램을 맡고 있는 정신과 의사였다. 그는 피곤함을 달고 사는 사람처럼 눈 밑이 어두웠다. 20대 중반의 나이지만 어두운 표정은 그를 30대로 보이게 했다.
"기분이 어때요, 새매 아가씨?"
그가 물었다.
새매는 그녀가 지을 수 있는 수천 가지 미소들 중에서 친근감을 유도하는 데 적당한 미소를 고른 다음 그 미소에 맞게 입가의 근육을 조절했다.

"아주 좋아요. ······마침 잘 오셨어요. 여기가 꿈속이라고 말해줄 사람을 기다리고 있었거든요. 제 꿈속에 들어온 선생님을 환영해요."

현서가 기묘한 눈길로 새매를 쳐다보았다. 그녀의 얼굴이 창문이라면 그 창문 너머 어딘가를 쳐다보는 눈길이었다.

"나도 꿈속의 등장인물인가?"

그가 물었다.

새매는 3년 전, 2월 1일에 잠이 들었고, 3년이란 기간을 채우고 1월 30일에 잠에서 깨어났다. 꿈속에 머물렀던 자아가 현실의 그녀한테 이동해 오면서 새매는 장소적, 시간적 박탈감에 시달렸다. 잠든 육체의 오랜 벗이며 조용한 서식지였던 병실 침대에서 새매는 3일 동안 시트를 쥐어뜯으며 절규했다. 절규는 발작으로 이어졌다. 발작은 격렬했고, 그녀의 서식지는 파괴되었다. 새로운 서식지로 옮겨지고 나서야 안정을 찾았다.

새매는 지난 3년 동안 줄거리가 분명한 꿈을 꾸었다. 꿈은 도중에 한 번도 끊어지지 않고 일관된 배경을 유지했다. 새매가 꿈속에서 경험한 시간은 천 년이었다. 그녀는 현실에서 천 년을 산 것과 똑같은 감각적 경험으로 꿈속에서 천 년을 살아왔다. 천 년의 경험과 지식이 그녀를 매개로 현실에서 숨을 쉬었다. 꿈이 현실로 느껴지고 현실이 꿈으로 느껴졌다. 그래서 3년 전의 기억을 떠올리기가 힘들었다. 천 년의 경험과 기억들이 현실에까지 풀어져 진짜 현실을 뽑아내고, 몰아내고, 희석시키고, 재구성했다. 긴 꿈에서 깨어난 지 며칠이 흐른 뒤에야 3년 전의 기억을 겨우 떠올릴 수 있었다. 그렇지만 기억이 희미했고, 너무나 까마득해서 올바르게 기억하고 있는지 의심스러웠다.

꿈속에서 새매가 천 년에 가까운 불사의 삶을 누리고 있는 동안 세상은 몰라보게 변해 있었다.

새매가 한 호흡 뜸을 들였다가 말했다.

"어쩌면……."

2월 27일.

새매는 침대에 앉아 창문을 바라보았다. 정면으로 하늘이 보였다. 하늘은 푸르렀다. 아래로 한강의 은빛 줄기가 번뜩였다. 한강이 까마득하게 멀어 보여 비행기 속에 있는 것 같았다. 새매는 무릎을 끌어당겨 몸을 까딱까딱 움직였다. 움직이는 시야를 따라 주변의 고층빌딩이 규칙적으로 창을 기웃거렸다. 병실 문 열리는 소리가 들렸을 때 고층빌딩이 제자리를 찾아갔다.

조용한 걸음.

걸음에는 개성이 있었다.

심장이 요란하게 뛰었다. 이 녀석이 왜 이래? 새매는 한 손으로 가만히 가슴을 눌렀다. 그래도 녀석은 말을 듣지 않았다. 천 년의 꿈도 그녀의 감수성을 늙게 만들지 못했다. 그녀는 젊었다. 3년 전에 열여덟이었으니까 이제 스물 하나.

새매는 정면 벽을 바라보았다. 큰 거울이 벽을 차지하고 있었다. 거울을 보면서 머리를 만졌다. 벌거숭이였던 머리칼은 꽤 자라 있었다. 옷매무새를 만진 다음 왼쪽으로 고개를 돌렸다.

문이 현서의 등 뒤로 닫혔다.

"무슨 책이죠?"

새매가 물었다.

현서가 한쪽 손에 책을 들고 있었다. 그가 가까이 다가오자 비누 냄새가 났다. 깔끔한 외모와 깊은 눈이 그를 지적으로 보이게 했다. 새매는 천 년의 꿈에서 깨어난 이후 그와 많은 시간을 보냈고 꽤 친해져 있었다.

현서가 머리를 조아렸다.

"여왕 폐하를 위해 책 한 권을 가져왔습니다."

새매의 꿈을 빙자한 농담이었다. 새매는 꿈속에서 여왕이었다. 그것도 천 년 동안 쭉 잠만 잔 여왕. 꿈속의 자아가 잠에서 깨지 않았기 때문에 그녀도 3년 동안 잠을 유지할 수 있었을 거라는 것이 현서의 의견이었다. 신비주의 냄새를 풍기는 그 의견에 새매도 동의했다.

꿈속에서도 잠자는 신세였지만 새매는 꿈속의 세계를 관측하고, 경험하고, 신처럼 모든 것을 마음대로 다룰 수 있었다. 여왕은 그녀의 거대한 자아였고, 꿈속 거주자들의 자아는 여왕의 자아에서 출발한 자아의 어린 세포에 불과했다. 그녀의 문어발식 자아는 꿈속의 거주자들을 옮겨 다니며 그들이 되어 모든 것을 경험할 수 있었다. 어떤 거주자는 그녀의 자아에 저항했다. 귀여운 수준의 저항이었다. 하지만 저항이 다른 이들에게 전염이 되면서 그 수가 점점 늘어났다. 꿈의 막바지에는 꿈속의 모든 거주자들이 그녀의 자아를 거부했다. 그들은 더 이상 그녀가 아니었고, 그녀의 자아는 다른 육신을 여행하지 못하고 잠자는 여왕의 육신에 처박혔다.

새매가 기나긴 꿈에서 깨어났을 때 그녀의 자아는 여왕에게서 현실의 그녀에게로 넘어왔다. 현서는 '자아'의 흥망성쇠가 상징적이고 신화적이라고 했다. 그녀는 그 의견을 우주적인 헛소리로 치부했다.

현서가 두꺼운 책을 내밀었다.

"꿈에 관해서 재미있는 견해를 보이고 있는 책이야. 원서인데 읽을 수 있겠지?"

며칠 전 새매는 아이큐 검사를 받았다. K—WAIS 아이큐 테스트로는 제대로 그녀의 지능을 측정할 수 없었다. 잠정적으로 새매의 아이큐는 검사 만점인 155였다. 아이큐 테스트 외에도 지능과 인지 부분에서 PPVT, 감각영역에서 BVMGT와 HVDT, 운동성 영역에서 MAND, 정서부분과 대응영역에서 각각 EBC와 BRS로 평가를 받았다. 정서부분과 대응영역에서 평가가 낮게 나왔을 뿐 다른 영역은 높게 나왔다. 특히 운동성 영역에서는 현서를 놀라게 했다. 새매는 동물적인 운동신경을 가지고 있었다.

"살인적인 두께네요. 기절시키고 싶은 사람이 생기면 이걸 사용하겠군요."

농담을 건네주고 새매는 책을 건네받았다. 낡고 두꺼운 책이었다. 새매가 영어로 된 제목을 읽었다.

"꿈의 형성? 읽어보셨어요?"

"예전에 한 번."

잠시 후 새매는 책에 고개를 처박았다. 언제 현서가 병실을 나갔는지도 몰랐다. 그녀는 책에 집중했다. 얼굴형이 네모난 남자 간호사가 점심을 갖다 주었다. 새매는 점심을 먹고 나서 책에 몰두했다.
 오후에 현서가 방문했다.
 "저…… 외출 좀 하고 싶은데……."
 새매가 말했다.
 새매는 꿈의 왕국에서 현실로 돌아온 이후 현서와 몇 번 외출한 적이 있었다. 병원 밖 공원에서 자주 산책을 했다. 하지만 그게 다였다. 그녀의 생활공간은 2027호실이었고, 그녀의 행동반경은 20층이었다.
 "왜?"
 현서가 물었다.
 "도서관에 가려고요."
 "도서관? 보고 싶은 책이 있다면 내가 찾아줄 수도 있는데."
 "두꺼운 책은 사양하겠어요. 조중동, 아직 건재하죠?"
 "지금도 잘나가는 신문사들이지."
 현서의 입가에 냉소가 떠올라 있었다.
 "도서관에 지난 신문들을 철해서 보관한다고 하던데……."
 "왜 신문을?"
 "3년 동안 세상이 어떻게 변했는지 알고 싶어요."
 "그다지 변한 건 없어."
 "휴대폰, 새로운 기종 보니까 장난이 아니던데."
 "세상이 휴대폰을 따라잡지 못하고 있지. 음, 그런 목적이라면 도서관에 갈 필요 없어. 며칠 인터넷 서핑을 하면 지난 3년 동안 세상에 무슨 일이 일어났고, 무슨 변화가 있었는지 알 수 있을 거야. 물론 적절한 검색어를 사용해야 하겠지."

"넌는 컴퓨터 있어요?"

"내일 노트북을 갖다 주지. 자, 일할 시간이야."

새매가 한숨을 쉬었다. 현서가 상의에서 만년필을 꺼낸 다음 머리는 아프지 않으냐, 기분은 어떠냐는 질문을 했다. 매일 반복되는 질문이지만 그녀는 성의있게 대답했다.

"이제 네 쿰에 대해서."

현서는 새매가 꾼 천 년의 꿈을 쿰으로 표현했다. '꿈을 꾼다' 라는 말도 '쿰을 쿤다' 라고 표현했다. 새매는 처음에 말장난이나 농담 수준의 표현인 줄 알았다. 그가 속해 있는 정부 산하의 비밀기관에서는 쿰으로 통용되고 있다고 했다. 어느 기관에서 일하냐고 물으니까 과학 정보부에서 일한다고 했다. 새매는 그 말을 믿지 않았다. 확인해 보지는 않았지만 우리나라에 과학정보부 같은 것은 없을 것이다.

현서가 새매의 이야기를 귀담아들으며 차트에 뭔가를 썼다. 매일 오후에 반복되는 일과였다. 그가 질문하면 그녀는 대답했고, 꿈 이야기를 또 했다.

새매는 기묘한 느낌이 들었다. 꿈의 스토리는 그대로인데 꿈의 세부가 조금씩 달라졌다. 아니, 그녀는 꿈의 세부를 더 풍부하게 묘사하고 있었다.

한 시간 후에 현서가 나갔다.

새매는 침대에 앉아 창문을 바라보았다. 땅거미가 지고 있었다. 침대에 내려와서 정면의 거울을 쳐다보았다. 직사각형의 거울은 가로가 길었다. 거울치고는 너무 컸다. 벽 전체를 차지할 정도였다. 거울에 그녀의 모습을 비춰보았다. 늘씬하고 아름다웠다. 남자처럼 머리가 짧다는 것 외에는 모든 부분이 마음에 들었다. 그녀가 꿈꾸는 완벽한 외모가 거울 속에 들어 있었다.

"아!"

새매는 거울로부터 뒷걸음을 쳤다. 거울에 비친 그녀의 외모는 여왕의 외모였다. 천 년 동안의 익숙함 때문에 저 얼굴이 제 얼굴인 줄 알았다. 하지만 현실의 얼굴은 저 얼굴이 아니었다. 3년 전의 얼굴과 다른 얼굴이 거울 속에 존재하고 있었다. 천 년의 꿈을 꾸는 동안 저 얼굴로 변한 것이다.

성형수술을 한 것일까? 3년 전 사고 때 얼굴을 다쳤다면 그럴 수도 있었다. 하지만 꿈속의 여왕과 똑같은 얼굴로 수술을 할 수 있단 말인가? 아닐 것이다. 저 얼굴은 성형수술로 만들어진 얼굴이 아니었다. 자아의 이동 같은 것이 있었는지 모른다. 그래도 어떻게 저 얼굴로?

제3장

자라지 않는 아이

꿈을 꾸다

1

그 후—
12월 6일 월요일 아침.

햇살이 눈꺼풀에 닿았다. 은형사는 잠결에 손을 움직여 두 눈을 가렸다. 그 움직임이 완성되는 순간 그는 그 움직임을 인식하고 실눈을 떴다. 햇살이 부챗살처럼 퍼졌다. 햇살 사이로 칼잠이 보였다. 턱을 괴고 소파에 앉아 벽거울을 바라보고 있었다.

은형사는 잠든 칼잠의 모습을 본 적이 없었다. 칼잠에게 잠을 언제 자느냐고 물으면 그가 자고 있을 때 잔다고 했다. 몇 번 잠든 척하고 칼잠을 관찰한 적이 있었다. 하지만 잠든 모습을 볼 수 없었다. 어떤 때는 칼잠도 두 눈을 감았다. 하지만 몸을 뒤척이거나 곧바로 눈을 뜨는 것을 보면 잠이 든 것은 아니었다. 다음 날 아침이면 칼잠은 언제나 활기가 넘쳤다. 이해가 가지 않는 부분이었다.

이해가 가지 않는 부분은 또 있었다. 서른일곱이지만 칼잠의 얼굴은 20대 초반으로 보였다. 칼잠은 20대 초반의 얼굴을 감추기 위해서 얼굴에 신경을 쓰지 않았다. 잘 씻지도 않았다. 수염은 며칠에 한 번씩 깎았다. 태양이 정면에 떠 있는 듯 늘 얼굴을 찌푸리고 다녔다. 그럴 때에는 30대 후반에서 40대 초반으로 보였다.

칼잠은 자신의 과거를 이야기한 적이 없었다. 늘 현재에 집중했다. 늘 사건에 집중했다. 사건이 없으면 사건을 찾아다녔다. 칼잠은 사교적인 성격이 아닌데도 술자리에 빠지지 않았다. 일 처리가 어떤 때는 정확했고 어떤 때는 어설펐다. 어떤 때는 노인처럼 행동했고 어띤 때는 아이처럼 행동했다.

"어, 어, 어떻게 생각해?"

칼잠과 눈이 마주쳤다.

은형사가 겸연쩍은 미소를 지으며 일어나 앉았다. 거실 안으로 들어온 햇살이 칼잠의 얼굴을 어질러 놓았다.

"뭘 말입니까?"

"이, 이, 이번 사건. 타살일까, 자살일까?"

은형사가 고쳐 앉으며 수첩을 꺼냈다.

"자살과 타살로 나누어서 사건을 구성해 보았습니다. 먼저 자살. 바다에 뛰어들어 자살한 제서가 누군가에게 발견되어 집까지 운반된 것이라면? 사망자 부모의 증언에 의하면 아들을 마지막으로 본 시간이 9시입니다. 텔레비전에서 9시 뉴스를 시작할 때 나갔다고 했습니다. 제서의 사망시간은 9시와 10시 사이. 한 시간 안에 제서가 바다까지 갔다는 얘기가 되죠. 가까운 바다는 속보로 30분 정도입니다. 9시와 10시 사이에 제서는 바다에 뛰어들어 자살합니다. 그리고 제서의 시체를 누군가가 발견합니다. 누군가는 목적을 갖고 시체를 운반합니다. 시체는 제서의 어머니에 의해서 새벽 6시 30분쯤 발견되었더군요. 안경과 담배꽁초는 그 시체를 운반한 누군가의 작품일 겁니다."

"작, 작, 작품?"

칼잠이 고개를 갸웃했다.

"메시지를 전하려고 했을 겁니다. 사건을 자살로 보았을 때, 자살 이유와 그 누군가의 정체를 알아내는 데 수사의 초점을 맞춰야 합니다. 자살 이유와 누군가가 관련이 있을지 모르고요."

은형사가 한 호흡 뜸을 들였다가 말을 이었다.

"타살일 때의 사건 구성은 자살일 때보다 더 단순합니다. 제서는 누군가를 만나러 바닷가에 갑니다. 누군가는 제서를 바닷물에 빠뜨려 죽인 다음 시체를 옥상까지 운반합니다. 그리고 안경과 담배꽁초를 시체의 손에 남깁니다. 안경 주인에게 살인죄를 덮어씌우기 위해서 그랬을까요?"

"시, 시, 시체를 옥상으로 옮길 필요가 있었을까?"

"그게 이상합니다. 안경 주인을 살인자로 몰고 갈 생각이었다면 적당한 곳에 시체를 유기하고 자신의 메시지를 남길 수 있었을 것입니다. 그럴 경우 시체의 이동이 없기 때문에 메시지가 신빙성을 얻을 것이고, 그렇게 되면 살인 용의자는 안경 주인이 되었겠죠. 제 식대로 사건의 얼개를 짜봤지만 중간중간 큰 구멍이 존재합니다. 제서를 바다에 빠뜨려 죽이고, 파도에 휩쓸렸을 시체를 건지고, 어떤 흔적도 없이 그 시체를 옥상에까지 옮긴다는 것이 모두 불가능한 일처럼 느껴……."

휴대폰 벨소리가 은형사의 입을 막았다.

칼잠이 휴대폰을 받았다.

"……유 형삽니다."

전혀 더듬지 않았다. 통화를 할 땐 칼잠이 더듬지 않는다는 것을 은형사는 알고 있었다. 전화 통화는 상대를 보지 않기 때문에 혀의 긴장을 덜어내는가 보았다. 혼잣말을 할 때도 더듬지 않는다고 그랬던가.

"네. 그래요? 곧 가겠습니다."

칼잠이 휴대폰을 갈무리했다.

"무슨 전화입니까?"

"똑, 똑, 똑같은 안경이 발견되었어."

은형사는 고양이 세수를 한 다음 칼잠을 따라 통나무집을 나섰다.

울타리를 따라 유리 어머니가 덩굴장미에 물을 주고 있었다. 붉은 점퍼와 물 빠진 청바지가 잘 어울렸다. 손에는 푸른색 물뿌리개를 들고 있었다. CF 광고에서 막 튀어나온 여배우처럼 화사한 모습이었다. 카메라 조명 대신에 바다에 반사된 황금빛 조명이 그녀를 비추었다. 주위 배경에 녹아든 것처럼 그녀의 움직임은 자연스러웠고, 우아했다. 점퍼 사이로 보이는 보라색 니트 속에 감추어진 젖가슴은 탄력과 관능이 배어 있었다.

2

안경점 앞에 차가 멈추었다. 두 형사가 차에서 내렸다. 안경점 안에는 주인 여자와 칼잠에게 전화를 걸었던 장 순경이 있었다. 칼잠과 은형사가 들어오자 여자와 장 순경이 손님용 의자에서 일어났다.

"어떻게 된 일입니까?"

은형사가 여자에게 물었다.

"두 분의 관심을 끌 만한 이야기인지 모르겠어요."

여자가 서두를 떼었다.

"이야기해 보세요."

여자는 침착함을 가장하고 있었지만 약간 흥분해 있었다.

"가게 문을 열자마자 얼굴에 멍이 든 아이가 가게에 들어오지 않겠어요? 검은 교복 때문에 미리내 고등학생이라는 것을 알았어요. 붉은 명찰을 보고 2학년이라는 것도 알았답니다. 그 학생이 깨진 안경을 꺼내 내밀면서 '이 안경과 똑같은 도수의 안경을 맞춰 주세요.' 하고 말하더군요. 깨진 안경은 두 분이 보여준 안경과 비슷했어요. 알에 비슷한 균열도 있었어요. 이쪽 균열이 좀 더 리얼하고 자연스러웠습니다. 안경이 깨진다면 꼭 생길 만한 그런 균열이었죠. 이쪽도 검은 테 안경이고, 알이 크고 두꺼웠어요. 다른 것은 도수가 있었다는 것. 그리고 연결부와 이음새에 나사가 있었어요. 나사를 보고 나니까 안도감이 들더군요."

겸연쩍은 듯 여자가 미소를 지었다.

"코 받침쇠에는 때가 잔뜩 끼어 있었습니다. 보통 안경이었어요. 그 학생에게 은테 안경을 맞춰줬습니다. 깨진 안경을 줄 수 있겠느냐고 그러니까 '집에서는 이 안경을 쓸 거예요.' 하고 거절하더군요. 제 이야기가 도움이 됐나 모르겠네요."

"도움이 되고말고요. 명찰을 봤다고 했는데 이름을 기억할 수 있겠습니까?"

은형사가 물었다.

"메모해 놨습니다."

여자가 진열대에 가서 메모지 한 장을 가져왔다. 은형사가 메모지를 건네받았다.

나혁이.

3

파출소에 1시간 동안 머물렀다가 미리내 학교로 차를 돌렸다. 은형사가 운전했다. 슈퍼에 들러 빵과 우유를 사서 아침을 때웠다. 지녹스7은 능수버들 길을 달렸다. 능수버들 길은 한산했다.

칼잠이 곤혹스런 얼굴로 사진을 들여다보고 있었다. 현장에서 발견된 안경을 찍어놓은 사진이었다. 은형사가 사진을 곁눈질하며 말했다.

"비슷한 안경의 출현도 그렇고……. 감식기관에 보냈던 안경이 가짜이고 그 학생의 안경이 진짜 같군요. 그런데 안경은 어디로 사라진 걸까요? 발이 달린 것도 아닌데."

어제 오후 첫 배편에 증거물을 보냈는데, 칼잠과 은형사가 파출소에 들르자마자 감식기관에서 연락이 왔다. 연락인즉, 목록에 기재된 증거물 하나가 빠져 있다는 것이다. 빠진 증거물이 안경이었다. 안경을 넣은 봉투는 도착했지만 그 안의 안경이 감쪽같이 사라졌다고 했다. 나머지 증거물은 이상 없이 받았다고 했다. 1시간 동안 이리저리 알아봤지만 증거물의 출납과 수납 과정에는 아무런 문제가 없었다. 증거물이 사라진 것에 대해서 칼잠은 어떤 의견도 내놓지 않았다.

저 멀리 아치형 교문이 보였다. 교문에서 이어지는 담을 따라 건물들이 빽빽하게 늘어서 있었다. 교문 아래로 문방구점이 즐비했다. 그 너머로 사거리가 있었고, 사거리를 감싸며 아파트 단지가 들어서 있었다. 지은 지 얼마 안 된 것 같았고, 평수가 꽤 커 보였다. 섬의 중심과 섬의 외곽 사이엔 도시와 시골 사이의 격차가 존재했다.

섬에 저런 아파트 단지가 들어섰다는 사실이 경이로웠다. 섬의 불리한 지형적 조건에 저 정도 규모의 아파트 단지가 들어서려면 그 노력과 비용은 상상하기 힘들 터였다. 정부의 입김이 작용했는지 모른다.

4

수업은 제대로 진행되지 않았다. 1교시부터 자습이었다. 2교시에는 아예 선생님이 들어오지 않았다.

"저기 봐!"

3교시 시작종이 울렸을 때 누군가가 소리쳤다.

"저 선글라스 남자 멋있는데!"

"어디?"

"나도 좀 봐."

아이들이 창문에 달라붙었다. 2학년 2반은 2층에 있었다.

유리는 차에서 내리는 칼잠과 은형사를 내려다보았다. 코트 주머니 속에 양손을 찔러 넣고 주위를 둘러보는 사람은 칼잠이었고, 2층을 올려다보며 선글라스를 큰 동작으로 비켜 벗은 사람은 은형사였다. 여학생들이 환호했다. 은형사가 이쪽을 향해서 손을 흔들었다.

칼잠과 은형사를 맞으러 교장이 허겁지겁 나왔다. 기회가 닿는다면 유리가 한 번 만져서 그 감촉을 알고 싶어 하던 교장의 시원스런 이마가 12월의 햇살에 반짝였다.

5

교장은 협조적이었다. 파출소 소장과 친분이 있다고 했다. 교장이 상담실을 제공했다. 교장은 교목까지 맡고 있다고 했다. 안면이 익자 몇 올 없는 머리칼을 귀 뒤쪽으로 넘기며 미리내의 역사를 읊기 시작했다. 은형사가 헛기침을 터뜨리며 말허리를 잘랐다.

"제서의 담임선생님을 볼 수 있겠습니까?"

"예, 아, 물론이죠."

교장이 사람 좋아 보이는 웃음을 지었다.

"여기 앉으십시오."

검은 모직 정장 차림의 여선생이 들어오자 은형사가 일어나 자기 자리를 내주고 자신은 그녀의 곁에 섰다. 맞은편에 칼잠이 앉아 있었다.

은형사가 교장에게 자리를 비켜 달라고 부탁했다. 필요하면 언제든지 불러달라면서 교장이 상담실을 떠났다.

여선생이 자리에 앉았다. 각목을 댄 것처럼 어깨가 뻣뻣해 보였다. 중국풍의 옷깃은 그녀의 목을 꽉 죄고 있었다. 그녀는 할 말을 찾는 듯 옷깃을 만지작거렸다. 그리고 두 형사가 뭘 묻기 전에 말했다.

"제서는 반항적이고 곧잘 사고를 일으키는 문제아입니다만 아이들한테 인기가 많았습니다. 싸우더라도 반 아이들은 건드리지 않았고요. 반의 일에는 앞장서는 편이었습니다. 게다가 잘생긴 아이였어요. 어두운 매력 같은 것이 있는 아이였어요. 그런 아이가 죽다니."

옆구리를 찌르면 울컥 울 것처럼 여선생이 슬픈 표정을 지었다. 죽은 자에 대한 예의 때문에 그렇게 말한 것 같지 않았다.

"혁이는 어떤 학생입니까?"

여선생이 고개를 갸웃거렸다.

"혁이요?"

"네. 나혁이."

여선생이 골똘히 생각에 잠긴 표정을 짓더니 15초 후에 탄성을 터뜨렸다.

"아이큐 반."

6

"본 적이 있습니까?"
은형사가 질문했고, 칼잠이 사진을 내밀었다.
"반이 쓰고 있는 안경과 비슷하군요."
여선생이 말했다.

7

 문을 열고 반이 들어왔다. 물에 젖은 것처럼 후줄근해 보이는 모습이었다. 은형사는 반의 옷을 정리해 주고 싶은 충동을 느꼈다. 은테 안경이 얼굴에 잘 고정되어 있는데도 습관처럼 안경을 미간 쪽으로 밀어 올렸다. 한쪽 손에는 색 바랜 안경집을 들고 있었다.
 "이걸 가져오라고 해서……."
 반이 안경집을 내밀었다. 칼잠은 반에게서 기묘한 느낌을 받았다. 어수룩해 보였지만 그 모습에는 어른의 체념과 무관심 같은 것이 있었다.
 은형사가 판도라의 상자를 여는 것처럼 조심스럽게 안경집을 열었다. 그리고 고개도 들지 않고 반에게 "거기 앉아요, 학생." 하고 말했다.

깨진 안경이 테이블에 놓였다. 칼잠은 안경을 톺아보았다. 안경 모양은 안경점 여자가 묘사한 그대로였다. 미리 알고 있지 않았다면 현장에서 발견된 안경으로 착각했을 만큼 모양이 비슷했다.

"안경이 왜 깨졌지? 얼굴은 왜 그렇고?"

"맞았어요."

"누구한테? 언제?"

8

"이 자식이!"

영호가 주먹을 쥐고 일어섰다. 그러자 그가 차지한 공간이 서너 배로 늘어난 것 같았다. 어른을 압도하는 체구였다. 은형사가 손짓으로 영호를 앉혔다.

"왜 팼어?"

9

"특별한 이유는 없습니다."

광수가 머리를 가로저었다.

"녀석을 보고 있노라면 이상하게 기분이 나빠져요. 솔직히 말하면, 녀석을 괴롭혀도 지금껏 뒤탈이 없었어요. 그런 거 있잖아요? 연약하고 자그마한 동물이지만 그 연약하다는 사실 때문에 더 괴롭히고 싶은 마음이 드는 거 말이에요."

"난 안 그래."

광수가 흠칫했다.

"……."

"쫄지 말고 계속 말해봐."

은형사가 말했다.

"반, 그 녀석도 그래요. 녀석은 우리가 괴롭혀도 반항하지 않아요. 이상한 건, 녀석에게 폭력을 가하면서도 우리가 피해자라는 느낌이 든다는 거예요. 제서도 그런 느낌이 든다고 했어요. 녀석에겐 우리가 아주 나쁜 놈이라는 것을 깨닫게 만드는 뭔가가 있어요."

"그래서 녀석을 팼다?"

은형사는 속으로 감탄을 터뜨렸다. 첫인상과 딴판이었다. 표현에 문어체적인 격조가 있었고, 지적 연마의 서투른 흔적이 엿보였다. 기질이 거칠고 OX식의 간단한 대화도 힘들어하는 영호와는 차이가 있었다.

"너희들 셋은 말썽꾼이지만 반 아이들을 건드린 적이 없다고 알고 있는데……. 왜 토요일 그날은 삼총사의 룰을 깬 거지?"

"그 녀석은 예외예요. 녀석은 학교에선 얌전해요. 하지만 학교

밖에선 달라요. 학교에선 우리와 눈도 마주치려고 하지 않는 녀석이 학교 밖에선 이상하게 우리의 눈에 자주 띄어요. 일부러 우리에게 모습을 드러내는가 싶기도 해요. 그때의 녀석은 온몸으로 '제발 저를 괴롭혀 주세요.' 하고 써 붙이고 다니는 것 같았어요. 그리고 우리에게 맞고도 녀석은 우리 사이에 있었던 일을 어느 누구에도 말하지 않았어요."

잠자코 있던 칼잠이 목소리를 가다듬었다.

"네, 네, 네 이야기는 재미있게 들었어. 그런데, 영호가 모두 말했어. 지금껏 별 이유 없이 반을 괴롭혔겠지만 그날만은 다른 걸로 알고 있는데."

10

"토요일 수업을 마치고 집으로 돌아가는 길이었는데, 삼총사가 나타나서 이렇게⋯⋯."

반이 말했다.

"아무런 이유 없이?"

"예."

"학교에선 그렇지 않았지만 학교 밖에선 늘 저를 괴롭혔거든요. 이젠 습관이 되어서 맞아도 아무렇지 않아요. 다만 안경이 깨진 게⋯⋯."

말하는 도중에 반은 안경을 미간 쪽으로 밀어 올렸다.

자라지 않는 아이 69

11

"그 새끼가 그때 누굴 데려왔는지 아세요?"

영호가 말했다.

"야 인마, 자꾸 새끼, 새끼 하지 마." 은형사가 말했다. "꼭 나한테 하는 말처럼 들리니까. 그래, 그 새끼…… 그 학생이 누굴 데리고 왔는데?"

12

"제희예요."

광수가 말했다.

"제희?"

"제서의 여동생이에요."

칼잠은 제서의 집에서 보았던 예쁜 여자아이를 머릿속에 떠올렸다.

13

엄마는 울었고 아빠는 넋을 놓았다. 친척들이 다녀간 뒤였다. 제희는 거실을 빠져나와 옥상으로 올라갔다. 토요일 저녁에도 이렇게 스물네 개의 계단을 밟아서 옥상에 올라갔다. 오빠를 보고 싶었다. 하지만 오빠는 없었다.

그날 저녁에 오빠는 저 평상에 누워 있었다.

제희는 오빠가 누웠던 평상에 누웠다. 그때 오빠가 그랬던 것처럼 하늘을 올려다보았다. 그때 오빠는 죽은 듯이 꼼짝도 하지 않았다. 제희는 오빠의 어깨를 흔들었다.

일어나.

오빠는 일어나지 않았다.

심심해.

간지럼을 태웠다. 이렇게 하면 오빠는 하하 웃으며 잠에서 깨어나곤 했다.

제희하고 놀아, 응?

오빠는 일어나지 않았다.

그때는 어두웠지만 지금은 밝았다. 제희는 옥상의 난간에 올라섰다. 정면으로 능수버들 길이 보였다. 왼쪽으로 바다도 보였고 배도 보였다. 오빠가 언젠가 배를 태워준다고 했다. 그래서 육지의 도시를 구경시켜 주고, 맛있는 것도 사주고, 또 큰 병원으로 제희를 데려준다고 했다.

야, 신난다. 그런데 제희가 왜 병원으로 가야 해?

오빠는 제희가 아프다고 했다.

제희는 오빠를 잘 따랐다. 토요일 날 오빠를 만나러 학교까지 갔다. 학교까지 먼 길이었다.

아, 심심해.

제희는 눈꽃마을 어귀를 보면서 기지개를 켰다. 마을 어귀가 한눈에 보였다. 마을 어귀에는 느릅나무 한 그루가 외롭게 서 있었다. 가끔 오빠를 기다리면서 느릅나무에서 숨곤 했다. 오빠가 느릅나무를 지나칠 때면 제희는 짠, 하고 모습을 드러내어 왁, 하고 소리쳤다.

오빠가 늦을 때가 많았다. 그때는 하루 종일 느릅나무에서 지냈다. 심심하면 느릅나무 뿌리에 살고 있는 개미들과 장난을 쳤다. 제희의 부주의한 손가락들에 의해 작은 문명이 멸망 위기를 겪고 있으면 늠름한 오빠가 나타났다.

여기서 기다리지 말라고 했잖아.

오빠는 화를 내면서도 제희를 번쩍 안아 한쪽 어깨로 목말을 태워줬다. 제희는 오빠의 어깨를 좋아했다. 오빠의 어깨에 앉아서 굽어보는 세상은 너무나 신기했다. 가만히 앉아 있는데도 세상이 이리저리 흔들렸다.

칼날 같은 바닷바람이 제희의 사방을 휩쓸었고 먼지와 마른풀을 감아 올렸다. 바람에 조율된 전봇대의 전깃줄이 기타줄 퉁기는 소리를 내었다.

오빠, 언제 오는 거야?

제희는 내부로 시선을 거둬들였다. 순간, 시선을 다시 끌어내어 느릅나무를 쳐다보았다. 느릅나무에 한 사람이 기대어 있었다.

우와!

그 사람은 청바지와 체크 남방을 입고 있었다.

제희처럼 오빠도 거기에 숨어 있었어?

"오빠!"

제희는 손을 흔들었다. 제희가 어떤 말이든 말을 하기만 하면 오빠는 무척 좋아했다. 제희가 말을 할 때마다 오빠는 소원을 들어준다고 했다. 하고 싶은 말들이 입안에 가득했지만 제희는 그걸 소리로 만들어내기가 너무나 어려웠다. 오빠는 제희가 아파서 그렇다고 했다.

제희는 기뻤다.

오빠, 제희가 말했어. 착한 제희를 칭찬해줘.

무엇보다 제희는 오빠를 다시 볼 수 있어서 기뻤다. 하지만 오빠는 여기에 제희가 있다는 것을 모르는 듯했다.

오빠, 여기에 제희가 있어.

말은 목소리가 되지 않았다.

14

"부탁해요."

그녀의 아름다움은 거울가게 주인의 친절과 찬탄을 끌어냈다. 그는 그녀가 들어설 때부터 미소를 지었고 그녀가 나설 때까지 미소를 잃지 않았다.

주인은 사방의 거울로부터 그녀를 발견했다. 거울과 거울이 서로를 비추면서 다양한 각도로 그녀의 아름다움을 복제했다. 시선이 닿는 곳마다 그녀가 나타났다. 어떤 거울은 그녀의 늘씬한 다리를 비추었고, 어떤 거울은 그녀의 우아한 목을 비추었다. 어떤 거울은 그녀의 가슴을 대담하게 비추었다.

전체를 보는 것보다 전체에서 부분을 따로 떼놓고 보는 게 더욱 관능적이었다. 거울에 비친 그녀의 부분들이 그의 머릿속에 반사되어서 완벽한 그녀를 이루었다. 주문을 받으면서도 눈은 그녀를 놓치지 않았다.

"염려하지 마십시오. 저녁이 되기 전까지 뜨락에 배달해 드리겠습니다."

그녀가 거울 수십 개를 주문을 했다. 어디에 쓰느냐고 주인은 묻지 않았다. 아름다움에 이유가 불필요하듯 미인의 행동에 이유가 불필요했다.

"자꾸 저를 쳐다보는군요. 혹시 현상수배 전단에서 내 얼굴을 본 것 아니에요?"

주인은 그녀의 말이 뼈가 있는 농담이라고 생각했지만 그 뼈를 발라낼 여유가 없었다. 주인은 거울 속의 그녀에게서 시선을 떼고 그녀를 쳐다보았다. 등밖에 볼 수 없었다. 그녀가 밖으로 나가자 상실감을 느꼈다.

15

양탄자를 한쪽으로 제쳤다. 그리고 바닥의 쇠고리를 일으켜 당겼다. 마룻바닥의 일부가 들려지고 입구가 나타났다. 그녀의 한쪽 손에 쟁반이 들려져 있었고, 다른 쪽 손에는 손전등이 들려져 있었다.

그녀는 손전등을 비추며 계단을 따라 내려갔다. 계단의 끝은 지하실이었다. 캄캄했다. 바닥에 내려선 그녀는 오른쪽 벽에 있는 스위치를 올렸다.

"애야, 내가 왔다."

아무런 대답이 없었다.

"나를 놀라게 할 생각이라면 고함을 지르면서 숨은 데서 뛰쳐나오렴."

정적이 흘렀다.

지하실에는 아무도 없었다.

손에서 쟁반이 떨어졌다. 1,000㎖들이 우유팩이 바닥을 굴렀다. 그녀는 지하실을 뛰쳐나가 차에 시동을 걸었다.

16

어둠이 싫었다. 지하실의 어둠이 싫었다. 어둠 속에 있으면 몸의 중심이 녹는 것 같았다.

그런데 지하실의 어둠 속에서 어렴풋이 뭔가가 떠올랐다. 안개가 걷히고 한 줄기 햇살에 아스라이 먼 섬의 일부가 모습을 드러내듯 기억의 일부가 어렴풋이 고개를 내밀었다. 소년은 지하실을 나왔다. 때론 걸었고, 때론 달렸고, 자주 멈췄다. 사람들이 자신을 볼까 봐 두려웠다. 그러면서도 사람들이 자신을 봐주었으면 했다.

 소년은 낚시꾼 차림의 두 사람을 보았다. 두 사람은 담소를 나누며 이쪽으로 걸어왔다. 대나무 숲에 숨었다. 낚시꾼 한 명이 따라 들어왔다. 소년은 꼼짝도 하지 못하고 두려움에 몸을 떨었다.

 눈이 마주쳤다.

 낚시꾼이 씩 웃었다. 소년도 씩 웃었다. 낚시꾼이 몸을 반대쪽으로 틀어서 면바지를 내렸다. 소년도 몸을 반대쪽으로 틀어서 청바지를 내렸다. 등 뒤에서 물 흐르는 소리가 났다. 소년은 고개를 돌렸다. 낚시꾼도 고개를 돌렸다.

 눈이 마주쳤다.

 낚시꾼이 한쪽 눈을 찡긋했다. 소년도 한쪽 눈을 찡긋했다. 하지만 눈꺼풀을 관장하는 근육과 신경이 움직여 주지 않았다. 한쪽 눈에서 경련이 일었다. 물소리는 계속 들렸고, 소년은 낚시꾼의 오줌 줄기를 발견했다. 소년에겐 오줌줄기가 없었다. 낚시꾼이 바지를 끌어올렸다.

 "수고."

 그 말을 던져놓고 낚시꾼이 대나무 숲을 빠져나갔다.

 소년은 낚시꾼처럼 바지를 끌어올렸다.

 "수우, 고오."

 소년은 자신의 목소리에 귀를 기울였다. 자신이 아주 근사해진 느낌이 들었다. 이제 사람을 만나도 무섭지 않을 것 같았다. 소년은 대나무 숲을 가로질렀다. 대나무 숲 저 너머에 기억의 사금파리가 반짝였다. 대나무 숲을 벗어나자 논두렁이 나타났다. 논두렁을 걸었고, 한때 논이었던 들판을 가로질렀다. 들판에는 밑동이 가지런히 잘린 볏짚이 여기저기 쌓여 있었다. 볏짚 냄새가 코를 찔렀다.

들판을 가로질러 눈꽃마을 어귀에 들어섰을 때 기억의 사금파리가 더욱 반짝였다. 마을을 보자 뭔가 떠올 듯 말 듯 머릿속을 괴롭혔다. 곳곳이 너무나도 눈에 익었다. 소년은 어귀의 느릅나무를 쳐다보았다. 다가가서 나무의 옹두리를 쓰다듬었다. 나중엔 옹두리에 얼굴을 갖다 댔다.

가슴이 설레었다.

소년은 옹두리에서 얼굴을 떼고 20미터 떨어져 있는 집을 쳐다보았다. 앙상한 담쟁이덩굴이 담을 휘감고 있는 집이었다. 그 집 옥상에서 여자아이가 손을 흔들었다. 여자아이는 옥상의 난간에 서 있었다. 바람이 불면 아래로 떨어질 것 같았다.

17

제희는 먼지를 일으키며 달려오는 자동차를 보았다. 자동차가 느릅나무 앞에서 멈췄다. 차에서 여자가 내렸다. 그리고 오빠를 차에 태웠다.

제희와 같이 가.

"제희야!"

아빠가 소리쳤다.

아빠와 엄마가 마당에 나와 있었다.

저기 보세요! 오빠예요!

제희가 옥상의 난간에 서서 마을 어귀를 가리켰다.
"위험해!"
엄마의 얼굴이 파랗게 질렸다. 칫, 아빠와 엄마는 제희의 말을 알아듣지 못해. 오빠는 제희의 말을 알아듣는데…… 아빠가 옥상에 올라와 제희의 팔을 잡았다. 오빠한테 가야 돼. 제희는 발버둥을 쳤다.
"오빠……."

18

"제희와 제서는……."
광수가 뜸을 들였다가 말했다.
"쌍둥이입니다."
"뭐, 뭐, 뭐?"
칼잠이 두 눈을 크게 떴다. 제서의 집에서 제희를 봤을 때 제희는 열 살 정도로밖에 보이지 않았다.
광수가 담담한 어조로 말했다.
"제희와 제서는 이란성 쌍둥이로 태어났어요. 다른 쌍둥이와 달랐어요. 제희에게 자폐증이 있었거든요. 벙어리가 아닌데도 말을 못했고요. 제서 앞에선 가끔 말을 하긴 했어요. 어렸을 땐 둘이 늘 붙어 다녔어요. 몇 년 동안 미리내 초등학교를 같이 다녔고요. 그건 오래가지 못했어요. 제희는 제서 없이 한 발짝도 움직이지 않았고,

제서 없이 화장실도 가지 않았어요. 아이들의 눈에는 제희가 바보나 백치로 보였나 봐요. 제희는 아이들의 놀림감이 되었는데, 그 때문에 제서는 자주 아이들과 싸웠어요. 그리고 반 아이들은 제희를 무서워했어요. 제희가 똑같은 동작을 되풀이하거나 무표정한 얼굴로 이상한 말을 중얼거렸으니까요. 제희가 자신의 세계에 틀어박혀 있을 땐 제서도 어떻게 할 수 없었어요. 그땐 건드리기만 해도 제희가 발작을 했거든요. 결국 제희는 학교를 그만두었어요. 제희가 학교를 관두면서 제희와 제서는 서로 떨어진 시간이 늘어났어요. 자연히 제서와 제희 사이는 멀어지게 되었고요. 제희는 자폐 증세가 더욱 심해졌어요. 그 이후 제희에게 또 다른 불행이 찾아왔어요. 처음에는 아무도 몰랐습니다. 몇 년이 더 흘러야 알았으니까요."

"또 다른 불행이 뭐지?"

"제희는 열 살쯤에서 성장이 멈췄어요. 의사들은 '왜소발육증' 또는 '작은 사람' 병이라고 했어요. 제서는 그것을 인정하지 않았어요. 난쟁이처럼 팔다리가 짧은 게 아니었거든요. 다만 성장이 멈추고 나이를 먹지 않는 것뿐이죠."

광수가 말을 멈추자 정적이 흘렀다.

4교시 시작종이 정적을 깼다.

"제희가 어떻게 반과 함께 있게 된 거지?"

은형사가 물었다.

"제희가 학교로 찾아왔나 봐요. 그런데 반이 어깨에 제희를 목말 태우고 우리 앞에 모습을 드러냈어요. 그때 제서의 눈이 뒤집혔어요. 제서는 녀석이 제희의 몸을 만지고 있다고 생각한 것 같았어요."

19

"방과 후 소리마을에서 길 잃은 제희를 발견했습니다."
반이 말했다.
"넌 작년에 전학 온 걸로 알고 있는데, 그 아이를 보고 제희인지 어떻게 알았어?"
은형사가 물었다.
"제서와 함께 있는 걸 몇 번 본 적이 있습니다. 제서에게 데려다 줄까 말했더니 제희는 고개를 끄덕였습니다. 그래서 제희를……."
"목말을 태웠다는데?"
"제희가 조르기에 태워준 겁니다."
"제희가 열여덟 살이라는 것을 몰랐어?"
"네?"
반이 놀란 토끼 눈을 떴다.
"몰랐습니다."
"제희는 거의 말을 하지 못한다고 하던데, 어떻게 그 아이가 목말을 타고 싶다는 걸 알았지?"
"제 어깨를 가리키며," 반은 자신의 어깨를 가리켰다. "여기에 올라타는 시늉을 했거든요."
"제서가 있는 곳은 어떻게 알았어?"
"집에 가지 않았다면 삼총사의 아지트에 있을 거라고 생각했습니다."

"아지트?"

"학교 뒷산에 원두막이 있는데, 그 원두막에 삼총사가 잘 모입니다."

"제희 몸을 건드렸다며?"

은형사가 어깨를 툭 치듯 물었다.

"네? 무슨 뜻이죠?"

반이 고개를 갸웃거렸고, 갸웃거리던 고개를 저으면서 무심한 목소리로 말했다.

"아닙니다."

"그래? 누가 먼저 네게 손을 썼지?"

20

"내가요."

영호가 말했다.

21

"영호가요?"

광수는 고개를 흔들었다.
"아뇨. 제가……."

22

칼잠과 은형사는 간단한 음식으로 점심을 때우고 학교 뒷산에 올라갔다. 비탈이 가팔랐다. 말이 산이지 언덕에 가까웠다. 제법 숲의 모양새를 갖추고 있었다. 잣나무가 머리칼처럼 빽빽하게 심어져 있었다. 숲은 햇살을 걸러내 깊은 그늘을 내놓고, 파도 소리를 걸러내 바람 소리를 내놓았다. 숲 너머에 안 섬의 서쪽 바다가 있다고 했다.

광수가 가르쳐 준 길을 찾을 수 있었다. 들풀과 들꽃으로 다져진 길이었다. 10분 정도 올라가니까 들판이 나왔다. 광수는 그 들판이 작년까지는 옥수수밭이었고, 몇 년 전까지는 참외밭이라고 했다. 지금은 옥수수의 말라죽은 줄기와 어른의 키까지 자란 억센 들풀이 들판을 차지했다.

들풀들의 머리엔 고운 바람결이 났고, 모두 서쪽으로 가녀린 고개를 숙였다. 들풀 숲에 사람이 숨으면 찾아내기 어려울 것 같았다. 들풀 숲 사이로 길이 나 있었다. 양쪽으로 들풀 벽을 거느린 터널에 가까웠다. 어떤 풀들은 우거져 지붕을 이루고 있었다. 그들은 들풀 터널 안으로 들어갔다. 이따금 풀들이 얼굴을 후려쳤다.

"아이들 목소리네요."

은형사가 걸음을 재우쳤다. 칼잠의 귀에도 들렸다. 그들은 들풀 터널을 통과했다. 원두막이 보였다. 원두막은 허공을 사방으로 거느리고 있었고, 사다리는 지면과 마루를 비스듬히 잇고 있었다.
 은형사가 눈살을 찌푸렸다. 마룻바닥에 봉지와 소주병이 나뒹굴고 있었다. 원두막 앞에도 두툼한 검은 비닐봉지들이 버려져 있었다. 가까운 풀숲에는 알록달록한 가방 네 개가 나란히 놓여 있었다. 은형사가 가방의 주인을 찾아 고개를 돌렸다.
 "저기에 있군요."
 열 살가량의 어린아이 네 명이 언덕을 향해 기어올라 가고 있었다. 계집아이도 한 명 끼어 있었다.
 언덕에서 들판까지 비탈이 졌고, 비탈은 마른 흙과 군데군데 키 작은 풀로 이루어져 있었다. 언덕에 오른 아이들이 베니어합판을 깔고 앉았고, 베니어합판에 고정된 줄을 고삐처럼 당겼다. 베니어합판이 비탈을 타고 미끄러졌다. 이따금 환호가 터졌고 이따금 비명이 터졌다.
 "누구세요?"
 베니어합판을 타고 맨 먼저 아래에 도착한 사내아이가 칼잠과 은형사를 발견했다.
 "학교는 어떻게 하고?"
 은형사가 말했다.
 "오전 수업 반이에요."
 아이들이 일렬횡대로 줄을 서는 것처럼 나란히 섰다.
 "그렇구나. 여기에 자주 놀러 오냐?"
 "매일 와서 이걸로 미끄럼을 타요."

사내아이가 베니어합판을 보여주었다. 아래가 닳을 대로 닳아 있었다.

"여기에 나쁜 형들도 자주 온다는데……."

"그 형들 안 나쁜데."

"그 형들을 아니?"

"얼굴만 알아요. 여기서 자주 봤거든요. 우리한데 잘해줘요. 어떤 때는 우리와 미끄럼을 같이 타기도 해요. 그런데 아저씨는 누구세요?"

"경찰."

"경찰이래!"

아이들이 호기심 어린 얼굴로 은형사와 칼잠을 아래위로 훑어보았다. 허락만 한다면 손가락으로 그들의 몸을 이곳저곳 찌를 것 같은 모습이었다.

여자아이가 입술을 샐쭉거렸다.

"저…… 그 오빠들이 여기서 싸웠기 때문에 여기에 온 거예요?"

"너희도 그때 있었니?"

"네. 우리도 있었어요."

"영화를 보는 것 같았어요."

"아냐, 얼마나 무서웠는데? 쳇, 넌 그때 울고 그랬잖아?"

"내가 언제 울었다구, 그래? 그렇게 말하는 넌?"

"안경 낀 오빠는 피도 흘렸어요."

아이들은 너도나도 한마디씩 했다.

은형사가 처음에 말을 붙인 사내아이를 가리켰다.

"자, 네가 차근차근 말해보겠니?"

23

그들은 교장의 양해를 구하고 오전에 불렀던 학생들을 오후에 다시 불렀다.
"두 명의 여학생이 그 자리에 있었다며?"
영호가 고개를 갸웃했다.
"유리 외에는 없었는데요."

24

"유리요?"
다시 마주한 게 못마땅한 듯 여선생이 눈살을 찌푸렸다. 하지만 그 얼굴 아래로 이런 자리를 즐기는 듯한 표정도 있었다.
"유리는 왜요? 우리 반 아이들을 모두 조사할 작정인가요? 설마 반 아이들 중 누군가가 제서를 죽였다고 생각하신 것은 아니겠죠?"
목소리가 퉁명스러웠다.
"수사에 도움되는 것은 뭐든지 알 필요가 있습니다. 유리가 어떤 학생인지 말씀해 주실 수 있습니까?"
은형사가 상냥한 목소리로 말했다.

"유리는 유명한 아이예요. 반 아이들 사이에 떠도는 미리내 7대 불가사의가 있는데, 유리가 두 번째, 세 번째 불가사의의 주인공이에요."

"……?"

"세 번째 불가사의는 유리의 아이큐예요. 중학교 다닐 때 아이큐가 155였어요. 만점이었죠."

"천재군요!"

"학교에선 검사가 잘못됐니, 천재의 출현이니 어쩌고저쩌고 하면서 모 실험기관에 새로운 방식의 아이큐 검사를 의뢰했습니다. 결과는 더욱 놀라웠어요. 유리의 지능은 그 방식의 지능 검사로도 측정할 수 없을 정도였답니다."

"신문에 날 일이군요."

"신문엔 나지 않았어요. 그 실험기관에서 비밀로 부쳤으니까요. 그리고 관심도 시들해졌어요. 머리가 보통 아이보다 뛰어나다는 것 빼고는 별 특별한 것—미친 수학자의 수학적 재능 같은 것 말이에요—을 발견할 수 없었거든요. 유리가 여러 가지 검사에 대해 부정적인 반응도 보였고요. 유리는 중학교 때 늘 전교 1등을 했다고 해요. 그런데 고등학교 때 다시 아이큐를 검사를 했는데, 아이큐가 보통 애들과 비슷하게 나왔어요. 성적도 중간으로 곤두박질쳤고요."

"두 번째 불가사의는 뭡니까?"

은형사의 머릿속에 유리의 매력적인 모습이 어른거렸다. 유리가 천재였다는 사실이 믿어지지 않았다. 천재와 미녀의 결합은 20세기를 풍미한 아인슈타인과 마릴린 먼로의 결합만큼 어색한 느낌이 들었다.

"두 번째 불가사의는 유리의 키입니다. 작년 여름 방학에 키가 20센티 이상 컸거든요. 키뿐만 아니라 얼굴도 예뻐졌어요. 방학이 끝나고 새 학기가 시작되었을 때 학교가 난리가 났어요. 어떻게 하면 키가 클 수 있니, 어떻게 하면 그렇게 예뻐질 수 있니, 운동은 자주 하니, 몸매 관리는 어떻게 하니, 따위의 관심 말이에요. 아이들은 하룻밤 자고 나면 몰라보게 자란다고 하지만…… 저도 제 눈으로 보지 못했다면 믿지 못했을 거예요. 저는 작년엔 1학년을 가르쳤기 때문에 유리의 변하기 전의 모습과 변한 후의 모습을 볼 수 있었거든요."

"다른 불가사의들이 뭔지 궁금한데요."

은형사가 말했다.

"나머진 시시한 것들이에요. 수학 선생님의 9대1 가르마 같은 것도 불가사의죠. 아참, 삼총사의 성적도 불가사의예요. '셋이 합쳐 10등'이 그 불가사의의 슬로건이에요. 삼총사는 시험을 칠 때마다 성적이 좋게 나왔어요. 세 명의 등수를 다 합쳐도 10등 근처에 머물렀어요. 영호가 밑으로 좀 처졌지만 제서와 광수는 늘 반에서 다섯 손가락 안에 들었어요."

두 형사는 고개를 갸웃거렸다. 문제아의 성적이 나빠야 한다는 법은 없지만 모범생이 문제아보다 성적이 좋은 게 더 자연스럽지 않는가.

6교시.

국어시간이었다. 국어담당인 담임은 자리를 비우고 없었다. 교실은 어수선했다.

"나 좀 봐."

그 말에 광수는 고개를 왼쪽으로 돌렸다. 유리가 보였다. 유리가 등받이를 잡고 영호의 의자를 뺐다. 영호는 상담실에 가고 없었다. 등받이를 돌려 광수를 보도록 한 다음 그녀는 다리를 부주의하게 벌리면서 의자에 걸터앉았다. 야한 잡지의 표지 모델에게 어울리는 포즈였다. 치마가 안쪽으로 당겨져 검은 스타킹의 늘씬한 다리가 드러났다.

유리는 팔짱을 끼는 것처럼 두 팔을 포개서 등받이 위에 올려놓았다. 그리고 턱을 두 팔 위에 올려놓았다.

광수는 자신의 얼굴이 달아올랐다는 것을 깨달았다. 유리가 맑고 시원한 눈으로 그를 쳐다보았다. 순간 그는 이 세상에 그들만이 존재하고 있는 듯한 착각에 빠졌다. 유리는 아름다웠지만 그녀 자신은 아름답다는 사실을 모르는 것 같았다. 그것이 더 매력적으로 보였다.

의도하지 않았는데도 유리의 허벅지가 시야에 들어왔다. 두 다리가 부주의한 각도로 움직였다. 그는 시선을 돌려 책상 모서리를 쳐다보았다. 두 눈에 힘을 주었다. 그녀의 시선과 다리를 피했지만 그녀의 숨결을 피할 수가 없었다. 숨결은 어딘가 모르게 은밀하고 달착지근했다.

"왜?"

광수가 물었다.

"형사들이 뭘 물어봤어?"

"이것저것."

"내 얘기를 했어?"

"무슨 얘기?"

"거기에 내가 있었다는 것."

"거기라면?"

광수는 여전히 책상 모서리를 쳐다보고 있었다.

"어디든."

"어디든?"

책상 모서리를 더듬고 있는 광수의 눈빛이 흔들렸다. 그는 시선을 돌려 유리를 쳐다보았다. 유리가 싱긋 웃었다.

"내가 본 여자가 너였어. 그렇지?"

광수가 말했다.

"무슨 말이야? 나도 그날 너희 아지트에 같이 있었잖아."

유리가 두 눈을 그의 두 눈에 박아 넣었다. 광수가 슬쩍 눈길을 피했다.

26

"유리가 거기에 있었던 것은 사실이에요."

말을 끊고 광수는 테이블을 쳐다보았다. 유리창의 커튼 사이를 비집고 들어온 장밋빛 햇살 한 자락이 테이블의 귀퉁이에 머물렀다. 햇살이 미끄러져 저편으로 사라졌다. 은형사가 스위치를 올려서 불을 켰다.

"남자라면 누구나 유리와 사귀고 싶을 것입니다."

심경에 변화가 있었는지 종결어미가 '요'가 아니라 '다'로 바뀌어져 있었다. 그 말투는 착 가라앉는 느낌을 주었고, 광수를 훨씬 나이 들어 보이게 했다.

"제서는 예외였어요. 제서는 유리가 불운을 몰고 다니는 아이라고 했습니다. 작년 9월부터 유리가 남학생들과 사귀었는데, 그 남학생들이 모두 유리와 헤어졌거나 좋지 않은 일을 당했다고 했습니다."

"예를 든다면?"

"유리와 사귄다고 떠벌리고 다녔던 남학생 한 명은 병원 신세를 졌습니다. 계단에서 굴러 떨어져 다리가 부러졌거든요. 유리와 사귀었던 어떤 남학생은 별다른 이유 없이 육지로 전학을 가기도 했고요. 그런 일을 이상하게 생각한 사람은 제서밖에 없었습니다. 저도 제서가 별일 아닌 일을 너무 예민하게 받아들인 거라고 생각했습니다. 전 유리가 남학생과 사귀는 것을 본 적이 없었거든요. 여학생들과 어울리거나 아니면 혼자였어요. 유리는 누구에게나 잘 대해줬고 조용한 편이었습니다. 하지만 유리는 어디에 있든지 눈에 띄는 아이였습니다. 게다가 유리에게 사람을 꼼짝 못하게 하는 뭔가가 있었습니다."

"카리스마?"

"네, 카리스마."

광수는 한 템포 늦추면서 말을 이었다.

"지난주 토요일 아침 자습시간이었습니다. 제서가 유리와 사귀고 있다고 고백하더군요. 보름이 넘었다고 했습니다. 놀랍기보다는 부러웠습니다. 제서 정도면 유리와 잘 어울린다고 생각했습니다. 제가 어떻게 된 일이냐고 물으니까 유리가 먼저 사귀자고 했다고 하더군요. 전 또 물었습니다. 유리가 불운을 몰고 오는 아이이고 또 유리에게 관심없다고 말했지 않았느냐고, 그런데 어떻게 유리와 사귀게 됐느냐고. 제서는 제희의 병 때문에 유리와 사귄 거라고 했습니다."

광수의 목소리가 갈라졌다. 칼잠이 은형사에게 눈짓을 곁들인 손짓을 보냈다. 은형사가 컵에 물을 따라 광수에게 주었다.

"고맙습니다."

광수는 물을 들이켰다. 그리고 숨을 고르면서 잠시 동안 말을 골랐다.

"작년 여름방학 전까지 유리의 키는 150센티도 되지 않았습니다. 별명이 '꼬맹이'였습니다. 그런데 여름방학 한 달 동안에 20센티 이상이 컸습니다. 제서는 그 사실을 알고 제희를 염두에 두었나 봅니다. 유리와 다른 경우이지만 제희도 유리처럼 성장할 수 있지 않을까 희망했을 테죠. 유리가 사귀자고 했을 때 제서가 거절할 수 없었던 이유는 유리의 아름다움보다 유리에게서 성장비결 같은 것을 얻을 수 있을 거라고 생각했기 때문입니다. 딱 부러진 성장비결이 없다고 해도 유리의 식생활 습관을 알아내고 싶었노라 했습니다. 제희에게 유리의 식생활 습관을 적용하려고 말입니다. 제서의 설명을 들었지만 저와 영호는 제서가 유리와 사귄다는 사실을 믿지 못했습니다. 제서는 확인시켜 준다고 했습니다. 수업 끝나고 원두막에서 유리와 만나기로 약속했다고 하더군요. 그래서 원두막에 가게 된 것입니다."

광수가 물 한 잔을 더 부탁했고, 은형사가 물을 따라주었다. 광수가 물을 마시고 나서 말했다.

"원두막에서 제서를 기다리는 유리를 보았습니다. 그리고 반 그녀석을 보았습니다. 제희를 목말 태우고 발입니다. 제가 보기에 녀석은 제희의 몸을 만지고 있었습니다. 한 손이 제희의 치마 속으로 들어가 있었거든요. 저는 녀석에게 달려들었습니다. 영호도 저와 행동을 같이했습니다."

광수가 말을 멈췄다. 탈진한 것처럼 온몸이 축 처져 있었다. 칼잠은 광수가 사실의 전부를 말하지 않았다는 느낌을 받았다.

"유, 유, 유리 외에 여학생이 한 명 더 있다던데……."

"유리 외에는 없었습니다. 저희들이 가고 나서 왔는지 모르겠습니다만."

27

"그날 밤 말입니까?"

반이 무심한 어조로 말했다.

칼잠은 반을 희귀 동물을 쳐다보듯 쳐다보았다. 보면 볼수록 자신을 타인처럼 대하는 무관심이 신기했다. 그런 무관심은 아이큐 75에 딸린 패키지는 아니었다. 칼잠은 반을 아이큐 75로 보지 않았다. 아이큐 75는 빙산의 일각에 불과하고, 그 아래에 아이큐 75를 떠받치는 거대한 허무가 존재하고 있는 것 같았다.

"그래."

은형사가 고개를 끄덕였다.

"유리 집에 있었습니다. 유리가 뜨락에 저를 데려갔습니다. 유리 어머님이 저를 치료해줬고요. 10시까지 유리 집에 있었습니다. 집에 올 땐 유리 어머님의 차를 타고 왔고요."

28

"방파제에 있었습니다."

영호가 말했다.

"혼자?"

은형사가 물었다.

"아뇨. 광수와……."

"거기서 뭐했어?"

29

"술을 마셨습니다."

광수가 말했다.

"저녁 8시부터 방파제에서 술을 마셨습니다. 방파제에서 술을 마시다가 11시를 넘겨서 집으로 갔습니다."

"방파제에 술집이 있나?"

"술을 사들고 갔습니다. 방파제에는 몸체가 서너 갈래로 갈라진 콘크리트 덩어리들이 맞물려 있는데, 그 맞물린 틈새를 찾아보면 숨어서 술 먹기 좋은 장소가 꽤 많습니다. 차가운 바람도 막을 수 있고요. 거기서 모닥불도 지폈습니다."

은형사가 눈을 날카롭게 떴다.

"줄곧 방파제에 있었어?"

광수가 쉼표를 길게 찍고 말했다.

"솔직히 말씀드리겠습니다. 우리는 방파제에 있었지만, 제서가 죽는 것을 오름산 공중다리에서 목격했습니다."

광수가 자신의 말이 가져올 파장을 즐기려는 듯한 얼굴로 칼잠과 은형사를 쳐다보았다. 은형사와 칼잠이 별 반응을 보이지 않았다. 당황한 건 광수였다.

"영호가 벌써 이야기를 했습니까?"

은형사가 어깨를 으쓱했다.

"꿈을 꿨다는데? 꿈속에서 제서가 죽는 모습을 보았고 말이야."

"그렇군요."

풀이 죽은 목소리였다.

"자세히 얘기해 봐. 네 이야기도 듣고 싶으니까."

"영호와 저는 의견이 달랐습니다. 영호는 꿈을 꾼 것에 불과했다고 생각했고, 저는 꿈속의 일처럼 보이지만 꿈이 아니라고 생각했습니다. ……그 일은 갑자기 찾아왔습니다."

목소리가 감상적인 어조로 바뀌었다.

"저는 콘크리트 덩어리에 등을 기대고 허공에 뜬 달과 수면에 뜬 달을 쳐다보고 있었습니다. 술에 취해서 그런지 눈앞이 몽롱하고, 모든 게 아름다워 보였습니다. 어느 순간, 주위 풍경이 엷어지면서 저를 중심으로 세상에 속해 있었던 것들이 사라졌습니다. 달과 별과 파도와 하늘이 사라졌습니다, 모닥불도. 하지만 영호 그 녀석은 한쪽에 구겨진 모습 그대로 존재하고 있었습니다. 영호는 흥얼흥얼 콧노래를 불렀습니다. 전 취기가 싹 가셨습니다. 꿈을 꾸고 있나 싶었습니다. 그때 새로운 것들이 사방을 채우기 시작했습니다. 하늘이 나타나고, 달이 뜨고, 파도가 쳤습니다. 세상이 사라지고 다른 세상이 나타난 것은 아주 짧은 순간에 일어난 일이었습니다. 전 조금 전까지 앉아 있었는데, 중간의 과정을 생략하고 난간에 기대 서 있었습니다."

"……."

"주위 풍경엔 색채와 존재감이 결여되어 있었습니다. 어두운 밤이라고 해도 사물의 색깔은 남아 있을 텐데 그런 게 전혀 없었습니다. 달은 달답지 않고 바다는 바다답지 않았습니다. 제 몸도 색채가 결여되어 있었습니다. 마치 흑백 TV에 뛰어든 것 같은 느낌이었습니다."

"흑, 흑, 흑백 TV?"

칼잠이 광수의 말을 막았다.

"네, 모든 게 흑백으로 보였습니다."

칼잠의 두 눈에 이채가 떠올랐다.
광수가 말을 이었다.
"취기 때문에 환영을 보고 있는 거라고 생각했습니다. 꿈은 아니었습니다. 누군가 꿈을 꿀 때 자신이 꿈속에 있으면서도 현실 속에 있는 거라고 믿기도 합니다만, 이런 경우는 잠에서 깨어나면 자신이 현실 속이 아니라 꿈속에 있었다는 사실을 깨닫게 되는 걸로 알고 있습니다. 하지만 제 경우에는…… 지금 이 순간에도, 제 정신은 그때의 일을 꿈이 아니라 현실로 받아들이고 있습니다. 현실에서 꿈으로, 꿈에서 현실로 이동할 때 필요한 잠과 깸의 과정이 저에게는 없었으니까요."
이야기 도중에 칼잠이 신음 소리를 냈다. 은형사가 힐끔 칼잠을 쳐다보았다.
"제가 비현실적인 감각에 사로잡혀 있을 때, 영호가 눈을 뜨고 '제서 아냐?' 하고 중얼거렸습니다. 저는 영호가 쳐다보고 있는 곳을 쳐다보았습니다. 제서가 있었습니다. 꽤 떨어진 거리인데도 제가 어떻게 제서인지 알 수 있었는지 신기했습니다. 마치 제 눈이 카메라 렌즈가 되어서 제서를 줌인으로 끌어당긴 것 같았습니다. 제서는 뭔가에 쫓기듯 암벽을 내려오고 있었습니다. '제서야!' 하고 소리치며 영호가 손을 흔들었습니다. 그렇게 소리치고 나서 영호도 이상함을 느꼈나 봅니다. '여기가 어디야?' 하고 물었습니다. 저는 주위를 둘러보았습니다. 우리는 공중다리에 서 있었습니다. 이것도 색채는 결여되어 있었습니다. 그때 기묘한 기분이 들었습니다. 오름산의 공중다리라고 인식하는 순간, 흐릿한 초점이 분명해진 것처럼 다리의 부분과 부분이 전체로 이어지면서 다리가 완벽해졌습니다. 마치 제가 직접 다리의 밑그림에 다리의 세부를 그려 넣는 것 같았습니다. '저 새끼!' 하고 영호가 으르렁거렸습니다. 저는 제서의 뒤를 쫓는 반을 발견했습니다. 제서와 반은 암벽 중간에서 실랑이를 벌였습니다. 제서가 우리 쪽을 쳐다보며 뭐라고 소리쳤습니다. 그때 반이 제서를 밀었고, 제서는 암벽 아래로 떨어졌습니다. 제서는 바다 아래로 사라졌습니다. 저는 반을 쳐다보았습니다. 반은 사라지고 보이지 않았고 다른 누군가가 있었습니다. 누군가는……"

광수가 말을 멈췄다. 먼 거리를 뛴 것처럼 지쳐 보였다.

"누구였어?"

"유리였습니다."

광수가 무거운 짐을 내려놓듯 말했다.

"유리보다 유리가 두르고 있는 하얀 목도리가 더 시선을 끌었습니다."

"목, 목, 목도리?"

칼잠이 물었다.

"네. 하얀 불꽃같은 것이 목도리를 감싸고 있었습니다. 그 목도리가 바람에 날려 유리의 목에서 떨어졌습니다. 그때였습니다. 공기가 희박해지고, 풍경이 엷어졌습니다. 어느새 우리는 오름산을 벗어나 방파제에 돌아와 있었습니다."

제4장

파충류의 뇌

꿈을 꾸다

2월 28일.

새매가 잠에서 깨어났을 때 머리맡에 〈꿈의 형성〉이 놓여 있었다. 한 권이 아니라 두 권이었다. 그녀는 책 두 권을 두 손에 나눠 들었다. 무게가 똑같았다. 책 두 권의 내용을 비교했다. 202페이지에 똑같은 내용이 쓰여 있었다.

누군가가 물었다.
"여기 한 사람이 있습니다. 그는 자신이 꿈꾸고 있는 세계를 실제 세계로 믿고 있고, 실제 세계를 꿈속의 세계로 믿고 있습니다. 그가 꿈꾸고 있는 세계는 실제 세계이고 그가 실제라고 믿고 있는 세계는 꿈속의 세계라는 사실을, 그가 받아들이도록 하려면 어떻게 해야 합니까?"

병실에 아무도 없었지만 새매는 주위를 둘러보는 절차를 거친 다음 두 번째 책을 침대 밑에 감췄다.

3월 1일.

새매는 시선을 느꼈다.
한 달 동안 그녀의 뒤통수를 따라다니던 그 시선이다. 때때로 그 시선을 느꼈지만 신경이 예민해서 그런 것이라고 여겼다. 하지만 오늘은 그 시선이 강렬하고 노골적이었다. 새매는 고개를 돌려 거울을 쳐다보았다. 거울에 비친 그녀의 눈과 마주쳤다. 하지만 그녀가 느꼈던 시선은 저 시선이 아니었다.
새매는 거울 가까이 다가갔다.
이 거울이 한쪽에서만 볼 수 있고 반대쪽은 거울 역할을 하는 편거울이 아닐까? 의심은 확신으로 바뀌었다. 누군가 지금껏 그녀의 모습과 행동을 관찰했는지 모른다. 새매는 머리를 매만지는 척하다가 거울을 보고 윙크를 했다. 그리고 밖으로 나갔다. 복도는 조용했다. 2027호실의 왼쪽을 쳐다보았다. 정신병동 보급실이 보였다. '관계자 외 출입금지'라고 적혀 있었다. 보급실은 복도의 이쪽 끝에 있었다. 보급실의 손잡이를 잡고 조심스레 돌려보았다. 잠겨 있었다. 발길을 돌려 복도 중앙으로 걸어갔고, 엘리베이터를 지나쳤다.
복도 중앙의 간호사 근무소에는 남자 간호사 두 명이 있었다. 한 명은 차트를 보고 있었고, 다른 한 명은 껌을 씹으며 잡지를 보고 있었다. 둘 다 체구가 좋았다. 새매는 조용히 걸었다. 그녀가 지나가는데도 간호사들은 고개를 들지 않았다.

복도 왼쪽으로 대뇌공명촬영실, 피하조직연구실, 뇌전도검사실, RAS분석실, 경막연구실, 뢴트겐 사진 보관실이 보였다. 새매는 복도 끝에까지 갔다. 복도 끝은 휴게실이었다. 그녀가 찾고 있는 비상계단은 어디에도 보이지 않았다. 밖으로 나가려면 엘리베이터를 이용할 수밖에 없었다. 휴게실 벽시계를 쳐다보고 상담시간에 늦었다는 것을 알아차렸다.

❖

현서가 나가고 나서 새매는 노트북에 전원을 넣었다. 현서가 어제 가져다준 노트북이었다. 전원을 켜자마자 이상한 것을 발견했다. 로그인도 하지 않았는데도 온라인으로 이메일이 도착해 있었다. 자동 로그인으로, 현서한테 온 이메일인가 보았다.

밑에 언급할 내용은 비밀리에 이루어진 실험의 보고서의 일부다. 나는 우연히 이 극비 문서의 일부를 얻을 수 있었다.

이 실험의 테마는 '후뇌의 시적(詩的) 도약'이다. 우리는 선발된 프레디(Freddy: 이 이름을 공식적으로 사용한 것은 훨씬 나중의 일이지만 기록상 이렇게 부르기로 한다) 네 명의 머리를 검사했다.

우리는 전기탐침과 단백질 계통의 약물 주입으로 그들의 머리에 전기 화학적 자극을 주었다. 실험 도중에 후뇌에서 특이한 뇌파를 발견했다. 후뇌는 파충류가 지구의 지배종일 때 발달했던 뇌 부위로 일명 '파충류의 뇌'이다. 현재에 이르러 뇌의 주도권은 대뇌 신피질에 넘어가 있었고 후뇌는 뇌의 먼 후방에 머물러 있었다. 그렇게 죽어지내던 과거의 뇌가 독특한 파장을 내면서 자기 목소리를 낸 것이다.

실험진 하나가 그 파장을 내고 있는 부위가 후뇌가 아니라고 주장했다. 3차원 좌표로 위치를 나타낼 수 있는 뇌의 특정 부위가 아니라 뇌 전체가 연동하여 그 파장을 낸다고 했다. 이 주장은 일단 유보되었다.

전기 화학적 자극으로 각성된 후뇌에서 발생한 뇌파는 렌 파로 불려졌다. 렌 파는 5μHz의 비정상적인 주파수를 나타내고, 진폭이 평균 5μV 정도의 α파보다 높았다. 또 α파보다 느린 파동을 가지고 있었다.

한 번 활성화된 렌 파는 그 후에도 자주 발견되었다. 피실험자들이 꿈을 꿀 때 렌 파가 쉽게 유도되었고, 렌 파를 꾸준히 유지했다. 우리는 그들이 후뇌로 꿈을 꾼다고 결론을 내렸다. 재미있는 건 후뇌가 흑백 필터가 되어 칼라의 꿈을 흑백으로 걸러낸다는 사실이다.

실험진 중 하나가 농담을 하듯 후뇌로 꾸는 흑백의 꿈을 쿰으로 불렀다. 실험진 사이에는 쿰이 은어처럼 쓰였고 나중에 공식 명칭이 되었다.

우리는 후뇌로 흑백의 꿈을 꾸는 이들을 프레디라고 불렀다. 처음에는 그 이름에 저항이 있었다. 프레디는 20세기에 주가를 올리고 21세기에도 회자된 '나이트메어'란 시리즈 공포영화의 주인공이다. 프레디는 꿈속에서 활약하는 살인마이다. 우리는 그 캐릭터의 성격에 주목해서 프레디란 이름을 붙인 게 아니었다.

새매는 나이트메어를 본 적이 있었고, 프레디가 누군지도 알고 있었다. 프레디하면 화상으로 일그러진 외모, 네 개의 칼날이 달린 장갑, 그가 쓰고 다니는 중절모, 빨갛고 검은 스프라이프 스웨터가 떠올랐다.

새매가 꿨던 천 년의 꿈도 흑백으로 이루어져 있었다. 꿈속에 있을 땐 꿈속의 배경이 흑백이란 사실을 전혀 깨닫지 못했다. 꿈속의 그녀는 흑백을 보고 있으면서도 뇌의 타성 때문인지 흑백을 칼라로 인식했다. 꿈에서 깨어나서야 흑백의 꿈을 꾼 것을 깨달을 수 있었다.

"프레디라……."

새매는 자신의 손을 살피면서 손을 몇 번 오므렸다 폈다.

"이참에 칼날 달린 장갑 하나 마련해야겠군."

제5장

꿈은 이루어진다

꿈을 꾸다

1

그 후—
12월 6일 월요일 오후.

은형사가 운전대를 잡았다.
"녀석들의 이야기를 믿는 것은 아니겠죠? 그들은 조금 이상한 백일몽을 꾼 것에 불과합니다. 어? 아이같이 순수한 그 표정은 뭡니까? 그 이야기를 믿는다는 겁니까?"
칼잠이 미소를 지으며 운전석 옆자리에 앉았다.
"상, 상, 상상력을 발휘해 봐."
"그건 선배님의 주특기잖아요?
"꿈, 꿈, 꿈 이야기는 그렇다고 치고, 사라진 안경과 인면어가 무슨 관련이 있을 거라는 생각이 들어. 그것들을 연결시킬 만한 뭔가가 있을 것 같은데 말이야."

은형사가 차에 시동을 걸면서 퉁명스레 말했다.

"그것들이 꿈속에서 튀어나온 물건이라도 된단 말씀입니까?"

칼잠이 옆구리를 찔린 것처럼 흠칫했다.

"핵, 핵, 핵심을 찔렀어. 자네는 하루 종일 내 머리를 맴돌던 생각들을 단 한마디로 정리했어."

은형사가 웃음을 터뜨렸다. 그리고 액셀을 거칠게 밟으며 지녹스 7을 출발시켰다.

"저를 놀라게 할 생각이었다면 완벽하게 성공했습니다. 하지만 이번 사건은 단지 조금 이상한 사건에 불과합니다. 지금은 설명하기 어렵지만 단서와 증거가 주어진다면 충분히 설명할 수 있는 사건입니다. 광수의 허무맹랑한 백일몽 증언이나 초자연적인 근거를 들지 않더라도 말입니다."

칼잠이 진지한 표정을 고수했다.

"때, 때, 때로는 논리적 사고와 이성보다 직감과 통찰력에 의존해서 사건을 다루어야 할 경우가 생기는데, 이번 사건이 그래. 난 광수의 이야기에 마음이 끌려. 그 이야기엔 사실 이상의 뭔가가 있어."

"누가 뭐라고 그래도 수사는 이성적이고 합리적으로 이루어져야 합니다. 제 생각은 이렇습니다. 이번 사건을 꿈과 연관 짓는 것은 피타고라스 정리와 섹스를 결합시키는 것처럼 터무니없는 짓입니다."

은형사가 피식 웃었다.

"비, 비, 비꼬지 말게. 사람들은 자신이 이해하지 못하는 것을 경멸하는 버릇이 있지."

교정에 땅거미가 깔렸다. 학생들은 보이지 않았다. 유리를 만나려고 했지만 수업이 끝난 상태였다. 마음만 먹었다면 유리를 일찍 만날 수 있었지만 칼잠은 그녀와의 만남을 맨 마지막 순서로 미루었다. 미룬 결과 시간이 늦어져 학교에서 유리를 만날 수 없었다.

지녹스7이 교문을 나서자 은형사가 물었다.

"배고프지 않으세요?"

2

하모니카 소리가 감미로웠다.
유리가 자전거를 멈췄다.
"안녕."
유리가 말했다.
"……."
반이 하모니카에 입을 떼고 유리를 쳐다보았다.
"집에 안 가?"
유리가 물었다
"할아버지 때문에."
반이 무심한 목소리로 말했다.
유리는 길 쪽으로 고개를 내민 평상을 쳐다보았다. 노인 세 명이 앉아 있었다. 가게의 형광등 아래서 마주 앉아 바둑을 두는 두 노인은 바둑 삼매경에 빠진 듯 바둑알을 놓을 때 외에는 미동도 하지 않앉다. 나머지 한 노인은 평상의 절반을 차지한 채 술잔을 기울이고 있었다. 반의 할아버지였다. 코가 딸기코처럼 빨갰다. 소주병이 거의 비워져 있었다.

반은 아기였을 때 고양이 섬에서 살았다. 어머니가 지병으로 돌아가시는 바람에 반은 아버지와 함께 섬을 떠나 서울에 살았다. 아버지마저 교통사고로 돌아가시자 섬에 돌아와 할아버지와 살게 되었다.

"우리 혁이, 이 할아비를 위해서 한 곡조 더 뽑아봐라."

반의 할아버지가 말했다.

반은 평상의 한쪽을 막아선 뽕나무에 등을 기댄 채 두 눈을 감고 하모니카를 불었다. 반의 할아버지가 노래를 흥얼거렸다. 유리는 반의 안경 낀 얼굴을 쳐다보았다. 검은 안경을 쓸 때보다 지적으로 보였다.

"전설 바다에 춤추는 밤, 물결 같은 검은 귀밑머리 날리는 어린 누이와 아무렇지도 않고 예쁠 것도 없는 사철 발 벗은 아내가 따가운 햇살을 등에 지고 이삭 줍던 곳, 그곳이 차마 꿈엔들 잊힐리야."

반의 할아버지가 부르는 노래는 구슬펐다. 소주병이 깨끗이 비워졌다. 술기운이 딸기코를 거쳐 머리까지 치고 올라와 두 눈을 붉게 물들여 놓았다.

"집에 가요."

반이 할아버지를 부축했다.

"그래, 집에 가야지. 불쌍한 것."

할아버지의 두 눈에 눈물이 맺혔다. 할아버지는 술기운을 감당하지 못해 휘청거렸고, 그만 바둑에 빠져 있는 한 노인의 어깨를 손으로 짚었다. 서슬에 어깨를 빌려준 노인의 몸이 앞으로 기울여졌다.

"어, 어?"

노인은 고의가 담긴 동작으로 바둑판을 건드렸다. 바둑에 지고 있는가 보았다.

바둑알이 흩어졌다.

"에끼, 이 사람아! 이게 뭔가? 내기 바둑이었는데……."

노인의 목소리에는 과장이 담겨져 있었고, 안도의 미소가 숨겨져 있었다.

"어떻게 할 거야, 응? 술을 마시려면 곱게 마셔야지!"

반대편 노인이 일어서면서 반의 할아버지에게 곱지 않은 시선을 보냈다.

"제가 원래대로 해놓을 게요."

유리가 나섰다.

"뭐?"

유리가 생긋 웃으며 바둑알을 놓기 시작했다. 이따금 바둑을 두는 것처럼 생각에 잠겼다. 검은 바둑알과 흰 바둑알이 바둑판을 채우면서 바둑알이 흩어지기 전과 똑같은 모양새를 내놓았다. 두 노인이 혀를 내둘렀다. 반의 할아버지는 눈앞에서 무슨 일이 일어나고 있는지 모르는 듯 콧노래를 흥얼거렸다.

유리가 손을 탁탁 털며 반을 쳐다보았다. 이봐, 어때? 하고 말하는 듯이.

반이 무심한 얼굴로 시선을 돌렸다.

"할아버지, 가요."

유리는 눈살을 찌푸렸다.

3

새매는 자기 몸보다 큰 대형 거울을 등에 지고 뒤뜰의 창고 안으로 들어갔다. 태양열 주택에 딸린 창고는 통나무로 만들어져 있었다. 창고 문은 열려 있었다. 새매는 대형 거울을 벽에 기대놓았다. 벽을 돌아가며 세워져 있는 수십 개의 거울이 서로가 서로를 비추고 있었다. 새매는 면장갑을 낀 손으로 이마의 땀방울을 한 번 훔친 다음 창고 바닥에 깔린 양탄자를 거둬냈다. 그리고 쇠고리를 당겨 바닥의 일부를 젖혔다.

새매는 대형 거울을 지하실로 옮겼다. 지하실은 고딕 풍의 음침한 밝기를 유지하고 있었다. 다섯 개들이 촛대 다섯 개가 벽에 걸렸고, 그것의 다섯 배에 이르는 촛불이 지하실을 밝혔다. 한쪽 구석에는 그녀가 데려온 소년이 웅크리고 앉아 있었다. 소년은 두려움과 호기심이 섞인 눈으로 그녀를 쳐다보았다.

"심심하겠지만 조금만 기다리렴."

새매가 소년 앞에다 거울을 세웠다.

소년은 거울 속의 소년을 쳐다보았다. 거울 속의 소년이 거울 밖의 소년을 쳐다보았다. 소년은 자신의 손을 움직이면서 거울에 비친 그 손이 움직이는 것을 지켜보았다. 소년은 기뻤다.

새매는 부지런히 움직였고, 계속 거울들을 지하실에 갖다놓았다. 지하실에 거울이 차고 넘쳤고, 소년의 모습도 차고 넘쳤다. 소년은 거울 속을 산책하며 자신의 몸을 보았고, 자신의 몸을 바라보는 자신의 시선을 느꼈다.

거울 때문에 촛불의 수는 수십 배로 늘었고, 지하실은 대낮처럼 밝아졌다. 갖다놓은 거울의 수가 늘어나자 소년의 모습도 늘어났다.

이따금 새매가 거울을 들고 끙끙거리며 "이게 무슨 고생이람? 그냥 갖다 버릴까?" 하고 투덜거렸다.

지하실이 거울로 도배되었다. 새매는 마지막으로 텔레비전 한 대를 지하실 선반에 갖다놓았다. 14인치 크기의 텔레비전이었다. 안테나를 설치하고 텔레비전의 플러그를 벽의 콘센트에 꽂았다.

"자, 보렴."

새매가 텔레비전을 켰다. 일기예보가 나왔다. 기상 캐스터가 일기도를 가리키며 '내일은 차가운 내륙성 고기압의 영향을 받아 북동풍이 불 것이며, 북부 산간 지역은 기온이 영하로 떨어지는 곳도 있겠습니다.' 하고 말했다.

소년이 텔레비전 속의 캐스터를 쳐다보면서 또박또박 발음했다.

"내, 일, 은, 차, 가, 운, 내, 륙, 성, 고, 기, 압, 의, 영, 향, 을, 받, 아, 북, 동, 풍, 이, 불, 것, 이, 며, 북, 부, 산, 간, 지, 역, 은, 기, 온, 이, 영, 하, 로, 떨, 어, 지, 는, 곳, 도, 있, 겠, 습, 니, 다."

"생각보다 똑똑하네."

새매가 리모컨을 조작하여 다른 채널을 돌렸다. 소년은 홀린 듯이 화면을 바라보았다. 그녀가 손짓을 곁들여 리모컨 조작법을 설명했다. 나중에는 소년이 리모컨을 조작하여 채널을 이곳저곳 돌려보았다.

새매는 뒷정리를 하고 집 청소를 했다. 청소를 끝내고 콧노래를 흥얼거리며 샤워를 했다. 샤워를 끝내고 우유와 음식을 소년에게 갖다 줬다. 거실에 돌아와서 시계를 보니까 6시였다. 유리는 아직 돌아오지 않았다. 30분 후에 유리가 돌아왔다. 다시 30분 후에 자동차 엔진 소리가 들렸다.

새매는 옷을 갈아입고 거울을 보며 옷매무새를 만졌다. 다과를 준비하는 사이에 누군가 현관문을 두드렸다.

새매는 두근거리는 가슴을 진정시키며 현관문을 열었다.

4

천장은 가운데가 높았다. 유리장식을 매단 전등이 부드러운 빛을 뿌렸다. 거실은 넓고 이국적인 느낌을 주었다. 현관에 들어서자 모형 벽난로가 눈에 띄었다. 고급 장판이 깔려 있는 거실 바닥. 거실 중앙에는 갈색 양탄자가 깔려 있었다.

동남쪽 벽면을 차지한 색유리 문은 반투명해서 거실을 거울처럼 비췄다. 색유리 문을 옆구리에 끼고 가죽소파 두 개가 마주 놓여 있었다. 반투명 유리가 깔린 티 테이블. 주방 모퉁이에 설치된 대형 수족관이 푸른빛을 뿌렸다. 수족관 오른쪽으로 1층과 2층을 연결하는 나무계단이 있었다.

두 형사는 사방을 눈으로 담으며 소파에 앉았다. 유리가 맞은편 소파에 앉았다. 검은 스웨터와 검은 코르덴바지, 검은 머리칼 때문에 유리의 하얀 얼굴이 더욱 하얗게 보였다. 교복과 사복 사이에 10년의 터울이 있었다. 사복을 입은 유리는 10년은 더 성숙해 보였다.

새매가 찻잔이 담긴 쟁반을 테이블에 내려놓으며 유리 옆에 앉았다. 머리칼은 탐스럽게 풀어져 어깨를 덮고 있었다. 긴 머리칼 때문인지 유리만큼 어려 보였다. 탐스런 가슴을 강조한 원피스는 몸매를 두드러지게 했고, 얇은 치마는 늘씬한 다리를 반영하여 탄력과 질감을 그대로 드러냈다.

음악을 틀었는지 거실에 'Second Romance'의 선율이 흘렀다. 부드러운 선율이 그들 사이에 흐르는 어색함과 긴장감을 덜어냈다.

"드세요. 재스민 차예요."

새매가 말했다.

찻잔에서 김이 모락모락 났다. 칼잠과 은형사가 차를 조금 마시고 내려놓았다. 음악은 침묵을 애무하고 침묵을 풀어냈다. 음악이 'Song From A Secret Garden'으로 바뀌었을 때 새매가 은형사의 얼굴을 쳐다보았다.

"혹시 우리 전에 만난 적이 있나요?"

새매가 물었다.

"네?"

은형사가 눈을 동그랗게 떴다.

"낯이 익은 얼굴이라서 그래요."

은형사가 자신의 얼굴을 만지며 고개를 흔들었다.

"처음 뵙습니다만."

"제가 잘못 봤나 봐요."

은형사가 새매에게 자리를 비켜달라고 부탁했다.

"그러세요."

새매가 한 번 더 은형사의 얼굴에 시선을 두었다가 2층으로 올라갔다.

"무엇을 알고 싶은 거죠?"

새매의 목소리처럼 부드러운 목소리였다. 도전적인 두 눈이 은형사와 칼잠을 쳐다보았다. 보통 사람이 형사와 함께 있으면 가질 만한 심리적 거리감이 없었다.

"토요일 날 오름산 다리에서 광수가 학생을 봤다고 했어요."

은형사는 유리에게 말을 놓고 싶었지만 그렇게 할 수가 없었다. 유리가 여고생이 아니라 예의를 갖추어야 할 성인여자로 느껴졌다.

유리가 고개를 갸웃했다.

"그날 저녁 쭉 집에 있었어요. 광수가 저를 봤다고 그랬나요? 이상하네."

은형사가 거봐라는 듯 칼잠을 쳐다보았다. 칼잠은 유리의 얼굴을 톺아보았지만 부드러운 표정 아래에 도사리고 있을 그녀의 생각을 읽을 수 없었다.

칼잠이 더듬더듬 말했다.

"광, 광, 광수가 꿈속에서 너를 봤다고 그랬어. 꿈속의 장소는 오름산 공중다리였고……."

"걔 꿈속에 나타난 것까지 제가 책임져야 하나요?"

그 한마디가 침묵을 가져왔다. 감미로운 선율이 실내를 휘저었고, 침묵을 깊게 했다. 소파에서 등을 떼어 고쳐 앉은 유리가 턱 앞에서 두 손을 깍지 끼고 반으로 접혀진 두 팔로 자신의 가슴을 안았다. 깍지 낀 두 손이 턱 앞에서 가슴 쪽으로, 점점 아래로 이동했다.

"반이 그날 밤, 여기 있었다고 하던데……."

은형사가 침묵을 깼다.

유리가 깍지를 풀었다.

"알리바이를 묻는 거라면…… 반은 토요일 밤 9시에서 10시 사이에 손님방에서 잠들어 있었어요."

음악이 루이스의 'Dream A Little Dream Of Me'로 바뀌었다.

유리가 깍지를 꼈다가 풀었다. 풀었다가 다시 깍지를 꼈다. 은형사의 눈에는 그녀가 정서불안처럼 보였다. 좋게 말해도 유리는 주의가 산만했다.

칼잠이 토요일 오두막에서 무슨 일이 있었는지 물었다. 유리의 대답은 광수의 이야기와 다를 게 없었다. 제서와 사귀는 중이냐고 물으니까 유리는 그렇다고 대답했다. 유리의 솔직한 시인은 칼잠과 은형사의 말문을 막아버렸다. 잠깐 침묵이 흘렀다. 미녀와 사귄다는 게 어떤 기분일까? 하고 상상하는 일에 은형사는 침묵의 전부를 사용했다.

"차, 차, 참, 몇 시에 잠들었지?"

"엄마가 반을 데리고 나가고 난 이후 바로 잠이 들었어요. 그때가 아마 10시 조금 넘었을 거예요. 그러니까 10시 이전에는 자지 않았어요."

"혹, 혹, 혹시 그날 원두막에 너 말고 다른 여학생은 없었어?"

"없었어요."

5

칼잠은 커튼을 젖혔다. 불이 켜져 있는 정원이 보였다. 2층 본채에서는 어떤 불빛도 새어 나오지 않았다.

"자지 않으세요?"

은형사가 하품을 하며 늘어지게 기지개를 켰다. 창 앞에 서 있던 칼잠이 고개를 돌렸다.

"새, 새, 새삼스럽게. 내 불면증을 알고 있잖아?"

"한숨도 자지 못하는 겁니까?"

칼잠이 거실을 가로질러 소파에 앉았다. 바닥에 누워 있던 은형사가 일어나 앉았다.

"어, 어, 어쩌면. 한 시간 정도는 명상과 비슷한 상태에 머물기는 하지만."

"언제부터 불면증에……?"

"부, 부, 불면증은 10년 전 어느 날 갑자기 시작되었어. 재미있는 건 불면증이 시작되면서 망각 증세도 시작되었다는 거야. 불면증이 시작되기 전에 일어났던 일들을 기억하기가 힘들어졌어. 나중에는 거의 기억하지 못하게 되었지."

은형사는 놀랐다. 칼잠은 결코 수다스런 사람이 아니다. 특히 자기 얘기나 속 얘기는 거의 하지 않는 사람이다. 오늘 무슨 충격을 받았거나 심경의 변화가 있었는지 모른다. 칼잠은 뭔가에 취해 있었고, 약간 들떠 있었다.

"나를 증명하는 서류들, 내 어린 시절이 압축된 사진첩, 내 학교생활이 담긴 일기장, 내가 보았던 책들, 내가 보았던 영화들, 내가 만났던 사람들, 내가 거쳐 갔던 장소들……. 과거의 흔적들을 보면서 내 과거를 겨우 떠올릴 수 있을 뿐이었지. 뭐, 보통 사람들도 과거를 잊고 살다가 그런 식으로 자신들의 기억과 마주친다고 하지만 내 경우는 남들과 좀 달랐어. 어떤 때는 기억을 해보려고 아무리 애를 써도 내가 어린 시절을 어떻게 보냈는지 기억할 수 없었어."

오랫동안 속에 두고 있던 말을 꺼내는 것처럼 이야기에 막힘이 없었다.

칼잠은 얘기를 하는 내내 창문을 보고 있었다. 은형사는 칼잠의 얘기에 귀를 기울이는 한편 곁눈질로 창문을 쳐다보았다. 밖은 어둡고 안은 밝았기 때문에 창밖이 잘 보이지 않았다. 창문이 거울처럼 실내를 비추고 있었다. 칼잠은 창문에 비친 자기 자신을 쳐다보며 이야기를 하고 있는 듯했다. 그래서일까, 칼잠의 목소리가 독백처럼 들렸다.

"또 어떤 때는 과거의 흔적과 부딪혀도 그 흔적과 결부된 뭔가가 전혀 기억나지 않았어. 이런 증세는 시간이 흐를수록 심해졌어. 물론 불면증도 심해졌지. 나중엔 내 과거로부터 나는 완전히 단절되고 말았어. 어렸을 때의 사진을 보아도 그것이 내 사진이란 것을 인식할 뿐이지, 나와는 어떤 관련도 없는 것처럼 느껴졌어. 마치 남의 과거와 남의 기억을 훔쳐보는 것 같았거든. 불면증이 생긴 어느 날, 그 '어느 날' 이전의 내 삶은 면도날에 잘려져 나간 것처럼 잘려져서 몇 장의 증명서류와 몇 장의 사진으로 편집되어 버린 거야."

은형사는 가볍게 하품을 했고, 그 하품을 칼잠에게 들키지 않기 위해서 얼굴 근육을 긴장시켰다.

"'어느 날' 이전의 내 삶은 흐릿한 꿈의 파편들 같아서 기억하기가 힘들어. 그러나 '어느 날' 이후의 모든 것들은 마음먹기만 한다면 기억해 낼 수가 있어. '어느 날'이 내 인생의 반환점이었어. 반환점 저쪽에 있는 나와 반환점 이쪽에 있는 나는 질적으로 달랐거든. 반환점을 돌면서 내 정신과 몸이 화학적 변화를 일으킨 것 같았어."

"놀랍군요."

은형사가 진심으로 말했다.

"미, 미, 믿지 못하겠지만 불면이 그렇게 괴로운 것은 아냐. 눈을 뜨고 뭔가에 의식을 집중하고 생각을 지워 버리는 것으로 잠자면서 얻을 수 있을 활력을 얻을 수 있어. 불면은 나에게 명상과 비슷해. 잡념을 없애고 한곳에 나를 집중시키니까. 그러면 시간도 내 의식에서 사라져 버려. 어쩌면 그것이 나에겐 잠과 똑같은 상태일 거야. 하지만 그 상태는 잠이 아니고 불면의 계속일 뿐이야."

"······?"

"난 꿈을 꾸지 않으니까."

6

방에는 다섯 칸들이 책장 네 개가 있었고, 거기에 책들이 빽빽이 꽂혀 있었다. 어렸을 때부터 사 모았던 책들이다. SF로부터 추리, 공포, 스릴러, 환상, 동화, 로맨스 등 장르 소설을 두루 갖추고 있었다.

광수는 며칠 전부터 읽어왔던 SF 단편집을 꺼냈다. 여러 작가의 단편을 묶어놓은 책으로 헌책방에서 구했다. 단편들 중에서 필립 K. 딕의 '우주 스파이(Imposter)'가 제일 마음에 들었다. 이젠 로버트 셰클리의 '우주에서 온 거머리(The Leech)'만 남아 있었다.

광수는 침대에 몸을 던졌고, 엎드린 다음 읽을 곳을 펼쳤다.

"아야!"

광수는 페이지를 넘기다 비명을 질렀다. 손바닥이 따끔했다. 종이에 베인 것이다. 금세 핏방울이 맺히면서 책장 위로 떨어졌다. 그는 휴지로 책에 떨어진 피를 닦아냈다. 손바닥의 핏방울도 닦아냈다. 칼에 베인 것처럼 상처는 깔끔하고 선명했다. 생명선의 한가운데를 싹둑 자르고 들어간 상처. 몸이 오슬오슬 추워졌다. 머리도 약간 아팠다. 독서는 그른 것 같았다. 책을 책꽂이에 꽂아 넣었다.

상처에 연고를 발랐을 때였다. 귓속에서 재깍재깍 소리가 났다. 광수는 이 소리에 익숙했다. 그 소리가 없으면 허전함을 느낄 만큼.

재깍, 재깍.

사물의 배열은 조금씩 틀어지고, 사물의 세부는 선명해진다.

재깍, 재깍.

광수는 벽에서 박제된 모기의 메마른 흔적을 발견했다. 무더운 여름밤에 죽였던 모기였다. 그 당시에 그는 모기에게 물렸고, 투명 모기처럼 순간순간 사라지는 모기를 끝까지 추적하여 벽에 붙은 모기를 손바닥으로 쳤다. 모기는 완전히 으깨졌다. 엄지로 죽은 모기를 문질렀다. 모기의 아랫입술, 투명한 날개, 한 쌍의 더듬이, 세 쌍의 다리, 비늘로 덮인 몸, 모기에게 수혈된 그의 피……. 이 모든 것들이 하나로 짓뭉개졌다. 가을을 지나면서 모기의 시체는 마모되고, 겨울에 들어서면서 완전히 사라졌다. 이제 벽에는 모기의 이미지가 엄지의 지문으로 존재했다.

재깍, 재깍.

커튼이 쳐진 미닫이 창문, 12월의 달력, 줄리 델피의 옆얼굴이 강조된 〈RED〉의 영화 포스터, 쌍둥이 형광등, 책꽂이의 책들이 조금씩 위치를 바꾸었다. 그것들을 보고 있는 순간에도 그것들은 조금씩 위치를 바꾸었다. 영화 포스터 속에 담긴 줄리 델피의 우아한 목이 조금씩 움직였고, 반듯한 이미지 정면으로 돌아섰다. 얼굴도 정면으로 돌아섰다. 두 눈 모두 보였다. 그녀는 꿈을 꾸는 듯한 투명한 눈동자를 가지고 있었다. 비현실적인 바람이 불었고, 장밋빛 배경이 펄럭였다.

그가 방 안 어디에 있든지 그녀의 꿈꾸는 눈동자가 따라와서 그를 응시했다.

이런 종류의 환각이 시작된 것은 보름 전부터였다. 환각의 처음은 유리였다. 잠을 자려고 이렇게 침대에 누워 있는데, 귓속에서 재깍재깍 소리가 나면서 유리가 현실의 틈바구니를 뚫고 〈RED〉의 영화 포스터 속에서 모습을 드러냈다. 줄리 델피가 유리의 모습으로 변한 것이다.

포스터 속의 유리는 '나, 유리야.' 하고 그에게 말을 걸기까지 했다. 처음엔 놀랐지만 차차 아무렇지 않게 생각했고 지금은 그 환각을 즐겼다. 그는 자신이 특별한 감수성을 소유했기 때문에 환각을 겪는 거라고 생각했다. 환각이 그에게 독특한 개성을 부여한다고 믿었다. 그의 감수성이 사물을 재배열하고, 환각을 비틀면서 현실을 조작했다.

그는 환각을 겪으면서도 그게 환각이라는 것을 알았고, 진짜 현실과 가짜 현실을 구별할 줄 알았다. 현실과 환상 사이에서 균형을 잃는 법이 없었다. 그는 환상을 길들였고 환상은 그를 길들였다. 시간이 지날수록 그의 현실은 풍부해졌다.

재깍, 재깍.

종이에 베인 손바닥이 참을 수 없을 만큼 간지러웠다. 손바닥 속에 커다란 벌레가 살고 있는 것 같았다. 그는 손바닥을 살폈다. 그리고 비명을 질렀다.

"악!"

7

"책임자를 부탁합니다."

은형사가 속삭이듯 말했다. 10초 후 폰 건너편에서 목소리가 들렸다.

"전화 바꿨습니다."

"원제로원 사건이 일어났습니다."

"101 사건요?"

"네."

잠시 침묵이 흘렀다.

"거기가 어디입니까?"

8

칼잠은 고개를 갸웃했다. 화장실에서 무슨 소리가 들렸다. 은형사의 목소리였다. 감이 멀게 느껴지는 목소리. 목소리가 사라지고 잠깐 정적이 흘렀다. 1분 후에 은형사가 화장실 문을 열고 나왔다.

"뭘, 뭘, 뭘 그렇게 중얼거렸어?"

"아, 돈을 많이 들인 것 같아서요, 고급스런 비데가 구비되어 있더군요."

은형사가 뒤를 닦고 나오지 않는 듯한 표정을 지었다.

칼잠은 아무런 말도 하지 않았다. 괴짜인 젊은 형사가 변기와 정겨운 이야기를 나누었다고 해도 놀라지 않을 자신이 있었다.

9

머리를 눕히자마자 은형사는 잠이 들었다.

칼잠은 두 눈을 감고 소파에 기대앉았지만 잠을 이루지 못했다. 꿈의 생물학적 목적이 잠을 보존하는 것이라면 꿈을 꾸지 못했기 때문에 그의 잠은 보호받지 못했다. 그는 외부 자극을 꿈 경험이 아니라 현실에서 고스란히 경험했다. 그의 정신이 잠과 비슷한 상태에 빠져 있어도 감각은 깨어서 현실세계를 향해 열려 있었다. 초침이 움직이는 소리, 자동차 경적 소리, 수도관의 공명, 물방울 듣는 소리, 은형사의 숨소리, 벽 속에서 울리는 밤의 기묘한 소리들, 바람의 감촉, 온도 등……. 이런 외부의 자극들을 받아들이고 인식하면서 매순간 수면과 각성의 경계를 오락가락했다.

나중에는 그 경계에 갇혀서 그는 어떤 쪽으로도 나아가지 못했다.

10

종이에 베인 상처가 꿈틀거렸다. 상처가 짚신벌레로 보였다. 상처의 붉음이…… 빠져나갔다. 모든 사물에 색깔들이 빠져나갔다. 그의 몸에서도 색깔이 빠져나갔다.

"큰일 났어!"

액자에 넣어져 벽에 걸려 있는 줄리 델피가 소리를 질렀다. 덩달아 액자가 달가닥거렸다.

손바닥 상처가 벌어지면서 좀 더 깊고 길게 찢어졌다. 상처를 찢고 눈알 하나가 번뜩였다. 상처는 사람의 눈꺼풀처럼 몇 번 깜빡였다. 눈알이 망을 보는 것처럼 검은자위를 이쪽저쪽으로 굴렸다.

광수는 상처 속의 눈알에서 시선을 떼지 못했다. 상처에 기포가 일면서 손바닥이 미친 듯이 꿈틀거렸다. 눈알이 사라지고 상처 속에서 손가락이 튀어나왔다. 손가락 개수는 하나에서 두 개, 세 개…… 다섯 개로 늘어났다. 손가락을 따라 손이 나왔고, 손은 두 개로 늘어났다. 두 손은 상처를 양쪽으로 잡고 창문을 열 듯 상처를 열어젖혔다.

상처가 크게 벌어졌다.

상처로부터 검은 머리칼이 빠져나왔다. 체액과 섬유질로 범벅이 된 머리. 그것의 두 손과 머리는 상처 속에 일정한 비율로 축소되어 있다가 상처 속을 빠져나오자마자 몸 전체와 구석간의 비율을 그대로 유지한 채 섬섬 커졌다. 머리 다음으로 팔이, 팔 다음으로 가슴과 배, 가슴과 배 다음으로 두 다리가 상처 속에서 빠져나왔다. 공기와 접촉한 몸의 부분들은 점점 커졌다. 다리 사이의 성기도 커졌다. 남자인가 보았다.

어느새 침대 곁에 한 사람이 완벽한 비율로 존재했다. 나체였다. 모든 것이 흑백으로 조율되어 있었고, 상처에서 나온 사람도 흑백으로 조율되었다. 나체였기 때문에 누군지 바로 알아차리지 못했다.

낯익은 얼굴이다. 스포츠형 머리, 준수한 얼굴, 처진 눈꼬리, 탄탄한 가슴……. 오늘 낮에 학교를 방문했던 젊은 형사였다. 형사가 광수를 보고 기묘한 미소를 지었다. 뭔가를 말하는 듯 입을 달싹였지만 알아들을 수 없었다. 형사가 광수의 목을 향해 두 손을 뻗었다.

"뭐하세요?"

광수는 침대에서 일어날 수가 없었다. 몸이 말을 듣지 않았다. 온몸이 콘크리트처럼 굳어 있었다. 몸이 콘크리트처럼 굳어 있다고 생각하는 그 순간 침대가 껌처럼 등에 달라붙었다. 고개를 약간 들었다. 머리카락에 뭔가 엉켜 붙었다.

광수는 침대를 채운 걸쭉한 죽 같은 것을 볼 수 있었다. 죽이 아니라 반죽된 콘크리트였다. 그는 콘크리트 늪 속에 누워 있었다. 침대의 속을 들어내고 그 속에다 콘크리트를 부은 것 같았다. 콘크리트가 꿈틀꿈틀 움직이며 그의 몸을 덮었다. 이 모든 게 꿈이란 걸 알았지만 광수는 겁이 났다. 흑백의 세상 속에서 죽었던 제서가 현실의 세상 속에서도 죽지 않았던가. 여기에서의 죽음은 현실에서의 죽음이며 진짜 죽음이다.

수많은 소설이 말하듯이 죽음이 삶의 끝이 아니기를 바랐다. 적어도 소설 속의 죽음은 미화되고 찬미되지 않았던가. 이대로 죽을 수 없었다.

"살려주세요!"

광수는 소리치며 형사에게 손을 내밀었다. 아니, 내민다고 생각했다. 두 손이 침대에 붙은 채 떨어지지 않았다. 두 손은 콘크리트에 덮여서 돌이 되어 있었다. 콘크리트는 아주 빠르게 굳었다. 콘크리트에 빠져서 온몸이 돌처럼 굳었다. 그는 안면만 내놓고 겨우 숨을 이어갔다.

형사는 아직 덜 마른 콘크리트 속을 뚫고 광수의 목을 움켜쥐었다.

광수는 숨이 막혔다. 머리가 콘크리트에 고정되었기 때문에 두 눈도 고정되었다. 고정된 시선이 책꽂이에 꽂혔다. 그는 책 한 권을 눈으로 좇았다. 시선이 줌인 효과를 내면서 책의 제목을 읽어냈다.

메두사.

미스터리 공포소설, '메두사'에 콘크리트 속에 들어가 자살한 사람이 나온다. 그 사람은 메두사를 본 신화 속의 어떤 사람처럼 돌이 되어 죽는다. 그 자신도 돌이 되어 죽어가고 있었다. 내가 메두사를 봤기 때문에? 그는 자신이 '메두사'의 첫 장면을 모방하고 있다고 생각했다.

11

"으, 으, 은 형사!"

은형사가 눈을 떴다. 그리고 두 손을 눈앞에까지 끌어올려 쳐다보았다. 손에는 콘크리트의 거친 감촉이 남아 있었다.

"괜, 괜, 괜찮나?"

은형사가 잠시 생각에 잠겼다가 고개를 흔들었고, 그 흔든 고개를 갸웃거렸다.

"지금 몇 시죠?"

칼잠은 손목시계를 보았다. 11시 17분. 은형사에게 시계를 보여줬다.

은형사가 한숨을 쉬었다.

"기분 나쁜 꿈을 꿨습니다."

"아, 악, 악몽?"

"제가 꿈속에서 광수를 죽이려고 했거든요. 광수가 침대에 누워서 돌처럼 굳어가고 있었습니다. 살려달라고 했지만 저는 망설임없이 이 녀석의 목을 졸랐습니다. 목을 조르는 손은 제 손이 아니었어요. 손을 제어하려고 했지만 저의 말을 듣지 않았거든요. 꿈이라서 그런가요?"

칼잠이 말했다.

"꿈, 꿈, 꿈속에는 꿈꾸는 자가 자신의 반대되는 의지와 부딪힐 때가 있지. 뭘 하려고 하면 방해하고, 뭘 하지 않으려고 하면 뭘 하게 만드는 그런 의지 말이야. 물론 그 의지도 꿈꾸는 자의 의지야. 그런 의지는 꿈꾸는 자의 무의식에 잠복해 있다가 꿈속에서 드러나곤 하지."

은형사가 뻐근한 목뼈를 한 바퀴 돌려서 풀었다. 목에서 우두둑 소리가 났다.

"제 무의식이 광수를 죽이려고 했다고요? 뭐 때문예요? 그것도 오늘 처음 알게 된 학생을?"

"그, 그, 그 반대일지 몰라. 자네의 무의식이 광수를 보호하고 싶어 했다면 그 무의식이 꿈 작업을 거쳐 불안으로 드러날 수도 있거든. 꿈은 소망 충족을 재료로 하지만, 때론 그 소망이 꿈속에서 왜곡되기도 하지."

"꿈에 대해서 많이 아시군요. 전문가 수준이에요."

"부, 부, 불면증 때문에 책을 뒤져가며 잠에 대해서 공부 좀 했지. 잠에 대해서 공부하게 되면서 자연히 꿈에 대해서도 알게 되었고……. 잠과 꿈은 따로 떼어놓고 생각할 수 없어. 꿈이 없는 잠은 죽음밖에 없거든."

침대에 딸린 선반엔 탁상시계가 재깍재깍 소리를 내었다.
시계는 11시를 가리켰다.
새매는 이불을 끌어당겨 유리를 덮어주었다.
눈꺼풀 안쪽에서 유리의 눈동자가 빠르게 움직였다.

13

12월 7일 화요일 아침.

아침 일찍 오름산 공중다리에 가려고 했지만 일정을 바꿔야 하는 일이 일어났다. 장 순경에게서 걸려온 전화가 그들의 발걸음을 돌려세웠다.
"문제가 생겼습니다."
광수에게 문제가 생겼다고 했다.
칼잠과 은형사는 소리마을을 향해 출발했다. 칼잠이 지녹스7을 운전했다. 소리마을 입구에 들어섰을 때 앰뷸런스가 그들을 지나쳤다.
장 순경이 앰뷸런스 꽁무니를 바라보고 있었다. 칼잠과 은형사가 차에서 내렸다. 그들을 발견한 장 순경이 반색을 하며 달려왔다.
"상태는?"
은형사가 물었다.
장 순경이 앰뷸런스가 사라진 방향을 가리켰다.

"정밀검사를 해봐야 한다고 저 야단이군요. 처음엔 눈을 뜨고 자는 줄 알았습니다. 두 눈은 깜빡이지도 않았고 동공의 움직임도 전혀 없었거든요. 말을 못하고 움직이지 못하는 게 식물인간 같더군요."

전화로 읊었던 말을 또 읊었다.

칼잠과 은형사가 장 순경의 안내를 받아 아파트 안으로 들어갔다. 광수의 집은 402호였다. 광수의 누나가 집에 있었다. 양해를 구하고 광수의 방을 살폈다. 칼잠은 책꽂이의 책들을 훑었다.

은형사가 벽걸이용 영화 포스터를 보면서 얼굴을 일그러뜨렸다.

"어, 어, 어떤가?"

칼잠이 물었다.

은형사가 침대에 털썩 앉았고 두 손으로 머리를 감쌌다.

"믿지 못하시겠지만 꿈속에서 보았던 장소가 여깁니다. 이 침대도 보았습니다."

14

섬에 병원이 없으란 법이 없었지만 꽤 큰 병원이 있다는 게 병원이 없는 것보다 낯설게 느껴졌다.

"여깁니다."

30대 초반의 의사가 말했다.

의사는 2층 세 번째 병실로 그들을 안내하면서 기묘한 환자라고, 이런 환자는 처음 본다고 몇 번이나 강조했다. 은형사와 칼잠은 병실 안으로 들어갔다. 광수는 병실 침대에 누워 있었다. 두 눈을 뜬 채였다.

은형사는 침대 가까이 다가가서 광수를 살폈다. 얼굴에 떠올라 있는 미소가 이상했다. 웃고 있는 도중에 그 미소가 싹둑 잘려져 나간 것 같았다.

광수의 목을 본 은형사가 눈살을 찌푸렸다.

"저 멍은 뭐시요?"

의사에게 물었다.

"생긴 지 얼마 안 된 멍인데, 누군가 목을 조른 것 같습니다. 자세히 보면 목둘레에 손자국도 볼 수 있습니다. 궁금해서 환자의 어머니에게 물어봤는데…… 환자의 어머니는 그 멍이 왜 생겼는지 모른답니다. 그리고 밤사이에 환자의 방을 출입한 사람은 없다고 했습니다."

"저, 저, 저 상처는?"

칼잠이 끼어들었다.

은형사는 칼잠이 보고 있는 것을 보았다. 광수의 한쪽 손이 펼쳐져 있었고, 손바닥에 상처가 길게 나 있었다.

"날카로운 것에 베인 상처입니다. 그 상처도 멍 자국처럼 생긴 지 얼마 되지 않았습니다."

칼잠은 은형사가 그 상처를 알고 있다고 생각했다.

"이것 좀 보세요!"

의사가 호들갑을 떨었다.

"환자의 눈이 작아졌어요! 또 동공도 약간 오른쪽으로 움직였습니다."

의사가 은형사를 가리켰다.

"이쪽을 보고 있는 것 같군요."

은형사와 칼잠은 광수의 두 눈을 쳐다보았다. 눈이 작아졌는지 알 수 없었다. 처음 봤을 때 그대로인 것 같았다. 동공도 별 차이가 없었다.

의사는 두 형사의 탐탁지 않은 반응에 실망의 표정을 드러냈다. 놀라운 의학적 발견을 무시하는 사람들을 대하듯 흥분한 목소리로 말했다.

"병실에 데리고 와서 환자의 눈을 봤을 때 지금보다 눈을 크게 뜨고 있었습니다. 또 동공도 눈의 한가운데에 위치해 있었습니다. 분명해요!"

15

자신에게 일어나고 있는 일이 흥미로웠다. 모든 것이 너무나도 빠르게 움직였다. 광수는 방에서 두 눈을 떴을 때 기묘한 일이 일어난 것을 깨달았다. 흑백의 꿈이 사라졌지만 꿈의 영향에서 벗어날 수 없었다. 몸을 꼼짝도 할 수 없었다.

아침이 왔다.

창문 틈새로 햇살이 비쳐들었다. 햇살은 그의 얼굴을 반으로 쪼개면서 턱 선을 타고 아래로 사라졌다. 햇살은 칼날이 되어 그를 두 동강이 내었다. 햇살의 움직임은 아주 빨랐다. 하룻밤 자고 나니까 세상이 바뀐 것 같았다. 무엇이 바뀐 것인지 모르겠지만 바뀐 것은 확실했다.

어떤 소리가 났다. 몸에 그림자가 드리워지고 어머니의 얼굴이 확대되었다. 그녀의 표정이 빠른 속도로 변했는데, 그녀의 얼굴이 마치 카멜레온의 피부처럼 보였다.

어머니가 그를 건드렸다. 그렇지만 그 행위는 시작도 하기 전에 완결되었다. 어머니가 방에서 사라지는 찰나, 어머니는 아버지와 누나를 데리고 방 안에 다시 나타났다. 그들은 아주 빠르게 움직였다. 이쪽에서 핑 사라졌다가 저쪽에서 짠 나타났다. 이동 과정이 생략된 움직임.

"―――."

그들이 목소리를 내었지만 무슨 소리인지 알아들을 수 없었다. 그들의 목소리는 음질 나쁜 LP레코드판의 지직거리는 소리처럼 들렸다.

사이.

정적.

사이.

정적이 조각났다.

사람들이 바글바글했다. 낯선 사람들이 섞여 있었다. 한 사람이 그의 눈꺼풀을 건드렸다. 눈을 까뒤집는 것 같았다. 그 감촉이 빨리 왔다가 빨리 사라졌기 때문에 정확히 어떤 접촉이 이루어졌는지 알 수 없었다. 작은 손전등이 확대되고 강렬한 불빛이 눈을 파고들었다. 눈이 부셨다. 강렬한 광채가 사라졌다. 그의 동공 상태를 확인한 모양이었다.

몸이 흔들렸다. 그는 들것에 실려 운반되었다. 아주 빠른 속도로. 주위 풍경이 번갯불처럼 스쳤다. 눈 멀미가 날 정도였다. 어느새 앰뷸런스 안이었다.
 아버지와 어머니의 얼굴이 똑똑히 보였다. 넋이 나가고 근심에 잠긴 얼굴이다. 그들은 움직이지 않는 채 그의 얼굴을 쳐다보았다.
 시야가 점점 좁아지면서 어둠이 서서히 밀려들었다. 속눈썹의 끝자락이 보였다. 그는 눈을 깜빡이는 중이다. 의지가 개입된 게 아니었다. 무의식적으로 눈을 감고 있었다. 눈을 감는 시간이 너무 오래 걸렸다.
 마침내 어둠이 주위를 지배했다. 가만히 놔두어도 저절로 눈을 뜨겠지만 그는 자신의 분명한 의지로 눈을 뜨려고 했다. 눈꺼풀에 경련이 일었다. 자신의 의지가 눈꺼풀에 작용한다는 사실이 기뻤다. 지루할 만큼 천천히 시야가 개방되었다. 어둠이 물러갔다. 그는 손가락 하나를 까닥했다. 손가락은 아주 천천히, 아주 조금씩 움직였다.
 그는 느리지만 몸을 움직일 수 있다는 사실을 깨달았다. 잠시 후에 시간이 세 가지 층위로 나누어졌다는 사실도 깨달았다. 그의 몸에 작용하는 시간은 느리게 흘러갔고, 몸 외부에 작용하는 시간은 빠르게 흘러갔다. 의식에 작용하는 시간 빠르기는 전자와 후자의 중간쯤이었다.
 콘크리트 늪을 불러들인 꿈이 현실에까지 영향을 미쳐서 그런 것 같았다. 콘크리트는 몸을 굳게 만들더니 몸에 작용하는 시간까지 굳게 만들었다. 그래서 상대적으로 몸 외부에 작용하는 시간이 빠르게 흐르는지 모른다. 그는 자신의 추리가 마음에 들었다.
 광수는 눈동자에 의식을 집중하면서 시선을 돌렸다.
 어?

눈동자가 너무나 쉽게 움직였다. 그 움직임이 완성되기까지 지루함을 느끼지 못했다. 정상적인 상황에서 눈동자를 움직일 때보다 굼뜨기는 했다. 그의 의식이 몸의 느린 시간을 따라잡은 모양이었다.

그는 자신의 숨소리에 귀를 기울였다. 숨소리는 빠르지도 느리지도 않았다. 시간의 흐름에 구애받지 않는 듯 규칙적이었다. 병원에 도착한 이후에 시간의 눈금—몸에 작용하는 시간과 몸의 외부에 작용하는 시간 사이를 일정한 간격으로 쪼개어 본다면—에 그의 의식을 맞출 수 있다는 사실을 깨달았다.

여전히 몸 외부의 시간은 몸의 시간보다 수십 배 빠른 속도로 흘렀다. 몸에 의식을 집중하는 바람에 몸 외부의 시간을 전부 놓쳐 버렸다. 시간뿐만 아니라 외부의 정보도 놓쳐 버렸다. 시간의 눈금을 몸에 맞추는 동안에는 몸의 감각이 외부의 자극에 대해서 먹통이었다.

의식을 외부로 돌리자 감각이 되살아났다. 병실의 천장이 보였다. 왼쪽 팔뚝이 따끔했다. 주사바늘이 팔뚝에 파고든 모양이다. 기다란 튜브가 링거 병에 연결되어 있었다.

침대 쪽으로 허리를 숙인 간호사의 움직임에 의식을 집중했다. 그녀의 빠른 동선이 눈에 걸리면서 점점 완만해졌다. 움직임은 느려졌다. 아무리 느려져도 정상일 때보다 세 배는 빨랐다. 정신을 더욱 집중했지만 더 이상 간호사의 동작이 느려지지 않았다. 간호사가 세 배 빠른 속도로 숙였던 허리를 폈다.

말소리가 귀에 들렸다. 외계인의 말 같았지만 집중하면 어느 정도 알아들을 수 있었다. 몸에 의식을 집중할 때는 말소리가 모음과 자음으로 구분할 수 없는 자연의 소리로 들렸지만, 몸 외부에 의식을 집중했을 때는 모음과 자음으로 구분할 수 있는 말소리로 들렸다.

간호사가 그가 덮고 있는 시트를 매만지거나 차트를 들여다보기도 했다. 엉성한 로봇의 동작처럼 동선이 끊겼다. 그는 그녀의 동선을 두 눈으로 좇아갈 수 있었다.

"―――."

앳돼 보이는 간호사가 말했다.

"――."

간호사 곁의 의사가 맞장구를 쳤다.

속사포 같은 대화였지만 대화 내용을 어느 정도 알아들을 수 있었다. '이런 환자는 처음이에요.', '나도 그래.' 이 정도의 대화였다.

광수는 자신의 처지를 즐겼다. 시간의 눈금을 몸에도 맞춰 보았고, 몸 외부에도 맞춰 보았다. 몇 번 반복했다. 몸에서부터 몸의 외부까지, 시간의 눈금을 한 칸 한 칸 옮기면서 몸과 주변을 관찰하기도 했다.

아버지와 어머니가 병실에 들렀다가 나갔다. 간호사와 의사는 보이지 않았다. 그 간호사가 다시 병실에 들렀다가 사라졌다.

그는 시간의 눈금을 몸에 맞췄다. 눈을 몇 번 깜빡였다. 몸 외부의 통로는 완전히 차단되었다. 손을 쥐었다가 펴보았다. 다시 외부로 의식을 돌렸다.

침대 곁엔 두 형사와 아까 본 그 의사가 서 있었다.

"―――."

"_____."

그들은 대화를 나누었다.

광수는 그들의 대화에 끼어들고 싶었고, 그가 움직일 수 있다는 사실을 알리고 싶었다. 시간의 눈금을 몸에 맞춘 다음 "안녕하세요." 하고 소리쳤다. 목소리는 잇새에서 깐죽거리다가 빛살처럼 튀어나갔다. 두 형사의 반응을 보기 위해서 몸 외부로 의식의 초점을 돌렸다.

병실에는 아무도 없었다.

정오의 겨울햇살을 실은 바람 한 자락이 창문을 두드렸다. 시간의 빠른 흐름에 내쫓긴 창문 커튼이 사방으로 펄럭였다. 그의 사방은 가만히 있는 것조차 동적이었다.

제6장

세상이 나를 다루는 방식이 싫어요

3월 13일 오전.

"세상이 나를 다루는 방식이 싫어요."
새매가 말했다.
현서가 미소를 지으며 어깨를 으쓱했다.
새매는 이동침대에 태워져 있었다. 쌍바라지 스윙도어가 열렸다. 간호사 한 명이 현서를 도와 이동침대를 밀었다. 천장의 밝은 불빛이 휙휙 지나갔다. CAT 검사실이 보였다. 문이 소리없이 열렸다. 검사실 안에는 촬영기사가 도넛 모양의 거대한 촬영기를 조작하고 있었다.
새매는 검사대에 눕혀졌다. 촬영기사가 셀로판테이프의 끝을 잘라 그녀의 머리를 스티로폼 받침대에 고정시켰다.
"잠깐이면 끝나."

현서가 미소를 지으며 귀에 대고 속삭였다. 새매는 안심할 수가 없었다. 그의 손이라도 잡고 싶었지만 처녀의 수줍음과 자존심이 그것을 허락하지 않았다. 그 마음을 안 것처럼 그가 그녀의 손을 잡아주었다.

새매가 말했다.

"손이 부드럽군요. ……저와 결혼해 주실래요?"

현서가 눈을 휘둥그레 떴다.

"뭐?"

곁의 촬영기사가 놀랄 만큼 큰소리였다.

"거절인가요? ……농담이에요. 긴장돼서 그랬어요. 이제 긴장이 풀리는 것 같군요. 손 고마워요. 다음에도 가끔 빌려주세요."

현서가 어색한 표정으로 새매의 손을 놓았다.

새매는 머리가 어지러웠다. 20분 전에 먹은 수면제 탓이 컸다.

촬영기사가 검사대를 움직였다.

눈꺼풀이 무거운 것이 수면제가 효과를 발휘하는 모양이었다. 새매는 주위의 어떤 것도 놓치지 않으려고 두 눈을 부릅떴다. 그녀의 머리가 촬영기 구멍 속으로 미끄러져 들어갔다.

새매는 가까스로 눈을 뜨고 있었다. 현서는 보이지 않았다. 그녀의 머리를 둘러싸고 있는 둥근 틀이 톱니바퀴처럼 회전운동을 했다. 졸음이 달아날 정도로 촬영기에서 시끄러운 소리가 났다. 촬영기가 1도씩 회전을 할 때마다 한 번에 240장의 뢴트겐 사진이 찍힌다고 했던가.

눈꺼풀의 무게를 견딜 수가 없었다. 새매는 잠이 들었다. 잠 속에까지 촬영기의 윙윙거리는 소리가 따라왔다. 소리는 희미해졌다.

꿈이 스쳤다. 배경이 매순간 바뀌었다. 새매는 자신이 꿈을 꾸고 있다는 사실을 인식했다. 꿈 밖의 자아와 꿈속의 자아 두 개로 나누어지는 순간이었다.

꿈속의 등장인물은 그녀 자신이었다. 현서도 등장했다. 배경은 들판으로 고정되어 있었다. 들풀과 들꽃이 만발했다.

흑백의 꿈.

흑백이란 사실을 잊어버릴 만큼 꿈속의 자아는 사물들 고유의 색깔을 인식하고 있었다.

그녀는 그와 함께 들판을 달렸고, 들꽃을 한 아름 꺾어 그에게 주었다.

"결혼해 주실래요?"

새매가 말했고, 현서가 거절했다.

새매는 절망했고, 눈물을 흘렸고, 잠에서 깨어났다. 깨어나 보니 자신은 병실 전용 침대에 누워 있었다. 뇌 촬영이 끝났는가 보았다.

벽시계를 봤다.

오전 11시 15분.

검사실에 간 지 한 시간 반이 지나 있었다. 새매는 정면의 편거울을 쳐다보았다. 그녀의 모습이 비쳤다. 거울 속의 그녀는 왼손에 들꽃 한 묶음을 들고 있었다.

5분 후 현서가 들어왔다. 오전 일과가 끝나지 않았는데도 오후 여섯 시의 무거운 그림자를 얼굴에 드리우고 있었다.

"몸은 괜찮아?"

새매가 고개를 끄덕였다.

"덕분에요."

"꽃이네?"

현서가 그녀의 손에 들린 것을 가리켰다. 새매가 꿈속에서처럼 꽃을 내밀었다.

"결혼해 주실래요?"

새매가 꿈속에서처럼 말했다.

현서는 아무런 반응을 보이지 않았다. 새매는 내민 팔이 부끄러웠다. 꽃을 들고 있는 팔을 잘라내고 싶은 충동이 들었을 때 그가 그녀의 꽃을 받아들었다.

새매가 고개를 들고 밝게 웃었다. 하지만 웃음을 그와 공유할 수 없었다. 현서는 뱀이라도 건네받은 듯한 표정을 지으며 들꽃을 살폈다.

"그 꽃이 어디서 났는지 묻지 않는군요."

"어디서 났지?"

"마술이에요."

3월 13일 오후.

그들은 오후에도 새매를 가만히 두지 않았다. 뇌에다 수십 개의 전극을 꽂고는 그녀의 뇌를 지지고 볶았다. 또, CAT 촬영뿐만 아니라 MRI, PET, NMR, MEG, SQUID 등 복잡한 촬영으로 그녀의 뇌를 파김치로 만들었다. 뇌를 생검까지 했다. 그들은 추상적인 그녀의 정신 상태를 수학적인 결과로 보고 싶어 했다.

의사 서너 명이 달라붙어 질문을 퍼부었고, 새매는 비몽사몽이었지만 성의껏 대답했다. 질문이 다 끝나자 새매는 완전히 녹초가 되었다. 아직까지 머릿속에 이상 전류가 흐르고 있었다. 두개골 속에서 뇌를 빼내어 유리자갈 밭에 굴리고 있는 것 같았다. 무슨 주사를 주었는지 눈앞이 몽롱했다. 눈으로 현서를 찾았지만 현서는 보이지 않았다.

 잠깐 의식을 잃었다가 깨어났을 땐 병실 침대가 그녀를 맞이했다.

 오후 햇살이 따뜻했다. 봄인가 보았다. 몸이 나른했다. 기지개를 켰다. 두개골 속에서 뇌가 요동을 치며 물고기처럼 팔딱팔딱 뛰었다. 신경은 면도날처럼 날카로웠다. 몇 번 더 검사를 받았다가는…… 하지만 그럴 일은 없을 것이다.

 새매는 숨을 고르고 침대 아래를 살폈다. 숨겨놓았던 책은 사라지고 없었다. 새매는 병실을 나와 복도를 걸었다. 복도 중앙의 간호사 근무소에는 남자 간호사 둘과 여자 간호사 하나가 있었다. 그들은 담소를 나누고 있었다.

 "안녕하세요."

 새매가 인사를 했다. 그들은 미소를 지으며 눈인사를 했다. 그때 엘리베이터 문이 열리고 현서가 두 사람을 데리고 내렸다. 두 사람은 검은 정장 차림에 검은 선글라스를 끼고 있었다. 둘 다 훤칠한 키에 강인한 인상을 풍겼다. 단단한 화강암 같은 인상을 주었다. 두 사람은 서로 겹치면 빈틈없이 포개질 만큼 체구와 외모가 비슷했다. 그들을 구별 짓는 것은 칼자국이었다. 한 사내의 뺨에 칼자국이 길게 나 있었다.

 "안녕하세요, 선생님."

새매가 현서에게 꾸벅 인사했다.

현서가 어색한 미소를 지으며 목례를 했다. 그리고 두 사람에게 뭐라고 속삭였다.

"잘생긴 이분들은 누구시죠? 소개해 주세요, 선생님."

새매가 말했다.

"지금은 곤란해."

현서가 불편한 기색을 드러냈다.

"저를 예의없는 숙녀로 만드는 재주가 탁월하시군요."

새매가 점잖게 말한 다음 한쪽으로 비켜서서 허리를 약간 숙여 보였다.

세 사람이 기묘한 정적을 유지하며 새매의 앞으로 지나갔다. 새매는 검은 양복을 입은 두 사람의 시선을 느꼈다. 기묘한 시선이었다. 감시 카메라 뒤쪽에 숨어 있는 시선처럼 기계에 한 번 걸러낸 시선 같았다. 그들은 간호사 근무소 뒤쪽으로 움직였고, 중앙 관리실에 들어갔다.

그날 저녁 새매는 다시 실려 갔다. 사람들은 그녀의 뇌로 저녁 요리를 하고 싶은 모양이었다.

3월 14일.

새매는 누운 상태에서 시계를 쳐다보았다.

새벽 1시 30분.

시선을 돌려 편거울을 쳐다보았다. 그러다 잠이 들었다. 잠이 들었다는 것을 인식할 수 있었다. 순간 몸에서 자신이 퉁겨지는 듯한 느낌을 받았다. 귀가 울었고, 사방이 돌았다. 사방이 멈추었을 땐 잠이 들어 있는 자신의 모습이 보였다.

새매는 주위를 둘러보았다. 육신이 없었지만 그게 가능했다. 자신이 눈동자로만 존재하는 듯한 느낌이 들었다. 새매는 별로 놀라지 않았다. 이 감각에 익숙해 있었다. 벌써 몇 번째인지 모른다. 잠들어 있을 때 의식이 육체에서 빠져나오는 현상을 몇 번이나 경험했다. 유체이탈은 결코 아니었다.

새매는 편거울을 쳐다보았다. 거울에 아무것도 비쳐지지 않았다. 편거울 너머의 뭔가가 자석처럼 그녀를 끌어당겼다. 새매는 편거울에 이끌렸고, 편거울을 뚫고 지나갔다. 육신이 없으므로 그게 가능했다. 편거울 너머에 한 사람이 앉아 있었다. 책상에 고개를 묻은 채였는데 잠이 든 모양이다. 새매는 그 사람이 누군지 알아봤다. 현서였다.

새매는 수채 구멍에 빨려드는 물처럼 현서에게 빨려들었다. 그 힘에 저항할 수가 없었다. 그의 머리가 확대되었고, 그녀는 그의 두개골을 뚫었다. 그리고 두개골 깊숙이 빨려 들어갔다. 패턴이 엉키고 소용돌이치며 그녀를 지나쳤다. 소용돌이 속의 소용돌이 속의 소용돌이 속의 소용돌이 속의 소용돌이…… 소용돌이 루프가 펼쳐졌다.

새매는 소용돌이의 중심을 향해 추락했다. 소용돌이 루프가 시야 밖으로 사라지고 어둠이 들이닥쳤다. 그녀는 어둠과 격돌했고, 소리없는 비명을 질렀다.

주위가 점점 밝아졌다. 패턴으로 존재하는 형상 세 개가 보였다.

사람의 형상이다. 패턴의 씨줄과 날줄이 사방을 누볐고, 부피와 명암과 질감을 직조했다. 세 형상은 완벽한 사람의 모습을 갖추었다.

검은 선글라스를 낀 사내 둘과 현서.

그들은 편거울 뒤쪽에 서 있었고, 편거울을 통하여 병실을 들여다보고 있었다. 모든 게 흑백으로 보였다. 여전히 그녀의 육신은 존재하지 않았다. 카메라 렌즈의 감각으로 허공에 떠 있을 뿐이다. 새매는 편거울 너머를 쳐다보았다. 병실이 보였다. 병실은 밝았다. 흑백이지만 색깔들을 인식할 수 있었다.

새매는 현서의 꿈속으로 들어왔다는 것을 깨달았다. 어쩌면 그의 기억 속인지 모른다. 꿈은 낮의 강렬한 경험을 매개로 할 때가 많았다.

병실 시계는 11시 15분을 가리키고 있었다. 어제 오전인가 보았다. 편거울 건너편의 또 다른 새매가 몸을 일으키면서 이쪽을 쳐다보았다.

"보기 드문 미인이군요."

뺨에 칼자국 흉터가 있지만 조각한 것처럼 잘생긴 사내가 말했다.

또 다른 새매의 손에 기묘한 빛이 일렁였고, 마술처럼 들꽃 한 묶음이 들려졌다.

칼자국이 탄성을 터뜨렸다.

"놀랍습니다. 상부에서 저 여자에게 관심을 가질 만하군요."

우리말이 서툴렀다.

칼자국이 고개를 돌려 현서에게 물었다.

"그녀가 아이데카를 알고 있습니까?"

현서가 고개를 끄덕였다.

"알고 있을 겁니다. 제가 준 책을 읽어봤을 테니까요. 하지만 구체적인 것은 모를 겁니다."

새매는 아이데카가 뭔지 유추할 수 있었다. 아이데카의 기원에 대해선 의견이 분분했다. 어떤 이들은 아이데카가 외계에서 왔다고 했다. 하루 평균 지구에 외계물질이 수천 톤씩 떨어지는데, 그 외계 물질 속에 아이데카가 포함되어 있다는 주장이다. 이 주장은 소수의 견해에 속했다. 아이데카가 외계로부터 떨어진 게 아니라 처음부터 지구에 존재했다는 게 다수의 견해였다. 다만 오랜 세월 불활성화 상태로 머물러 있었기 때문에 존재하지 않은 것처럼 보였을 뿐이다. 그러던 것이 후뇌가 활성화되자 아이데카도 함께 활성화된 것이다.

아이데카는 신기루다.
검은 대륙의 마니카 부족은 아이데카를 발견했지만 아이데카가 존재한다는 사실을 증명할 방법이 없었다. 마니카 부족의 주술사들도 그 아이데카의 존재 방식을 정확히 이해하지 못했다. 주술적인 환경에 둘러싸인 그들은 현실과 꿈의 교집합에 아이데카가 존재한다고 믿었다.
세상에 모습을 드러낸 아이데카는 그 생명이 아주 짧았다. 형상을 갖추게 되더라도 아이데카는 뜨거운 사막에 남겨진 얼음조각 신세였다. 아이데카는 눈에 띄기도 전에 사라졌다.

그 책에 그렇게 쓰여 있었다.
새매는 후뇌 활성화가 어떻게 이루어지는지 대충 짐작하고 있었다. 유전자 결함이나 유전적 변이로 잠들어 있는 후뇌가 깨어날 수 있었다. 또, 계산된 전기 자극이나 외부의 강한 충격으로 후뇌가 깨어날 수 있었다. 그렇지만 외부의 강한 충격으로 후뇌가 활성화될 수 있는 확률은 제로에 가까웠다. 그래서 그녀는 아주 희귀한 케이스였다.

"그녀는 어떻게 해서 관찰 대상이 된 것입니까?"

칼지국이 물었다.

"처음부터 관찰 대상은 아니었습니다. 3년 전 실려 왔을 때만 해도 코마 상태의 환자에 불과했습니다. 그런데 그녀의 얼굴과 외모에 어떤 변화가 생기기 시작했습니다. 그래서 여기로 이송시킨 것입니다."

"정말 독특한 사례이군요. 저 여자가 프레디보다 더 아이데카에 친화력이 있는 것 아닐까요? 아이데카의 지속 시간을 알면 도움이 될 텐데……. 저 여자가 들고 있는 꽃을 좀 가져다줄 수 있겠습니까?"

현서가 밖으로 나가 병실에 들어갔다. 잠시 후 또 다른 새매에게 들꽃을 받고 돌아왔다. 그 들꽃을 칼자국 사내에게 주자 새매는 분노했다. 꿈속이라 그런지 몰라 그녀의 감정은 과장되어 있었다. 분노하는 순간 어둠이 들이닥쳤고, 그녀는 강하게 퉁겨졌고, 눈을 번쩍 떴다.

새매는 침대에 일어나 앉았다. 시간은 새벽 두 시를 넘어서 있었다. 그녀는 편거울을 쳐다보았다. 편거울 너머에 현서가 잠들어 있을 것이다.

옷장에서 옷을 꺼냈다. 청바지, 남방, 가죽점퍼……. 전에 현서와 외출했을 때 입었던 옷가지이다. 운동화와 모자도 있었다. 새매는 옷을 갈아입고 모자를 눌러썼다. 운동화를 신고 나서 편거울을 쳐다보았다.

"안녕."

새매는 손을 입술에 대는 제스처를 취했다. 그리고 병실 문을 조심스레 열었다. 복도는 조용했다. 천장엔 오렌지색 취침등이 어둠침침한 밝기를 유지하고 있었다.

새매는 발걸음을 죽이며 걸었다. 몇 번 꼼꼼히 살펴본 것이지만 복도엔 감시 카메라가 없었다. 엘리베이터 앞에서 멈추었다. 엘리베이터의 대각선 방향으로 간호사 근무소가 보였다. 보디빌딩을 열심히 했을 것 같은 건장한 체구의 남자 간호사 두 명이 근무를 서고 있었다. 낯익은 얼굴들이다. 그들의 이름을 알지 못했지만 별명은 알았다. 한 명은 불곰이고 다른 한 명은 정사각형이다. 정사각형은 정사각형 얼굴과 이빨 때문에 만화 캐릭터 같은 느낌을 주었다.

불곰은 꾸벅꾸벅 졸고 있었고, 정사각형은 직사각형의 잡지를 보고 있었다.

새매는 버튼을 누르고 엘리베이터에서 물러섰다. 간호사들의 시야에 벗어나 엘리베이터 반대편 벽에 붙어 섰다. 엘리베이터가 1층에서부터 올라왔다. 올라오는 속도가 느렸다. 엘리베이터 작동 소리가 천둥소리처럼 들렸다.

15층을 표시하는 버튼에 불이 들어왔을 때 발소리가 들렸다. 간호사 한 명이 엘리베이터를 쳐다본 모양이었다.

16층…… 17층.

정사각형이 다가왔다.

"왜 그래?"

불곰의 목소리.

18층.

정사각형이 등을 보이고 불곰 쪽을 쳐다보았다.

새매는 고양이처럼 조용하고 민첩하게 움직였다.

19층.

"누가 엘리베이터…… 컥!"

정사각형은 더 이상 말을 잇지 못했다. 새매의 손날에 목을 가격 당해 무너지듯 쓰러졌다. 그녀의 신경과 감각과 근육은 강화된 상태였다. 꿈속에서 의지만으로 육체를 강화시킬 수 있었다. 현실에서도 정신을 몸에 집중시키는 것만으로 육체를 강화시킬 수 있었다. 어떤 신비한 논리가 작용하는지 몰라도 그건 뜻밖의 선물이었다. 운동 시간을 이용하여 몸 구석구석에 집중함으로써 육체를 강화시켜 보았다. 결과는 만족스러웠다. 꿈속일 때보다 파워나 스피드가 크게 떨어졌지만 성인 남자 한둘을 제압할 정도는 되었다.

신경과 감각은 면도칼처럼 날이 섰고, 근육은 팽팽하게 당겨졌다. 육체를 강화할 수 없었다면 탈출은 꿈꾸지 못했을 것이다.

20층.

신호음이 울리며 엘리베이터 문이 열렸다. 불곰이 뜻없는 고함을 지르며 이쪽으로 돌진해 왔다.

새매는 엘리베이터 안으로 뛰어 들어가 닫힘 버튼을 눌렀다. 엘리베이터 문이 닫히는 순간에 불곰의 두 손이 문 사이를 파고들었다. 문이 다시 열렸다. 새매는 불곰의 아랫배에 발을 꽂아 넣은 다음 쓰러지는 그의 몸을 타고 오르면서 관자놀이를 주먹으로 쳤다.

불곰은 신음을 지르며 쓰러졌다.

"죄송해요. 개인적인 감정은 없어요."

새매는 몸을 뒤로 빼어 엘리베이터에 들어갔다. 3층과 1층 버튼을 빠르게 누르자 문이 닫혔다. 안에 감시카메라가 달려 있었다. 모자를 눌러썼다.

엘리베이터가 3층에 멈췄다. 신호음이 울리며 문이 열렸다. 새매는 3층에서 내렸다. 외과 병동. 간호사 근무소에 녹색 가운을 입은 여자 간호사 두 명이 있었다. 간호사 하나가 새매를 발견하고 소리쳤다.

"이봐요!"

새매가 걸음을 재우쳤다.

"이봐요!"

간호사가 뛰어오면서 고함을 질렀다.

새매는 305실의 문을 열고 들어갔다.

"별일 아닙니다. 계속 주무세요."

잠에서 깨어난 환자 두 명에게 고개를 숙여 보였다. 새매는 병실을 가로지른 다음 창문을 열고 몸을 날렸다. 떡갈나무 가지가 건물과 2미터 간격을 두고 3층에까지 뻗어 있었다. 며칠 전 산책을 하면서 봐두었던 떡갈나무였다. 그녀는 2미터 간격을 지우며 떡갈나무 가지에 매달릴 수 있었다.

떡갈나무를 타고 내려갔고, 풀밭에 착지하는 순간 손전등 불빛이 그녀의 얼굴을 비추었다. 곁눈질에 두 사람의 그림자가 걸렸다. 새매는 한쪽 손으로 눈을 가리고 고개를 들었다. 손전등이 치워졌다. 검은 정장 차림에 가죽 코트를 입고 있는 두 사내가 서 있었다. 손에는 가죽 장갑을 끼고 있었다. 낮에 봤던 자들이다. 밤인데도 선글라스를 끼고 있었다.

한 명이 다가왔다.

새매는 달렸고, 상대의 급소를 노려 발을 올려붙였다. 상대는 허리를 틀어 발길질을 피했다. 뺨에 칼자국 난 사내가 손전등으로 그녀의 얼굴을 겨냥했다. 눈이 부셔서 고개를 틀었다. 손전등이 휙 움직였다.

새매는 손전등의 움직임에 주의를 기울였다. 그때 아랫배에 통증이 작렬했다. 단단한 주먹이 아랫배에 꽂혀 있었다. 번갯불 같은 동작이다. 손전등에 현혹되어 칼자국의 움직임을 포착하지 못했지만 육체가 강화된 상태에서 상대의 완력에 당할 줄은 상상도 하지 못했다.

상대는 틈을 주지 않았다.

목덜미에 묵직한 충격이 왔다.

새매는 엎어졌고, 의식을 잃었다.

제7장

시선

1

그 후—
12월 7일 화요일.

    검은 정장 차림에 선글라스를 낀 사내가 고층 빌딩 사무실에서 시내를 바라보고 있었다. 땅거미가 깔리면서 자동차들의 헤드라이트 불빛이 거리를 점령했다. 고층빌딩마다 불이 하나둘 들어왔다. 그는 둥근 유리벽을 통하여 야경을 바라보고 있었다. 그의 사무실은 37층에 위치해 있었다.
    유리벽은 반쯤 야경을 여과시키고 반쯤 실내를 비추었다. 그의 모습이 유리벽에 반영되었다. 그의 뺨에는 칼자국 흉터가 나 있었다. 유리벽을 통하여 그는 등 뒤로 정장을 차려입은 사람이 다가오는 것을 보았다.
    "무슨 일인가?"

그가 등을 돌리지 않고 물었다. 등 뒤의 사람이 말했다.
"서울에서 연락이 왔습니다."
그가 등을 돌렸다.
"서울?"
칼자국 흉터가 꿈틀거렸다.
"외딴섬에 프레디가 일으키는 것으로 보이는 살인사건이 있는데, 그 사건을 담당하고 있는 형사가 유현서입니다."
"유현서라……. 그래서? 그쪽 에이전시에서 해결할 일 아니오?"
"외딴섬에 있는 프레디가 부장님이 알고 계시는 프레디입니다."
등 뒤의 남자가 프레디의 이름을 말했고, 나다북은 흰 이를 씩 드러냈다.

2

밤새도록 텔레비전을 보았다.
소년은 지치지 않았다. 텔레비전을 통하여 수많은 지식을 습득했다. 등 뒤에서 발걸음 소리가 들렸을 때도 텔레비전에서 시선을 떼지 않았다. 사방의 거울로부터 등 뒤의 여자가 보였다. 소년을 지하실에 데리고 온 새매였다.
새매가 소년의 앞에 앨범을 내려놓았다. 소년이 고개를 갸웃거리며 앨범을 쳐다보았다.

"네 이름은 제서다. 문, 제, 서."

"문, 제, 서."

소년은 그 이름을 조용히 뇌까렸다. 몇 번이고 뇌까렸다. 부르면 부를수록 입에 착 달라붙고 귀에 착 안기는 이름이다. 순간 소년의 기억을 이루는 퍼즐의 마지막 조각이 찰칵, 하고 끼워졌다. 그리고 메마른 가지처럼 앙상했던 기억의 뼈에 근육이 붙고 살이 올랐다.

"그걸 보면 네가 누군지 알 게다."

새매가 사방의 거울 속에서 사라졌고, 그녀의 목소리만이 지하실을 맴돌았다,

소년은 깨지기 쉬운 물건을 다루듯 조심스레 앨범을 집었다. 그리고 앨범 속의 사진들을 보았다.

3

울먹이는 목소리였다.

전화선을 탄 젖은 목소리는 그의 귀에 도착해선 메마른 목소리로 바뀌었다. 영호는 수화기를 들고 있었다. 통화 상대는 광수의 누나였다.

"세경 누나 괜찮아?"

그녀를 달래느라 나머지 통화 시간 5분을 모두 소비하고 전화박스에서 나왔다. 전화박스는 학교매점 옆에 있었다. 점심시간이고, 매점은 학생들로 시끌벅적했다. 경아가 매점을 나오다가 그를 발견

하고 손을 흔들었다.

"영호야."

영호는 반응을 보이지 않았다. 그녀는 다시 한 번 그의 이름을 불렀다. 영호가 고개를 돌렸다. 경아는 그의 얼굴이 초췌하다고 생각했다.

영호는 경아를 보고 두 눈을 크게 떴다.

"왜 그래? 무슨 일 있었니?"

영호는 대꾸하지 않고 경아의 하얀 목도리와 두 갈래로 땋은 머리를 쳐다보았다. 두 눈을 비비고 싶은 충동을 억지로 참았다. 유리가 아니고 경아가 맞았다. 조금 전 돌아봤을 땐 경아가 유리로 보였다. 아무래도 저 하얀 목도리 때문인 것 같았다.

"아무것도 아냐."

말은 그렇게 했지만 아무것도 아닌 것이 아니었다. 영호는 요즘 사방 곳곳에서 유리를 보고 있었다. 영호는 지난 토요일 저녁 부둣가에서 광수가 취기 어린 목소리로 떠들었던 이야기를 되새겼다. 제서를 탄핵하는 도중에 나온 이야기였다.

'내 귓속엔 태엽 감는 시계가 살고 있어. 소리가 나면 유리의 환영이 나타나. 귓속에서 소리가 나고 유리의 환영이 보인 것은 보름쯤 됐을 거야. 11월 17일 저녁에 우리가 유리와 함께 등장하는 꿈을 꿨다고 내가 말한 적이 있었지?'

영호도 11월 17일 저녁에 삼총사와 유리가 등장하는 꿈을 꾸었다. 하지만 그런 꿈을 꿨다는 사실을 광수와 제서에게 말하지 않았다. 부끄러웠기 때문이다. 광수는 그 꿈에 관해서 자세한 언급을 피했지만 제서가 죽던 날 서로 똑같은 꿈을 꿨던 것처럼 그때도 서로 똑같은 꿈을 꾸었다. 어쩌면 제서도 11월 17일 저녁에 똑같은 꿈을 꿨는지 모른다.

꿈속에서 유리는 삼총사를 유혹했다. 꿈속의 장소는 유리의 방이었다. 유리는 벌거벗은 채 침대에 누워 있었다. 침대머리에 딸린 선반에 탁상시계가 놓여 있었다. 재깍재깍 소리가 났다. 유난히 또렷이 들리는 소리였다.

제서가 옷을 벗어던지고 유리를 덮쳤다. 그다음의 일은 지금 생각해도 부끄러웠다. 윤리가 윤락으로 바뀌고 도덕이 도둑으로 바뀔 수 있는 것이 꿈이라고 광수가 그랬던가. 꿈속에서는 수치심이 없었다.

삼총사와 유리는 짐승처럼 움직였다. 그들은 헐떡이고, 애무하고, 할퀴고, 물어뜯었다.

피가 튀었다.

그 피를 서로 핥았다.

육신은 흐느적거리고 진득거렸다. 그들은 팔다리를 섞으며 껌처럼 엉겨 붙었다. 제서는 유리의 머리와 결합했고, 광수와 영호는 유리의 몸과 결합했다. 순식간에 그들은 하나로 뭉뚱그려져 아메바처럼 꿈틀거리며 하나의 육신으로 녹아 내렸다.

격렬한 결합.

육신은 끈적끈적한 초콜릿 덩어리처럼 변했다. 침대, 봉제인형, 탁상시계, 책상, 의자, 책들, 장식품, 액자, 가재도구 등 방 안의 모든 것들이 그들의 육신과 결합했다. 광수였던 부분이 탁상시계와 결합했다. 광수는 잠깐 둥근 탁상시계의 형태를 띠었다. 영호는 침대 머리맡에 있는 봉제인형과 결합했다.

사물과 결합한 그들의 육신이 녹아서 바닥으로 흘러내렸고, 사방을 잡아먹으며 부풀어 올랐다. 그들의 육신이 방 안을 가득 채웠다. 그들은 하나였다. 육신도 하나였고 마음도 하나였다. 서로가 뭘 느끼고 뭘 생각하는지 알았다. 그들의 육신과 정신은 미친 듯이 폭주하고, 팽창했다. 천장과 벽마저 삼키며 그들은 사방으로 부풀어 올랐다. 결합한 그들의 육신은 뜨락을 삼키고 고양이 섬을 삼키고 바다를 삼켰다.

영호는 자신의 비명 소리를 들으며 꿈에서 깨어났다. 온몸이 땀으로 젖어 있었다. 아찔한 꿈이었다. 그 꿈을 꾸고 난 이후에 그들 사이에 유대감이 생겼다. 그 유대감은 제서와 유리 사이에 강력하게 작용했다. 영호는 그렇게 느꼈다. 유리는 제서에게 곁을 주고, 제서는 유리의 곁을 독차지했다.

영호는 두려움을 느꼈다. 제서는 죽었고, 광수는 식물인간이 되었다. 다음은 자기 차례란 생각이 들었다.

"철학하니?"

"뭐?"

"무슨 생각에 그렇게 깊이 빠져 있는 거냐?"

경아가 어깨를 툭 쳤다. 영호는 경아와 나란히 걸어가고 있는 자신을 발견하고 깜짝 놀랐다. 기분이 이상해서 경아의 얼굴을 쳐다보았다.

영호는 눈알을 뽑고 싶은 충동을 느꼈다. 유리의 얼굴이 경아의 얼굴 속에 들어 있었다.

"왜 그래?"

뒷걸음치는 영호를 보며 경아가 고개를 갸웃했다.

4

"또 왔누."
주인 할머니가 반갑게 맞아주었다.
칼잠이 음식을 시켰다. 은형사는 식당에 들어온 이후 한마디도 없었다. 그들은 점심을 먹고 나서 오름산의 공중다리를 살펴볼 작정이었다.
"어, 어, 어렵게 생각할 건 없어. 말이 안 되는 사건을 해결하려면 적당히 미쳐주는 게 상책이야. 때로는 광기가 진실의 안내자가 될 수 있으니까. 진실과 광기는 종이 한 장 차이라는 괴테의 격언도 있지 않나?"
칼잠의 두 눈은 벽에 걸린 어탁을 좇고 있었다.
"때론 이성적이고 합리적인 설명이 어딘가에 존재할 거라는 생각은 접어둬야 하는 종류의 일도 있어. 자네가 겪은 일도 그런 종류의 일이라고 생각하네. 제서의 죽음도 마찬가지이고."
손님 세 명이 들어왔다. 나이 지긋하고 점잖아 보이는 노인들로, 붉은 조끼를 걸치고 챙이 넓은 모자를 쓴 낚시꾼 차림이다. 주인 할머니는 잿빛 구레나룻을 기른 노인을 보고 "일권 아제. 이것 얼마만이누?" 하면서 반색을 했다.
"오랜만에 뵙는군요."
잿빛 구레나룻이 그렇게 말하며 모자를 벗었다.

칼잠과 은형사는 일권 아제와 주인 할머니의 대화에 관심을 기울이지 않았지만 귀에 들어오는 것을 막을 수는 없었다. 일권 아제는 대도시에 살고 있는데, 1년에 한 번꼴로 낚시를 하러 고양이 섬을 방문한다고 했다.

"올 때마다 섬이 변하는 것 같아요. 아파트 단지가 들어서고, 도로가 닦이고, 부두가 정비되고……. 10년 전만 해도 사람들이 얼마 살지 않는 농어촌에 불과한 섬이었는데 말이죠. 분명히 정부가 개발이니 뭐니 하면서 개입했을 거예요. 정부가 작정하고 이 섬을 개발하려고 하지 않았다면 고양이 섬이 10년 만에 도시로 바뀔 리가 없잖아요. 변하지 않는 건 이 식당과 누님의 음식 솜씨밖에 없는 것 같습니다."

주인 할머니가 '누님' 이란 말에 환하게 미소를 지었다.

"지난 10년 간 섬이 발전한 것은 사실이지. 일권 아제도 알겠지만 이 섬에 살고 있는 사람들 대부분이 외지인이구먼. 섬에서 육지로 이주하는 경우는 많아도 육지에서 섬으로 이주하는 경우가 어디 그렇게 흔한감?"

5

눈꽃마을 어귀로 들어서면서 지녹스7은 속도를 줄였다. 칼잠이 의아한 표정으로 은형사를 쳐다보았다. 은형사가 고갯짓으로 마을 어귀의 느릅나무를 가리켰다. 느릅나무 아래에 제희가 서 있었다.

제희가 숨바꼭질을 하듯 두 손을 이마에 포갠 채 느릅나무에 얼굴을 묻었다. 10초 후, 얼굴을 들고 주위를 두리번거렸다. 느릅나무 주위를 한 바퀴 돌았을 때 칼잠이 말했다.

"차, 차, 차 세워."

칼잠과 은형사가 내려서 제희에게 다가갔다. 제희가 느릅나무 주위를 돌면서 콧노래를 흥얼거렸다. 그들은 서로의 얼굴을 쳐다보며 놀란 표정을 지었다.

"기럭기럭 기러기 북에서 오고 귀뚤귀뚤 귀뚜라미 슬피 울건만……"

맑은 목소리에는 한 점의 근심도 없었다. 제희가 그들을 발견하고 노래를 멈췄다. 두 사람에게 흥미를 느끼지 못했는지 다시 콧노래를 불렀다.

"벙어리인 줄 알았는데……."

은형사가 말했다.

"말, 말, 말을 못하는 것은 아니라고 했잖아?"

"선택적 벙어리 같은 거군요."

칼잠이 제희를 뚫어지게 쳐다보았다.

"어, 어, 얼굴을 잘 봐."

"왜요?"

은형사는 반문하면서 제희의 얼굴을 쳐다보았다. 예쁘고 귀여운 얼굴이다.

"누, 누, 누굴 닮지 않았어?"

칼잠이 말했다.

"누구 말이에요?"

은형사는 제희의 얼굴을 찬찬히 톺아보았다. 잠시 후 은형사의 얼굴에 놀란 표정이 떠올랐다.

"설마!"

은형사가 탄성을 질렀고, 칼잠이 고개를 끄덕였다.

제희의 얼굴은 유리의 얼굴과 닮아 있었다. 유리의 개성이 어떤 것인지 정확히 설명할 수 없지만 제희의 얼굴에 유리의 개성 같은 것이 보였다.

"우연일까요?"

운전대를 잡으며 은형사가 물었다. 제희는 느릅나무 뒤에 숨었는지 보이지 않았다.

칼잠이 어깨를 으쓱했다.

"어, 어, 어쩌면. 우리의 인지 체계에 문제가 생겼는지도 모르지."

눈꽃마을의 마지막 가옥을 지나쳤다. 길이 좁아지고 차가 다닐 수 없는 오솔길이 나타났다. 오솔길은 오름산으로 이어져 있었다. 다섯 봉우리로 이루어진 오름산은 손가락 다섯 개를 펼쳐 놓은 형상이었다. 그들은 차에서 내려 오솔길을 걸었다. 12월의 차가운 햇살이 정수리에 느껴졌다. 오른쪽으로 파도 소리가 멀어졌다가 가까워졌고 가까워졌다가 멀어졌다. 10분 정도를 걷자 몸에 땀이 나기 시작했다.

은형사가 자주 투덜거렸다. 30분이 지나자 엄지 모양의 봉우리 오른쪽을 돌아설 수 있었다. 바깥 섬의 산봉우리들이 한눈에 들어왔다. 저 멀리 황금빛 백사장이 바닷물에 옆구리를 적시고 있었다. 오솔길이 내리막으로 바뀌었기 때문에 걷기가 한결 편했다. 마침내 공중다리에 도착할 수 있었다.

"문제의 장소가 여기군요!"

미끄러지듯 가파른 돌길을 타고 내려간 은형사는 공중다리의 난간에 기대서서 난바다를 쳐다보았다.

칼잠은 암벽의 돌길에서 지체했다. 바닥을 살피면서 주위를 두리번거리거나 고개를 내밀어 암벽 아래의 바다를 내려다보기도 했다.

"광, 광, 광수와 영호가 자네가 있는 쪽에서 이쪽에 서 있는 유리를 봤다고 했지. 어때 내 모습이 잘 보이나?"

"아주 잘 보이는군요."

아래에서 위로 올려다보는 시선처리 때문인지 칼잠의 모습이 선명했다.

"뭘 좀 찾았습니까?"

칼잠이 고개를 흔들면서 바다 쪽으로 돌출한 너럭바위에 올라섰다.

"제서가 거기서 떨어져 죽었다고 생각하는 것은 아니겠죠?"

갑자기 칼잠이 사라졌다. 너럭바위가 은형사의 시야를 가렸기 때문이다. 너럭바위의 그늘로 사라졌던 칼잠이 다시 모습을 드러냈을 땐 한쪽 손에 뭔가를 들고 있었다. 칼잠이 기쁜 듯이 뭔가를 흔들었다.

"차, 차, 찾았어!"

은형사는 한달음에 너럭바위에 올라섰다. 칼잠의 손에 들린 것을 보았지만 뭔지 알 수 없었다.

"뭐죠?"

"목, 목, 목도리."

"네?"

"어, 어, 어디서 본 목도리 같지 않아?"

"아뇨."

은형사가 고개를 흔들었다.

"그, 그, 그래? 광수의 이야기를 들었잖아? 유리가 떨어뜨린 목도리가 분명해. 내가 유리의 목도리를 본 적이 있거든."

"목도리치고는 크기가 너무 작잖아요?"

목도리는 인형에게나 어울릴 정도의 크기밖에 되지 않았다.

칼잠은 아무런 대꾸도 하지 않고 목도리를 이곳저곳 열심히 살폈다. 목도리를 높이 들어 햇빛에 노출시키기도 했다. 칼잠은 발치를 살피다가 손뼉이라도 칠 것처럼 탄성을 질렀다.

"여길 봐."

어떤 작용이 있었는지 더듬지도 않았다.

"뭘 말입니까?" 은형사가 퉁명스레 말했다. "그 목도리요? 실컷 보고 있는데요."

"목도리 말고, 바닥."

목소리가 격앙되어 있었다. 칼잠은 이쪽 손으로 목도리의 끝을 잡아 목도리를 완전한 길이로 늘어뜨려 놓고, 저쪽 손으로 너럭바위를 가리켰다.

은형사는 너럭바위를 살폈다. 갯강구 한 마리가 바위의 틈새로 도망치는 게 보였다.

"저걸 말한 것은 아니겠죠?"

칼잠이 쓴웃음을 지었다.

"농담이 아냐. 그림자를 봐."

너럭바위에 그림자가 드리워져 있었다. 칼잠의 그림자. 그리고 쥐의 꼬랑지를 들고 있는 것처럼 칼잠이 한쪽 손에 들고 있는 목도리의 그림자.

바람이 부는지 목도리의 그림자가 살랑살랑 움직였다. 은형사는 두 그림자를 번갈아 쳐다보았다. 두 그림자에 차이가 있었다. 칼잠의 그림자는 또렷해서 누가 보아도 그림자란 것을 알 수 있었다. 목도리의 그림자는 희미하고 햇살이 스며들어 빛의 얼룩이 져 있었다. 목도리가 비닐이나 얼음으로 이루어져 있다면 생길 만한 그림자였다.

"어떻게 된 일입니까?"

은형사가 물었다.

"잘, 잘, 잘 생각해 봐."

칼잠이 수수께끼 같은 미소를 흘리며 뜸을 들였다. 은형사가 졸린 듯한 눈으로 말했다.

"이제…… 선배님이 알고 있는 것을 설명해 주십시오."

6

점심시간이 끝난 것을 알리는 종이 울렸다. 밖에 나가 있던 아이들이 들어오면서 썰렁했던 교실이 활기를 띠었다.

유리는 한쪽 손으로 턱을 받치고 창문을 쳐다보았다. 창문 너머로 운동장이 보였다. 썰물이 빠지는 것처럼 아이들이 빠져나가면서 운동장은 들끓던 속을 깨끗이 비워냈다. 아이들이 남기고 간 풋풋한 먼지, 서늘한 햇살을 실은 바람이 운동장을 고요히 떠돌고 있었다.

유리는 시선의 초점을 앞으로 끌어당겼다. 그녀의 얼굴이 창문에 비쳤다. 비친 얼굴에 손을 갖다 댔다. 그 얼굴이 미소를 지었다. 유리도 미소를 지었다. 1년 전과 비교한다면 신체가 변한 것처럼 얼굴도 변해 있었다. 그 변화는 점진적으로 이루어졌지만 그 변화를 촉발시킨 계기가 되는 사건이 있었다. 그 변화는 첫 생리와 함께 찾아왔다. 그날 밤의 일은 어젯밤의 일인 것처럼 생생했다. 그녀의 얼굴을 밀어내며, 그날 밤 광경이 창문에 떠올랐다.

그날 밤은 유난히 더웠다. 유리는 얇은 옷을 걸치고 침대에 누웠다. 소용돌이 모양의 초록색 모기향에서 모든 여름들을 관통하는 냄새가 났다. 창문을 열어놓았지만 바람 한 점 들어오지 않았다. 시원한 바람이 불었으면 좋겠다고 생각하며 잠이 들었다. 그리고 꿈을 꾸었다. 꿈을 꾸면서 꿈을 꾸고 있다는 사실을 인식했다. 꿈은 금속처럼 단단하여 이런 게 꿈이구나 하고 만질 수 있을 것 같았다.

꿈속의 그녀도 잠들어 있었다. 저건 나야. 유리는 경이에 찬 시선으로 잠든 몸을 내려다보았다. 침대가 넓어 보일 만큼 그녀는 키가 작았다. 150센티도 되지 않는 저 키 때문에 그녀는 속상한 적이 한두 번이 아니었다. 반의 여자아이들이 몇 년 전부터 시작했다던 생리도 그녀에겐 찾아오지 않았다.

그녀에게 꿈이 있다면 키가 크는 것. 때로는 키의 높이가 삶의 높이였다. 여름방학을 맞이하여 계획표를 짜서 운동도 열심히 했고, 식단표를 짜서 성장에 좋은 음식도 섭취했다. 보름을 그렇게 했지만 몸무게만 늘었고 키는 그대로였다. 그렇다고 살이 찌는 것은 아니었다. 늘 이상하게 생각해 온 것이지만 키나 몸집에 비해 몸무게가 많이 나갔다.
 엄마의 말이 떠올랐다.
 "우리 유리가 열심이구나. 자라게 될 것이면 저절로 자라게 될 것이니까 무리는 하지 말거라."
 오늘 낮에 줄넘기를 하며 땀을 뻘뻘 흘리는 유리를 보고 안됐다는 듯 그렇게 말했다.
 손만 뻗으면 자신의 몸을 만질 수 있을 것 같았다. 꿈 밖에선 바람 한 점 없더니 꿈속에선 시원한 바람이 불었다. 창문을 통과한 바람이 그녀의 두 다리를 기웃거렸다. 여름밤은 풀무질을 하듯 바람을 방 안으로 끊임없이 밀어 넣었다. 방 안은 바람으로 넘쳤다. 벽도, 창문도, 천장도, 침대도 바람이 되어 펄럭였다. 그녀의 육신도 바람의 살로 이루어져 있었다. 꿈속의 유리는 바람이 되어 바람 속에 누워 있었다.
 바람은 아기처럼 울었다. 그녀의 치마도 울었다. 치마는 바람의 구애에 나부꼈고 바람의 애무에 말려 올라갔다. 바람의 손길은 음란했다. 바람은 두 다리 사이에 뛰어들어 헐떡였고, 셔츠 사이로 숨어들어 가슴의 골에 똬리를 틀었다. 꿈속의 유리는 가슴을 만지며 뒤척였다.
 그녀는 자신의 머리를 보았다. 머리칼이 쑥쑥 자랐다. 머리칼은 탐스러웠다. 이번엔 다리를 보았다. 두 다리가 점점 길어졌다. 그리고 다리 사이에서 장미 한 송이가 피어났다. 꽃망울이 터지며 알싸한 냄새가 풍겼다. 장미에 색깔이 없었다. 모든 게 색깔이 없었다.

꿈속의 배경은 흑백이었다.

장미가 붉으면 좋을 텐데. 그러면 장미가 정말 아름다울 거라고 생각했다. 순간 장미에 붉은색이 감돌았다. 그녀의 다리 사이에서 붉은 넝쿨장미가 피어났다. 장미는 꿈틀거리며 계속 자라났다. 두 다리를 덮었고, 허리를 감았고, 옆구리를 간질였고, 바람의 길을 따라 가슴에까지 치고 올라왔다. 바람이 길을 내주었고 붉음이 온몸을 덮었다.

유리는 비명을 지르며 깨어났다. 하지만 꿈은 현실에까지 따라왔다.

장미가 온몸을 덮고 있었다. 무게가 있는 것처럼 장미향이 가슴을 눌렀다.

아직 꿈에서 깨지 않은 거야.

꿈이 현실에까지 풀어져 머리가 몽롱했다. 유리는 넝쿨장미를 거둬냈고, 자신의 몸이 달라진 것을 발견했다. 부푼 가슴은 도전적으로 그녀를 올려다봤다. 두 다리는 시트 끝자락을 희롱했다. 허벅지를 꼬집었다. 아팠다. 유리는 몸을 일으키다 장미의 붉음과는 다른 붉음을 발견했다.

첫 생리였다.

유리는 멈칫멈칫 거울 앞으로 다가갔다. 거울 속의 그녀가 거울 밖의 그녀를 쳐다보았다. 얼굴도 달라져 있었다. 앳된 구석이 없었다. 단발머리는 자라서 어깨에서 찰랑거렸다. 유리는 어깨로 손을 가져가 조심스럽게 머리칼을 만졌다. 꿈속에서만큼은 아니지만 하룻밤 사이에 키가 훌쩍 자라 있었고, 가슴은 불편할 만큼 묵직했다. 영화 '스피시즈'에 나오는 여주인공이 된 기분이었다. 여주인공 나

스타샤 햄스트릭스도 변태를 통해 이런 급성장을 이루지 않았던가. 유리에게 꿈이 변태로 작용했을 뿐이다.

이렇게 자라는 것이 꼭 한 번은 이루어져야 했던 일처럼 느껴졌다. 그녀가 속상해할 때마다 달래주던 엄마의 말 때문에 그런 느낌이 들었는지도 모른다.

"네가 키가 자라지 않는 것은 네 스스로 키를 묶어놨기 때문이란다. 네가 정말 자라기를 원한다면 언제든지 네 키는 자랄 수 있단다."

엄마가 그녀에게 일어난 일을 명쾌하게 설명해 줄 수 있을 것 같았다.

거울 속의 모습을 보다가 유리는 전율했다. 자신이 사람들과 다른 존재라는 자각이 그녀를 두려움에 빠뜨렸다. 그녀는 새로운 스피시즈였다.

유리는 양팔을 X자로 꼬아 가슴을 누르고 주저앉았다. 양 무릎을 세우고 거기에 얼굴을 묻었다.

엄마! 비명을 질렀고 두려움에 떨며 울었다.

"무슨 일이니?"

엄마가 방문을 열었다. 그리고 유리를 쳐다보며 환하게 미소를 지었다.

"이게 무슨 난리람!"

엄마는 넝쿨장미를 치우며 유리를 따뜻하게 안아줬다.

무서워할 것 없단다. 우리 유리가 이젠 다 컸구나. 어디 보자. 이 엄마보다 더 예쁘네. 엄마가 아무 말 하지 않았지만 유리는 엄마가 그렇게 말하고 있다고 여겼다. 유리는 엄마를 껴안았다. 바람이 불었고, 창문을 통과한 바람이 눈물을 말렸다.
"그 빈자리 누구 자리지?"
신경질적인 목소리가 울렸다. 창문에 떠올랐던 방 안의 광경이 사라졌다. 유리는 턱을 받치고 있던 손을 풀며 교탁을 쳐다보았다. 노처녀 담임선생이 와 있었다. 벌써 수업이 시작된 모양이었다.
"영호 자립니다."
경아가 말했다.
유리는 영호 자리를 쳐다보았다. 영호가 없었다. 가방은 있었다.
"누구 영호 본 사람?"
이번에도 경아가 대답했다.
"점심시간에 매점에서 봤는데……. 지금은 어디를 갔는지 모르겠어요."

7

중환자실 층이라 복도는 조용했다. 복도에는 강요된 것 같은 침묵과 준비된 것 같은 죽음이 감돌았다. 죽음을 연상시키는 소독약 냄새가 코를 찔렀다. 차트를 든 간호사가 그를 힐끔거리며 지나쳤다.
영호는 주먹을 말아 쥔 손을 입에 가져가 얼굴의 반을 가렸고, 헛기침을 터뜨려 자연스러움을 가장하면서 고개를 살짝 틀었다. 간호사를 피할 이유는 없었지만 왜 그런지 그렇게 하고 싶었다. 학교 담을 뛰어넘어 무단조퇴를 할 때처럼 뒤가 켕겼는지 모른다. 이 시간은 고등학생이 한가하게 돌아다닐 시간이 아니다. 교복도 신경 쓰였다. 삼총사와 함께할 때는 어떤 장소도 어떤 것도 꺼리지 않았는데……. 제서와 광수가 그리웠다, 특히 광수가.

"쳇!"

'사랑한다, 씨발놈아.'

영호가 처음으로 반에서 5등 안에 들었을 때 광수가 징글맞은 농담에 욕설을 섞어 던졌다. 그리고 영호의 목을 조르며 정다운 헤드록을 걸었다. 영호는 성적이 늘 뒤에서 맴돌았는데 광수의 적극적인 도움으로 눈에 보이는 결실을 낸 것이다. 광수의 집에서 공부하면서 밤을 새는 날도 많았다. 광수는 영호의 공부를 돕기 위해서 아낌없이 시간을 투자했다. 그때가 그리웠다. 그래, 나도 사랑한다, 씨발놈아.

광수를 보고 싶었다.

간호사가 사라지자 병실의 호수를 살폈다. 한 병실 앞에서 걸음을 멈췄다. 문은 닫혀 있었다. 영호는 문을 조심스럽게 열었다. 안은 복도보다 더 조용했다.

"어?"

광수가 식물인간이 되어서 꼼짝도 못하는 줄 알았다. 그런데 침대에 걸터앉아 있었다. 등을 문 쪽으로 돌리고 있었다. 광수 외에는 아무도 없었다.

"어떻게 된 거야?"

물었지만 광수는 대답하지 않았다.

광수의 자세가 이상했다. 영호는 침대를 돌아 광수의 정면에 섰다. 광수는 뭔가에 몰두해 있었다. 이마엔 주름이 잡혀 있었고, 눈동자는 먼 곳을 바라보듯 초점이 풀어져 있었다. 양손은 침대를 짚고, 이쪽 발은 허공에 떨어뜨리고, 저쪽 발은 바닥을 디딘 상태였다. 침대에서 내려오다가 돌처럼 굳어버린다면 저런 모습일 것이다.

"나야. 내가 보여?"

영호는 광수의 눈앞에서 힌 손을 흔들이 보였디. 눈동지에 움직임이 없었다. 꼼짝도 하지 않는다. 이렇게 앉아 있어도 좋은지 모르겠지만 반응하지 않는 게 식물인간이 맞긴 맞는가 보았다.

"뭐라고 말 좀 해봐."

영호는 광수의 한쪽 손을 잡으며 눈시울을 붉혔다. 광수로부터 반응이 왔다. 그 반응은 모기의 날갯짓보다 미약했다. 영호에게 붙들린 광수의 손이 떨림에 가까운 반응을 보였다. 영호는 제 손을 치우고 광수의 손을 쳐다보았다. 엄지와 검지를 제외한 나머지 세 개의 손가락이 점점 굽어지고 있었다.

5분 동안 영호는 꼼짝도 하지 않고 광수의 손가락을 쳐다보았다. 5분이 지났을 때 엄지와 검지만 구부정하게 펴져 있었고 나머지 손가락들은 접혀져 있었다. 그 변화가 인식할 수 없을 만큼 느리게 진행되었기 때문에 5분이 지나서야 그 변화의 처음과 끝을 인식할 수 있었다.

엄지와 검지가 눈에 보이지 않는 펜을 쥐고 있는 모양새를 취했다.

"무슨 말을 하고 싶은 거야?"

영호는 광수의 두 눈을 쳐다보았다. 초점이 또렷했다. 영호를 쳐다보고 있듯이.

"거기서 뭐해!"

언제 나타났는지 간호사가 소리를 질렀다.

5분 후에 의사가 들어왔다. 그들은 광수를 침대에 비스듬히 기대 놓았다. 팔다리가 놓인 위치가 침대에 걸터앉아 있을 때와 똑같았다. 의사가 광수의 상태를 살폈다. 영호는 벌을 서는 것처럼 병실 구석에 우두커니 서 있었다.

"언제부터 침대에 앉아 있었지?"

의사가 간호사에게 물었다.

"두 시간 전에 체크했는데 그때는 누워 있었어요."

이번엔 영호에게 물었다.

"학생이 여기 들어올 때부터 환자가 저런 모습이었나?"

영호가 고개를 끄덕였다.

"네."

"환자를 건드린 것은 아니겠지?"

영호는 건드리지 않았다고 대답했다.

의사가 고개를 갸웃했다.

"선생님, 저 손 좀 보세요."

간호사가 광수의 손을 가리켰다.

의사가 펜을 꺼내 광수의 엄지와 검지 사이에 끼워 넣은 다음 사진사가 모델을 쳐다보듯 사방에서 광수를 쳐다보았다. 그것도 모자라 간호사에게 두꺼운 책과 종이를 구해 오게 했다. 간호사가 돌아오자 펜 밑에 종이를 갖다 대고, 종이 밑에 두꺼운 책을 고정시켰다.

5분이 흘렀다.

광수의 손가락은 아무런 움직임이 없었다. 하지만 종이에 점 하나가 찍히고 있었다. 10분을 더 기다리자 비뚤비뚤 선이 그어졌다.

의사가 환호성을 질렀다.

해가 지고 날이 샐 때까지 의사는 광수의 병실을 들락날락했다.

8

다음 날 아침 광수는 글귀를 완성시켰다.

"시간의 강?"

의사는 그 글귀를 보고 고개를 갸웃했다.

9

광수가 시간을 들여 '시간'을 썼을 때 은형사는 사진 한 장을 쳐다보고 있었다.

"전에 본 사진 아닙니까?"

두 다리를 허공에 떨어뜨리며 칼잠이 너럭바위에 앉았다.

"이, 이, 이상한 게 없나 살펴봐."

칼잠이 목도리를 반에서 반으로 차곡차곡 접어 크기를 줄여나갔다. 의식을 치르는 것처럼 어떤 순서에 따라서 목도리를 갰다. 은형사는 사진보다 목도리를 더 자주 쳐다보았고, 목도리보다 칼잠의 동작을 더 자주 쳐다보았다. 팔뚝 길이의 목도리는 손바닥 크기의 목도리로 압축되었다. 칼잠이 목도리를 허벅지에 올려놓고는 손으로 만지작거렸다.

은형사가 고개를 갸웃거렸다.

"어디가 이상한지 모르겠군요."

칼잠은 여전히 목도리를 매만졌다.

"그, 그, 그림자가 있는지 봐."

은형사가 보고 있는 것은 안경이 확대된 사진이었다. 안경은 제서의 손에 쥐어져 있었다. 검시관이 사진을 찍을 당시에 해가 떠 있었기 때문에 제서의 손 그림자가 잘 보였다. 이번엔 안경의 그림자를 살폈다. 알의 그림자는 없었지만 테의 희미한 그림자가 있었다. 관심을 기울여 보지 않는다면 포착하기 힘든 그림자였다.

"이것도?"

칼잠이 고개를 끄덕였다.

"그 안경, 이 목도리는 서로 공통점이 있어."

"그림자 상태 말입니까?"

"그래. 그것들은 아이데카란 물질로 이루어졌어."

칼잠은 정서불안을 겪고 있는 사람처럼 계속 목도리를 매만졌다.

"아이데카?"

"과학의 더듬이에 걸리지 않는 물질이지. 유령이 존재의 메아리인 것처럼 아이데카는 꿈의 메아리라고 할 수 있어. 말이 어렵나? 물리학을 떠버릴 생각은 없지만…… 양자역학 물질 정도로 생각하게."

칼잠이 말을 끊고 은형사의 얼굴을 살폈다.

"이것이 살아 있다면 믿겠어? 이건 생명체처럼 태어나고 자라고 죽네. 무엇보다 꿈에 반응하지. 상상이 가?"

칼잠은 더 이상 더듬지 않았다.

"상상이 가지 않습니다. 아무튼 선배님의 말씀이 사실이라면, 안경과 목도리가 꿈에서 나온 물건이겠군요."

"분명히."

은형사가 쓴웃음을 지었다.

"정말 그런 물질이 있습니까? 그리고 선배님은 그런 물질이 있다는 것을 어떻게 아신 겁니까?"

"내가 과학과 인연이 깊은 사람이네."

"그게 무슨?"

"형사가 되기 전에 그쪽 분야에서 일한 적이 있었지."

칼잠이 강아지 쓰다듬듯 목도리를 쓰다듬으며 말을 이었다.

"아이데카는 시선을 느낄 수 있네. 아이데카가 양자역학 물질이란 이유가 여기에 있지. 시선 속에서 생명력을 얻으니까. 아이데카는 사람들의 시선과 손길을 받는 것을 좋아한다네. 그게 그것의 행복이기도 하지. 자, 이걸 보게."

칼잠이 마술사처럼 목도리를 펼쳐 보였다. 목도리가 완전한 길이로 펴졌다.

"어!"

은형사가 입을 벌렸다. 목도리는 정상의 크기로 회복되어 있었다. 사람의 목에 두를 수 있을 만큼.

"어떤가?"

은형사는 목도리의 그림자를 보았다. 그림자는 보통의 그림자처럼 짙고 선명했다.

"어떻게 된 일입니까?"

"이 목도리는 행복해하고 있네. 내 손길과 내 시선 속에서. 아이데카가 선명한 그림자를 갖는다는 것은 존재의 완성을 의미하지."

칼잠이 즐거운 듯 목도리를 흔들어 보였다.

"사람들의 시선과 관심을 받지 못하면 이 녀석은 점점 작아지다가 소멸할 거네. 그래서 처음 목도리를 발견했을 때 그렇게 크기가 작았던 거야. 외롭게 죽어가는 중이었으니까."

"잃어버린 안경도?"

"그것도 설명이 되네. 안경은 닫힌 공간에서 어느 누구의 시선도 받지 못하고 빠르게 소멸되어 버린 것이지."

"아이데카가 모든 것을 설명할 수 있는 매력적인 개념이긴 합니다만…… 두 눈으로 보고 있어도 믿기지 않는군요. 제 뺨을 한 번 꼬집어주시겠습니까?"

은형사가 목도리를 만지면서 요사스런 골동품을 쳐다보듯 목도리를 쳐다보았다.

"유령과 같은 거라고 생각하면 돼. 원(怨)과 한(恨)이 유령을 세상에 붙들어놓듯 시선과 관심이 아이데카를 세상에 붙들어놓지. 하지만 시선과 관심을 받더라도 아이데카가 현실에 살아남기는 어려워. 꿈을 자궁으로 삼고 시선을 탯줄로 삼는 아이데카는 현실에 이식되는 것은 불가능하네. 그래서 보통 아이데카가 생명을 얻더라도 하루 이상 존재를 유지하기 어렵네. 짧게는 몇 분 안에 소멸되어 버리지."

"하지만……."

은형사가 목도리를 가리켰다.

"뭘 말하고 싶은지 알겠네. 이 목도리는 사흘 동안 이곳에서 있었다고 말하고 싶겠지. 하지만 목도리는 우리가 오기까지 어느 누구에게도 시선을 받지 못했기 때문에 존재로서 완성된 적이 없어. 아이데카에게 시선이 바로 생명이야. 세상에 나왔지만 생명을 얻을 기회가 전혀 없었던 것이지. 아이러니하게도, 목도리가 사라지지 않았던 이유가 거기에 있어. 생명을 얻으려고 사라지지 않았다는 뜻이네……. 물론 시선을 받아본 적이 없는 아이데카는 이 세상에 존재하는 것으로 보기는 어렵네. 존재할 가능성으로 존재할 뿐 존재하지 않는 것과 똑같지. 자네가 양자역학을 안다면 내 말이 무슨 뜻인지 알 텐데……."

"무시하지 마십시오. 저도 대학물 먹었으니까요."

은형사가 볼멘소리를 했다.

"양자역학에서 다루는 슈뢰딩거의 고양이도 알고 있습니다. 관찰하기 전에는 고양이의 죽음과 삶은 결정되지 않는다. 어떻습니까?"

칼잠이 씩 웃었다.

"그, 그, 그 정도면 충분하네. 그런데, 시선을 받아서 생명을 얻게 된 아이데카는 시선이 없으면 살아남지 못하네. 아이데카의 숙명이지. 시선이 잠시라도 없으면 눈 깜짝할 사이에 사라져 버리지. 우리가 시선과 관심을 주지 않는다면 이 목도리는 한 시간 안에, 어쩌면 몇 분 안에 사라지고 말 거네. 감식반에 보낸 안경이 사라진 것처럼 말이야.”

　은형사는 칼잠이 다시 더듬거렸다는 사실에 주목하면서 목도리에서 손을 떼었다.

　“놀라운 이야기를 계속 듣다 보니 이 목도리가 펄쩍 뛰어올라 품에 안기면서 '안녕하세요.' 하고 말해도 놀라지 않을 자신이 생겼습니다. 아, 사람의 두뇌는 정말로 간사하군요. 뇌는 믿을 수 없는 상황에 더 적응을 잘하도록 만들어졌나 봅니다. 그런데 내가 알고 있던 선배님이 아닌 것 같습니다. ……형사 맞아요?”

　칼잠이 기묘한 미소를 지었다.

　“자네가 형사이듯 나도 형사이네.”

제8장

결투

꿈을 꾸다

3월 14일.

두 눈을 떴다. 머리가 묵직했다. 천장이 보였다. 낯선 곳이다. 몸을 일으키려고 했다. 몸을 제대로 움직일 수 없다. 두 팔이 제압되어 있었다. 구속복 때문이다. 새매는 구속복과 악전고투하며 일어나 앉았다.

좁은 방. 고무로 된 벽. 가재도구는 침대가 전부였다. 천장에 감시 카메라가 달려 있었다. 창문은 없었다. 고무 문에는 쇠창살이 달려 있었다. 감금실인 모양이다.

"아무도 없어요!"

새매가 문을 향해 고함을 질렀다.

"저 급해요!"

이번엔 감시 카메라를 바라보며 고함을 질렀다.

문이 열렸다.
현서가 불곰과 정사각형을 거느리고 모습을 드러냈다. 현서의 얼굴이 수척했다. 불곰과 정사각형의 표정은 곱지 못했다. 어디서 구했는지 허리에 진압봉을 차고 있었다.
"왜 도망치려고 했지?"
현서가 물었다.
"잠깐 산책하러 했을 뿐이에요."
새매가 말했다.
"새벽에? 사람을 때려눕히면서?"
"나중에 얘기해요, 저 지금 급해요."
새매가 바지춤을 잡았다. 현서가 뭔가를 재는 눈빛으로 그녀를 쳐다보았다. 불곰이 기분 나쁜 미소를 지으며 침대 밑에서 고무 요강을 꺼냈다.
새매는 얼굴이 달아올랐다. 불곰과 정사각형이 팔짱을 끼면서 씩 웃었다.
"지금 뭐하자는 거예요?"
새매가 소리를 질렀다.
"풀어줘요."
현서가 담담한 어조로 말했다.
불곰과 정사각형이 구속복을 벗기고는 몇 발짝 떨어졌다. 현서가 등을 돌렸다. 정사각형과 불곰도 새매에게서 등을 돌렸다.
"감시 카메라 좀 어떻게 해주세요."
새매가 담담한 어조로 말했다.
"누가 볼 염려는 없어. 통제실은 비어 있으니까."

"그래요?"

새매는 몸에 정신을 집중했다. 발끝에서 머리끝까지 투지가 성난 불길처럼 타올랐다. 손발이 강철처럼 단단해졌고, 운동신경은 면도칼처럼 날카로워졌다. 신체와 정신이 완벽하게 그녀의 통제 아래에 있었다.

새매는 움직였다. 낌새를 느꼈는지 그들이 동시에 몸을 돌렸다. 새매는 단 한 번의 동작으로 불곰의 진압봉을 뽑고, 번갯불처럼 휘둘렀다. 진압봉이 불곰의 어깨에 작렬했다. 불곰이 비명을 지르며 주저앉았다. 정사각형은 신음도 지르지 못하고 쓰러졌다. 갈비뼈가 부러졌을 터였다.

강화된 그녀의 몸은 자비와 용서를 몰랐다. 다음은 현서였다. 하지만 진압봉이 허방을 짚었다. 현서가 동물적인 몸놀림으로 새매의 진압봉을 피한 것이다. 어느새 현서의 손에 정사각형의 진압봉이 들려져 있었다.

"그만해. 다치게 하고 싶지 않아."

현서가 담담한 어조로 말했다. 진압봉이 새매를 겨누었다. 그는 문을 막고 있었다.

새매는 잠시 멍했다.

"의사 맞아요?"

"의사 맞아."

새매는 현서를 다시 한 번 쳐다보았다. 그의 자세는 고요하지만 아주 위험해 보였다. 그는 고요함 속에 난폭한 투지를 숨기고 있었다.

"운동을 좀 했지. 거친 환자들을 다루어야 했거든."

현서가 미소를 지었다.

"비켜!"

새매가 말했다.

현서가 어깨를 으쓱했다.

새매는 움직였다. 검(劍)을 쓰듯 진압봉을 썼다. 그들은 격돌했고, 손발을 섞었다. 새매는 그의 사방을 지우며 공격해 들어갔지만 그를 어떻게 할 수가 없었다. 현서는 간결한 동작으로 그녀의 공격을 모두 걸러냈다.

새매는 근육 세포에까지 의식을 실었고, 몸을 극한까지 강화시켰다. 실핏줄이 온몸을 휘감듯 튀어나왔고 물뱀처럼 꿈틀거렸다. 새매는 폭풍처럼 움직였다. 현서가 후닥닥 왼쪽으로 물러섰고, 물러섰는가 싶더니 새매를 왼쪽에 끼고 빠르게 돌았다. 순간 위치가 바뀌어 새매가 문을 등졌다.

현서가 미소를 지으며 움직임을 멈추었다. 그녀의 등 뒤에서 문이 열렸다. 새매는 재빨리 돌아섰다. 이마가 차가웠다. 이마에 총구가 겨누어져 있었다. 뺨에 칼자국이 난 사내가 그녀 앞에 서 있었다. 총구가 이마를 세게 눌렀다. 고개가 젖혀졌다. 새매는 손가락 하나라도 움직이면 칼자국이 머뭇거리지 않고 쏠 거라고 확신했다.

시간 가속을 현실에 적응할 수 있다면 얼마나 좋을까.

꿈속에서는 시간이 탄력적이다. 그녀가 원한다면 꿈속에 흐르는 시간을 늘렸다 줄일 수 있었고, 그녀에게 흐르는 시간을 가속시켜 주변의 움직임을 정지시키거나 느리게 만들 수 있었다. 시간 가속이 현실에도 먹힌다면 여기서 빠져나가는 건 문제가 아니었다. 그렇지만 전에 시험해 봤지만 현실에서는 시간을 가속시킬 수 없었다. 육체 강화와 달리 시간 가속은 물리 법칙에 위배되었다. 현실에 작용하는 시간은 모두에게 공평하고 냉엄했다.

"윽!"

새매는 신음을 지르며 무릎을 꿇었다. 그녀의 무릎을 걷어찬 칼자국은 손에 사정을 두지 않았다. 총으로 그녀의 머리를 후려쳤다.

4월 21일.

다섯 번 탈출을 감행했지만 모두 실패로 돌아갔다. 번번이 현서와 선글라스 사내들에게 저지당했다.

선글라스 사내 둘은 쌍둥이고, 훈련을 받은 자들이다. 그들은 비밀기관에서 일하는 에이전시들로, 뉴욕에서 왔다. 그들의 꿈에 접촉해서 알아낸 사실이다. 그 비밀기관이 각국에 지부를 두고 있는 초국가적 에이전시란 사실만 알아냈을 뿐이다. 어떤 기관인지, 무슨 일을 하는지는 알아낼 수 없었다. 알아내려고 하면 꿈인데도 저항을 했다.

그녀가 입원해 있는 병원은 에이전시의 입김이 작용하고 있었다. 특히 20층은 일반인의 출입을 엄금하고 있었고 의사도 출입증이 있어야 출입할 수 있었다.

뺨에 칼자국이 난 사내는 이름이 나다북이고, 나머지 하나는 이름이 잔이었다. 둘은 혼혈이다. 하지만 꿈에서 얻은 정보란 게 그렇게 신뢰할 만한 것이 못되었다. 과장되거나 왜곡될 때가 많았다. 새매는 꿈에서 얻는 정보들의 공통분모만을 추려 사실로 받아들였다.

현서가 그녀를 대하는 태도는 변함이 없었다. 늘 상냥했다. 그게 더 끔찍했다.

매일 그녀의 뇌는 장난감처럼 다루어졌다. 수십 번의 검사와 실험들. 머리에 전극이 꽂히지 않는 날들이 없었다. 머리에 구멍을 뚫어놓을 때도 있었다. 그녀가 의식을 잃은 사이에 뇌를 꺼냈다가 집어넣었는지도 몰랐다.

새매는 용케 견뎌냈다. 무기력한 나날이었다. 나섯 번째 탈출이 실패로 돌아갔을 때 구속복 대신에 수갑과 족쇄가 채워졌다. 새매는 분노로 감정을 헹구었고 인내로 분노를 단련시켰다. 다섯 번째 탈출 이후 먹이를 노리는 육식동물처럼 숨을 죽이며 순순히 그들의 말을 따랐다.

"에이스 풀 하우스."

새매가 말했다.

"맞았어."

현서가 카드 다섯 장을 뒤집었다.

에이스 세 장에 퀸 두 장.

"상으로 뭘 줄 거예요?"

새매가 농담을 했지만 현서는 침묵으로 대꾸했다.

새매의 머리에 서너 가닥의 전선이 연결되어 있었다. 전선의 저쪽 끝은 검류계를 거쳐 모니터에 연결되어 있었다. 렌 파 측정기였다. 현서의 머리에도 전선이 연결되어 있었다. 모니터 두 개가 모두 단속적인 일직선 파장을 그리며 아무런 변화도 보이지 않았다. 그들 사이에 폭 1미터의 간이 테이블이 놓여 있었다.

"다음."

현서가 카드 뭉치에서 다섯 장을 꺼내서 새매가 볼 수 없도록 테이블에 엎어놓았다.

새매는 정신을 집중했다. 모니터에 파장이 그려졌다. 렌 파의 활성화. 선단이 뾰족한 극파. 사이클은 짧았다. 현서의 머리와 연결된 모니터에도 똑같은 파장이 생겼다. 그의 뇌가 동조한 것이다. 그것도 잠시였다. 두 개의 모니터에서 극파 파장이 사라지고 일직선 파장으로 돌아섰다.

"세븐 트리플."

새매가 말했다.

"맞았어."

현서가 카드 다섯 장을 뒤집었다. 그리고 차트에 뭔가를 기록했다. 카드 맞추기는 며칠째 계속되는 실험이었다. 머리에 몇 가닥 전선을 달고 있는 그의 모습은 우스꽝스러웠다.

"당신도 실험실 쥐가 되었군요."

새매가 이죽거렸다. 이제 현서를 선생님이라고 부르지 않았다. 그의 표정이 약간 굳어졌다. 화가 난 것 같지 않고 약간 놀란 표정이다.

"카드를 알아맞힐 때의 느낌은?"

현서가 사무적인 목소리로 물었다.

"별 느낌이 없어요. 그냥 잠깐 동안 당신의 눈으로 카드를 본 거예요."

현서가 차트에 뭔가를 또 적었다. 새매는 차트를 찢어버리고 싶은 충동을 느꼈다.

"언제까지 계속할 거죠? 배고파요."

"한 번만 더."

현서가 일어섰고, 조심스럽게 테이블을 저만치 끌고 갔다. 그들 사이에 2미터 이상의 거리가 생겼다. 현서가 카드 다섯 장을 골라 테이블에 엎어놓았다.

"......?"

하고 현서가 눈짓으로 카드를 가리켰다.

새매는 다시 정신을 집중했다. 모니터에 파장이 생겼다. 그의 머리와 연결된 모니터에는 아무런 변화가 없었다. 그에게서 렌 파를 유도하지 못한 것이다.

새매가 고개를 흔들었다.

"보이지 않아요."

하지만 보려고 마음먹었다면 카드를 볼 수 있었다.

"이상하군."

현서가 고개를 갸웃거렸다.

"뭐가요?"

현서가 대답하지 않고 차트에 뭔가를 썼다.

새매는 그가 뭘 쓰고 있는지 궁금했다. 순간 자신도 모르게 렌 파가 활성화되었다. 렌 파는 2미터의 거리를 지우며 그의 뇌에 수신되었고, 그의 렌 파를 유도했다. 렌 파에 실린 그녀의 의식은 그의 시선에 옮겨 탔고, 그가 쓰고 있는 것을 볼 수 있었다.

드림필드 한계거리 1미터.

의도하지 않았는데도 시야에 모니터가 들어왔다. 현서가 고개를 돌려 모니터를 쳐다본 것인데 그녀의 의식이 그의 시선에 머물러 있는 바람에 그가 보고 있는 것을 보게 된 것이다. 그와 연결된 모니터에 굴곡이 심한 파장이 생겼다가 사라졌다.

"나를 속였어."

현서가 차가운 어조로 말했다. 새매는 현서의 눈을 통하여 그녀의 얼굴을 보고 있었다. 기묘한 기분이다. 사방이 흔들렸다. 흔들린 시야가 제자리를 찾으면서 그의 얼굴이 보였다.

새매가 눈에 힘을 주었다.

"속인 것 없어요. 나도 모르게 그렇게 된 것이에요. 당신이 뭘 썼는지 궁금하긴 했어요. 그런데 드림필드가 뭐죠?"

현서가 침묵을 지키다가 30초 후에 말했다.

"잠들어 있는 자의 꿈과 접촉하고, 그 꿈을 열 수 있는 거리이지."

더 이상 설명하지 않고 차트에 뭔가를 썼다. 5분 후에 그가 고개를 들면서 말했다.

"새매 아가씨, 내 꿈을 염탐하지 않았으면 좋겠어. 건질 게 별로 없을 테니까. 꿈은 꿈일 뿐이야."

"당신의 아버지가 목사란 게 거짓인가요? 당신의 꿈에서 봤는데."

현서의 표정이 기묘하게 변했다. 우는 것도 웃는 것도 아닌 표정이었다. 새매는 그의 아버지가 목사라고 확신했다. 꿈에서 그와 그의 아버지는 사이가 나빴다.

"뭘 봤는지 모르겠지만 꿈을 사실대로 믿지 마."

같은 날 오후 9시.

새매는 병실 침대에 앉았다가 일어섰다. 족쇄만 채워져 있었다. 족쇄의 사슬을 끌며 병실에 딸린 화장실로 들어갔다. 볼일을 보고 침대에 돌아왔다. 침대에 앉아 편거울을 쳐다보았다.

이 시간이면 현서가 편거울 너머에서 그녀를 지켜보고 있을 것이다. 그녀와 편거울 사이의 거리는 5미터 정도 되었다. 현서가 알면 놀라겠지만 그녀의 드림필드 한계거리는 5미터가 넘었다. 그녀는 편거울 건너편에 있는 사람의 후뇌를 자극할 수 있었다. 간호사 근무소의 불곰과 정사각형을 과녁으로 5미터 이상의 거리를 시도해 보았지만 그들의 후뇌에는 닿지 못했다. 그래도 드림필드를 확장시키기 위해서 꾸준히 훈련을 했다.

새매는 침대에 누워 팔베개를 했다. 현서가 그녀를 실험 대상으로 다루었지만 여전히 그에게 호감을 가졌다. 이따금 그의 꿈에서 그를 보았다. 그는 외로워 보였다. 그의 꿈속에는 등장인물이 적었다. 대부분 혼자였고, 이따금 그의 아버지가 등장했다. 어떤 때는 사람도 나오지 않고 암울한 배경만 펼쳐질 때가 있었다. 그녀가 현서의 꿈에 머무르는 시간은 짧았다. 10분을 넘지 못했다. 꿈의 배경이 바뀌면 그녀는 꿈에서 튕겨졌다. 시간과 공간의 배경이 바뀌지 않을 때만 그의 꿈에 머물 수 있었다. 비정상적일 만큼 꿈의 배경이 자주 바뀌었다. 또, 꿈이 자주 끊겼다. 잠을 자면서도 외부의 자극에 민감한 모양이었다.

어떤 때는 외부의 시계 초침 소리가 그의 꿈속에서 천둥처럼 울릴 때가 있었다. 꿈이 끊기면 꿈의 배경이 바뀔 때처럼 꿈과의 접촉이 끊겼다. 그의 꿈은 파편처럼 조각조각 흩어져 있었다. 의미있는 그림으로 맞추기에는 그 조각들이 무의미했다. 그림을 겨우 맞추더라도 초현실적인 그림이 되었다. 하지만 그 조각과 마주칠 때마다 그녀는 가슴 설레었고, 그의 깊숙한 곳을 조금씩 알아간다는 느낌이 들었다.

팔베개를 풀고 정신을 집중했다. 편거울 너머의 상대는 드림필드 안에 있었다. 새매는 드림필드 안에 있는 사람의 꿈을 열 수도 있었고 눈과 귀도 될 수 있었다. 편거울 너머의 상대에게 그녀의 의식을 보냈다. 그 행위는 구체적이었다. 이쪽 손에서 저쪽 손으로 물건을 건네는 행위만큼이나.

사방이 흔들렸다. 시야가 자리를 잡기 전에 목소리가 들렸다.

「……모든 것을 종합해 볼 때 그녀의 뇌는 두 번째 진화를 보인다.」

듣기 좋은 목소리고, 익숙한 목소리다. 현서는 아직 자지 않는 모양이었다. 자지 않을 때는 그의 꿈속에 침입할 수 없고 이렇게 카메라 렌즈와 도청 장치의 감각으로 머물러 있어야 했다. 아직 방법을 몰랐지만 드림필드 안에 들어온 상대를 잠으로 이끌 수 있는 방법이 있을 것이다.

시야가 자리를 잡았다. 편거울 너머로 누워 있는 자신의 모습이 보였다. 그리고 작은 마이크를 잡고 있는 손이 시야에 들어왔다. 현서의 손이다. 그 손이 마이크를 테이블에 내려놓고, 커피 잔을 들었다. 그녀의 의지대로 움직이지 않았지만 그의 손이 그녀의 손인 것 같았다.

현서가 커피를 내려놓고 마이크를 쥐었다. 다른 쪽 손으로 구술 장치의 버튼을 눌렀다. 테이프 돌아가는 소리가 났다. 그가 공문서를 읽듯 무미건조한 목소리로 말했다.

「뇌의 신화는 후뇌가 삭성함으로써 시작됐다. 3년 전 사고 당시 그녀는 뇌에 큰 충격을 받았다. 3년 동안 의식불명 상태로 있으면서 후뇌에 극적인 변화가 일어났다. 전기 화학적 자극으로 후뇌가 깨어난 프레디의 경우와 달랐다.

프레디는 다른 사람의 꿈에 접촉함으로써 그 사람의 후뇌를 자극할 수 있었다. 모든 쿰은 후뇌에서 이루어지기 때문에 후뇌가 자극을 받는 것은 자연스런 일이다. 하지만 이 자극은 대부분 무시할 수 있을 정도였고, 그래서 프레디와 접촉한 사람이 프레디가 되는 경우는 드물었다.

그녀는 달랐다.

프레디에게는 드림필드란 게 없다. 프레디는 자신의 꿈을 통하여 다른 사람의 꿈에 접촉한다. 반면에 그녀는 드림필드 안에 있는 사람의 꿈에 직접 접촉한다. 그때의 꿈 접촉은 초현실적이라 오컬트 냄새가 풍긴다.

그녀 자체가 후뇌에 가하는 전기 화학적 자극이며, 그 자극은 무시할 수 없다. 후뇌 활성화에 직접적인 원인이 된다. 그녀 하나만 있으면 수많은 프레디를 생산할 수 있다는 뜻이다. 그녀의 드림필드 안에 들어온 사람들은 열이면 열, 프레디가 될 가능성이 높았다.

그래서 우리 에이전시 세 사람만이 그녀 주변에 머물렀다. 에이전시는 프레디 코스를 거쳤기 때문에 이미 후뇌가 각성한 상태였고, 그녀에게 영향을 받을 일은 없었다.

그런데 예측하지 못한 상황이 발생했다. 그녀의 드림필드가 점점 넓어지고 있었다. 처음엔 반경 1미터에 불과하던 것이, 지금은 반경 3미터 이상은 되었다.

최악의 경우, 그녀 때문에 인류는 현실을 꿈에 내놓는 일이 생길지도 모른다.」

새매는 약간 충격을 받았다.
그도 프레디였던가!
현서는 구슬 장치를 정지시키고 병실에 있는 새매를 물끄러미 쳐다보았다. 깊은 침묵이 깔렸다. 그가 한숨을 쉬면서 구슬 장치 버튼을 눌렀다.

「놀라운 건, 그녀의 쿰이 그녀의 외모를 변화시켰다는 것이다. 그녀의 말에 의하면 그녀의 외모는 꿈속 잠자는 여왕의 외모와 똑같다. 그녀의 뇌가 꿈을 현실로 받아들여 신체를 길들이고 그녀의 외모를 변화시켰을 가능성이 높다. 신체 변화 요인을 제대로 설명하는 것은 신의 존재를 증명하는 것만큼 어려운 일이다. 쿰이 지시한 특별한 정보를 담은 뇌가 신체의 세포를 재구성하고, 재배열하면서 신체를 변화시켰을 거라고 짐작할 뿐이다. 세포 변화는 분자 수준의 끊임없는 전기 화학적 대화로 정의할 수 있다. 쿰도 뉴런 간의 전기 화학적 대화이니까, 다른 세포의 전기 화학적 대화에 끼어

드는 것은 그렇게 어려운 일은 아닐 것이다. 전기적인 뇌파가 세포 변화에 영향을 미칠 수도 있다는 뜻이다.

여기서 프레디의 쿰도 신체에 변화를 줄 수 있느냐는 문제가 제기된다. 지금껏 프레디의 쿰이 세포 변화에 관여한 사례는 없었다. 하지만 그 가능성을 무시할 수 없다. 육체는 잠들었지만 후뇌가 3년 동안 쭉 깨어 있는 상태였다는 사실이 그녀의 외모를 변화시킨 중요한 이유일 것이다.

그녀의 능력은 신체 변화에 그치지 않는다. 그녀는 쿰을 통하여 아이데카를 경험할 수 있는 물질로 구성할 수 있다. 아이데카를 다루고 꿈에 접촉하는 것은 프레디의 능력이다. 하지만 프레디가 세상에 내놓은 아이데카는 그 생명이 너무나 짧았다. 잠깐이라도 방치하면 눈 깜짝할 사이에 사라져 버린다. 아이데카의 형상도 불완전했다. 단순한 모양의 사물은 괜찮지만 복잡한 형상은 내놓기 어렵다. 내놓았다고 해도 불완전한 형상을 견디지 못하고 그대로 사라져 버린다. 그래서 아이데카 사물은 깜짝 마술쇼에나 필요할까 다른 곳에선 별 쓸모가 없다.

그러나 그녀가 내놓는 아이데카는 복잡한 형상도 소화했을 뿐만 아니라 그 형상 유지 시간이 놀라울 정도로 길었다. 그녀가 쿰을 통하여 내놓은 아이데카 들꽃은 아직까지 형체가 완전했다. 더욱 놀라운 건 아이데카 들꽃이 사물이 아니라 식물, 즉 진짜 생명체라는 것이다. 화병에 꽂혀 있는 그 들꽃은 아직 싱싱함을 자랑하고 있었다. 지금껏 프레디들이 아이데카 식물을 내놓은 적은 한 번도 없었다. 아까도 말했다시피 단순한 형태의 아이데카 사물에 그쳤다. 아이데카 식물을 세상에 내놓았다는 건 혁명에 버금가는 사건이다.

그녀는 쿰을 이용한 학습 능력도 탁월했다. 그녀의 지능지수와 운동신경이 그걸 증명했다. 그녀는 쿰을 통하여 자신의 신체를 변화시키듯 현실을 변화시키는 능력이 프레디를 압도했다. 드림워크에서 관심을 보인 것도 그녀의 능력 때문이다. 하지만 그녀의 능력을 이용하지 못하거나 그녀를 통제할 수 없는 상황이 생긴다면 드림워크에서 그녀를 없애려고 총력을 기울일 것이다. 그녀가 세상을 재구성할 수 있는 잠재력을 가지고 있기 때문이다.」

노크 소리가 들렸다. 현서는 구술 장치를 끈 다음 테이프를 꺼내 호주머니에 갈무리했다. 그러고 나서 문을 열어주었다. 잔이 들어왔다.

"수고했소."

잔이 말했다.

교대시간인 모양이다.

새매는 자신의 육신으로 돌아갔다. 머릿속이 어지러웠다. 현서의 이야기는 기밀일 것이다. 그녀는 드림워크란 말에 주목했다. 아무래도 그녀를 실험대상으로 삼고 있는 초국가적 에이전시의 공식명칭인 것 같았다. 기밀을 안다는 것은 현서가 드림워크의 중심에서 움직이는 자라는 걸 의미했다.

4월 22일.

새벽.

자는 것도 아니고 깨어 있는 것도 아니었다. 새매는 잠과 깸의 경계에 머물러 있었다.

편거울 건너편의 잔은 잠이 들어 있을 것이다. 잔은 드림필드 안에 있었다. 그에게서 알아낼 만한 게 없을까 싶어서 잔의 두개골을 뚫고 꿈에 접촉했다. 접촉함으로써 그의 꿈은 후뇌에서 생성되는 쿰이 되었다.

새매는 눈 혹은 귀가 놔어 사방에 떠 있었다. 그녀의 눈과 귀가 수백, 수천 개로 불어나 있는 것 같았다. 쿰의 구석구석을 한꺼번에 볼 수 있었다.

쿰의 배경은 불특정 장소였다. 사방은 어두컴컴했다. 조명을 받은 것처럼 잔의 주위만 밝았다. 잔의 앞에 거울이 있었다. 어쩌면 편거울인지 모른다. 잔은 거울을 바라보고 있었다. 그런데 거울에 비친 모습이 잔이 아니었다. 거울에 비친 얼굴에 칼자국이 나 있었다.

잔의 쌍둥이 나다북.

새매는 지난 천 년의 꿈에서 해보았던 일을 해보았다. 잔에게 자아를 떨어뜨렸다. 하지만 잔을 통제할 수가 없었다. 잔의 쿰이기 때문에 그의 의지가 그녀의 의지보다 더 강했다. 이번엔 거울 속의 나다북에게 자아를 떨어뜨려 보았다. 그건 가능했다. 나다북은 잔이 불러들인 단순한 등장인물에 불과했다.

잔이 선글라스를 벗으며 휘둥그레 눈을 떴다.

"왜 거기에 있어, 형? 괜찮은 거야?"

잔이 영어로 물었다.

새매는 거울 속에 박제되어 있었다.

"좀 도와줘."

나다북의 입을 빌려 영어로 말했다. 새매는 몸을 움직여 거울 속에서 빠져나오려고 했다. 하지만 여의치 않았다. 그녀는 평면 인간이 되어 거울 속에 갇혀 있었다.

"잡아."

잔이 다가와 손을 내밀었다. 그의 손은 거울 속을 뚫고 새매의 손에 닿았다. 잔의 쿰이기 때문에 잔의 무의식이 쿰의 법칙을 결정했다. 잔의 도움으로 새매는 거울을 빠져나올 수 있었다. 빠져나와서 거울을 바라보니 거울의 표면이 물처럼 흐르고 있었다.

"고마워, 잔."

새매가 말했다.

"보고서도 올렸는데, 언제 돌아가지? 나는 여기가 맘에 들지 않아."

잔이 눈살을 찌푸리며 말했다.

"뭐가 마음에 안 들어?"

"젊은 의사 놈."

"왜?"

잔이 고개를 끄덕였다.

"본부에서 그의 말에 따르라고 했지만……."

현서를 싫어한다는 사실이 약간 뜻밖이었다. 그들의 서열이 어떻게 되는지 모르겠지만 그녀는 생각이 틀리지 않았다면 현서는 드림워크의 지부 소속 에이전시이고 쌍둥이 형제는 드림워크의 본부 소속 에이전시일 것이다. 그럼에도 그들은 현서의 눈치를 보는 것 같았다.

"뭔가 숨기고 있는 것 같아."

"뭘?"

잔이 대답하지 않고 새매의 얼굴을 뚫어지게 쳐다보았다. 그리고 그녀의 얼굴을 가리키며 눈을 동그랗게 떴다.

"왜 그래? 내 얼굴에 뭐가 묻었어?"

새매가 말했다.

"뺨의 흉터가 이상해."

새매는 등을 돌려 거울을 쳐다보았다. 한쪽 뺨에 난 칼자국 흉터가 벌레처럼 꿈틀거렸다. 흉터를 중심으로 얼굴에 금이 가면서 균열이 일었다. 두개골까지 갈라졌다. 얼굴 거죽이 떨어져 나가고 두개골이 갈라지면서 새로운 얼굴이 드러났다. 그녀의 얼굴이다. 우락부락한 체형에서 여성적인 체형으로 바뀌었다. 거울 속에 그녀의 모습이 비쳤다.

거울에 잔이 비쳤다. 잔이 당황한 표정을 지었다. 새매는 거울을 보면서 손을 흔들었다.

"안녕, 잔."

우리말로 말했다. 그리고 돌아서 정면으로 잔을 쳐다보았다.

잔이 선글라스를 쓴 다음 달려들었다.

새매는 몸을 강화시켰고, 잔의 주먹을 피하면서 그를 후려쳤다. 그녀의 주먹이 그의 턱주가리를 올려붙였지만 잔은 끄덕하지 않았다.

그들은 몇 번 격돌했다. 그녀는 그를 제압할 수 없었고 그는 그녀를 제압할 수 없었다. 아무래도 쿰의 자아가 그가 다치는 것을 원하지 않는 모양이었다. 새매는 쿰의 자아, 다시 말해 그의 무의식과 싸우는 셈이었다.

그녀가 형체를 갖고 움직이고 있었기 때문에 쿰의 배경은 바뀌지 않았다. 그녀가 쿰의 변수가 되고 쿰 형성의 요인이 된 것이다. 배경이 바뀌더라도 쿰 밖으로 쫓아낼 수 없을 것이다. 형체를 갖는 순간 그녀도 쿰의 일부였다.

여긴 현실이 아니고 쿰이다. 쿰이라면 싸움에 유용하게 쓰일 강력한 무기가 있었다. 새매는 시간을 가속시켰다. 시간 가속은 꿈의 신축성 있는 시간 논리를 따르며, 쿰에서 존재하는 기술이다. 그녀에게 흐르는 시간이 가속되었다. 그의 동작이 둔해졌고, 점점 느려졌다. 나중엔 슬로비디오처럼 느려졌다.

도망치다가 잔에게 당한 것을 쿰에서나마 분풀이하고 싶었다.

잔이 새매에게 주먹을 뻗었다. 하품이 나올 만큼 느린 동작이다. 그녀는 실제로 하품을 했다.

"미안해요. 내가 무척 화가 났거든요."

주먹이 폭발하듯 그의 몸에 작렬했다. 그녀는 그의 등 뒤로 돌아섰다. 아직도 그는 주먹을 뻗고 있었다. 새매는 두 손으로 그의 목을 어긋나게 잡고는 야무지게 틀었다. 그의 목이 꺾였다.

그때였다. 사방이 회오리치기 시작하고 흑백이었던 그의 몸에서 색깔이 튀어나왔다. 그의 몸은 선명한 칼라였다.

왜 이래?

새매는 휘청거렸다. 몸이 점점 줄어드는 듯한 감각이 찾아왔다. 그녀는 퉁겨졌다. 퉁겨지면서 그의 선글라스를 잡아챘다. 승리를 기념할 전리품 하나 정도는…….

침대에 누워 있던 새매는 두 눈을 떴다. 뇌가 심장처럼 두근거렸다. 손을 쳐다보았다. 손바닥에 패턴이 떠올라 있었다. 선글라스 모양의 패턴이다. 불꽃같은 광휘가 패턴을 감쌌다. 홀로그램 같았다. 광휘가 사라지면서 손에 검은 선글라스가 들려졌다. 한쪽 알이 깨진 선글라스.

새매는 탄성을 질렀다. 수갑의 열쇠도 쿰에서 구할 수 있겠다 싶었다. 아이데카 열쇠이지만 수갑을 열 수 있을지 모른다. 수갑의 열쇠를 가진 자의 꿈에 접촉하여 내 형제를 구현한 다음…… 시간을 들여 탈출 계획을 짰다. 계획을 짜는 내내 즐거웠다.

즐거움은 쾅! 소리와 함께 깨졌다. 문을 박차고 현서가 들어왔다. 벽시계를 쳐다보았다. 6시 15분. 그가 들어오기에는 이른 시간이다.

"잔이 죽었어."

제9장

아바타가 죽으면 죽는다

꿈을 꾸다

1

 졸음이 쏟아졌다. 은형사는 두 눈을 비볐다. 날씨가 쌀쌀했다. 한기가 차 안에까지 스며들었다. 칼잠은 뒷좌석에 웅크리고 앉아 있었다. 시계를 보니 자정이 가까웠다. 영호는 아직 나타나지 않았다. 학교에 전화해 보았더니 무단 조퇴했다고 했다. 영호 어머니가 집에서 기다리라고 했지만 칼잠이 정중하게 사양했다.
 "먼저 영호에게 가보는 좋겠어. 삼총사가 차례대로 당했잖아? 영호에게 무슨 일이 생길 거라는 예감이 들어."
 칼잠이 여기 오기 전에 그렇게 말했다. 칼잠은 영호가 아니라 다른 뭔가를 기다리고 있는 듯했다. 은형사는 실내 백미러를 통하여 칼잠을 쳐다보았다. 칼잠은 생각에 잠긴 듯 먼 산을 쳐다보고 있었다.
 영호의 집 앞은 한적했다. 전봇대에 달라붙은 가로등 하나가 길을 비추었다.

12시가 막 지났을 때였다. 그림자 하나가 가로등 불빛의 영역을 침범해 들어왔다. 은형사는 졸음기가 가시지 않은 눈으로 그림자를 쳐다보았다.

가로등 불빛에 그림자의 모습이 드러났다. 키가 큰 남자였다. 영호는 아니었다. 남자가 집 앞을 서성거렸다. 이따금 은형사가 있는 쪽을 쳐다보았다.

"선배님."

은형사는 키 큰 남자에게서 눈을 떼지 않는 채 칼잠을 불렀다. 아무런 대답이 없었다. 백미러를 통해서 뒷좌석을 살폈다. 아무도 없었다. 뒤돌아보았다. 칼잠이 사라지고 없었다.

"어?"

키 큰 남자도 사라지고 없었다. 은형사는 차에서 내리려고 손잡이를 잡아당겼다. 그 순간 포탄이 터진 것처럼 굉음이 울리며 차가 흔들렸다.

유리 파편이 얼굴에 쏟아졌다. 그는 한 팔로 얼굴을 가려 유리 파편을 걸러내며 앞을 바라보았다. 아까 보았던 키 큰 남자가 유리창을 향해 도끼를 휘둘렀다. 유리창을 뚫고 도끼날이 번뜩였다.

은형사는 상체를 비틀어서 도끼날의 사정권을 벗어났다. 그리고 남자를 쳐다보았다. 가로등을 등지고 있음에도 남자의 얼굴이 선명하게 보였다.

"3박4일!"

은형사는 남자를 알아봤다. 그 주걱턱을 어떻게 잊겠는가. 꿈에서도 잊지 못할 것이다. 상대의 얼굴은 지루할 만큼 길었다. 얼굴의 3분 1을 차지하는 턱은 그 끝이 바깥쪽으로 휘어져 있는 주걱턱이었다. 남자는 '3박4일'이란 별명을 가지고 있었다. 이마에서 턱까지 가는 데 3박4일이 걸릴 정도로 멀고 지루하다는 의미로 붙여진 별명이었다. 3박4일의 한쪽 눈이 검은 안대로 가려져 있었다. 3박4일은 은형사가 몇 년 전에 감옥에 집어넣었던 '마용식'이었다. 공사장에서 3박4일을 잡는 과정에서 사고가 발생했다. 도망치다가 비계에서 떨어져 3박4일의 한쪽 눈이 철근에 찔렸다.

3박4일은 감옥에 있어야 했다. 형량이 7년이니까 아직 4년이나 남아 있었다.

은형사는 3박4일이 고양이 섬에 나타났는데도 별로 놀라지 않았다.

"쥐새끼 같은 놈!"

3박4일이 소리치며 도끼를 휘둘렀다. 성한 눈에서 증오의 불꽃이 튀었다. 유리 파편이 다시 튀었다. 파편이 은형사의 머리 위로 쏟아졌다. 3박4일은 거세게 도끼질을 했다. 유리창이 완전히 뜯겨 나갔다.

은형사는 자동차 문을 거칠게 열었다. 문을 열자마자 도끼가 날아왔다.

허리를 숙인 은형사는 몸을 던져 바닥을 굴렀다.

쾅.

문짝에 딸린 유리창이 박살 났다. 3박4일이 돌아서면서 씩 웃었다. 도끼를 높이 쳐든 채.

은형사는 오른손을 코트 속에 집어넣었다. 오른손을 꺼냈을 땐 권총이 쥐어져 있었다. 3박4일의 얼굴이 종잇장처럼 구겨졌다. 얼어붙은 듯 도끼를 머리 높이 든 채 꼼짝도 하지 않았다. 은형사는 여유를 찾았다. 권총을 3박4일에게 겨눈 채 몸에 묻은 유리의 잔해를 털어냈다.

"오래간만이야. 그런데 환영이 거칠군."

은형사는 자신이 고전 영화 속에 등장하는 배포 큰 갱 같다는 느낌이 들었다.

3박4일은 아무런 대답도 하지 않았다. 도끼를 머리 위로 든 채 거친 숨을 몰아쉬고 있을 뿐이다. 한쪽 눈은 모닥불처럼 이글이글 타올랐다.

"팔이 아프지 않나? 도끼가 꽤 무거울 텐데 내가 들어줄까?"

은형사가 이죽거리며 허리춤에서 수갑을 꺼냈다.

3박4일이 쉬쉬, 하고 기묘한 숨소리를 냈다. 그리고 뭐라고 중얼거렸다. 은형사가 듣기에는 비겁한 새끼, 씨팔, 어쩌고저쩌고 하는 소리였다.

"뭐라고? 잘 들리지 않아. 크게 말해봐."

은형사가 비아냥거리며 고개를 3박4일 쪽으로 기울여 귀를 기울이는 시늉을 했다.

"씨팔이라고 했다!"

3박4일이 미친 멧돼지처럼 은형사에게 달려들었다.

도끼가 허공을 갈랐다.

은형사는 망설이지 않았다. 방아쇠를 당겼다.

탕.

총의 부드러운 반동.

총의 반동은 손목을 잡아채며 전율로 바뀌었고, 전율은 팔을 타고 어깨를 거치면서 부드러운 리듬으로 바뀌었다. 부드러운 리듬은 온몸으로 퍼져 나가면서 심장 박동으로 바뀌었다. 알싸한 화약 냄새가 났다. 은형사는 자신이 평생 동안 총과 함께 생활해 온 총잡이처럼 느껴졌다.

아아아아아아아아아악…….

3박4일이 괴성을 질렀다. 총을 맞았는데도 달려오는 기세가 누그러지지 않았다.

은형사가 3박4일을 다시 겨누었고, 몇 발을 더 쏘았다.

반동, 전율, 리듬, 박동, 화약 냄새.

쿵, 소리를 내며 3박4일이 엎어졌다. 도끼는 은형사의 발치에 떨어졌다. 3박4일이 몸을 간헐적으로 떨었다. 그 떨림이 잦아들지 않고 더 심해졌다.

은형사가 한 걸음 물러났다. 3박4일이 처박았던 얼굴을 들었기 때문이다. 놈이 씩 웃으며 두 손으로 바닥을 짚었다. 어깨를 들려고 했다. 하지만 예상치 않는 공격에 놈은 다시 얼굴을 땅에 처박았다.

"선배님!"

은형사가 반갑게 소리쳤다.

언제 나타났는지 칼잠이 3박4일의 목덜미를 밟고 있었다. 칼잠의 발밑에서 3박4일이 꿈틀거렸다.

"수갑 던져!"

칼잠이 말했다.

은형사가 한쪽 손에 쥐고 있는 수갑을 던져 주었다. 칼잠이 한쪽 손으로 수갑을 낚아챈 다음, 무릎으로 3박4일의 등을 누르고 놈의 두 손을 등 뒤로 모아서 수갑을 채웠다. 수갑을 채우는 데 5초도 걸리지 않았다.

"어떻게 된 일입니까?"

은형사가 물었다.

"일단 차에 타."

"이놈은?"

"신경 쓰지 마."

칼잠은 운전석에 탔고, 은형사는 조수석에 탔다. 자동차 안은 유리 파편으로 엉망이었다. 먼 거리를 뛴 듯 칼잠이 숨을 거칠게 몰아쉬었다. 머리칼과 옷은 땀으로 젖어 있었다. 은형사는 칼잠의 땀 냄새를 맡을 수 있었다.

헤드라이트를 켜고 차가 앞으로 나아가는 순간, 누군가가 몸을 날려 보닛에 매달렸다. 칼잠이 차를 오른쪽으로 꺾었다가 다시 왼쪽으로 크게 꺾었다. 누군가는 바닥에 떨어졌지만 오뚝이처럼 벌떡 일어섰다. 헤드라이트 불빛에 모습이 비쳤다. 의사 가운을 입고 있는 자였다.

은형사가 눈살을 찌푸리며 헤드라이트 불빛을 받고 있는 사내와 칼잠을 번갈아 쳐다보았다.

"꼼짝 마."

은형사가 총을 꺼내서 칼잠을 겨누었다.

"총 치워."

칼잠이 말했다.

은형사는 총을 치우지 않았다. 오히려 칼잠의 머리에 총구를 갖다 댔다. 그리고 무자비한 갱처럼 말했다.

"입 닥치고 있어."

헤드라이트 불빛에 드러난 사내도 칼잠의 모습을 하고 있었다.

"저놈은 가짜야."

운전석에 앉아 있는 칼잠이 말했다. 은형사가 총구로 칼잠의 머리를 밀면서 차가운 어조로 말했다.

"넌, 말을 전혀 더듬지 않는군."

2

의사의 축객령에 영호는 병원을 나섰다.

학교로 돌아가는 길에 먼발치에서 손짓하는 봉제인형을 발견했다. 눈에 익은 봉제인형이었다. 유리가 그 봉제인형을 가지고 노는 것을 본 적이 있었다.

영호는 환영이라는 걸 알고 있음에도 놀랐고, 환영이 자신을 해칠 수 없다는 것을 알고 있음에도 뒷걸음쳤다.

"겁쟁이."

인형이 따라붙으며 깔깔 웃었다.

"꺼져!"

영호가 소리쳤다.

인형이 걸음을 멈췄다. 그리고 고개를 숙이고 뚝뚝 눈물을 흘렸다. 영호는 자신이 뭔가를 아주 잘못한 느낌이 들었다. 두 다리가 저절로 움직였다. 두 다리에 이끌려 봉제인형에게 다가갔다. 인형이 울음을 뚝 그치더니 고개를 쳐들었다. 단추 눈동자가 흑색에서 청색으로, 청색에서 흑색으로 뱅글뱅글 돌았다. 영호는 인형의 단추 눈에 정신을 집중했다. 집중해서 보노라니 파란 단추 눈의 칼라가 휘발되면서 백색으로 바뀌었다.

"멍청이."

인형이 이쪽 손으로 입을 가리고 저쪽 손으로 그를 가리키며 깔깔 웃었다. 화가 치민 영호는 인형을 밟았다. 사람을 밟는 것처럼 물컹물컹했다. 그는 만족했고, 웃으면서 돌아섰다.

"멍청이."

등 뒤에서 목소리가 따라붙었다. 뒤를 돌아보니 인형이 서 있었다. 인형이 머리칼을 날리며 배시시 웃었다. 영호는 등을 돌려 내달렸다. 인형이 일정한 간격을 두고 쫓아왔다. 그가 고개를 돌리면 인형이 빙긋 웃으며 손을 흔들어주었다.

그것은 쉴 새 없이 뭐라고 떠들었다.

영호는 귀를 막으며 달렸다. 능수버들 길을 달렸고, 들판을 가로질렀고, 황무지에 발을 디뎠다.

황무지에는 풍력발전기 수십 대가 바람개비처럼 돌고 있었다. 덤불이 공처럼 뭉쳐져 풍력발전기 사이를 누볐다. 영호는 풍력발전기 타워를 돌아섰고, 둥근 벽에 등을 기대고 숨을 골랐다. 고개를 내밀어 왔던 길을 쳐다보았다.

인형이 보이지 않았다.

영호는 스르르 주저앉다가 악! 하고 비명을 지르며 벌떡 일어섰다. 덤불이 굴러다니며 다리를 후려쳤지만 아무런 감촉도 느끼지 못했다. 영호는 금이 가기 시작한 현실의 틈새를 보고 있었다. 틈새는 점점 벌어졌고, 그 틈새를 찢으며 수많은 인형들이 벌떼처럼 쏟아졌다. 황무지는 순식간에 인형의 바다로 변했다. 맨땅이 보이지 않을 정도였다.

똑같은 얼굴들이 사방에 떠다녔다. 얼굴들이 파도처럼 그에게 밀려들었다.

3

"네 말을 못 믿겠어."

은형사가 말했다.

칼잠이 앉아 있지 않았다면 펄쩍 뛰었을 것 같은 표정을 지었다.

"저 친구를 자세히 보게. 저놈이 어떻게 진짜 나일 수 있지?"

칼잠에게 총을 겨눈 채 헤드라이트 불빛에 노출된 또 다른 칼잠을 쳐다보았다. 한쪽 손으로 이마를 가리며 이쪽을 쳐다보고 있었다. 의사 가운을 걸친 칼잠은 전혀 칼잠답지 않았다. 불길한 장소에 한 번 담갔다가 꺼내놓은 것처럼 어딘가 모르게 비뚤어진 구석이 있었다.

은형사는 고개를 갸웃했다. 주변의 일들이 잔혹 동화 속의 사건들 같았고, 자신은 놀라운 이해와 낙관적인 기대로 움직이는 잔혹 동화 속의 주인공처럼 느껴졌다.

"선배님!"

은형사가 또 다른 칼잠을 향해 소리쳤다.

"나?"

운전석의 칼잠이 말을 걸어왔다.

"나는 여기 있네. 저 친구는 자네를 몰라."

은형사가 눈살을 찌푸렸다.

"닥치고 있어!"

그렇게 으르렁거렸지만 목소리는 날이 무뎌 있었다.

"이러고 있을 시간이 없어."

칼잠이 왼쪽 백미러를 가리켰다.

백미러로 3박4일이 보였다. 놈이 몸을 일으켰다. 수갑이 한쪽 손목에 매달려 달랑거렸다. 다른 쪽 손목은 끔찍한 각도로 꺾여 있었다. 손목에 끔찍한 폭력을 가해서 수갑을 풀었는가 보았다. 3박4일이 외눈으로 주위를 둘러보더니 도끼를 주워들었다.

차가 흔들렸다.

또 다른 칼잠이 보닛에 뛰어올라 운전석 쪽으로 기어올랐다. 또 다른 칼잠의 한쪽 손에서 수갑이 달랑거렸고, 다른 쪽 손은 기괴한 모양으로 뒤틀려 있었다.

"죄송합니다."

총구가 방향을 바꿨다.

"사과는 나중에 받겠네."

칼잠이 액셀을 힘껏 밟았다. 요란한 엔진 소리. 3박4일이 도끼로 타이어를 후려쳤다. 지녹스7이 총알처럼 튀어나갔다. 보닛을 기어오르던 또 다른 칼잠이 퉁겨져 차 지붕에 부딪혔다가 아래로 떨어졌으며, 차가 앞으로 빠지는 바람에 허공에 도끼질하던 3박4일과 부딪혔다. 그들은 한 덩어리가 되어서 굴렀다.

지녹스7의 속도는 빨랐다. 달리는 기세만으로 길바닥의 풀을 뽑아버리고 스치는 나뭇가지를 꺾어버렸다.

칼잠이 소리쳤다.

"안전벨트!"

은형사가 두말없이 안전벨트를 맸다. 이 상태로 달리다간 돌멩이 하나를 만나도 차가 미친년 널뛰듯이 널뛰어서 그를 차 밖으로 퉁겨낼 것 같았다. 불안한 마음도 있지만 위험한 놀이기구를 탄 것처럼 스릴도 있었다. 열린 차창을 통해 들어온 바람이 뺨을 할퀴고 머리칼을 잡아챘다.

칼잠이 지녹스7을 거칠게 몰았다. 흙길에서 콘크리트길로 들어서는 곳에 턱이 져 있었다. 칼잠은 차의 속도를 줄일 생각을 하지 않았다.

"뭐든 꽉 잡아!"

칼잠이 소리쳤다.

터어억, 텅……! 차는 공중으로 대여섯 뼘 이상 솟구쳤고, 몇 미터를 날았고, 하강하면서 길을 거칠게 낚아챘다.

은형사가 비명을 질렀다.

쿵, 덜컹.

뭔가 부서지는 소리가 났다. 심장도 덜컹 내려앉았다.

차는 끄떡없었다. 부서지지 않는 게 믿어지지 않을 정도였다. 지녹스7이 두 눈에 불을 켜고 골목길을 헤집었다. 칼잠은 커브에도 속도를 줄이지 않았다. 차가 커브 바깥쪽으로 쏠렸고, 차바퀴가 돌을 씹으며 으르렁거렸고, 퉁겨진 바람이 길을 잃고 비명을 질렀다. 차가 전복될 것 같으면서도 전복되지 않았다. 지녹스7은 물리학과 역학을 비웃으며 무서운 속도로 질주했다. 섬의 모든 사람을 깨울 만큼 차에서 소음이 뿜어져 나왔다. 길의 상태가 조금만 나빠도 차는 선불 맞은 멧돼지처럼 날뛰었다. 심장은 가슴이 아니라 목구멍 속에 존재했다. 차가 요동을 칠 때마다 심장은 목구멍에서 덜컹거렸다.

은형사는 스릴을 즐기며 차의 거친 율동에 몸을 맡겼다. 한껏 고양된 몸이 부르르 떨었다.

헤드라이트 불빛이 등대처럼 움직였고, 집들이 어둠의 바다에서 섬처럼 떠올랐다. 구조가 비슷비슷해 보이는 집들. 평범한 문, 평범한 담, 평범한 마당에 심어진 평범한 감나무, 평범한 옥상. 하지만 오늘 밤은 평범한 밤이 아니었다. 총소리가 나고 이렇게 요란하게 달리고 있는데도 눈꽃마을은 쥐 죽은 듯이 조용했다. 띄엄띄엄 떨어진 집들은 모두 불이 꺼져 있었다. 이빨처럼 박혀 있는 가로등 몇 개만이 어렴풋이 길을 밝히고 있을 뿐이었다.

지녹스7은 달빛을 머리에 이고 능수버들 길로 들어섰다.

능수버들 길에는 차 한 대 없었고 사람 한 명 없었다. 능수버들 길은 황량했다. 바람이 몰고 온 회전초가 도로 위를 굴러다녔다.

섬의 심장 소리마을 쪽에도 불이 켜진 곳이 없었다. 헤드라이트 불빛과 가로등 외에는 이 섬에 어떤 인공적인 불빛도 존재하지 않았다.

칼잠이 브레이크를 밟았다. 타이어가 끼익 마찰을 일으키며 아스팔트에 정열적인 키스 자국을 내며 멈췄다. 스프링 몇 개가 차에서 빠져나가 바닥에 떨어지는 소리가 났다. 뜨거운 엔진이 정적을 씹으며 헐떡였다.

"정전인가요?"

은형사가 물었다.

"아직 상황파악을 하지 못했군."

칼잠이 백미러를 힐끗 보았다.

"그게 무슨 말씀……."

칼잠이 은형사의 말허리를 잘랐다.

"끈질긴 놈들이야."

"네?"

칼잠이 고갯짓으로 마을에서 능수버들 길로 빠지는 곳을 가리켰다. 3박4일과 또 다른 칼잠이 이쪽으로 달려오고 있었다. 호러 영화에 등장하는 죽여도 죽지 않는 괴물처럼 보였다. 은형사가 총으로 그들을 겨냥했다. 칼잠이 한쪽 손으로 총구를 살짝 밀며 고개를 저었다.

"소용없어."

"……!"

"따돌리는 게 나아."

지녹스7이 굉음을 내며 다시 질주했다. 잘 닦여진 능수버들 길에선 속도를 내었다. 차체가 바닥에 붙어서 착 가라앉았다. 3박4일과 또 다른 칼잠이 차 뒤편으로 점점 멀어졌다.

지녹스7은 능수버들 길을 벗어나 부둣가로 들어섰다. 바다 비린내가 물씬 풍겼다.

"어디를 가는 거죠?"

은형사가 물었다.

"그건 자네에게 달렸네."

칼잠이 말했다.

"네?"

칼잠은 방파제 끝에까지 차를 몰고 갔다. 등대가 보였다. 등대 아래로 파도를 막는 콘크리트 덩어리가 쌓여 있었다. 칼잠이 시동과 헤드라이트를 껐다. 사방에서 어둠과 정적이 엄습해 들어왔다. 파도가 치고 있는데 파도 소리가 들리지 않았다.

"자네가 원하는 곳에 우리가 있게 된다는 뜻이야."

칼잠이 말했다.

"무슨 말인지 모르겠습니다."

10초쯤 뜸을 들인 후 칼잠이 말했다.

"우린 자네의 꿈속에 있네."

은형사가 나직한 목소리로 "그렇군요." 하고 말했다. 그게 반응의 전부였다.

칼잠이 약간 놀란 표정을 지었다. 은형사가 더 이상 말하지 않고 바다의 저편을 바라보며 침묵을 지켰다.

"전혀 놀라지 않는군. 궁금한 게 많아서 질문을 퍼부어댈 줄 알았는데 질문도 하지 않고."

은형사가 말했다.

"놀라려고 했는데 그게 잘되지 않는군요. 제 머리가 그동안 선배님이 제게 말했던 놀라운 이야기에 전염되거나 세뇌당해서 그런 게 아닐까요?"

은형사가 칼잠의 진지한 얼굴을 보고는 미소를 지었다.

"방금 한 말은 잊으세요. 농담입니다."

서둘러 말을 이었다.

"총기보관실에 있을 제 총이 제 주머니에 들어 있을 때부터 이상하다고 생각했거든요. 하지만 총이 제 주머니에 들어 있다는 게 전혀 놀랍지 않고 자연스럽게 느껴졌습니다. 제가 늘 총을 소지하고 다니는 것으로 착각할 만큼요. 실제로 그런 착각을 했습니다. 어쨌든 제 주위의 모든 것, 제 주위에서 일어나는 일이 저를 위해 준비된 것 같은 느낌이 들었습니다. 3박4일이 나타났을 때도 그런 느낌이 들었고요."

은형사가 5초 동안 말을 멈췄다.

"질문을 하지 않는 것은 궁금한 게 없어서가 아니라 어떤 것을 물어야 좋을 줄 몰랐고, 또 제가 묻지 않아도 선배님이 알아서 제 궁금증을 풀어줄 거라고 생각했기 때문입니다."

칼잠이 쓴웃음을 지었다.

"꿈이 자네에게 통찰력을 가져다준 것 같군."

"한 가지 묻고 싶은 게 있습니다. 선배님도 제 꿈입니까?"

"난 자네 꿈이 아니네. ……별로 놀라지 않는군. 난 자네의 꿈에 접촉한 것에 불과하네. 그러니까, 프레디가 나를 자네의 꿈으로 인도했네."

은형사가 고개를 갸웃했다.

"프레디? '나이트메어'에 나오는 살인마 말씀입니까?"

칼잠이 쓴웃음을 지었다.

"그 영화에서 인용한 이름이 맞지만 영화와는 약간 다르네. 프레디는 흑백의 꿈, 즉 쿰을 형성시키는 자를 말하네."

"쿰?"

"꿈은 꾸는 거고, 쿰은 쿠는 거지."

칼잠이 웃지 않고 말했다.

"농담이라면 썰렁하군요."

"농담이 아니네. 자네는 수십 겹의 가능성을 내포하는 꿈을 꾸고 있는데 프레디가 개입함으로 지금 이 꿈이 선택된 것이지. 선택된 이 꿈이 쿰이고. 프레디의 개입이 없었다면 자네는 전혀 다른 꿈을 꾸고 있었을 것이네. 선택된 이 꿈은 그저 가능성만으로 남아 있겠지."

"……!"

"프레디의 '시선'으로 모든 꿈들은 단 하나의 가능성, 즉 지금 쿠고 있는 쿰으로 압축된 것이네. 설사 다른 꿈을 꾸고 있더라도 프레디가 개입하면 그 꿈은 중단될 뿐만 아니라 그런 꿈을 꾼 것조차 잊어버리게 되지. 한꺼번에 무수히 많은 꿈을 꾸고 있다고 생각해 보게. 프레디가 자네의 꿈에 접촉하는 순간, 이 쿰만 남고 나머지 꿈들은 꾼 적조차 없는 꿈의 가능성으로만 남게 된다는 뜻이네."

"프레디란 게 정말 존재하는 겁니까?"

"그 증거가 자네 코앞에 있네."

"네? 설마……."

"나도 프레디네. 내가 자네 꿈에 들어오기 전에 이미 다른 프레디가 자네 꿈에 접촉했고."

"제가 알아야 할 게 또 있습니까?"

은형사가 퉁명스레 물었다.

"알고 싶은 게 한두 가지 아닐 텐데. 뭘 먼저 알고 싶나?"

"어떻게 프레디가 되셨습니까?"

"과거에 다국적 기업이 후원하는 스케일이 큰 비밀실험이 있었네. 당시 미국 유학 중이었던 나는 학과교수의 권유로 그 실험에 참가했지. 난 자발적 실험 대상이었네. 의사와 과학자로 구성된 실험진이 전기 프라이팬과 화학조미료로 실험 대상자들의 뇌를 지지고 볶았지. 실험이 끝났을 땐 난 프레디가 되어 있었네. 자세한 과정은 잊어버렸어. 이 정도만 알아두게. 나도 현재는 이 정도밖에 기억나지 않으니까."

은형사가 한숨을 쉬며 화제를 돌렸다.

"현실의 저는 자동차 안에서 잠들어 있겠군요. 그런데 선배님과 닮은 자는 어떻게 된 것입니까?"

칼잠이 골똘히 생각에 잠긴 표정을 지었다.

"그게 이상해. 자네가 부른 게 아닐 거네. 그가 누군지 모르지 않나?"

"누구기에?"

"그는 10년 전 젊었을 때의 내 모습이네."

"지금과 똑같은 모습인 것 같은데……."

"운이 좋은 건지 모르겠지만 세월이 흘러도 내 얼굴이 그렇게 변하지 않았으니까."

"의사 가운을 입고 있었는데……."

"한때 정신과 의사였지."

"여태껏 그 사실을 숨기셨군요."

"나도 내가 의사란 걸 완전히 잊고 살았으니까. 말하고 싶지도 않았고……."

"참, 우리가 왜 도망쳐야 합니까? 우리에게 아무런 해도 끼칠 수 없는데……. 꿈에서 깨어나면 그만인 것을."

"주위를 둘러봐. 색깔이 없어. 모두 흑백이야. 광수가 우리에게 했던 이야기를 떠올려 보게."

아바타가 죽으면 죽는다 227

은형사가 사방을 둘러보았다.

"흑백이라고 생각하고 보아서 그런지 흑백으로 보입니다. 그 전까지는 인식하지 못했는데……. 이상하군요. 어두워서 그런 것도 있지만 흑백이 낯설지 않습니다. 눈으로는 흑백을 보고 있지만 사물의 색깔들을 묻는다면 어떤 색깔인지 분명히 말해줄 수 있습니다."

"뇌의 타성이 시각에 남아 있기 때문이야. 후뇌가 흑백의 필터 역할을 하면서 칼라의 꿈을 흑백의 꿈으로 바꿔놓지만 꿈꾸는 자의 뇌는 꿈을 칼라로 인식하려고 하지. 제서의 경우가 그랬듯이 쿰에서 죽으면 현실에서도 죽네. 현실의 뇌가 육체를 통제하지 못하고 쿰에서 겪는 죽음을 현실의 육신에게 그대로 물려주기 때문이지. 이런 경우 우리는…… 아바타네."

"아바타?"

은형사가 습관처럼 고개를 갸웃했다.

"분신, 또는 반영자를 말하네. 쿰에는 아바타가 존재하게 되지. 아바타는 우리의 속성을 반영하기 때문에 쿰속에 존재하는 우리에게 가해진 손상이 실제의 우리에게도 가해지게 되네. 반대로 실제의 우리에게 가해진 자극이 쿰속의 우리에게 가해질 수도 있고 말이야."

"끔찍하군요."

표정은 전혀 그렇지 않았다. 은형사가 싱글거렸다.

칼잠은 고개를 돌렸다. 3박4일과 또 다른 칼잠이 난폭한 속도로 달려오고 있었다. 3박4일의 손에는 도끼가 쥐어져 있었다. 칼잠이 키를 돌려 차에 시동을 걸었다.

"그런데 배경이 하필이면 고양이 섬입니까? 제가 다른 장소를 꿈 꿀 수도 있을 텐데……."

은형사가 물었고, 칼잠이 핸들을 틀었다.

"아바타가 꿈을 현실의 연장으로 믿을 만큼, 쿰은 리얼리티가 뛰어나지. 잠든 바로 그 장소에서 쿰이 시작되니까. 그렇지 않을 때도 있지만."

지녹스7이 선회를 했고, 3박4일과 또 다른 칼잠을 정면으로 마주 보았다.

지녹스7이 쏜살처럼 달렸다. 괴물 같은 두 놈이 탱크 같은 기세로 차의 정면으로 달려들었다.

쾅.

지녹스7이 그들을 퉁겨냈다. 보닛이 우그러지고 칼잠과 은형사는 충격을 받았다. 철벽에 부딪힌 충격과 맞먹었다. 칼잠이 핸들을 잃었다. 지녹스7이 빙글빙글 돌아 바다 쪽으로 미끄러졌고, 곤두박질쳤다. 지녹스7이 바닷물에 잠겼을 때 칼잠과 은형사는 차 안에 있지 않았다.

"아!"

그들은 못박아놓고 사방이 폭발하듯 움직였다.

바닷물이 꿈틀거렸고, 솟구쳤고, 회오리쳤다. 하늘에 거대한 수채 구멍이 존재하듯 바닷물이 빨려 들어갔다. 전봇대와 아름드리나무가 뽑혀 날아올랐고, 지붕들이 날아갔고, 쓰레기들이 빨려 올라갔다.

고양이 섬은 줄어들고, 압축되고, 소용돌이치고, 긴 꼬리를 남기며 어디론가 빨려 들어갔다. 달도 별도 빨려 들어가 사라졌다. 소리도 빨려 들어갔다. 죽음보다 깊은 정적. 잠깐 동안 암흑이 모든 것을 지배했다.

무(無).

…….

없음은 오래가지 못했다. 빛이 꽂히고 암흑을 찢어발겼다. 새로운 하늘이 열렸다. 하늘의 수채 구멍을 통하여 구름과 태양과 바람과 산과 땅이 빠져나오면서 새로운 배경을 형성했다. 그리고 배경의 세부들이 차곡차곡 들어섰다.

칼잠과 은형사는 달라진 쿰의 배경을 보았다.

먼지가 날리는 황무지.

포크 모양의 선인장들이 먼지를 뒤집어쓰고 있었다. 환한 대낮이고 태양은 뜨거웠다. 사방으로 성난 말들이 질주했다. 왼쪽 철길에는 고풍스런 기차가 달렸다. 기차가 경적을 울렸다. 그리고 요란한 총소리.

10여 명이 말을 타고 달리며 하늘에다 대고 총을 쏘았다. 기차에서 마주 총을 쏘았다. 말을 탄 사내 몇 명이 총을 맞고 말에서 떨어졌다.

칼잠과 은형사의 탈것은 자동차에서 다른 걸로 바뀌어 있었다.

말 두 필로.

4

영호 엄마는 걱정이 되었다. 밤이 깊었는데도 영호가 돌아오지 않았다. 문밖에까지 나와서 발을 동동 구르며 아들을 기다렸다.

그녀는 깜빡 잊고 있었던 것을 기억해 낸 표정으로 두 형사가 타고 온 자동차를 쳐다보았다. 지녹스7은 대문 맞은편 공터에 얌전히 주차되어 있었다.

5

복장도 바뀌어 있었다.
"굉장한걸!"
새로운 배경이 칼잠에게 매혹적인가 보았다. 칼잠은 중절모를 고쳐 쓰고 목에 두른 방진용 머플러를 눈 아래에까지 끌어당겨 얼굴을 가렸다. 다른 무법자들도 두 눈만 내놓은 복면을 하고 있었다. 과거 만주 벌판에서 활동하던 마적단처럼 보였다. 서부 영화에 나올 만한 도구들이 섞여 있었지만 마적단이 활동하는 시대라면 동서양의 문물이 섞여 있어도 이상할 게 없었다.
"나도 한 번쯤은 총잡이가 되고 싶었지. 멋진 도약이었어!"
칼잠의 활기가 은형사에게 전염되었다. 은형사가 어깨를 으쓱하며 미소를 지었다. 칼잠이 말고삐를 쥐고, 말 옆구리를 찼다. 다른 쪽 손에는 근사한 총이 들려져 있었다. 그 총에서 불이 뿜어져 나왔다. 칼잠이 고함을 지르며 내달렸다.
그들은 마적단 무리에 속해 있었다. 은형사는 자신의 복장을 살폈다. 긴 가죽 코트 안으로 찬 벨트에 번쩍거리는 은백색 총이 두 자루 꽂혀 있었다.

은형사는 칼잠의 뒤를 따라 말을 몰았다. 말을 모는 데 아무런 문제가 없었다. 몸이 알아서 말의 리듬을 탔고, 익숙하게 말을 제어했다.

총성이 긴 여운을 남기며 사라졌다.

마적단 몇 명이 말에서 열차로 옮겨 탔다.

열차가 천천히 속도를 줄였다.

은형사와 칼잠은 말에서 열차로 올라탔다. 마적단이 총을 겨눈 채 승객들의 지갑과 귀중품을 털고 있었다.

"너희들은 저쪽 칸을 맡아."

뚱뚱한 복면사내가 그들에게 명령을 내렸다.

"알았어, 대장."

은형사가 복면사내를 대장으로 부르는 순간, 그 사내는 대장이 되었다.

"이쪽은 우리에게 맡겨두라구."

은형사가 총을 뽑아들었고, 민첩한 움직임으로 뒤쪽 칸으로 이동했다. 칼잠이 미소를 지으며 그의 뒤를 따랐다.

20여 명의 남녀승객들이 그들을 쳐다보았다. 어떤 사람들은 겁에 질렸고, 몇몇 여자들은 훌쩍거렸다. 마적단을 만났다면 보여줬을 전형적인 소란과 혼란이 이 칸을 지배하고 있었다.

탕.

천장을 향해 한 발 쏘면서 은형사는 자신이 뼛속까지 마적단이란 생각이 들었다. 이번의 꿈에서 무자비한 마적단의 성격을 부여받은 모양이었다. 그는 그 배역을 즐겼다. 현실의 그와 꿈의 그 사이엔 갈등이 전혀 존재하지 않았다. 칼잠도 자신의 배역을 즐겼다. 열차 안이 쥐 죽은 듯이 조용해지자 칼잠이 중절모를 벗어들고 깍듯이 고개를 숙였다.

"제가 지나가거든 성의를 표시하기 바랍니다."

그렇게 말하며 중절모를 들고 통로 사이를 걸었다. 중절모 속으로 귀금속과 돈이 들어갔다. 칼잠이 통로의 반쯤 지나갔을 때였다.

"놀고들 자빠졌네."

하고 여인의 목소리가 들렸다. 여인의 목소리는 나지막했지만 또렷했으며, 사람의 마음을 끄는 뭔가가 있었다.

칼잠이 걸음을 멈췄다. 그와 간격을 두고 따르던 은형사도 멈춰섰다.

"누구야?"

은형사가 으르렁대며 목소리가 난 곳을 쳐다보았다. 그의 시선이 닿자 정면에 앉아 있는 몇 사람이 그의 시선을 피했다.

"제가 그랬어요."

한 여자가 등을 돌린 채 자리에서 일어섰다. 1930년대에나 유행했을 양장 차림을 하고 있었다. 그녀가 은형사를 돌아보았다.

여자는 얼굴을 베일로 가리고 있었다.

"아가씬 뭐야!"

은형사가 으름장을 놓았다.

여자가 팔걸이에 발을 올려놓았다. 치마가 말려 올라가면서 부츠와 매끈한 장딴지가 드러났다. 그녀는 무릎에 한쪽 팔을 걸치면서 말했다.

"나? 너희가 잘 알 텐데."

은형사가 고개를 돌려 칼잠을 쳐다보았다.

칼잠이 은형사를 덮쳤다. 탕, 소리가 났다. 그들은 한 덩어리가 되어 바닥에 엎어졌고, 몸을 굴려서 좌석 뒤에 숨었다.

은형사가 엉거주춤 고개를 내밀었다. 총알이 여지없이 날아왔다. 그녀의 손에 작은 총이 들려 있었다. 은형사가 총을 한 자루를 더 꺼내서 양손에 쥔 채 일어서면서 방아쇠를 당겼다. 그녀는 사라지고 없었다.

"오랜만이군."

등 뒤에서 굵은 목소리가 들렸다. 쿼리릭, 하고 회전식 탄창이 돌아가는 소리. 은형사와 칼잠은 고개를 돌렸다. 검은 안대를 두른 애꾸눈이 등받이에 한쪽 팔꿈치를 올려놓으며 총구를 겨누고 있었다. 애꾸눈 뒤에 일본군 네 명이 총을 들고 포진해 있었다. 애꾸눈은 일본군 장교 복장이었다. 긴 칼까지 차고 있었다. 은형사는 놈의 주걱턱을 알아보았다. 3박4일.

"총 버려!"

일본군 장교임에서도 유창한 한국말을 하는 게 전혀 이상하게 보이지 않았다. 은형사는 총을 바닥에 천천히 내려놓았다. 칼잠도 총을 바닥에 내려놓았다.

"머리에 손 얹고 천천히 일어서!"

은형사와 칼잠은 두 손을 머리에 얹고 천천히 일어섰다. 등 뒤에서 또 다른 목소리가 들렸다.

"오랜만이군."

그들은 동시에 돌아보았다. 총을 들고 있는 베일 속의 여자. 그녀의 곁에는 선교사 복장에 구레나룻을 기른 사내가 이쪽 손에는 총을 들고 저쪽 손에는 성경책을 들고 서 있었다. 은형사는 상대의 얼굴을 톺아보았다. 구레나룻을 기른 게 달랐지만 분명히 또 다른 칼잠이었다.

일본군이 은형사와 칼잠을 결박했다.

몇 시간 후 교수대가 만들어지고 은형사의 목에 밧줄이 걸렸다. 칼잠의 목에도 밧줄이 걸렸다. 일본군 수십 명이 사방을 지키고 있었다.

은형사의 시야에 그에게 총부리를 겨누었던 레이디가 보였다. 레이디의 한쪽 손이 올라갔다.

덜컹.

딛고 있던 목재 바닥이 꺼지면서 은형사는 아래로 떨어졌다. 밧줄이 끊어질 듯 팽팽해지면서 목을 거세게 잡아챘다. 숨이 막혔다. 은형사는 꿈에서 깨어날 때가 되었다고 생각했다. 혀가 빠져나오고 그 혀를 이빨이 깨물었다. 그러자 사방 풍경이 펄럭이고 약간 희미해졌다.

6

탕.
추락.
현기증.

엉덩이가 바닥을 쳤다.

총성. 함성. 고함. 비명. 말발굽 소리.

"일어나."

귀에 익은 목소리가 들렸다.

"어떻게 된 일입니까?"

칼잠이 은형사를 일으킨 다음 손에 묶인 밧줄을 풀어주었다. 은형사는 자유로워진 두 손으로 목에 걸린 교승을 벗겨냈다. 교수대 상부 골조에 연결시켜 놓았던 교승의 저쪽 끝이 깨끗이 잘려져 있었다.

"마적단이 우리를 구한 것 같아."

칼잠이 말했다.

은형사는 주위를 천천히 둘러보았다. 마적단과 일본군이 총격전을 벌이며 혼전을 치르고 있었다. 마적단 여섯 명이 혼전에서 빠져나와 이쪽으로 달려왔다. 앞장선 자는 여자였다. 그 여자가 말에서 내려 다가왔다.

"괜찮아요?"

마적단 여자가 물었다.

은형사는 그 여자가 누구인지 알아보았다.

7

황무지를 가로질러 마적단의 임시 거처에 도착했다. 여기까지 쉽게 온 게 아니었다. 희생이 컸다. 일본군으로 구성된 추격대를 따돌리기 위해서 마적단의 반 이상이 희생되었다.
 칼잠과 은형사는 천막에서 음식을 먹었다. 마적단 여자가 음식 시중을 들었다. 그녀는 뭐가 좋은지 생글생글 웃었다. 식사가 끝나고 차가 나왔다.
 "저 여자……."
 은형사가 빈 그릇을 들고 천막 밖으로 나가는 마적단 여자를 가리켰다.
 "왜?"
 칼잠이 물었다.
 "유리 어머니입니다."
 칼잠의 얼굴에 표정의 변화가 없었다.
 "알고 있었군요."
 "아바타는 아바타를 알아보는 법이지."
 "베일을 쓴 여자도 아……."
 "유리예요."
 누군가 은형사의 말꼬리를 잡아챘다. 천막 휘장이 한쪽으로 젖혀지고 마적단 여자가 모습을 드러냈다. 그녀는 통나무 의자에 앉더니 칼잠을 똑바로 쳐다보았다.
 "당신은 내가 누군지 알고 있죠?"
 여자가 물었다.
 "유리 어머니겠죠."
 여자가 고개를 흔들었다.
 "묻는 게 그게 아니라는 것 알고 있잖아요, 유현서씨."
 의도된 것 같은 정적이 흘렀다.

칼잠이 뜸을 들였다. 은형사가 뭔가를 재는 눈빛으로 두 사람으로 쳐다보았다.
"새매."
칼잠이 말했다.
"기억을 되찾은 건가요?"
새매가 물었다.
"어느 정도는."
칼잠이 말투를 바꿨다.
"그렇군요."
"당신이 '뜨락'을 기억하고 있고, 당신 집에 그 이름을 붙일 줄 몰랐어."
"뜨락을 잊을 리가 있겠어요?"
칼잠이 은형사에게 말머리를 돌렸다.
"10년에 그녀는 내 환자였어. 하지만 내가 그녀에 대해 기억하는 건 단편적인 것들이야."
칼잠은 더 이상 이야기를 이어나가지 못했다. 사방이 들썩이며 총성이 울렸다. 새매가 "무슨 일인지 알아보고 올게요." 하고 천막을 빠져나갔다.
총성이 다시 울렸다. 가까운 곳이다. 그들은 일어섰다. 총성이 연달아 터졌다. 비명 소리. 말발굽 소리. 다시 총성.
천막 안으로 새매가 들어왔고, 그들에게 장총 두 자루를 던졌다.
"유리가 왔어요!"
총을 받아 쥔 은형사는 묘한 기분이 들었다. 새매와 유리는 현실에서 모녀지간이 아닌가.

그들은 총을 사방으로 겨누며 천막을 빠져나왔다. 유리와 일본군 장교가 이끄는 100여 명의 일본군이 사방을 쑥대밭으로 만들고 있었다. 거품을 물고 날뛰는 말들, 뒤집어진 솥, 쓰러진 천막, 짓밟힌 사람, 싸락눈처럼 날리는 불씨들. 마적단은 용감했지만 머릿수에서 열세였다.

"저쪽으로!"

새매가 계곡 안쪽을 가리켰다. 칼잠과 은형사가 고개를 끄덕였다. 그녀가 앞장서 달렸다. 은형사가 그녀의 뒤를 따랐고, 칼잠이 은형사의 뒤를 따랐다.

가파른 비탈로 들어서자 은형사는 뒤를 돌아보았다. 칼잠이 낙오되어 비탈 아래쪽에 고립되어 있었다. 칼잠은 너럭바위에 몸을 숨기고 총격전을 벌이고 있었는데, 몸이 정상이 아니었다. 일어서지를 못했다.

은형사가 총을 쏘며 칼잠에게 달려갔다. 새매가 지원 사격을 했다. 칼잠의 어깨와 허벅지는 피로 물들여져 있었다. 여기서 다치면 현실에서도 다친다.

새매가 달려와서 칼잠을 부축했다. 은형사도 칼잠의 한쪽을 부축했다. 칼잠은 피를 너무 많이 흘렸다. 몇 발짝 걸어가기도 전에 등 뒤에서 총성이 벼락처럼 내리쳤다. 적들은 얼마 떨어지지 않는 곳에 있었다.

새매는 입술을 깨물더니 칼잠을 부축하던 몸을 풀고 추적대를 향해 돌아섰다.

은형사는 두 손으로 칼잠을 부축하다가 깜짝 놀랐다. 새매가 눈앞에서 사라진 것이다. 아니, 저쪽에서 짠 나타났다. 그녀의 움직임은 번갯불처럼 빨랐다. 모든 사람들을 정지시켜 놓고 자기 혼자 움직이는 듯했다. 총구를 겨누고 방아쇠를 당기고 장전하는 동작을 열 번 정도 반복했고, 열 번 총 쏘는 것이 완결되었을 땐 채 1초도 걸리지 않았다.

그들을 따라오던 열 명가량의 일본군이 도미노처럼 차례대로 쓰러졌다. 총성은 나중에 울렸다. 열 번째 총성이 울렸을 때 새매가 다시 칼잠을 부축했다.

8

새벽.

문밖에 나와 영호를 기다리고 있던 영호의 어머니는 고개를 갸웃하며 지녹스7 가까이 다가갔다. 차체가 흔들리고 있었다.

"괜찮은가요?"

그렇게 말하며 차창을 두드렸다. 하지만 아무런 응답이 없었다. 차체는 아직도 흔들리고 있었다. 그녀는 차창 가까이 얼굴을 가져갔다. 희미하게 안이 보였다. 두 형사가 있었는데, 한 형사가 발작하듯 몸을 떨고 있었다.

9

새매는 숨을 거칠게 몰아쉬었다. 시간 가속은 그녀를 지치게 했다. 호흡을 가다듬고 은형사에게 말했다.

"계곡 안쪽에 움막 하나가 있으니까 거기서 만나도록 해요. 거기에서 이분을 치료하겠습니다."

"치료? 어떻게?"

은형사가 물었다.

"그건 나에게 맡겨요. 그리고 손 좀 치워주세요."

새매가 점잖게 말했다. 은형사는 말똥말똥 그녀를 쳐다보기만 했다. 새매가 은형사의 손을 가리켰다. 흠칫한 은형사가 칼잠을 부축하고 있던 손을 놓았다.

새매는 칼잠을 부축한 상태에서 시간을 가속시켰다. 바람에 날리던 풀잎들이 허공에서 멈추고 반딧불이 허공에서 붙박이 되었다. 까마귀 한 마리는 대형 젤리 속에 갇힌 것처럼 아주 느린 속도로 날았다. 빠르게 움직이는 것들은 느리게 움직였고, 느리게 움직이는 것들은 움직일 생각을 하지 않았다.

새매는 칼잠을 부축한 채 걸었다. 그녀 외에는 모든 게 느리게 움직이거나 정지되어 있었다. 시간이 가속되든 그렇지 않든 사냥꾼의 움막까지 가기 위해선 똑같은 운동량이 필요했다. 시간 가속은 시간을 벌게 해줄 뿐이다. 그녀는 비지땀을 흘렸고, 가속 상태를 유지하느라 온몸에서 뜨거운 열기가 뿜어져 나왔다. 입안에서는 단내가 났다.

칼잠은 기절한 상태였다. 몸이 무겁고 호흡이 거칠었다. 그의 목구멍에서 그렁그렁 가래 끓는 소리가 났다. 1시간 정도를 걷자 30미터 앞에 다 쓰러져 가는 움막이 보였다. 그녀에게는 한 시간이지만 다른 사람에겐 1분밖에 흐르지 않는 시간이었다.

사방으로 자작나무가 빽빽하게 늘어서 있었다.

새매는 30미터 거리를 걸어서 움막 안으로 들어갔다. 칼잠을 내려놓자 긴장이 풀렸다. 시간의 흐름이 원래대로 돌아왔다. 온몸을 달구던 열기가 사라졌다. 그녀는 칼잠 곁에 주저앉았다. 너무 지쳤기 때문에 손가락 하나 까딱하기 싫었다. 두 번의 시간 가속이 가져다준 결과였다. 시간 가속은 30분 이상을 유지하는 게 힘들었다. 30분이 넘어가면 저절로 해제되곤 했다. 강화와 가속 상태에 들어가면 신경이 30분 이상을 견디지 못했다. 극도의 긴장과 그 긴장의 안전핀 역할을 하는 섬세한 정신이 요구되었다. 육체 강화와 시간 가속을 함께 유지하는 것은 왼발만 두 개인 사람이 전력질주를 하는 수준의 위험과 위화감이 뒤따랐다.

새매는 긴장을 완전히 풀었다. 명상을 할 때처럼 근육이 이완되었다. 그녀는 호흡을 깊고 천천히 했다. 들숨에 세상이 들어오고 날숨에 세상이 나갔다. 그녀가 두 눈을 떴을 땐 세상이 패턴으로 보였다. 이쪽 쿰에서 저쪽 쿰으로 이동할 때 '의태'가 필요한데, 의태하는 잠깐 동안에 쿰속의 모든 것이 패턴으로 보인다. 그녀는 그 패턴으로 유지되는 시간을 늘렸고, 그녀의 눈은 모든 사물을 패턴으로 읽어냈다.

새매는 총상이 드러나도록 칼잠의 옷을 조심조심 벗겼다. 그의 어깨에 눈의 초점을 맞췄다. 그의 어깨는 선으로 이루어진 패턴으로 존재했다. 뼈를 이루는 패턴 속에 총알 패턴이 박혀 있었다. 새매는 칼잠의 어깨에 손을 집어넣었다. 그녀의 손도 패턴으로 이루어져 있었다.

칼잠은 파닥거렸고, 흰자위를 보이며 두 눈을 치켜떴다. 그리고 다시 기절했다.

새매는 땀을 흘리며 손을 전진시켰다. 조금씩, 조금씩, 아주 조금씩…… 총알이 닿았다. 그녀는 엄지와 검지로 총알을 집은 다음 빼내었다. 칼잠이 몸을 떨었다. 새매는 다시 손을 집어넣었고, 선 몇 가닥을 이으면서 뼈의 패턴을 원래의 모양대로 수선했다. 다음은 허벅지였다. 총알이 깊숙이 박혀 있었다. 새매는 총알을 빼내고 찢겨진 선들을 잇고 정리했다. 패턴의 수선이 끝났을 땐 땀으로 목욕한 것처럼 온몸이 젖어 있었다.

칼잠을 치료하고 나서 새매는 큰 대자로 뻗었다.

10

칼잠은 눈을 뜨며 고통에 찬 비명을 질렀다. 온몸에 불이 붙는 듯했다. 숨을 쉴 때마다 뼈들이 삐걱거렸고, 근육들이 튀어 올랐고, 피가 역류하면서 심장을 압박했다. 그의 온몸이 박동했다. 그는 새우처럼 몸을 웅크리고, 두 팔로 스스로를 꽉 껴안아 요동치는 몸을 붙들었다.

누군가가 그의 어깨에 손을 얹었다. 칼잠은 고개를 들었다. 초췌한 얼굴의 새매가 보였다.

"괜찮을 거예요."

11

　은형사는 새매가 떠났다는 것을 깨달았다. 그가 지금 보고 있는 것은 그녀의 잔상이었다. 잔상은 실체를 쫓았고, 수천 개의 그림자가 되어 계곡 쪽으로 띠처럼 이어졌다. 그녀가 지나간 자취였다. 가까운 잔상부터 하나둘씩 꺼졌다. 그녀의 잔상이 머물렀던 자리를 바람이 채웠다.

　은형사는 새매가 쓰러뜨렸던 적들에게 다가갔다. 총 두 자루를 얻어 무장을 했다. 적들 뒤쪽으로 마적단 한 명이 널브러져 있었다. 손에 검은 빛깔의 단도가 들려져 있었다. 은형사는 단도를 취했다. 단도는 묵직했다. 달빛에 비춰 보니 칼날이 서슬이 퍼랬다. 부츠의 칼집에 단도를 꽂아 넣었다.

　비탈을 타고 계곡으로 이동했다. 등 뒤에서 말발굽 소리가 들렸지만 곧 사라졌다. 대신에 발소리가 들렸다. 길이 가팔랐기 때문에 말을 타고 쫓아올 수는 없었을 터였다. 얼마를 이동했을까, 자작나무 숲이 보였다. 나무들이 머리카락처럼 늘어선 빽빽한 숲이었다. 움막 한 채가 숲의 품에 안겨져 있었다. 움막에서 불빛이 흘러나왔다.

12

"함정일지 모르니 조심하세요."

유리가 움막의 불빛을 쳐다보며 말했다. 그녀는 애꾸눈에게 움막의 왼쪽으로 돌아가게 했고, 구레나룻에게 움막의 오른쪽으로 돌아가게 했다. 그들에게 일본군 두 명씩을 딸려 보냈다.

정면을 맡은 유리는 오두막을 향해 다가갔다. 움막까지 10미터 남은 지점에서 시체 한 구를 발견했다. 구레나룻을 따라갔던 자였다.

구레나룻과 애꾸눈을 따라갔던 자들이 총을 쏘면서 움막 정면으로 달려갔다. 움막에서 응사를 해오자 얼마를 견디지 못하고 쓰러졌다. 구레나룻과 애꾸눈은 움막의 좌우를 향해 빠르게 다가갔다. 좌우 창문 바로 아래에까지 다가갔다. 창문 너머에 있을지 모르는 시선을 피하기 위해 몸을 낮춘 채였다.

창문 아래에 도착한 구레나룻과 애꾸눈이 유리를 쳐다보았다. 유리가 그들에게 손짓으로 공격 명령을 내리고 그녀 자신도 앞으로 뛰어가면서 총을 쏘았다.

움막에서 총성이 울렸다. 구레나룻과 애꾸눈이 좌우의 창문을 통하여 움막 안으로 뛰어들었다.

13

창이 깨졌다.

반대쪽 창도 깨졌다.

입구 격자문을 통해 총을 쏘고 있던 칼잠이 총구를 돌렸다. 새매가 창문을 뚫고 들어오는 구레나룻의 아랫배에 총을 쏘았다. 칼잠이 반대편 창문을 뚫고 들어오는 애꾸눈에게 총을 쏘았다. 애꾸눈이 가슴에 총을 맞고 쓰러졌다.

구레나룻은 총을 맞았음에도 새매를 덮쳤다. 새매는 구레나룻의 밑에 깔렸고, 한 덩어리가 되어 엎치락뒤치락했다. 칼잠은 새매가 다칠까 봐 총을 쏠 수가 없었다. 구레나룻이 새매의 목을 졸랐다. 칼잠이 다가가 개머리판을 휘둘렀다. 섬뜩한 음향과 함께 구레나룻의 목이 한쪽으로 크게 꺾였다.

그때 쓰러진 애꾸눈이 움직였다. 칼잠이 애꾸눈에게 걸려 자빠지면서 장총을 놓쳤다. 그 장총을 애꾸눈이 쥐었다. 애꾸눈이 일어서면서 총구를 칼잠의 가슴에 겨누었다.

"손들어!"

칼잠은 머리에 두 손을 올렸다. 총을 맞은 어깨에 극렬한 통증이 전해져 왔다. 새매가 치료했지만 아직 거동이 불편했다.

구레나룻이 자세를 잡고 새매의 목을 졸랐다. 그녀는 숨이 넘어갈 듯 요동을 쳤다.

"호, 상황 끝이군요."

문을 박차고 유리가 들어왔다.

"잠깐만요. 그 여자는 저에게 맡겨두세요."

구레나룻이 새매에게서 떨어지더니 바닥에 떨어진 총을 들었다. 새매가 몸을 일으켰다.

유리가 칼잠의 얼굴을 한참 쳐다보았다. 그리고 고개를 돌려 애꾼눈에게 말했다.

"이자를 죽이세요."

애꾸눈이 총구를 칼잠의 머리에 갖다 댔다.

새매가 반응했다. 몸이 흐릿해졌다.

유리가 미소를 지었다. 그녀의 모습도 희미해졌다. 새매가 그림자를 남기고 사라지자 유리도 그림자를 남기고 사라졌다. 다른 사람들은 그 사실을 알아차리지 못했다. 뒤늦게 사라진 유리가 먼저 모습을 드러냈다. 애꾸눈 바로 옆이었다. 유리가 허공에 총구를 겨누었다. 그 총구 앞에 새매가 나타났다.

새매의 모습이 다시 사라졌다. 유리도 사라졌다.

새매가 칼잠의 등 뒤에 모습을 드러냈다. 유리가 칼잠과 새매의 사이를 파고들었고, 칼잠과 등을 맞댄 채 새매에게 총구를 겨누었다.

"소용없는 짓이에요."

유리가 새매에게 그렇게 말해놓고 애꾸눈에게 말머리를 돌렸다.

"뭐해? 그자를 죽여."

"여기서 죽이면 진짜 죽어."

새매가 말했다.

"그거 잘됐군요. 그는 골치 아픈 존재잖아요."

"그를 죽이면 후회할 거야."

"나에게 후회란 없어요."

"레이디, 내가 죽이겠소."

구레나룻이 나섰다. 애꾸눈이 어깨를 으쓱하면서 한 걸음 비켜섰다.

"진작 네놈을 죽였어야 했어."

구레나룻이 자신과 똑같은 얼굴을 쳐다보며 침착하게 방아쇠를 당겼다.

14

은형사는 고양이처럼 민첩하고 조용하게 움직였다. 벌써 추적대 한 명을 해친 후였다. 오두막이 30미터 앞에 보였다. 유리가 오두막으로 들어가는 게 보였다.

오두막으로 다가가던 은형사가 흠칫 걸음을 멈추었다. 좌측 자작나무 쪽에서 인기척이 났다. 그는 그쪽을 주시했다. 옷자락이 보였다. 그는 기척을 죽인 채 다가갔고, 나무를 안고 돌면서 어림잡아 단검을 던졌다. 예상대로 나무 뒤에 적이 있었다. 상대가 단검을 맞고 쓰러졌다.

단검을 회수하려고 손을 뻗었을 때였다. 은형사는 충격을 받고 쓰러졌다. 우듬지에 숨어 있던 한 명이 그를 덮친 것이다. 은형사는 왼손에 들고 있는 총을 놓쳤다. 일어서려고 했을 땐 뺨에 뜨거운 감촉이 와 닿았다. 열이 식지 않은 총구였다.

"이 짓도 못해먹겠다."

은형사가 중얼거렸다.

상대는 별 미친놈 다 보겠다는 얼굴로 은형사를 노려보았다.

"그런 눈으로 나를 보지 마. 진짜처럼 보이니까. 넌 가짜야. 존재한 적조차 없지. 이젠 그만 사라져."

은형사는 눈을 감으며 자동차 안에서 자고 있을 현실의 은형사에게 정신을 집중했다. 앉은 자세의 불편함과 목덜미의 간지러움을 생각했다. 낡은 차 안의 텁텁한 냄새도 떠올렸다. 현실의 감각이 되살아났다. 그의 자아가 쿰에서 현실로 이동했다. 순간 상대의 총구에서 불이 뿜어져 나왔다.

뺨이 찢어지는 것처럼 화끈했다.

어둠.

"은 형사님!"

남자 목소리가 어둠을 흔들어놓았다.

은형사는 두 눈을 떴다. 낯익은 얼굴이 보였다. 장 순경이 그의 뺨을 몇 번 더 후려쳤다.

"그만해."

은형사가 뺨을 어루만지며 말했다.

"어떻게 된 일입니까?"

장 순경이 손을 멈추고 물었다.

은형사는 조수석을 쳐다보았다. 두 눈을 감고 있는 칼잠이 보였다. 칼잠의 얼굴이 종잇장처럼 구겨졌다.

15

탕.

총구에서 불이 뿜어져 나왔다.

날카로운 비명이 터졌다. 칼잠의 비명이 아니었다. 칼잠의 몸이 점점 투명해졌다. 투명한 몸이 총알을 여과시켰다.

칼잠은 투명한 그림자를 남기고 사라졌다.

지우개로 지운 것처럼 움막이 조금씩 지워지고 있었다. 구레나룻과 애꾸눈의 몸이 투명해졌다. 총성의 여운은 아직 현장에 남아 있었다. 현장에 남은 사람은 유리와 새매밖에 없었다.

"엄마……."

유리가 가슴을 움켜쥐며 비틀거렸다.

새매가 놀란 토끼눈을 뜨며 유리를 쳐다보았다. 유리가 가슴을 움켜쥔 손을 떼었다. 손은 피로 물들여져 있었고, 가슴에서 피가 솟구쳤다.

유리가 멍한 눈길로 새매를 쳐다보았다. 새매는 칼잠을 통과한 총알이 칼잠의 등 뒤에 서 있는 유리를 맞혔다는 것을 깨달았다.

"유리야!"

새매가 비명을 질렀다.

쿰을 쿠다

4월 24일.

　잔이 죽고 나서 새매는 다른 병실로 옮겨졌다. 칸막이 화장실이 딸린 원형 병실. 가재도구는 침대와 둥근 의자 두 개가 딸린 원탁이 전부였다. 원탁에는 하얀 꽃병에 하얀 라일락이 꽂혀 있었고, 사방의 둥근 벽에는 하얀 페인트가 칠해져 있었다. 칠한 지 얼마 되지 않았는지 페인트 냄새가 지독했다. 말굽 모양의 문도 하얀 색깔이었다. 문 위쪽의 벽에 둥근 벽시계가 걸려 있었다.
　12시 55분.
　벽시계가 정면으로 바라보고 있는 곳에 둥근 창문이 있었다. 그녀의 손이 닿지 않은 높이였다. 보이는 모든 게 하얀 것 일색이고 둥근 것 일색이다. 어느 누구라도 하루만 여기에 있으면 머리가 이상하게 될 것 같은 장소였다. 천장에는 반구형 감시카메라 세 개가 붙어 있었다.

새매는 눈을 감아서 흰색으로부터 도망쳤다. 드림필드 안에 들어온 인간의 뇌는 없었다. 이렇게 격리됨으로써 그녀가 세운 탈출 계획은 무산되었다.

그들이 그녀를 어떻게 할 것인지 궁금하고 염려가 되었다. 그녀의 손에 잔이 죽었다는 것을 이성적으로 이해했지만 감정적으로 받아들이기 어려웠다. 별로 죄책감이 들지 않았다. 그녀가 잔을 죽인 것 같지가 않았다. 벽시계에서 뻐꾸기가 튀어나와 뻐꾹, 하고 한 번 울었다.

밖에서 소리가 나고, 문 아래에 뚫린 반입구에 식기가 나타났다. 말을 걸기도 전에 황급히 발소리가 멀어졌다. 뛰는 모양이었다. 새매는 쓴웃음을 지으며 원탁에 앉아 식사를 했다. 음식은 맛이 좋았다. 미역국도 혀에 부드럽게 감겼다. 그러고 보니 오늘이 그녀의 생일이다.

누가 신경을 써준 걸까? 서러움이 북받쳤다. 그래서 새매는 울었다. 울고 나서 침대에 누웠다. 졸음이 밀려왔다. 졸음에 상념이 섞여들었다.

내가 쿰을 쿠고, 내 쿰에서 수갑과 족쇄의 열쇠를 가져오면 어떨까? 아이데카 열쇠. 하지만 아이데카 열쇠를 내놓은 것은 불가능했다. 열쇠에 대한 정보가 머릿속에 들어 있지 않기 때문이다. 새매는 수갑의 열쇠가 어떻게 생겼는지 알지 못했다. 보지도 못한 것이 쿰에 등장하긴 어려웠다.

열쇠에 대한 정보가 머릿속에 들어 있어도 그 열쇠를 쿰에 등장시킬 수 있는지는 의문이다. 자신의 쿰이 자신의 말을 잘 들으리라고 여겨지지 않았다. 쿰의 전체 구성을 거스르지 않으면서도 열쇠에 얽힌 스토리가 따로 존재해야 쿰에 등장할 가능성이 높았다.

결정적으로 저 문에는 열쇠가 없었다. 지문 감지기가 작동해야 문이 열린다고 했다.

눈꺼풀이 무겁고 눈이 부셨다. 창문을 통과한 햇살이 그녀의 얼굴에 머물렀다. 새매는 눈을 감았다. 햇살을 잊지 못하는 밝은 어둠이 눈꺼풀 안을 채웠다. 햇살의 부드러운 체중이 눈꺼풀에 와 닿았다. 눈꺼풀 안에서 지푸라기처럼 보이는 빛 싸라기가 어른거렸다. 빛 싸라기는 물음표 형상이었다. 물음표가 어둠 속을 둥둥 떠다녔다.

새매는 묘한 기시감을 느꼈다. 이렇게 눈을 감고 빛 싸라기를 보는 게 과거에 몇 번이나 경험한 일처럼 느껴졌지만 언제 그랬는지 기억이 나지 않았다.

문소리가 나고 상념이 깨졌다.

새매는 두 눈을 떴다. 나다북이 문을 열었다. 그녀는 일어나 침대에 앉았다.

검은 선글라스에 검은 양복. 뺨에 난 칼자국이 선명했다. 그가 등 뒤로 문을 닫았다. 문 닫히는 소리가 천둥소리처럼 크게 들렸다.

나다북은 문 앞에서 미동도 하지 않았다. 새매는 그로부터 비장하고 위험한 냄새를 맡았다. '원수를 갚겠다.' 하고 외치며 신파조의 복수극을 연출해도 놀라지 않을 자신이 있었다. 새매는 근육을 긴장시켰다.

"무슨 일이죠?"

새매가 침대에서 내려왔다.

꿈의 루프 255

나다북이 벨트에서 뭔가를 꺼냈다. 한 뼘 길이의 막대. 손잡이에 붉은 버튼이 있었다. 그가 버튼을 누르자 막대가 1미터 정도 길어졌다. 겉보기는 진압봉이었다. 새매는 진압봉보다 그가 벨트에 차고 있는 열쇠 뭉치에 주의를 기울였다.

나다북이 이빨을 드러내며 웃었다.

"잔이 죽었다."

그의 의도는 분명했다. 나다북이 다가오면서 진압봉을 휘둘렀다. 진압봉이 겨눈 것은 그녀의 머리였다. 새매는 고개를 숙이며 그의 허리로 파고들었다. 족쇄 때문에 움직임이 여의치 않았다.

빡.

등이 부서지는 것 같았다. 새매는 고통을 참으며 두 손을 뻗어 그의 벨트에서 열쇠 뭉치를 낚아챘다. 그리고 엎어졌다. 순간 온몸이 비명을 질렀다. 온몸에 전기가 흘렀다. 그녀의 등을 찍어 누르는 진압봉에서 전기가 흘러나왔다. 털이란 털은 모두 곤두섰다. 그녀의 손에서 열쇠 뭉치가 떨어졌다. 나다북이 진압봉을 거두고 구둣발로 그녀의 등을 밟았다.

"쿰에서 죽으면 현실에서도 죽지."

전기 발작의 여진이 그녀의 몸에 남아 있었다. 몸이 떨렸다. 새매는 몸 구석구석에 정신을 집중했고, 몸을 극도로 강화시켰다. 근육이 부풀어 올라갔다. 힘이 들어가고 근육이 부풀면서 수갑이 손목을 아프게 죄었다. 발목에도 고통이 전해졌다.

새매는 벌떡 일어섰다. 나다북이 균형을 잃었다. 그녀가 허리를 완전히 폈을 때 진압봉이 정수리 바로 위에 있었다. 그녀가 수갑 찬 두 손을 한 손처럼 움직이며 진압봉을 잡았다. 순간 그녀는 벼락을 맞은 것처럼 다시 전율했다. 수갑에서 파란 불꽃이 튀었다. 살이 타는 냄새.

새매는 진압봉을 끌어당기며 잔걸음으로 몇 걸음 물러났다. 족쇄의 쇠사슬이 바닥에 끌리었다. 나다북이 딸려왔다. 힘을 빼면서 어깨로 그를 들이받았다. 그가 진압봉을 놓쳤다. 그녀는 진압봉의 손잡이를 잡고 균형을 잃은 그를 후려쳤다. 그가 비명을 지르며 쓰러졌다. 진압봉의 끝을 그의 가슴에 갖다 댔다. 그의 가슴을 중심으로 번갯불 같은 스파크가 튀었다. 그는 낚싯바늘에 걸린 생선처럼 요동을 쳤다.

그의 움직임이 잦아들자 새매는 진압봉을 거둔 다음 열쇠 뭉치를 주웠다. 열쇠는 열 개가 넘었다. 열 개를 다 사용해 봤지만 수갑에 맞는 열쇠가 없었다. 족쇄에 맞는 열쇠도 없었다.

"괜한 짓을 하는군."

옆에서 목소리가 들렸다.

새매는 진압봉을 움켜쥐고 고개를 돌렸다. 나다북이 몸을 일으키며 미소를 지었다. 손에 총이 들려져 있었다. 서부 영화에 나올 만한 고전적인 총이었다.

회전식 탄창이 돌아가면서 격발자가 뒤로 젖혀졌다.

"그것 내려놓고 물러서."

나다북이 총구로 진압봉을 가리켰다. 새매는 가만히 서 있었다. 총구에서 불이 뿜어졌다. 맞은 데는 없었다. 그가 바닥을 겨눈 총구를 그녀의 얼굴 쪽으로 들어 올렸다.

"나를 자극하지 마. 어떻게 해서라도 널 죽일 핑계를 만들고 싶으니까."

새매가 진압봉을 바닥에 내려놓았다. 바닥 한곳이 깨져 있었다. 총알을 맞은 자리인가 보다. 새매는 한 발짝 물러섰다.

"당신의 행동은 허락된 것인가요?"

새매가 물었다.

"탈출하다가 사살된 것으로 보고하면 돼."

"나를 죽일 생각이군요. 저건 어떻게 하고요?"

새매가 눈짓으로 감시카메라를 가리켰다.

나다북이 어깨를 으쓱했다.

"작동되지 않아."

새매가 침묵을 지켰고, 10초 후에 말했다.

"그를 죽일 마음이 없었어요. 어쩔 수 없는 일이란 걸 당신도 알고 있잖아요?"

"지금 내 행동도 어쩔 수 없는 일에 속하지."

총구가 새매의 얼굴을 겨누었다.

"내 동생을 만나거든 안부 전해줘. 이 형이 그리워하고 있다고."

나다북이 총구를 겨눈 채 한 발짝 다가왔다.

"그만두세요."

현서의 목소리가 들려왔다. 안도감이 밀려왔다. 새매는 고개를 돌렸다. 하지만 현서는 어디에도 보이지 않았다.

"어디에 있어요?"

새매가 물었다.

"이쪽."

현서의 목소리는 벽에서 나고 있었다. 벽이 펄럭이며 들쭉날쭉 움직였다. 이 순간 벽은 액체로 이루어져 있었다. 벽 속에 사람이 있는 듯 벽의 일부가 고무줄처럼 튀어나와 사람의 형체를 갖추었다.

그 형체가 앞으로 걸어 나왔다. 벽과 형체가 분리되었다. 그러자 형체에 섬세한 손길이 가해지면서 완전한 사람 모습으로 바뀌었다.

뭐야?

벽에서 나온 사람은 현서였다. 벽은 원래의 모습으로 돌아갔다.

"어떻게 된 거예요?"

현서는 대답하지 않았다.

새매는 짚이는 바가 있었다. 방을 둘러보았다. 흰 것 일색이다. 이걸로는 판단할 수 없었다. 원탁에 올려놓은 빈 식기가 보였다. 초록색 식기. 하지만 초록색을 의심하는 순간 초록이 빠지면서 식기의 색깔이 흑백의 농담으로 조율되었다.

내 쿰속인가?

회전식 탄창이 돌아가면서 격발자가 다시 젖혀지는 소리가 났다. 새매가 나다북을 쳐다보았다. 나다북이 그녀의 머리를 향해 똑바로 총구를 겨누었다. 새매를 보호하듯 현서가 나다북 앞을 가로막았다.

"그 정도 했으면 됐습니다."

현서가 나다북에게 말했다.

"유 선생, 내 일에 끼어들지 마시오. 당신을 다치게 하고 싶지 않소."

새매가 걸음을 떼면서 현서에게 말했다.

"나를 위해 애쓰는 척할 것 없어요. 이게 내 쿰이라면 어느 누구도 나를 건드릴 수 없어요."

새매는 마음에 여유가 생겼다. 침대에 걸터앉았다. 총구가 그녀를 따라왔다. 그러자 현서가 몸으로 그녀를 보호하면서 총구의 방향을 차단시켰다.

현서가 나다북에게서 시선을 떼지 않고 말했다.

"당신의 의지대로 쿰에서 깨어날 수 없어. 현실의 당신은 음식에 탄 수면제를 먹었으니까. 현실의 시간으로 여덟 시간 이상을 쿰속에 있어야 한다는 뜻이야."

설마? 새매는 침대에 누워 있는 현실 속의 그녀를 머릿속에 띄웠다. 의식의 초점을 아바타의 가슴에 두었다. 의식은 가슴을 뚫고 아바타의 심장에 닿았다. 쿵쿵, 심장 뛰는 소리가 들렸다. 그녀는 그렇게 〈꿈의 형성〉에서 소개된 꿈 깨는 방법을 시도했다. 현실에 잠든 자신의 모습을 떠올리고 신체적 징후나 주변 환경에 의식을 집중하면 꿈에서 깨어날 수 있었다. 쿰에서 깨어나고 싶을 때 늘 이 방법을 사용했다. 깊이 잠들어 있을 때는 실패했지만 그 외에는 성공했다. 어떤 때는 호흡에, 어떤 때는 심장 고동소리에, 어떤 때는 체온의 따뜻함, 어떤 때는 침대 시트의 부드러움에 의식의 초점을 맞추며 잠에서 깨어났다.

지금은 달랐다. 아바타의 심장 박동 소리가 현실에 잠들어 있을 그녀의 심장 박동 소리로 이어지지 못했다. 현서의 말처럼 자신은 수면제 때문에 깊이 잠이 든 모양이었다. 그래도 새매는 염려하지 않았다.

"당신 말이 맞아요."

그렇게 말하면서 시간을 가속했다. 나다북이 뭐라고 말했지만 그 목소리가 늘어져서 귀에 들어오지 않았다. 그들의 움직임은 정지되었다. 그녀만 움직였다. 나다북의 손목을 쳤고, 권총을 낚아챘다.

새매는 나다북에게 총구를 겨누며 시간 가속을 풀었다.

"꿈속에선 어느 누구도 날 건드릴 수 없어요."

뺨에 난 칼자국이 씰룩였다.

"어떻게 한 거지?"

현서가 물었다.

"대답할 이유를 못 느끼겠군요."

나다북이 끼어들었다.

"잔이 당한 게 이해가 가지 않았었는데 그런 방법이……."

나다북의 목소리가 희미해졌다. 새매는 눈을 크게 떴다. 나다북의 형체가 일그러졌다. 그리고 촛농처럼 녹아 내려 바닥과 결합했다. 바닥이 들쭉날쭉 물결쳤다. 물결은 잠잠해졌고, 원래의 바닥을 회복했다.

나다북이 머물렀던 공간은 그의 형체를 흐릿하게 구현하며 일렁였다.

5초 후 일렁임이 사라지고 매끈한 공간으로 회복됐다.

"어떻게 된 것이죠? 접촉을 끊은 것인가요?"

현서가 눈살을 찌푸렸다.

"접촉을 끊은 게 아니라 다른 사람의 꿈으로 전이했어."

"전이?"

"프레디는 마음만 먹으면 이쪽 꿈에서 저쪽 꿈으로 돌아다닐 수 있어."

"그게 가능한가요?"

"훈련만 하면. 조금 전까지 그가 너를 위협한 것은 네가 잔을 어

꿈의 루프 261

떻게 살해했는지 알고 싶어서야. 위협을 가하면 네가 잔에게 했던 것처럼 반응할 거라고 생각했지. 그런데 꿈이 감정의 프리즘 역할을 해서 복수심을 증폭시……."

말꼬리를 흐리며 현서가 천장을 쳐다보았다. 새매는 고개를 들어 그가 쳐다보는 것을 쳐다보았다. 천장이 액체로 변했다. 천장이 일렁이고, 한 부분이 축 처져 거대한 고드름을 형성했다. 고드름이 들쭉날쭉 움직이며 사람의 형체를 갖추었다. 새매는 사람의 형체가 나다북이란 사실을 깨달았다.

나다북이 바닥으로 떨어져 내렸다. 그리고 코트를 열어젖히며 뭔가를 꺼냈다.

"조심해!"

현서가 새매를 덮쳤고, 그들은 한 덩어리가 되어 바닥을 굴렀다. 총소리가 울렸다. 새매가 쥐고 있는 총에서 발사된 게 아니었다. 나다북이 손에 총을 들고 있었다. 그것도 기관총이었다. 새매는 기관총의 성능을 끝내 보지 못했다.

새매는 바닥을 뚫고 아래로 꺼졌다. 순간 모든 것이 선으로 이루어진 패턴으로 보였다. 그녀의 손을 잡고 있는 현서도 수많은 선으로 이루어진 패턴이다. 그들은 선으로만 이루어진 추상화 속에 있었다.

새매는 손목을 쳐다보았다. 수갑도 패턴이다. 손목에 힘을 주었다. 수갑을 이루고 있는 선들이 끊어지면서 패턴이 무너졌다. 모든 게 패턴으로 보이는 것은 아주 잠깐이었다. 발바닥에 단단한 것이 닿았을 때 사방의 패턴에 명암, 색채, 질감이 부여되었다. 배경은 바뀌어져 있었다. 하늘을 찌르는 고층빌딩이 보였고, 휘황찬란한 네온사인이 번뜩였다.

밤이었다.

새매는 손과 발이 자유로웠다. 배경이 바뀌면서 수갑과 족쇄가 사라진 것이다. 옷도 환자복에서 가죽 잠바에 청바지 차림으로 바뀌어 있었다.

"위험해!"

현서가 다시 한 번 새매를 덮쳤다. 그들은 다시 한 덩어리가 되어 바닥을 굴렀다. 경적을 울리며 덤프트럭이 옆을 지나쳤다. 그들은 도로 한가운데 있었다. 자동차들이 헤드라이트를 켜며 질주했다.

그들은 인도로 뛰어올라갔다.

"어떻게 한 거예요?"

새매가 가쁜 숨을 몰아쉬며 물었다.

"전이."

새매는 현서가 가리키는 허공을 쳐다보았다. 허공의 한 부분이 일렁였고, 물결쳤다. 금세 투명한 형체가 형성되었다.

현서가 도로에 뛰어들어 자동차 앞을 가로막았다. 자동차가 급정거를 했다. 현서가 총을 꺼내들었다.

30초 후 새매는 자동차의 조수석에 앉았다. 현서가 차를 몰았다. 뒤쪽에서 총소리가 들렸고 자동차가 급정거하는 소리가 들렸다.

5분 후 지붕이 개방된 차가 그들이 타고 있는 차 옆에 붙어 달렸다. 새매가 고개를 돌려 운전자를 쳐다보았다.

"그예요!"

나다북이 한쪽 손으로 운전을 하고 총을 쥔 다른 쪽 손으로 방아쇠를 당겼다. 순간 사방의 풍경이 희미해졌다. 어둠이 잠깐 스쳤고,

패턴이 일렁였고, 사방이 환해졌다.

대낮.

다른 사람의 꿈으로 또 전이를 했는가 보았다.

"꽉 잡아!"

현서가 소리쳤다. 새매가 그의 허리를 붙들었다. 그들의 탈것은 바뀌어져 있었다. 오토바이. 바람이 상쾌했다. 가로수들이 획획 지나갔다. 산비탈이 거꾸로 질주했다. 이야야아아아. 새매는 환호성을 질렀다. 오토바이가 방향을 틀고, 들판을 가로지르고, 평원을 질주했다.

뒤에서 굉음이 울렸다. 새매는 뒤돌아보았다. 나다북. 지프를 타고 있었다. 오토바이가 숲 속의 오솔길로 들어가자 지프는 뒤로 처졌고, 사라졌다.

오솔길이 끊겼을 때 그들은 전이했다. 탈것은 오토바이 그대로였다. 이번엔 나다북이 먼저 전이해서 그들의 정면에서 대기하고 있었다.

20미터 거리.

나다북의 탈것도 오토바이였다. 그가 총을 쏘자 현서가 오토바이 속도를 높였고, 점프했고, 다시 전이했다.

현서와 새매는 새처럼 하늘을 날고 있었다.

제11장

미녀 바이러스

꿈을 꾸다

1

차창을 통해 햇살이 들어왔다. 은형사가 눈을 비비며 차에서 내렸다. 장 순경 옆에 여자가 있었다. 그녀는 40대 후반의 여자로 안색이 어두웠다. 얼굴이 낯이 익었지만 누군지 기억해낼 수 없었다.
"저 여자는?"
은형사가 장 순경에게 물었다.
"영호 어머님인데요. 모르세요?"
그제야 어젯밤에 영호 어머니를 봤다는 것을 기억해냈다.
차 문이 열렸다. 칼잠이 나왔다. 칼잠은 한쪽 다리를 절고 있었고, 한쪽 손으로 어깨를 붙들고 있었다. 꿈에서 총알을 맞았던 부분이었다.
"여, 여, 여기까지 무슨 일로?"
목소리는 평상시와 다를 바가 없었다.
"두 분께 전할 말이 있었는데, 연락이 통 되지 않더군요."

칼잠이 휴대폰을 꺼내 살펴보았다. 휴대폰은 켜져 있었다. 하지만 신호세기를 표시하는 막대가 보이지 않았다. 전원을 껐다가 켜 보니 통화가 불가능한 지역임을 나타내는 표시가 떴다. 칼잠의 모습을 지켜보고 있던 은형사도 자신의 휴대폰을 꺼냈다. 통화가 불가능했다.

장 순경이 말을 이었다.

"휴대폰에 문제가 있었군요. 두 분을 찾고 있는데 마침 영호 어머님으로부터 연락이 왔습니다. 영호가 아침이 되었는데도 돌아오지 않고, 또 자동차에 잠이 들어 있는 두 분을 깨웠는데도 일어나지 않는다고 해서 제가 여기까지……."

장 순경이 뜸을 들이며 은형사와 칼잠을 번갈아 쳐다보았다.

"여기에 와 보니 두 분은 시체처럼 잠이 들어 있더군요. 몇 번 불렀지만 깨어나지 않았습니다. 어깨를 흔들어보아도 마찬가지였습니다. 그래서 어쩔 수 없이……."

'뺨을 때렸다'는 의미를 말꼬리에 숨기며 장 순경이 은형사의 눈치를 살폈다.

칼잠이 말했다.

"우, 우, 우리를 찾은 이유가……."

장 순경이 얼른 대답했다.

"아, 그게…… 의사에게 전화가 왔습니다. 광수가 뭔가를 썼다고 합니다."

"움직이지 못하는 걸로 알고 있는데."

은형사가 말했다.

"조금씩은 움직일 수 있나 봅니다. 밤새도록 글자 몇 개를 썼다고 했는데, 뭘 썼는지는 의사가 말해주지 않았습니다. 두 분이 오시면 말해주겠다고 했습니다. 광수가 쓴 게 제서의 죽음과 관련이 있을지도 모른다고 했고요."

말이 끝나기 무섭게 칼잠이 운전석에 올라탔다.

"타, 타, 타지 않고 뭐해?"

칼잠이 은형사에게 말했다.

은형사는 고개를 갸웃했다. 칼잠이 병원에 찾아가는 것 이상의 어떤 일을 할 줄 알았다. 수사의 단서를 찾는 것보다 유리 어머니를 만나러 가거나 그녀에 대해 어떤 조치를 취할 줄 알았다. 또 유리의 아바타가 왜 그들을 죽이려고 했는지도 알아야 하지 않는가.

2

의사가 열정적으로 어젯밤 광수에게 일어난 일을 설명했다. 그리고 종이 한 장을 건네줬다. 칼잠이 종이를 받아 쥐고 안에 적힌 글을 읽었다.

시간의 강, 데이비드 브린.

그걸 은형사에게 건네줬다. 은형사는 그걸 보고 나서 장 순경에게 넘겨줬다.

"이게 무슨 뜻이죠?"

뭔가 굉장한 것이라고 기대했는지 장 순경이 실망의 표정을 감추지 못했다. 의사가 세 사람의 얼굴을 쳐다보면서 미소를 지었다.

"제가 그 말이 무슨 뜻인지 알아냈습니다."

"알아냈다고요?"

장 순경이 되물었다.

"컴퓨터로 검색해 봤습니다. '시간의 강'은 검색이 되지 않는데, '데이비드 브린'은 검색이 되더군요."

의사가 말을 멈추고 뜸을 들였다. 장 순경이 뭐가 나왔나요? 하고 재촉했다.

"데이비드 브린은 작가 이름입니다. 그 작가 소개를 읽다 보니 '시간의 강'도 뭔지 알게 되었습니다."

"뭔데요?"

장 순경이 물었다.

"데이비드 브린이 지은 단편 제목이 〈시간의 강〉입니다. 환자의 메시지가 〈시간의 강〉이란 단편소설에 담겨져 있지 않나 싶지만…… 환자는 그 단편을 읽었을 겁니다. 읽었다면 학교 도서관에 그 단편이 담긴 책이 있거나 환자의 집에 있을 가능성이 높습니다."

"환, 환, 환자의 상태는 어떻습니까?"

칼잠이 물었다.

"건강합니다. 말을 하지 못하고 움직이지 못하는 걸 빼면요. 그래도 느리지만 아주 조금씩 움직이고 있어요. 운동 신경전달물질에 이상이 있는 것 같지만……."

"운, 운, 운동 신경이라면…… 아세틸콜린에 문제가 있다는 말씀 같군요."

의사가 "어?" 하고 소리를 냈고, 칼잠을 떠보듯 어려운 용어들을 읊었다.

"말씀처럼 아세틸콜린에 문제가 있는 것 같습니다. 장관과 골격근이 확장된 것을 볼 때 시냅스 과립(Synaptic vesicle) 속에 축적되어 있는 아세틸콜린의 농도가 떨어진 걸로 추측할 수 있습니다. 혈압도 떨어지지 않고 조금씩 올라가고 있는데, 혈압강하의 기능이 있는 아세틸콜린이 분비되지 않는다는 얘기겠죠. 그 외에 특별히 생리적인 이상이 없는 걸 보면 노르아드레날린의 수치는 안정되어 있을 겁니다."

3

마침 바다마을에서 어물장사를 하고 있는 광수의 어머니가 병원에 들렀다. 그녀에게 양해를 구하고 아파트 키를 받을 수 있었다. 칼잠과 은형사는 소리마을로 향했다. 도중에 장 순경을 파출소에다 떨어뜨려 놓았다.

광수의 집에는 아무도 없었다. 방에 들어가서 칼잠이 책장을 살폈고, 5분 후 한 권의 책을 꺼냈다.

침대에 걸터앉은 은형사는 멍한 얼굴로 창문을 바라보고 있었다.

칼잠이 꺼내든 책은 제목이 〈시간의 강〉이었다. 그 아래에 〈데이비드 브린 외〉라고 적혀 있었다. 단편집인가 보았다.

"찾았습니까?"

칼잠이 고개를 끄덕이며 은형사의 곁에 앉았다. 그리고 책을 펼쳤다. 단편들 중에 〈시간의 강〉이 먼저 나왔다. 28페이지 분량이었다.

칼잠이 한 페이지를 읽었을 때였다. 은형사가 가볍게 한숨을 쉬었다.

"아직 꿈에서 깨어난 게 실감이 가지 않습니다."

칼잠이 책에서 눈을 떼지 않고 말했다.

"꾸, 꾸, 쿰에는 항상성(恒常性)이 있는데, 그것이 꿈속의 감각을 현실에도 유지하게 하는 경향이 강하지. 시간이 지나면 나아질 거네."

"제가 형사인지 마적단인지 헷갈립니다. 마적단이 저를 꿈꾸고 있다는 느낌도 있고요."

"자, 자, 자네는 은형사네. 내가 보장하지. 꿈속의 체험이 강렬했기 때문에 정체성에 혼란을 겪었을 거야. 외부환경이 변해도, 쿰의 항상성 때문에 자네의 감각은 꿈속의 감각을 그대로 유지하려는 경향이 강하지. 쿰의 항상성은 학습능력과도 밀접한 관계가 있네. 꿈속의 감각, 지식, 능력을 현실에도 유지하려고 하니까 말이야. 프레디가 신체 능력과 지적 능력이 뛰어난 것도 그 때문이지."

"프레디는 영화 속 살인마만큼 대단한 능력자군요."

"어, 어, 어쩌면. 모두가 프레디가 되기를 꿈꾸지. 그 능력들을 부러워하면서 말이야. 하지만 프레디 하나를 생산하려면 막대한 비용이 들뿐 아니라 전기와 수학으로 오랜 시간 뇌를 구워삶아야 하네. 그렇게 해도 결과에 영향을 미칠 수 있는 변수가 너무 많아서 성공할 확률은 채 10%로 되지 않네. 90%가 실패하는데, 실패자들은 뇌에 문제가 생겨 끔찍한 후유증을 겪게 되지. 대부분 정신병원으로 직행해야 할걸. 설사 프레디가 되더라도 언제 터지질 모르는 시한폭탄을 안고 살게 되지. 의도적으로 뇌를 고장 내서 프레디를 만드는 것이니 당연한 일이겠지만. 그렇다고 쳐도 인간의 욕심은 끝이 없지. 지금도 프레디가 되기를 꿈꾸는 자들이 있는 걸 보면."

"선배님은 어떻습니까?"

"나, 나, 나도 실패라고 봐야지. 기억장애와 끔찍한 불면증에 시달리고 있는 모습이 내 현주소니까."

"유리 어머니도 프레디 같은데……?"

은형사가 은근슬쩍 화제를 돌렸다.

"그, 그, 그녀는 보통 프레디가 아니네. 뭐라고 할까. 그래, 자연산 프레디지. 일부러 뇌를 지속적으로 고장 낸 게 아니라 식물인간 상태에서 3년 동안 뇌가 자연적으로 진화한 것이니까. 그녀는 프레디 이상의 능력을 보여줬어. 아이데카를 다루는 것도 프레디보다 능숙했지. 프레디가 꿈에서 현실로 아이데카 물건 하나를 가져나와도 그 물건은 엉성하고 리얼리티가 전혀 없어서 현실과 섞이지 못했네. 그것마저 곧 소멸되어 버렸지. 그녀는 달랐어. 그녀가 내놓은 아이데카는 생명이 길었거든. 현실과 접착력이 강했던 것이지. 다른 프레디가 상상할 수 없는 일이었어. 10년 전에 그녀는 모든 프레디의 우상이었네. 드림워크…… 아, 말하지 않았었나? 꿈에 관한 온갖 실험과 프레디 양산을 주도했던 글로벌 에이전시가 드림워크이네. 나도 한때 드림워크의 에이전시였지. 그런데, 별 관심이 없는 모양이군."

"딴 나라 이야기 같아서요."

은형사가 담담한 어조로 말했다.

"하, 하, 하긴 나도 이런 말을 하면서도 프레디나 드림워크란 말들이 낯설게 느껴져. 영화에서 튀어나온 용어 같으니까."

"그래서 그녀는 어떻게 되었습니까?"

"드림워크에서 그녀를 무척 탐내었지. 그녀는 새로운 프레디 종이었으니까. 드림워크는 그녀를 연구하고 또 연구하고, 실험하고 또 실험했지. 하지만 그녀는 만만치 않았어. 몇 달 지나지 않아 실험병동에서 탈출했지."

4

광수는 눈을 떴다. 잠깐 눈을 붙였는데 벌써 서너 시간은 흐른 모양이다. 커튼 사이로 정오의 햇살이 쏟아졌다.

눈이 부셨다. 빛의 산란 외에는 아무것도 볼 수 없었다. 펄럭이는 그림자가 얼굴에 드리워졌다. 그림자를 드리우며 의사가 그에게 허리를 숙였다. 광수는 의식을 외부로 돌려 의사의 얼굴을 주시했다. 의사는 아무런 말도 하지 않았다. 광수 상태를 체크하더니 밖으로 나갔다.

광수는 실망했다. 그가 남긴 메시지에 대해 언급이 있을 줄 알았다.

시간의 강을 읽지 않은 걸까?

〈시간의 강〉은 시간이 왜 언제나 같은 속도로 흘러야 할까?

이런 질문에서 출발한 이야기였다.

한 병동에 전신 마비 환자들이 입원을 하기 시작한다. 환자에게 흐르는 시간과 보통 사람에게 흐르는 시간의 속도가 서로 달랐기 때문이다. 외부 사람들에게는 환자들이 너무 느리게 움직여서 마비된 것처럼 보인다.

광수의 상태도 시간 환자와 다를 바가 없었다. 광수는 기지개를 켰다. 외부의 시간으로 오랫동안 기지개를 켰지만 말리는 사람은 없었다.

5

책을 읽는 데 의외로 시간이 오래 걸렸다. 한 권 전부를 다 읽는 모양이다. 은형사는 지루해서 하품을 했다. 한 시간이 지나자 칼잠이 책에서 눈을 떼고 고개를 들었다.

"어떻습니까?"

은형사가 물었다.

"잠에서 깨어나도 광수는 콘크리트에 갇힌 것처럼 몸을 움직이지 못했어. 꿈의 항상성이 현실에까지 힘을 발휘한 것이지. 광수는 그때부터 상상했을 거야. 자신이 〈시간의 강〉에 나오는 시간 환자가 된 거라고. 그때부터 광수의 뇌는 현실을 꿈으로 인식했겠지. 그래서 광수의 상상을 재료로 기묘한 현실을 내놓았을 거야. 광수의 뇌는 광수의 시간감각과 운동신경을 상상의 조건에 맞게 길들였을 거고 말이야. 그러니까 광수의 마비상태는 뇌와 상상의 결합이라고 할 수 있지."

"광수는 마비상태에서 깨어날 수 없는 겁니까?"

"상, 상, 상상력에 고삐를 맬 수 있다면 언제든지 가능하지 않을까. 광수에게 있어서 상상은 꿈의 항상성을 유지하는 연료일 테니."

"제서의 죽음과는 상관없는 이야기이군요."

"이, 이, 이제 내 이야기를 의심하지 않는군."

"누구나 저처럼 기묘한 일들을 겪고 나면 팥으로 메주를 쑨다고 해도 믿을 겁니다. 그나저나 지금 뜨락을 방문해서 유리를 체포해야 하는 건 아닙니까? 유리가 우리를 죽이려고 했기 때문에 살인미수죄는 정도는 성립하니까 체포하는 데 큰 문제는 없을 것입니다."

"어, 어, 어느 법 기관이 꿈속에 일어난 일을 증거로 체포영장을 발부해줄까?"

6

그들은 식당에서 간단하게 요기를 했다. 그러고 나서 차를 몰고 뜨락으로 향했다. 자전거 몇 대가 보였다. 교복을 입고 있는 학생들이 타고 있었다.

"벌써 수업이 끝난 것 같군요."

은형사가 말했다.

"저, 저, 저길 좀 봐."

칼잠이 길 오른쪽을 가리켰다. 여학생 한 명이 등을 보이며 자전거를 타고 있었는데, 하얀 목도리가 눈에 띄었다. 늘씬한 뒷모습을 보건대 유리 같았다. 머리를 뒤로 묶은 게 유리와 머리 스타일도 똑같았다.

은형사가 경적을 짧게 한 번 울렸다. 여학생이 힐끔 뒤를 돌아보았다.

"유리네요."

지녹스7이 여학생을 앞질렀다.

"아, 아, 아냐. 유리가 아냐."

칼잠이 고개를 흔들었다.

"네?"

은형사는 확인해 보기 위해 경적을 울리며 차를 세웠다. 여학생이 자전거를 세웠다. 은형사와 칼잠은 차에서 내렸다. 여학생이 의아한 표정을 지었다.

"무슨 일로……?"

은형사는 여학생의 얼굴을 쳐다보았다. 유리는 아니었다. 하지만 유리의 얼굴과 그렇게 닮을 수가 없었다. 키도 비슷했다. 은형사가 경찰배지를 보여주었다.

"수업이 벌써……."

여학생이 은형사의 말을 가로채며 고개를 끄덕였다.

"네, 오늘 시험을 쳤거든요."

칼잠이 끼어들었다.

"유, 유, 유리와 같은 반이지?"

7

은형사는 백미러로 경아를 보며 말했다.
"누가 보면 자매인 줄 알겠어요."
경아와 유리는 혈연에서 볼 수 있는 유연성(類緣性)이 있었다. 제희의 얼굴에서 발견했던 유리의 개성이 경아의 얼굴에도 있었다. 경아는 체형까지 유리와 비슷했다.

8

경아는 싱긋 미소를 지으며 페달을 밟았다. 자전거가 멈춘 곳은 쇼윈도 앞이었다. 자전거에 내려서 윈도우에 비친 자신의 모습을 쳐다보았다.
두 형사가 그녀를 보고 유리인 줄 알았다고 했다. 그 말은 그녀에게 최고의 칭찬이었다. 이제야 그녀의 노력이 결실을 보았다.
경아는 유리의 열렬한 팬이었다. 작년 여름방학 이후부터 그랬다. 여름방학이 끝나고 나타난 유리의 외모는 몰라볼 정도로 변했다. 질투가 날 만큼 유리가 부러웠다. 그전까지만 해도 경아는 유리를 거들떠보지 않았다. 여름방학 이후부터 경아는 유리의 일거수일투족을 지켜보며 유리와 친하게 지내려고 노력했다. 그녀는 유리의 아름다움에 매료되었다. 부러움과 질시를 뛰어넘어 유리는 짝사랑의 대상으로 바뀌었고, 짝사랑의 대상에서 숭배의 대상으로 발전했다. 유리의 팬이 되면서부터 연예인 사진들을 벽에서 떼어냈다. 유리 사진들이 벽면을 채웠다. 유리 몰래 찍어두었던 사진들이다.

경아는 밤마다 유리의 사진을 쳐다보며 유리의 표정과 포즈를 흉내 냈다. 학교에선 유리의 몸짓과 행동을 눈여겨보았다가 집에 돌아와서는 거울을 쳐다보며 유리의 몸짓과 행동을 흉내 냈다. 말투와 옷차림까지 흉내 냈다. 유리가 먹는 것을 먹었고, 유리가 입는 것을 입었다. 유리가 보는 것을 보았고, 유리가 듣는 것을 들었다. 유리가 숨 쉴 때 숨 쉬었다. 유리가 쓰는 생리대와 똑같은 종류의 생리대를 썼다. 어떤 날에는 꿈속에서도 유리를 흉내 냈다.

경아는 가을에서 겨울로 넘어가는 문턱에서 자신이 유리를 닮았다는 사실을 깨달았다. 착각이나 상상력의 산물이 아니었다. 1년 동안 키가 자랐으며, 몸매와 외모에서 풍기는 분위기가 유리와 비슷해졌다. 반 아이들은 몰라주었는데, 오늘 육지에 온 두 형사가 그녀의 변화를 알아준 것이다.

제12장

의태

꿈을 꾸다

4월 24일.

오토바이가 날것으로 바뀌었다. 바퀴가 사라지고 플라스틱 투명한 막이 오토바이 앞쪽에서 깅, 소리를 내며 올라왔다. 그것은 그들의 머리를 품으며 새매의 등 뒤에까지 반구형 테두리를 쳤다. 반구형의 투명한 보호막이 생김으로써 전투기를 탄 기분이 들었다. 변형 오토바이는 구름바다 위를 날았다.

"저길 봐요!"

새매가 소리쳤다.

오른쪽에서 뭔가가 맹렬히 날아왔다. 나다북의 아바타는 아니었다. 한 마리 새가 구름을 헤치며 이쪽으로 날아오고 있었다. 활강의 정수를 보여주고 것은 독수리와 솔개와 비둘기를 모자이크해 놓은 새였다. 모자이크는 날아와서는 반구형의 덮개에 앉아 안을 기웃거렸다. 오토바이가 속력을 내자 모자이크는 후닥닥 날아올랐다.

5분 정도 날았지만 나다북의 모습은 보이지 않았다.

현서가 변형 오토바이의 속도를 늦추었다. 그들은 공중에 떠 있었다. 오토바이 아래로 구름이 물결처럼 흘렀다. 구름 때문에 시야가 차단되어 아래를 볼 수 없었다. 구름을 고리로 가진 행성 속에 떠 있는 것 같았다.

"여긴 누구의 꿈이죠?"

새매는 아직도 두 팔로 그의 허리를 감고 있다는 사실을 깨달았다. 슬쩍 두 팔을 풀었다.

현서가 고개를 돌리지 않고 말했다.

"누구의 꿈이든 중요하지 않아. 드림홀을 통과하면 또 다른 꿈일 테니까."

"드림홀?"

"이쪽 꿈과 저쪽 꿈을 연결시키는 구멍. 후뇌로 꾸는 꿈들은 서로 분리되어 있으면서도 유기체처럼 하나로 연결되어 있지. 그래서 후뇌가 집단무의식과 관계있다고 주장하는 학자들도 있어. 드림홀이 꿈들의 통로 역할을 하고 있어."

새매는 현서가 그녀를 쳐다봤으면 좋겠다고 생각했다. 하지만 그는 고개를 돌리지 않았다. 그녀는 그의 등과 대화를 나누어야 했다.

"드림홀을 어떻게 찾아요?"

"의태."

"주위 배경으로 변하는 것을 말하는 건가요?"

"배경뿐만 아니라 사물로 변할 수 있지. 그렇게 되면 자연히 드림홀을 통과하여 다른 꿈으로 전이할 수 있어."

"그자는 어떻게 우릴 쫓아올 수 있죠? 우리가 어떤 꿈속에 있는지도 모를 텐데 말이에요."

"그와 우리 사이에 존재하는 친화력을 나침반으로 삼기 때문이야. 친화력의 강도는 접촉의 횟수에 비례하고 시공간의 거리에 반비례하지."

"당신이 생각한 만큼 난 똑똑하지 않아요. 쉽게 말해봐요."

"서로 막 사귀기 시작한 남녀의 경우를 생각해 봐. 남녀가 많이 만나면 만날수록, 거리가 가까우면 가까울수록 서로 친해지지 않겠어? 남녀의 예에서 시간적 거리의 개념은 제외되었지만, 보통 먼 과거에 가본 장소보다 최근에 가본 장소가 더 기억이 강하고 생생한 법이야. 친화력도 그래. 나다북이 시간 거리가 가까운 최근에, 공간 거리가 가까운 병원에서 만나고 부딪혔던 사람은 나와 당신이지. 그러니까 다른 어떤 사람들보다 우리와 친화력이 높을 거란 얘기지."

"그래서요?"

"현실에서 시공간적 거리가 가깝고 접촉이 있었던 사람들의 아바타는 꿈에서 서로를 끌어당기지. 그래서 꿈이 친화력을 매개로 그를 우리에게 이끄는 거야. 하지만 우리가 계속 움직이고 있으면 친화력이 잘 먹히지 않아. 정지한 표적보다 움직이는 표적을 맞히기가 더 힘든 법이니까."

현서가 친절할 만큼 자상하게 설명했다. 새매는 한 가지 의문이 생겼다.

"지금 이야기한 것들은 드림워크의 기밀사항 같은데……."

새매는 아차 싶어서 말꼬리를 흐렸다. 현서가 그녀를 돌아보았다.

"드림워크를 어떻게 알았지?"

"쌍둥이 형제의 꿈에서 알아냈어요."

새매가 그렇게 얼버무렸다.

"드림워크는 비밀주의가 원칙이지만, 당신이 알게 되어도 상관없겠지. 당신도 어차피 프레디가 될 테니까. 프레디는 모두 드림워크의 에이전시이지."

"그럼 이 모든 것은 교육 차원인가요? 고참이 신참에게 가르쳐 주듯?"

새매는 나다북의 추적이 연출된 상황이 아닐까 의심했다. 현서를 의지해야 하는 그런 극적 상황 속에서는 그의 이야기는 그녀의 전폭적인 신뢰를 얻을 것이고, 그가 그녀를 설득시키기도 쉬울 것이다.

"내가 프레디가 되는 게 싫다면 어떻게 할 거예요?"

현서가 그녀에게 고개를 돌렸다. 새매는 그의 얼굴을 볼 여유가 없었다. "그자예요!" 하고 소리쳐서 그의 고개를 정면으로 돌려세웠다.

정면에 구름들이 뭉치면서 사람 형태를 이루었다. 구름 인간에게 나다북의 이미지가 배어 있었다. 구름으로 이루어진 선글라스는 꽤 인상적이다. 주변의 구름이 다시 꿈틀거리며 기묘한 탈것을 이루었다. 오토바이에 커다란 날개를 붙인 변형 탈것으로, 저돌적이고 날렵한 모양새를 갖추었다. 오토바이 앞에 거대한 드릴이 달려 있었다. 끝으로 갈수록 뾰족해지는 드릴이 날카로운 소리를 내며 회전했다.

나다북의 탈것이 그들을 향하여 날아왔다.

"아무거나 꽉 잡아!"

현서가 소리쳤다.

하지만 탈것의 안에는 잡을 것이 없었다. 그래서 새매는 그의 허리를 꽉 붙들었다. 그들의 탈것도 미끄러지며 나다북의 탈것을 향해 정면으로 달려들었다. 속도가 점점 높아졌고, 탈것과 탈것의 거리는 아주 빠르게 가까워졌다. 탈것에서 뿜어져 나오는 굉음은 고대 파충류의 포효를 연상케 했다.

새매는 1초 후에 격돌할 거라고 생각했다. 하지만 겁을 집어먹지 않았다. 현서나 나다북이 다른 큠으로 전이할 것이다. 하지만 두 탈것은 서로 충돌했다.

쾅!

뇌를 안쪽으로 30센티 밀어내는 것 같은 굉음이 울렸다. 탈것이 요동을 쳤고, 몸의 내부가 뒤집어져 몸의 외부로 바뀌는 듯한 충격이 찾아왔다. 심장은 벌떡 뛰어 목구멍에서 덜컥거리다 숨통을 막아버렸다. 죽는가 싶었다. 눈앞에서 번갯불이 번뜩였다. 새매는 눈을 꼭 감았다. 하지만 탈것이 흔들릴 뿐 폭발 따위는 없었다.

새매는 두 눈을 슬그머니 떴다.

구름 속이다.

나다북은 보이지 않았다. 구름 인간이 흩어지는 것이 보였다. 나다북의 탈것도 뭉게구름으로 흩어졌다.

그들이 타고 있는 탈것의 반구형 보호막은 사방으로 금이 가 있었다. 탈것은 경운기처럼 덜덜덜 소리를 내며 요동쳤다. 현서가 탈것의 속도를 늦추었다.

"서로 전이를 한 것인가요?"

현서가 한숨을 쉬었다.

"아니. 그 혼자만."

새매는 그 말을 잠시 동안 곱씹었다. 그 말을 이해하자 현서가 무섭게 느껴졌다. 현서의 말은 나다북이 꼬리를 내리고 도망쳤다는 것으로 이해되었다.

탈것이 아래로 향했다. 구름이 걷히고 아래가 보였다. 저 멀리 대도시의 고층빌딩과 스모그가 보였다. 아래로 푸른 옥수수밭이 물결쳤다. 푸른색은 진짜 푸른색이 아니라 시각의 관성이 인식하고 있는 색깔이기에 그 선명도나 채도가 보통의 푸른색보다 현저히 떨어졌다.

그들은 옥수수밭에 착륙했다. 2차선 도로와 100미터 정도 떨어진 장소였다. 서울 근교의 농장일지 모른다. 쿰이라면 꿈꾸는 장소에서부터 꿈이 시작되므로 서울을 크게 벗어나지 못했을 것이다. 비록 그들이 먼 거리를 달리는 바람에 꿈속의 공간이 고무줄처럼 늘어날 수 있겠지만.

옥수수 익는 냄새가 향기로웠다. 이번엔 전이가 없었기 때문에 변형 오토바이는 그 모습 그대로였다. 반구형 보호막이 킹, 소리를 내며 젖혀졌다. 현서가 내렸고, 새매도 따라 내렸다. 변형 오토바이로는 땅에서 움직일 수 없었다. 옥수수는 그녀의 키보다 더 높이 자라 있었다.

잠시 정적이 흘렀다. 새매는 그 정적을 깨야 한다는 이유 없는 강박에 시달렸다.

"전이를 하면 탈것이 저절로 변하나 보죠?"

"꿈속의 배경에 맞게 저절로 변하기도 하지만 의태자의 상상에 반응하여 변형되기도 해. 하지만 저 오토바이를 타고 전이할 수 없어. 고장이 났으니까. 고장까지도 다른 쿰으로 전이되는데, 그 고장이 더 커질 수도 있어. 저것을 타고 전이하다간 위험에 처해질 수 있다는 얘기야."

"아까 그가 전이를 하지 않았으면 우리 셋 모두 죽었을까요?"

"아마도."

현서가 미소를 지었다. 새매는 그의 미소를 도려내고 싶은 충동을 느꼈다.

"그가 전이할 것을 알았나요?"

그렇게 묻는 목소리가 곱지 못했다.

"누구에게나 목숨은 중요하니까. 나까지 전이했다면 그와 나는 다른 쿰에서 서로 충돌하고 말았을걸. 어쨌든 그는 꽤 큰 충격을 받았을 거야. 전이보다 꿈에서 깨는 방법을 택했는지 모르지. 우리가 있는 곳을 찾아내려면 시간이 걸릴 거야. 다시 당신의 꿈에 접촉하고 당신의 꿈으로부터 시작했던 드림홀들을 지나야 하니까. 친화력의 나침반이 있다고 해도 한 번 길을 잃어버리면 그 나침반이 제대로 작동하기 힘들지."

"그렇군요. 하지만 내 목숨을 걸 일이 또 생기면 그땐 미리 말씀해 주셨으면 좋겠어요. 저도 죽을 대비를 해야 하니까요."

새매는 잠시 현서를 침묵시켜 놓고 화제를 돌렸다.

"교관님, 나를 프레디로 만들 생각이 있다면 의태 방법을 가르쳐 주지 않겠어요?"

새매는 드림워크의 프레디가 될 마음이 없었다. 그동안 그들이 그녀의 몸에 저지른 만행들을 생각하면 치가 떨렸다. 하지만 지금은 사교 모드가 필요할 때, 이용할 수 있는 것은 이용해야 했다.
"훈련이 필요하고 재능이 있어야 하는데."
"그래서 안 가르쳐 주겠단 말씀이군요."
현서가 쓴웃음을 지었다.
"주위 배경에 정신을 집중시키고, 그 배경에 자신이 녹아드는 상상을 하는 식으로 자기최면을 걸어서……. 마치 그 사물에 자아의 일부를 떨어뜨린다는 기분으로……."
"대충 무슨 말씀인지 알겠어요. 한 번 해보죠."
새매는 옥수수 한 그루를 응시했다. 자아의 일부를 떨어뜨린다는 것은 옥수수의 입장이 되어보는 걸 의미할 것이다. 지난 천 년의 꿈에서 그녀가 해오던 것이 꿈속 등장인물들에게 문어발식 자아를 떨어뜨리는 것이었다. 옥수수를 감싸고 있는 잎사귀, 옥수수수염, 가지런한 알갱이, 쭉 뻗은 대…… 옥수수의 잎사귀를 스치는 바람의 촉감, 태양의 따스함, 구름의 서늘한 그늘, 달빛의 육중한 무게, 별의 차가움, 옥수수 대를 적셔주던 황금빛 이슬과 부드러운 안개비, 옥수수가 뿌리박은 대지에서 움트는 수많은 소리들, 옥수수밭의 그윽한 냄새……. 옥수수 한 그루가 느꼈을 감각들이 온몸에 스며들었다.
순간 흑백의 색깔이 빠지고, 부피와 명암이 사라지면서 옥수수가 투명해지고 수많은 선으로 쪼개졌다. 옥수수는 패턴으로 존재했다. 그녀의 몸도 패턴으로 존재했다. 새매는 저절로 옥수수 패턴에 빨려 들어갔다. 그녀의 패턴과 옥수수 패턴이 서로 엉키고, 결합하고, 소용돌이쳤다. 패턴으로 존재하는 것은 잠깐이다. 그녀의 패턴이 옥수수로부터 분리되었다. 두 자석의 똑같은 극을 맞댄 것처럼 기묘한 밀침을 당하면서 원래 모습으로 환원되었다.

새매는 기묘한 위화감을 느끼며 주위를 둘러보았다. 공원이었다. 등 뒤로 벤치가 있었고, 머리 위로 등나무가 있었다. 그녀는 등나무 그늘 아래에 서 있었다. 산책 나온 노인들과 자전거를 타고 있는 몇 사람이 눈에 띄었다.

위를 쳐다보았다. 등나무가 들쭉날쭉 움직이며 현서의 형체가 빠져나왔다. 그의 얼굴에 감탄의 표정이 서려 있었다.

어때요?

새매가 어깨를 으쓱했다.

"프레디의 의태와 좀 다른 것 같지만……. 첫 번째 시도에 성공할 줄은 몰랐어."

"그래요?"

새매는 벤치에 앉았고, 벤치를 의태했고, 전이했다. 그녀는 다른 누군가의 꿈속에 있었다. 현서가 따라왔다.

이번에는 벽을 의태했다.

전이.

다시 바닥을 의태했다. 전이. 의태에 익숙해졌고, 점점 의태로 들어서는 시간을 줄일 수 있었다. 새매는 고무되었다. 배경은 주택가의 한적한 길이다. 노부부가 고급주택 안으로 들어가는 것이 보였다. 옆에는 전봇대 하나가 세워져 있었다. 전봇대에 손을 짚으며 말했다.

"총 좀 빌려주실래요? 아직 제가 총을 만들 정도는 아닌 것 같군요."

전봇대에 현서의 형체가 겹쳐졌다. 현서는 전봇대의 일부가 되었다가 빠져나왔고, 곤혹스러워하는 얼굴로 새매를 쳐다보았다.

"총을 빌려줄 수 없다면 총 만드는 방법을 가르쳐 줘도 좋고요."

총과 친화력이 있어야 하고, 총의 구조를 잘 알고 있어야 전이 과정에 총을 만들 수 있다고 현서가 설명했다. 당신은 그게 가능하냐고 물으니까 해보지 않았고 그렇게 할 필요도 없다고 했다. 현실의 자신이 총을 가지고 있으면 꿈속으로 총을 가지고 올 수 있다고 덧붙였다.

총과 친하지 않고 현실에서 총을 가지고 있지 않은 새매는 현서의 총을 빌렸다. 어디에 쓸 거냐고 묻는 현서에게 미소로 대꾸했다. 총을 든 느낌이 누군가의 팔 한쪽을 떼어 든 것처럼 끔찍했다. 새매가 총구를 돌려 현서에게 겨누었다. 현서가 움찔했다.

"총구가 자신을 노려보는 상황이 익숙하지 않나 보군요. 난 익숙한데……. 방아쇠만 당기면 현실의 당신도 죽겠죠? 당신은 이 총을 빌려준 걸 후회하는군요."

현서가 말했다.

"꿈에선 표정을 감추기 힘들지."

"내 표정은 어때요?"

새매가 총구를 그의 미간에 정확하게 겨누었다.

"즐거운 표정이군."

"빙고."

새매는 방아쇠를 당겼다.

탕.

총구가 하늘로 향해 있었다.

새매는 현서를 남겨두고 길 가운데로 뛰어들어 이쪽으로 오고 있는 택시를 가로막았다. 그리고 현서가 그랬던 것처럼 운전사에게 총구를 겨누었다.

운전사가 내렸고, 새매가 택시를 탔다.

"잠깐!"

현서가 뛰어왔다. 새매가 액셀러레이터를 밟아 차를 출발시켰다. 문고리를 잡으려는 현서가 퉁겨졌다.

"다음 차편을 이용하도록 해요!"

새매가 뒤로 처진 현서에게 손을 흔들어주었다.

택시는 주택가 길을 미친 듯이 달렸다. 경적을 울리자 사람들이 비명을 지르며 비켜섰다. 택시가 요동쳤고, 새매도 요동쳤다. 택시가 헐떡거리면 그녀도 헐떡거렸다. 큰 도로로 들어서자 택시의 속도를 높였고, 새매는 속도의 오르가즘에 빠졌다. 택시와 그녀는 하나였다. 순간 그녀는 택시가 되었고, 다른 꿈으로 전이했다.

새매는 탈것을 타고 있을 때가 전이가 쉽다는 것을 깨달았다. 무정형의 패턴이 순식간에 지나쳤고, 그녀는 다른 공간에 와 있었다. 택시는 벚꽃들이 양쪽으로 들어선 교외 도로를 달렸다. 화사한 벚꽃. 그녀의 시선이 닿자 벚꽃들이 우윳빛 화사한 색깔로 바뀌었다.

따스한 햇볕.

분명 4월의 햇살이다.

그녀의 마음을 아는 듯 택시는 지붕이 사라지고 스포츠카의 외양을 갖추었다. 빨간 색을 상상하니까 탈것에 빨간색 고급 광택이 입혀졌다. 마음 한구석에서는 빨간색을 흑백으로 인식하고 있었다.

속도도 더 빨라졌다. 스포츠카가 바람을 일으켰다. 바람이 벗나

무의 머리채를 잡아채며 벚꽃을 뿌렸다. 새매는 라디오를 켜 볼륨을 최대한 높였다. 비트 강한 로큰롤 음악이 전신을 후려쳤다. 속도계 바늘이 180을 가리켰다. 새매는 눈을 감았다. 시각을 포기하니까 청각과 후각과 촉각이 예민해졌다. 4월의 바람, 4월의 냄새, 4월의 햇살, 4월의 노래. 벚꽃 나무 아래서 펼쳐지는 감각의 향연. 비명 소리 때문에 그 향연은 오래가지 못했다.

새매는 눈을 떴다.

뭐지?

뭔가가 눈에 띄었다. 속도를 늦추고 라디오 볼륨을 줄이면서 백미러를 쳐다보았다. 뒷좌석에 머리카락이 보였다. 파마머리였다. 파마머리가 주위를 둘러보며 비명을 질렀다.

"닥쳐!"

새매가 총을 꺼내 뒤를 겨누었다.

"여기가 어디죠?"

파마머리 여자가 히스테릭하게 소리쳤다.

"넌 누구지?"

새매가 물었다.

여자가 굳은 얼굴로 말했다.

"손, 손님."

여자의 말을 잠시 후에 이해할 수 있었다. 택시에 탄 손님이었던 모양이었다.

새매가 차를 멈추었다.

"아까 왜 내리지 않았지?

"총을 든 그쪽이 무서웠거든요. 그래서 숨어 있었던 것인데…….

혹시 제가 꿈을 꾸고 있는 것 아닌가요? 택시 안이 아닌 것 같은데……."

새매가 뒷문을 열어주었다.

"내려요, 아주머니. 그리고 여긴 꿈속이 맞아요."

문득 이 여자가 꿈을 꾸고 있는 당사자, 아바타일지도 모른다고 생각했다.

차에서 내린 여자가 주위를 둘러보았다.

"혹시 여기가 어딘지 아세요?"

10초 후 여자의 얼굴이 환해졌다. 그녀는 손뼉을 치면서 좋아했다.

"양평 산화사 계곡으로 빠지는 길 같군요. 제 남편이 이 근처 외야부대에서 군대생활을 보냈거든요. 처녀 시절 그이를 면회하러 이 길을 자주 다녔더랬죠. 4월의 벚꽃 길과 12월의 눈꽃 길은 서로 닮았답니다."

추억에 잠긴 듯 그녀의 얼굴에 아련한 표정이 떠올랐다. 얌전해진 두 손이 기도하듯 가슴 앞에서 서로를 마주잡았다.

새매는 총구를 겨누며 그녀의 회상에 찬물을 끼얹었다.

"지갑 좀 놓고 가실래요?"

30초 후, 발을 동동 구르는 여자를 놔두고 차를 몰았다.

"아가씨, 혼자 가면 어떻게 해요!"

여자가 몇 발짝 쫓아왔다.

새매는 속도를 높였고, 전이했다. 전이할 때마다 고양감은 높아졌다. 이번에는 강변도로였다. 강변도로를 달리다가 강이 내려다보이는 레스토랑 주차장에 차를 세웠다.

레스토랑에 들어서자 뭇시선이 그녀에게 쏠렸다. 사람들은 정장 차림이었다. 고급 레스토랑이었다. 새매는 자신의 복장을 살폈다. 청바지에 운동화, 낡은 스웨터. 하지만 그녀를 쫓아내는 웨이터는 없었다. 웨이터가 그녀를 창가의 좌석으로 안내했다. 강이 한눈에 보이는 자리였다.

"일행은 없습니까?"

"없어요."

"뭘 드시시겠습니까?"

음식을 시키고 나서 창을 통하여 강을 쳐다보았다. 수면에 햇살 몇 조각이 뛰놀았다. 그녀가 쳐다보고 있는 사이에 수면에 반짝이는 햇살의 수가 점점 늘어났고, 강 전체가 다이아몬드처럼 광채를 뿌렸다.

비프스테이크가 테이블에 올려졌다. 새매는 수프를 먹고 난 다음 칼로 고기를 썰어 조금씩 입에 넣었다. 현실에서 먹을 때보다 맛이 풍부했다. 고깃덩어리가 씹힐 때의 쾌감, 쫄깃쫄깃함, 매콤함, 시큼함, 달콤함, 쌉쌀함, 고소함……. 맛의 세부를 쪼개서 음미할 수 있을 만큼 맛은 구체적이고 감각적이었다. 고기 한 조각에 맛볼 수 있는 이상의 맛이 포함되어 있었다.

쾅!

수십 쌍의 눈동자가 문 쪽으로 향했다. 그녀의 눈동자도 포함되어 있었다.

문을 박차고 들어온 사람은 나다북이었다. 그가 곧바로 그녀에게 다가왔다. 새매는 테이블을 모방하며 전이하려고 했지만 의태가 이루어지지 않았다. 이상한 일이었다. 시간을 가속시키려 했다. 하지만 그것도 뜻대로 되지 않았다. 그녀에게 흐르는 시간이 약간 가속되기는 했다. 나다북이 슬로모션처럼 코트를 날리며 천천히 움직였지만 그녀가 보기에는 충분히 빨랐다.

새매는 주위를 살폈다. 서른 명가량의 사람이 호기심 어린 표정으로 나다북과 그녀를 바라보고 있었다. 나다북이 코트에서 기관총을 꺼냈다. 새매는 먹히지 않는 시간 가속을 해제하고 총을 꺼냈다. 기관총이 불을 뿜었다. 새매는 바닥을 구르며 총을 쏘았다.

유리창이 박살 나고 테이블이 뒤집어졌다. 어디에서 떨어져 나온 것인지 알기 힘든 파편들이 사방으로 튀었다. 사람들이 뿔뿔이 흩어지며 비명을 질렀다.

새매는 마구 총을 쏘았다.

철컥.

총에 총알이 다 비워진 모양이었다. 새매는 총을 버리고 테이블 밑에서 테이블 밑으로 움직였다. 정신없이 움직이는 도중에 총성이 멈췄다. 새매는 고개를 들고 동정을 살폈다.

나다북과 웨이터가 엉켜 육박전을 펼치고 있었다.

새매는 그들에게 달려갔다.

억 소리를 내며 웨이터가 쓰러졌다. 나다북이 개머리판으로 웨이터의 복부를 가격했다. 웨이터가 비명을 질렀다. 새매는 손에 걸리는 의자를 잡고 나다북의 머리를 후려쳤다.

퍽.

의자가 산산조각이 났다. 나다북이 신음을 질렀다. 그뿐이다. 나다북이 총구를 돌리며 그녀를 쳐다보았다. 그가 쓴 선글라스가 비뚤했다. 나다북이 그녀에게 다가오려고 하자 쓰러져 있던 웨이터가 나다북의 다리를 걸었다.

나다북이 엎어졌다.

웨이터가 일어서면서 새매의 손을 잡았다.

"어서!"

어?

새매는 웨이터가 현서란 것을 알아보았다. 어떻게 된 일인지 물을 여유가 없었다. 나다북이 그들에게 기관총을 난사했다. 그들은 달렸다.

등 뒤에서 총성이 울리며 좌우로 칼날 같은 파편이 튀었다. 화장실에 들어갔다. 여자 화장실. 여자 두 명이 그들을 보며 비명을 질렀다.

"꽉 잡아!"

현서가 소리쳤다.

그들은 화장실 벽에 스며들었고, 동화되었고, 전이했다.

새매는 주위를 둘러보았다. 뒤쪽에 그들이 방금 빠져나왔던 레스토랑이 보였다. 어떻게 된 영문인지 알 수가 없었다. 전이가 이루어지지 않는 것일까?

그들은 다시 전이했다.

지하 주차장.

빨간 스포츠카가 보였다. 그녀가 주차해 놓은 스포츠카였다. 전이를 한 게 아니라 장소의 이동을 보일 뿐이다. 그들은 다시 도약했고, 스포츠카에 탔다.

현서가 운전을 했다. 스포츠카는 곡예를 부리며 단숨에 주차장을 빠져나왔다. 백미러로 나다북이 보였다. 레스토랑 2층 창가에 달라붙은 사람들이 그들을 쳐다보았다. 그 모습이 너무 진지해 보였기에 새매는 미소를 지었다.

현서는 시속 200킬로로 강변도로를 달렸다. 레스토랑 둥근 건물이 뒤쪽으로 빨리듯 사라졌다. 그리고 시야가 확 트였다. 나다북도 보이지 않았다. 지나가는 차들도 없었다.

현서가 핸들을 꺾었다.

스포츠카는 강변도로의 난간을 뚫고 강물로 떨어졌다.

전이.

그들은 강물에 떠 있었다. 강변도로를 끼고 흐르던 강이 아니었다. 강물의 폭이 훨씬 넓었다. 스포츠카는 날렵한 보트로 바뀌어져 있었다. 보트는 칼날이 되어 강물을 반으로 가르며 질주했다. 거친 물보라가 일었다.

보트의 속도를 줄이면서 현서가 손을 내밀었다.

"총은?"

"버렸어요."

새매가 눈치를 살피며 말했다.

"궁금한 게 있어요. 아까 나다북이 나타났을 때 의태가 되지 않았어요. 시간 가속도 되지 않았고요."

"시간 가속이 뭔데?"

현서가 보트의 엔진을 끄며 물었다. 새매는 간단히 설명했다. 이야기가 끝났을 때 주위가 지나칠 만큼 조용해졌다. 현서가 40초 후쯤에 말했다.

"사람들의 시선과 관심은 당신을 하나의 꿈에다 묶어놓으려는 경향이 강하지. 그것이 다른 꿈으로의 전이를 방해한 거고. 내가 몇 번 전이를 했지만 그 장소를 쉽게 벗어날 수 없었던 것도 사람들이 우리에게 지속적인 관심을 기울였기 때문이야. 시간 가속도 그런 맥락에서 생각할 수 있지 않을까? 레스토랑에 있던 사람들은 자신들의 세계에 어긋나는 현상—그들에겐 초자연적이고 비현실적인 사건—을 용서할 수 없었을 테니까."

"그렇군요."

"소수의 시선이면 상관없겠지만 다수의 시선에는 다른 꿈으로 전이하는 데 무리가 있어. 소수의 시선이라고 해도 강렬한 감정이 담긴 시선이라면 프레디의 전이를 방해……."

말꼬리를 보트의 엔진 소리가 잡아먹었다. 멀리 보트가 보였다. 물수제비를 뜨는 것처럼 담방담방 미끄러졌다. 보트는 순식간에 거리를 좁혔다. 누가 탄 것인지 보지 않아도 알 수 있었다.

"정말 나를 죽이고 싶은가 봐요. 제가 잠에서 깨어날 때까지 이렇게 도망 다녀야 하나요?"

현서가 보트를 조작하며 대답했다.

"한 가지 방법이 있지. 친화력이 먹히지 않는 장소로 가면 돼."

"거기가 어디죠?"

"쿰의 보늬."

"보늬?"

"속껍질을 의미해. 쿰의 보늬는 이 모든 꿈이 시작되는 장소이지. 거기로 돌아가면 돼."

"병동으로 돌아가는 거예요?"

"아니."

"그럼 뭐죠?"

"가보면 알 거야."

"거기까지 어떻게 가는데요?"

현서는 대답하지 않고 보트를 거칠게 몰았다. 보트가 총알처럼 달렸다. 바람과 강이 보트를 거칠게 잡아챘다. 보트는 수면에 닿지 않고 나는 듯했다.

나다북이 타고 있는 보트가 뒤로 처졌다.

보트가 솟구쳐 새처럼 나는 순간 그들은 전이했다. 탈것은 차로 바뀌었다.

그들을 태운 차는 복잡한 도로를 달렸다. 어디 한 군데를 목표로 정한 것 같지 않았다. 현서는 거북이 운행을 하면서 주위 건물들을 살폈다. 10분이 지났을 때 도로변에 차를 주차시켰다. 그리고 그녀를 데리고 커피숍 앞에 데려갔다. 검은 색유리를 벽으로 삼고 있는 커피숍이었다. 커피숍 이름은 '뜨락'이었다.

그들은 색유리 앞에 섰다.

"여기야."

현서가 말했다.

"뭐가요?"

"쿰의 보늬."

현서가 커피숍을 가리켰다.

"네?"

새매는 까치발을 하고 커피숍 안을 기웃거렸다. 색유리 때문에 안이 전혀 보이지 않았다.

"저 안에 숨는단 말씀이에요?"

"커피숍 안이 아냐."

"그럼?"

현서가 색유리를 가리켰다. 색유리에 그들의 모습이 비쳤다.

새매는 색유리에 비친 얼굴을 보면서 자신이 꽤 예쁘다고 생각했다. 순간, 머리 이쪽에서 저쪽으로 뭔가가 번갯불처럼 지나갔다. 뭔가가 뭔지는 알 수 없었지만 색유리에 비쳐진 그녀의 모습에 비극적인 정서가 감돌고 있었다.

"거울과 거울이 서로를 쳐다보게 되면 쿰의 보늬에 이를 수 있어."

새매는 그 말을 이해하지 못했다.

"……?"

현서가 10초 정도 뜸을 들였는데, 그녀에게는 10분처럼 느껴졌다. 그가 그녀를 보면서 씩 웃었다.

"우리도 거울이지."

제13장

없는 것을 보는 자들

꿈을 꾸다

1

"왜 그러세요, 할아버지?"

반이 물었다. 그가 학교에서 돌아왔을 때 노인은 넋을 놓고 있었다. 두 눈은 흐리멍덩했고, 노인의 발치에 술병이 놓여 있었다. 발전기 타워에 등을 기대고 앉아 있는 노인 앞에 반이 쭈그리고 앉았다.

말을 걸었는데도 노인은 귀가 먹은 듯 황무지만 쳐다보았다. 황무지 건너편으로 유리조각을 뿌려놓은 것처럼 반짝이는 바다가 보였다. 바다는 거대한 풀무가 되어 황무지에 바람을 불어넣고 있었다. 덤불은 몸속에다 공간을 품은 채 회전초가 되어 굴러다녔다. 강한 바람에 쫓기어 어떤 회전초는 하늘로 날아올랐다. 노인의 공허한 시선이 허공에 떠오른 회전초를 좇았다.

회전초는 풍력기 날개에 걸렸고, 안을 내놓으며 흩어졌다. 회전초는 원래 그런 것처럼 안이 비어 있었다. 그 안을, 격렬한 바람과 부드러운 허무가 채웠다. 회전초는 공허를 안고 태어났고 공허를 내놓으며 그렇게 죽었다. 노인은 귀신이라도 본 것처럼 몸을 떨었다.

"머리가 부서졌어!"

취기가 느껴지는 목소리였다.

"무슨 말씀이세요? 누구 머리가 부서졌다고요?"

노인이 수백 가닥의 마른 풀잎으로 흩어지고 있는 회전초를 가리켰다.

"저기 있잖아!"

"저건 덤불일 뿐이에요. 공처럼 뭉쳐져 있던 게 흩어진 것에 불과해요."

노인이 공처럼 굴러다니는 회전초를 가리켰다.

"저것들 모두가 여자아이의 머리야. 그것도 내가 알고 있는 여자아이다."

"누구요?"

"그 예쁜 여자아이 있잖니?"

"유리?"

"그래."

반은 회전초를 바라보았다. 회전초의 둥근 모양이 사람의 머리 모양 같기는 했다. 어디서 공급되는지 회전초의 양이 점점 늘어나고 있었다. 회전초 무리가 띠를 이루며 황무지에서 고양이 머리뼈를 닮은 골산으로 굴러갔다.

"잠깐 다녀올게요."

어디를 가는지 노인은 묻지 않았다. 술병을 잡아채어 입에 갖다 댔다.

반은 바지 호주머니에 양손을 꽂아 넣고 황무지를 걸었다. 걸음마다 콧노래가 흘러나왔다. 콧노래에다 휘파람을 곁들었다. 흥에 겨웠는지 하모니카를 꺼내 불었다. 불고 마시고. 음울하고 가냘픈 음률.

바람을 등진 회전초가 공허를 안고 반의 다리에 부딪혔다. 반은 하모니카를 입에서 떼고 회전초를 걷어찼다. 걷어차인 회전초는 허무를 겨냥하며 공중으로 흩어졌다.

반은 달려드는 덤불들을 거둬내며 걸음을 재우쳤다. 황무지를 병풍처럼 감싸고 있는 골산 아래서 걸음을 멈추었다. 회전초들이 떼를 지어 골산을 오르고 있었다. 연어 떼가 산란기를 맞아 폭포수를 거슬러 올라가는 것처럼.

회전초의 움직임에는 자연의 힘을 거스르는 뭔가가 있었다. 흙먼지가 날리고 돌들이 튀었다. 덤불들이 서로 엉키고, 뭉뚱그려 질주했다. 황무지의 덤불들이 회전초가 되어 골산으로 몰려들고 있었다. 회전초가 그를 앞질러 가거나 뒤처졌고, 어떤 회전초는 그의 등을 후려치기도 했다.

반은 골산 꼭대기에 올라섰다. 시야가 탁 트이면서 넘실대는 바다가 눈에 들어왔다. 골산 꼭대기는 폭 10미터, 길이 수백 미터로 이루어진 암석군이었다. 회전초가 암석군을 점령하고 있었다. 그야말로 회전초 바다였다. 드문드문 소나무가 있었는데, 바람에 깎여 그 모습이 기괴하고 앙상했다. 골산의 하늘은 황무지의 하늘과 달랐다. 하늘에 덤불 구름이 소용돌이쳤다. 소용돌이의 씨줄과 날줄이 지푸라기로 이루어져 있었다. 덤불 구름은 땅에서 솟구쳐 하늘을 겨누는 적란운처럼 보였다. 소용돌이 속에서 회전초가 튀어나왔다. 소용돌이는 솜사탕 기계의 움직임을 연상시켰다. 솜사탕을 잣듯이 덤불의 씨줄과 날줄로 회전초를 잣고 있었다.

회전초들이 통통 튀면서 한 방향으로 몰려갔다. 절벽 가장자리에서 바다로 온몸을 내밀고 있는 소나무 쪽이었다. 소나무 아래는 낭떠러지였다.

소나무 나뭇가지에 한 사람이 앉아 있었다.

영호였다.

2

영호는 나뭇가지에 앉아 돌이 된 것처럼 꼼짝도 하지 않았다. 너무 오래 앉아 있었기 때문에 태어날 때부터 나뭇가지 위에서 보냈고, 나머지 평생을 나뭇가지 위에서 지내야 할 것 같은 느낌이 들었다.

소나무 앞쪽은 바다였다. 나머지 방향은 회전초가 물결을 이루고 있었다.

회전초에 쫓겨 다녔던 영호였다. 황무지를 유령처럼 헤매다가 소나무에 올라간 것이 오늘 새벽이었다. 영호는 지쳐 있었다. 무엇보다 배가 고팠다. 어제 오후부터 지금까지 아무것도 먹지 못했다. 눈앞이 가물가물했다.

그가 올라간 소나무를 중심으로 보이지 않는 자력이 생겼고, 회전초들이 자석 주위에 늘어선 쇳가루처럼 질서정연하게 늘어서 있었다. 이따금 회전초가 소나무에 둥근 몸을 부딪쳤다. 그를 떨어뜨릴 듯이.

"내려와!"

반이 손을 내밀며 말했다.

"꺼져!"

영호는 소리쳤고, 두 눈을 꼭 감으며 나뭇가지를 더 강하게 붙들었다.

3

칼잠은 뜨락의 현관문 앞에서 안절부절못했다. 표정은 어두웠고, 어깨를 움츠린 채였다. 도살장에 억지로 끌려나온 모습 같았다. 그냥 돌아갈까요, 하고 말하고 싶을 정도였다. 그를 두렵게 하는 게 뭘까, 생각하며 은형사는 초인종에 손을 가져갔다. 초인종을 누를 필요도 없었다. 현관문이 열렸다. 놀란 은형사가 기어코 초인종을 눌러버렸다.

현관문을 연 사람은 새매였다. 안색은 창백하고 머리는 헝클어져 있었다. 한쪽 손에는 피가 묻은 헝겊과 솜뭉치가 들려져 있었다. 새매가 그들을 응접실로 안내했다.

칼잠의 태도가 돌변했다. 얼굴에 낀 먹구름을 거둬내고 어깨를 쭉 폈다.

"유, 유, 유리는 어때?"

칼잠이 물었다. 무슨 말인가 싶어 은형사가 칼잠을 쳐다보았다.

"고비는 넘겼어요."

새매가 말했다.

"무슨 말입니까? 유리가 다쳤습니까?"

은형사가 물었다.

"총에 맞았어."

칼잠이 더듬지 않고 말했다.

"네?"

은형사가 눈을 크게 떴다.

"치료를 했으니 그렇게 염려할 것은 없어요."

새매가 그렇게 말한 다음 주방으로 갔다.

칼잠과 은형사는 소파에 앉았다.

5분 후, 찻잔이 부딪히는 소리와 슬리퍼를 끄는 소리가 났다. 새매가 쟁반을 들고 그들에게 다가갔다. 옷차림이 바뀌어져 있었다. 청바지에 올이 굵은 스웨터 차림이었다. 테이블에 차를 내려놓은 다음 반대편 소파에 앉았다.

"옛 기억을 전부 되찾았어요? 아닌 모양이군요. 제가 당신의 달콤한 기억을 되살려 놓아도 괜찮을까요?"

새매가 머리를 한쪽으로 쓸어 넘겼다. 그녀의 밝은 일면을 보는 것 같아 은형사는 적잖이 당황했다. 그녀는 상황을 즐기듯 미소까지 곁들였다.

"여전하군."

칼잠이 더듬거리지 않고 말했다.

"칭찬이죠?"

새매가 미소를 잃지 않았다.

은형사는 그들을 위해 이 자리를 비켜줘야 하지 않을까 진지하게 고민했다.

새매와 칼잠 사이에 시선이 오고갔다. 거실에 침묵이 깔렸다. 벽시계의 초침 움직이는 소리가 침묵을 더욱 깊게 했다. 둘 사이에 오고가는 시선이 탐색의 시선인지, 원망의 시선인지, 기쁨의 시선인지, 그리움의 시선인지 알 수 없었다. 은형사는 분위기를 바꿔보려고 헛기침을 터뜨렸다. 헛기침을 누르며 시선의 공방전은 계속되었다. 두 사람은 은형사가 안중에 없었다. 은형사는 찻잔과 침묵의 대화를 나누어야 했다.

새매가 침묵을 깼다.

"여기에 왜 오신 거죠? 유리의 상태를 물으러 온 건 아닐 테고······."

새매가 시선을 칼잠에게 보냈다. 은형사는 그녀의 시선을 좇아 칼잠의 얼굴을 쳐다보았다. 긴장하고 있는 것인지 얼굴이 딱딱하게 굳어져 있었다.

"그 이유는 당신이 잘 알 거야."

"전 회포를 풀 만한 사적인 자리를 기대를 했는데, 당신은 아닌가 보죠?"

"제서를 누가 죽였어?"

칼잠이 퉁명스럽게 말했다. 은형사는 여기에 온 이유를 잊고 칼잠을 대신해서 그녀에게 사과하고 싶었다. 칼잠이 저렇게 그녀를 기습을 할 줄 몰랐다.

"그걸 왜 나한테······. 우리를 의심하고 있군요. 한 가지는 분명히 말할 수 있어요. 유리가 한 짓이 아니에요. 물론 제가 한 것도 아니고요."

강경한 어조였다.

"수사를 방해할 생각이 아니라면 유리가 왜 우릴 죽이려고 했지?"

"당신이 프레디란 이유 때문이에요."

새매가 충분한 설명을 했다는 듯 입을 굳게 닫았다. 무거운 정적이 감돌았다. 은형사는 두 사람의 대화에 스스로를 소외시키며 손목시계를 계속 힐끔거렸다.
"유리는 입양한 아이인가?"
10년 전, 새매가 처녀였다는 사실을 고려한 질문이었지만 칼잠에게 돌아온 것은 폭소였다. 새매가 웃음을 터뜨리며 배를 움켜쥐었다. 눈가에 눈물까지 맺혔다.
칼잠은 고개를 갸웃했고 은형사는 손목시계를 더 이상 쳐다보지 않았다. 웃음이 그친 것은 한참 후였다. 언제 웃었냐는 듯 새매가 정색을 했다.
"배 아파 낳은 제 딸이에요. 믿지 못하는 얼굴이군요. 이건 어때요?"
"……?"
"유리는 열 살이에요."

4

거대한 칼날이 되어 바다를 가르는 배가 있었다. 뱃머리에 검은 선글라스에 검은 양복을 입은 사내가 서 있었다. 뺨에 칼자국이 난 사내였다. 그의 뒤로 그와 똑같은 복장의 사내 일곱 명이 늘어서 있었다.
"저긴가?"
나다북이 중얼거렸다. 정면으로 고양이 섬이 손에 잡힐 듯이 보였다.

제14장

쿰의 보늬

꿈을 꾸다

4월 24일.

나다북으로부터 도망치기 위해서 그들이 한 일은 색유리 앞에 서 있는 것이었다.
"뭘 보라고요?"
새매가 물었다.
"자기 자신."
색유리는 거울 역할을 했다. 저 거울 속에 그들이 숨을 장소가 있다고 했다. 새매는 현서가 시키는 대로 거울 속의 그녀를 쳐다보았다. 거울에 비친 모습을 응시한 지 1분 정도 지났지만 아무런 일도 일어나지 않았다.
"눈을 쳐다봐."
현서가 말했다.

새매는 거울에 비친 그녀의 눈을 응시했다. 커피숍 문을 열고 나온 남녀 한 쌍이 그들을 이상한 눈으로 쳐다보았다. 그녀는 그들의 시선을 무시했다. 그녀의 눈길은 대각선으로 움직이며 거울 속에 비친 현서에게 쏠렸다.

"우리도 거울이야."

5분 전에 현서가 그렇게 말했다.

"아바타가 현실의 자신을 반영하고 있기 때문이지. 당신이 거울 속의 당신을 쳐다보는 것은 거울이 거울을 쳐다보는 것과 같아. 거울이 거울을 바라보면 바라보는 것을 바라보는 게 무한히 반복되지."

말장난처럼 들렸다.

"무슨 말인지 모르겠어요."

"직접 해보면 알 거야."

새매는 색유리에 비친 눈동자를 응시했다. 이상하게 거울에 비친 그녀의 눈동자에 초점을 맞출 수가 없었다. 다시 1분이 흘렀지만 아무런 일도 일어나지 않았다. 거울 속의 눈동자에서 시선을 거두려는 순간, 거울 속의 눈과 눈이 딱 마주친 느낌이 들었다.

거울 속의 눈동자가 확대되었다. 그 눈동자에 그녀의 모습이 담겼고, 그 눈동자가 커짐에 따라 그녀의 눈동자까지 크게 담겼다, 눈동자는 그녀를 집어삼킬 만큼 커졌으며, 눈동자 속의 눈동자 속의 눈동자를 내놓았다. **거울 속의 눈동자에 비친** 거울 밖의 눈동자에 비친 **거울 속의 눈동자에 비친** 거울 밖의 눈동자에 비친 **거울 속 눈동자에 비친 그녀**······. 서로의 눈동자를 비추며 그녀의 모습이 수없이 반복되었고, 그녀의 모습은 점점 희미해지고 작아졌다.

현기증.

좌우와 상하가 바뀌면서 시야가 흔들렸다. 사방이 뱅글뱅글 돌았다. 시야가 제자리를 찾자 현서의 모습이 보였다. 현서는 빙그레 웃고 있었다. 그의 등 뒤로 질주하는 차들도 보였다. 주위가 어두웠지만 색유리에 비친 풍경은 밝았다.

소리가 없었다. 차들이 내는 도시의 소음이 전혀 들리지 않았다. "아아." 하고 소리를 내어보았다. 목소리는 들렸다. 새매는 등을 돌렸다. 캄캄했다. 아무것도 없었다. 색유리에 비쳐질 만한 도시 풍경이 없었다. 위를 쳐다보았다. '뜨락'이란 네온사인이 없었다. 옆을 보았다. 현서도 없었다. 다시 색유리를 쳐다보았다. 현서가 어깨를 으쓱했다.

"......?"

순간 새매는 깨달았다. 그녀는 거울 속에 갇혀 있었다. 현서와 또 다른 그녀는 거울 밖에 있었다. 시선 처리를 따져보면 그녀가 있는 곳이 커피숍 안이 되어야 하겠지만 단언컨대 커피숍 안은 아니었다.

새매는 멈칫멈칫 색유리에 손을 갖다 댔다. 또 다른 새매도 색유리에 손을 갖다 댔다. 유리의 딱딱하고 서늘한 감촉이 느껴졌다. 그때 또 다른 그녀가 투명해지면서 사라졌다. 이제 거울 밖에는 현서밖에 없었다. 아니, 그의 등 뒤로 행인 몇 명이 지나가는 게 보였다.

"제 말 들려요!"

새매가 소리쳤다.

현서가 색유리에 귀를 갖다 대는 시늉을 하더니 검지를 흔들며 입 모양을 크게 했다. 입 모양으로 '아니'라고 말한 다음 검지와 중지를 모아 눈썹에 갖다 대며 경례했다. 그리고 몸을 돌려 발걸음을 옮겼다.
"이봐요!"
 현서는 대답하지 않았다. 새매는 색유리에 붙어 서서 현서를 따라갔다.
"야!"
 새매는 다시 소리쳐 불렀다. 현서는 돌아보지 않았다. 온갖 해산물의 이름과 인류와 친한 네발 달린 종족의 이름을 들먹이며 욕설을 퍼부었지만 결과는 마찬가지였다. 품위를 잃을 각오를 하고 남자와 여자의 신체를 구별하는 데 필요한 성적 부위까지 들먹이며 욕하려고 했다. 다행히 품위를 잃을 일은 생기지 않았다. 욕의 대상이 사라졌기 때문이다. 색유리를 통하여 바라볼 수 있는 범위에 그가 없었다. 그는 색유리 왼쪽으로 걷고 있을 것이다. 가상의 선을 긋고 왼쪽으로 움직였다. 색유리가 사라졌으며 새매는 몇 초 동안 암흑을 걸었다. 시야가 밝아오고 현서를 포착할 수 있었다. 그런데 현서의 모습이 일그러져 있었다. 수면에 비쳐진 모습 같았다. 현서의 하체는 거대하게, 상체는 작게 보였다. 얼굴은 콩알만큼 작았다.
 새매는 현서의 발아래에 있는 기분이 들었고, 실제로 그렇다는 것을 깨달았다. 현서가 걸음을 멈추고 허리를 숙이자 그의 얼굴이 어마어마한 크기로 확대되었다. 그가 입술을 움직였다. 입 모양을 보니 만남과 헤어짐의 친밀한 공통어 '안녕' 이라고 말하고 있었다.
"어떻게 된 거예요!"
 새매는 입 모양을 크게 하고 소리쳤다. 그가 그녀를 보고 있다는 확신이 들었다. 그의 입술은 움직이지 않았다. 그가 그녀의 얼굴을 찌를 듯 손가락을 뻗었다. 손가락이 점점 커졌기 때문에 그녀의 얼굴이 개미 몸뚱이처럼 작게 느꼈다.

손가락은 그녀의 얼굴에 닿지 못했다. 대신에 시야가 물결쳤다. 눈앞에 물의 벽이 존재하는 것 같았다.

"설마……."

현서가 고개를 끄덕였다. 지금 상황이 그녀의 머릿속에 그려졌다. 현서가 바닥에 쪼그리고 앉아 물이 고인 곳에 손가락을 갖다 대는 그림. 고인 물에 그녀의 얼굴이 비치고 있을 것이다.

현서는 일어섰고, 시야에서 사라졌다. 다시 어둠 속으로 들어간 새매는 손을 뻗어 암흑의 벽을 더듬으며 점잖지 못한 게걸음을 쳤다. 30초 후 시야가 다시 밝아졌다. 현서가 다가오는 모습이 보였다. 그리고 빨간색 차체가 보였다. 그녀는 백미러를 통하여 그를 보고 있다는 사실을 깨달았다.

이거 굉장한걸.

1초 동안 암흑이 그녀의 시야를 지배했다.

밝음.

그의 손가락이 백미러를 조절했다. 현서가 백미러를 보며 머리를 매만졌다. 현서는 스포츠카 안에 있었다. 새매가 그의 얼굴을 똑바로 쳐다보며 소리를 질렀다.

"날 꺼내줘요!"

현서가 백미러를 통하여 새매를 쳐다보았다. 그의 시선에는 움직임이 없었다.

순간 누군가 그녀의 어깨를 두드렸다. 새매는 고개를 돌렸다. 현서가 옆에 서 있었다. 그녀는 백미러 밖을 쳐다보았다. 현서가 보이지 않았다.

기묘한 등장과 퇴장.

"쿰의 보늬에 들어온 걸 환영해."

"여기가요? 이 어둠이요?"

현서가 그녀의 궁금증에 기름을 얹는 침묵을 지켰다. 궁금증이 타올라 혀가 바짝 말랐을 때 그가 말했다.

"거울로부터 떨어져."

"네?"

현서가 침묵으로 대꾸하며 그녀의 손을 잡아끌었다. 새매는 그의 손에 걸음을 맡겼다. 바깥세상의 창 역할을 했던 백미러를 등지고 그들은 어둠 속을 걸었다.

완벽한 어둠, 완벽한 정적.

새매는 궁금한 것이 많았지만 입에 지퍼를 채워두었다. 두 손으로 퍼 올리면 퍼 올릴 수 있을 만큼 짙은 어둠이고, 뭔가 불길하고 사악한 것이 웅크리고 있을 것 같은 어둠이다. 현서의 모습도 어둠 속에 파묻혀 보이지 않았다. 단지 그녀의 손을 잡고 있는 그의 따뜻한 손이 그의 존재를 증명했다.

어둠을 빙자하고 여성에 호소하며 새매는 조심스레 그의 팔짱을 꼈다. 팔을 통하여 그가 그녀의 속으로 흘러들어 오는 것 같았다. 새매는 헛기침을 하고 싶은 충동을 느꼈고 실제로 헛기침을 터트렸다.

"뭐 이래요? 어둠뿐이잖아요."

"눈을 떠."

"네? 눈을 뜨고 있는데……."

"아, 실수. 눈을 감아."

"네?"

점점 모를 소리였다.

"눈을 감아야 보이는 게 있는데 이번이 그래. 꿈의 첫 번째 속성이 뭔지 잊었어? 눈을 감아야 보이는 게 꿈이지."

새매는 눈을 감았다. 그제야 보이기 시작했다. 눈을 떴을 때는 어두워서 답답했는데, 눈을 감으니까 눈을 뜬 것처럼 답답함이 사라졌다. 기분이 묘했다. 곁에 서 있는 현서가 보였다.

"당신은 왜 눈을 뜨고 있죠?"

새매가 물었다.

"아, 난 지금 눈을 감고 있어. 그래야 당신이 보이니까. 뭐, 당신 눈에는 눈을 뜨고 있는 것처럼 보이겠지만 말이야."

"기묘한 장소군요."

"사악한 장소이지."

"무슨 뜻이에요."

"앞을 봐."

눈을 감은 채 앞을 바라보는 게 어색했지만 시키는 대로 했다. 눈길이 닿기 전에 암흑만 존재하는 것 같았는데, 그녀의 시선이 닿자마자 생명을 얻은 듯이 푸른 색채가 감돌고, 어떤 형상이 펼쳐졌다.

이 장소, 즉 쿰의 보늬는 쿰과 달리 흑백이 아니라 칼라였다.

"바다다!"

눈앞에 펼쳐진 것은 푸른 바다였다. 푸른 바다가 끝없이 펼쳐져 있었다.

"바다처럼 보이지만 바다가 아냐. 푸른 사막이지. 하지만 바다의 속성도 지니고 있어. 파도가 치고, 모든 것을 빨아들이니까. 프레디는 저 사막을 겁내지."

"왜 겁내는데요?"

겁낼 것이 없어 보였다. 다만 바다가 아니라 사막이라는 게 믿어지지 않았다. 푸른 모래가 액체처럼 보였다.

"저 푸른 사막은 모든 꿈들의 핵이며 중심이지. 하지만 무덤이기도 해. 그래서 프레디들은 저 사막을 '프레디의 무덤'이라고 불러."

"이렇게 아름다운 풍경에 그런 끔찍한 이름을 붙일 수는 없어요."

"여길 잘못 들어왔다가 프레디의 무덤에 빠져 죽은 프레디가 한 둘이 아니었어."

새매는 지구상에 존재하지 않는 기묘한 장소에서 사막인지 바다인지 모를 무덤을 바라보았다. 바다를 닮았지만 인어들이 헤엄칠 물은 없었다. 프레디의 무덤은 푸른 사막이었다. 푸른 사막은 하늘과 마주보며 끝없이 펼쳐져 있었다. 사막이 움직였다. 바람에 의해 모래비늘이 벗겨지고, 파상(波狀) 무늬를 이루며 물결친다. 사막 자체가 바다에서 볼 수 있는 움직임을 보였다. 푸른 사막이 파도를 일으키며 눈앞에까지 밀려들었다.

사막의 움직임과 색깔 때문에 바다로 착각할 만했다. 사막의 푸른 색깔은 매혹적이고 독특했다. 옅지도 않고 짙지도 않았다. 파란 물감을 칠해놓은 듯 광택이 없었다. 이 세상의 모든 푸른색을 뛰어넘거나 아니면 한참 모자라는 푸른색. 사막의 푸름이 이 세상을 살아가야 하는 굉장한 이유처럼 느껴졌다. 푸른 사막에 푸른 태양이 떠 있었다. 태양은 지평선에 반쯤 걸려 있었다. 지고 있는 태양인지 떠오르고 있는 태양인지 알 수 없었다. 그래서 이른 아침인지 늦은 오후인지 알 수 없었다. 어쩌면 태양은 저렇게 반쯤 걸린 채 고정되어 있는지 모른다. 푸른 태양은 저녁의 푸른 땅거미 혹은 아침의 푸른 어스름을 사막에 던져주고 있었다. 푸른 사막에선 뭐든지 가능하고 누구나 행복해질 것 같았다. 두려워할 어떤 것도 없었다. 사막은 푸르고, 기묘하고, 비밀스럽고, 고요하고, 잔인할 만큼 우아했다. 푸른 사막이 프레디를 집어삼켰다는 게 믿어지지 않았다.

파도를 연상케 하는 모래언덕들이 태고의 정적을 담고 지평선에까지 이어져 있었다. 모래파도가 치면서 그녀의 발치에까지 푸른 모래알갱이가 밀려들었다. 그리고 썰물. 발치에 남겨진 푸른 모래는 보석처럼 반짝였다.

그러고 보니 그녀가 서 있는 장소가 기묘했다. 굳이 이름을 붙이자면 해변이었다. 모래보다 자갈이 더 많았다. 새매는 뒤돌아보았다. 여전히 눈을 감은 상태였지만 볼 수 있었다. 등 뒤로 암흑이었다. 혹시나 싶어서 눈을 떠보았다. 그러자 색유리 밖의 세계를 볼 수 있었다. 저만치 자동차가 지나가고 사람들이 지나갔다. 꿈속의 일상이 보였다. 눈을 감으니까 암흑이 보였고, 꿈은 보이지 않았다. 눈을 뜨면 꿈이 보이고 눈을 감으면 꿈의 보늬가 보인다.

"프레디 존이야."

현서가 말했다.

"네?"

"우리가 서 있는 곳."

쿰과 보늬의 경계가 프레디 존인가 보았다. 프레디 존은 폭이 불과 5미터에 불과했지만 해변처럼 띠를 이루며 좌우로 끝없이 펼쳐져 있었다.

새매는 눈을 감은 채 정면으로 시선을 돌렸다. 이제 눈을 감고 보는 게 익숙해져 있었다. 쪼그리고 앉아 프레디 존까지 밀려온 푸른 모래를 손으로 퍼 올렸다.

등 뒤로 현서가 다가왔다.

불길한 예감이 들었다. 새매는 현서가 그녀의 등을 떠밀지 모른다고 생각했다. 여기에 나를 데려온 이유가 나를 죽이기 위해서가 아닐까?

"드림워크의 실험도구나 꼭두각시가 될 생각은 없어요. 이 모래 바다에 들어가면 죽는다고 그랬죠? 나를 죽이려면 지금이 기회예요. 신사답게 숙녀의 등을 미세요."

침묵이 흘렀다.

그녀의 손가락 사이로 푸른 모래가 빠져나갔다.

"원한다면."

현서가 말했다.

새매는 뒤돌아보았고, 현서의 손에 들린 것을 보고 당황했다.

"내가 본 게 정확하다면 그건 총이군요. 총이라면 내가 버렸을 텐데."

총구가 새매를 겨누었다.

"전이할 때 패턴으로 만들어 가졌던 총이지. 딴생각을 품지 않는 게 좋을 거야. 여기에는 물리적인 공간이 존재하지 않지. 공간이 존재하지 않으면 시간도 없어."

"무슨 말……."

"당신은 시간을 가속시킬 수 없어."

새매는 뜨끔했다. 시간을 가속시키던 참이었다. 불행히도 그의 말처럼 가속이 되지 않았다. 현서가 총구로 그녀의 뒤쪽의 푸른 사막을 가리켰다.

"들어가."

새매는 절망했다. 절망의 한 구석으로 모든 일이 잘될 거라는 낙관적인 기대를 품었다.

"저를 죽이는 데 왜 이렇게 복잡한 방법을 쓰는 거죠? 저를 보호해 주고, 저에게 친절했던 것이 모두 거짓이군요."

"상부에서 결정을 내렸어."

"그 잘난 에이전시에서 무슨 결정을요?"

"죽음."

"저를 죽이겠다는 건가요? 나의 무엇이 당신들을 두렵게 했지요?"

"그동안 우리는 당신의 능력을 이론화시키고, 그것을 다른 프레디에게 적용시키려고 했어. 사념이 신체를 변화시키는 게 대표적인 능력이지. 이 능력을 개발하려면 오랜 시간과 당신의 지속적인 도움이 필요해. 문제는 당신이 우리에게 협조할 의사가 전혀 없다는 것."

새매는 주먹을 쥐었지만 얼굴로는 생글거렸다.

"협조하면 저를 살려주실 건가요?"

현서가 고개를 흔들었다.

"늦었어. 본부에서 파견된 나다북을 설득해야 하는데, 그건 불가능해. 당신을 길들일 수 없다고 판단한 사람이 나다북이야. 더욱이 당신이 살아 있다면 드림워크에 큰 위협이 될 거야. 이런저런 이유로 에이전시에서 당신을 살려두는 것보다 없애는 게 낫다고 결정을 내렸어. 오늘 정오에 당신을 없애라는 공문을 받았는데, 당신을 두고 '아름답지만 치명적이고 불쾌한 암적 존재'라고 규정했더군."

그녀를 단어 몇 개로 매도해 버리는 문장이었다. 새매는 잠시 할 말을 잃었다.

"안타깝게도 제가 인정할 만한 수준의 수식어는 하나밖에 없군요."

현서의 입가에 알듯 모를 듯 미소가 떠올랐다.

"공문을 받자마자 나다북은 당신을 죽이려고 했어. 잔이 어떻게 죽었는지 알기까지 당신의 죽음을 보류해달라고 그에게 부탁했지. 그 이후의 일은 당신이 알고 있는 대로야."

"황공하군요. 당신이 내 죽음을 연장하면서 죽음의 데이트를 즐기게 해준 것이었네요."

"나는 당신의 목숨을 구걸하는 중이야."

"무슨 소리예요?"

새매는 그의 머리를 절개해서 그 속을 들여다보고 싶은 충동을 느꼈다.

"프레디의 무덤에서 살아난다면 예정된 죽음은 취소된다는 뜻이야."

"죽으라는 말과 똑같잖아요?"

"난 당신이 다른 프레디와 다를 거라고 생각해. 드림워크에서는 프레디의 무덤 저 너머에 존재하는 무엇인가에 무척 관심을 가지고 있어. 어떤 프레디는 인류가 꿈꾸어 왔던 천국이 저 사막 너머에 있을 거라고 하더군. 저 사막을 건넌다면 당신은 천국의 열쇠를 쥐고 있는 사람이 될 거야. 그렇게 된다면 에이전시에서도 당신을 건드리지 못할걸. 저 사막을 건널 수 있는 프레디가 있다면 그 프레디가 당신이면 좋겠어."

새매는 강화 상태로 육신을 길들였다.

"당신은 뫼비우스의 띠 같은 인간이에요."

"……?"

"배배 꼬인 이중적인 인간이란 뜻이에요. 당신의 이야기는 결국 내가 프레디의 무덤을 건널 수 있는지 없는지 알고 싶다는 것 아니에요? 그 비용은 내 목숨이고요."

"정확히, 그래. 당신이라면 저 사막을 건널 수 있을지도 몰라."

새매는 프레디의 무덤을 쳐다보았다.

"위로가 되지 않는군요. 좀 더 따뜻한 말을 해보세요."

"들어가."

현서가 총구를 까닥까닥하며 사막을 가리켰다.

"좋아요. 내 살길은 죽는 길밖에 없다는 거죠."

새매는 현서에게 입술을 깨물어 보인 다음 등을 돌려 모래바다에 한 걸음 내디뎠다. 밀물이 된 푸른 모래가 그녀의 발을 감쌌다.

"어!"

새매는 휘청거렸다. 현서가 달려왔다. 주저앉으며 그를 기다렸다. 몸을 잔뜩 긴장시킨 채. 그가 그녀의 어깨를 잡았을 때 새매는 일어서면서 총을 든 손을 후려쳤다. 하지만 동작은 시작만 있을 뿐 완성되지 못했다. 숨이 막혀왔다. 좀 전의 행동은 연기였지만 이번 것은 진짜였다. 새매는 도로 주저앉았다.

보이지 않는 손이 그녀의 목을 졸랐다. 목을 조르는 힘은 강했다. 현서가 새매를 부축했다. 숨 막히는 고통 속에서도 새매는 그가 푸른 모래에 발을 딛지 않으려고 한다는 사실을 알아차렸다. 그녀의 한쪽 다리가 발목까지 모래에 잠겨 있었다. 숨이 막히는 이유가 한쪽 발을 프레디의 무덤에 담갔기 때문일까?

"수, 숨…… 숨이 막혀요!"

제15장

프레디 퀸

꿈을 쿠다

1

　소년은 거울을 바라보았다.
　앨범을 보면서 조금씩 기억을 쌓아갈 수 있었다. 전부 제희와 관련된 기억들이다. 제희의 기억이라고 여길 만큼 기억의 중심에는 제희가 있었다. 기억이 풀어지면서 거울 속에 영상이 떠올랐다.
　어린 제서가 제희의 손을 잡고 학교에 가는 장면…… 나란히 앉아 공부하는 제서와 제희…… 전학 온 어린 유리…… 제희를 놀리는 아이와의 싸움…… 영상은 과거에서 현재로 흐르고 있었다. 병실 침대에 누워 있는 제희, 울먹이는 제서, 자라지 않는 제희, 혼자 노는 제희, 제서를 기다리는 제희, 느릅나무, 혼자만의 숨바꼭질, 제희를 껴안는 제서…… 장면들이 거울 속을 스쳤다. 지난 토요일 밤의 장면도 스쳤다.

2

거실 한가운데 침묵의 폭탄이 터졌다.

세 사람의 시선은 목표물에 도달하지 못하고 허공에 머물러 있었다. 시선 하나가 유리문을 쳐다보았다. 은형사의 시선이었다.

"눈입니다!"

은형사가 탄성을 터뜨렸다. 칼잠과 새매의 시선이 은형사의 시선에 보태졌다.

뒤뜰에 함박눈이 내리고 있었다. 첫눈이었다. 아이들과 연인들의 영원한 노스텔지어. 뒤뜰 울타리 역할을 하고 있던 붉은 넝쿨장미가 금세 하얀 장미로 변했다. 뒤뜰의 돌 의자에도, 창고의 지붕에도 눈이 쌓였다. 바깥의 풍경은 거실의 안락함과 따뜻함에 낭만적인 깊이를 더해주었다.

유리문은 반쯤 거울 역할을 해서 거실 안의 풍경을 비추고 반쯤은 창문 역할을 해서 뒤뜰을 볼 수 있게 했다.

새매가 차를 다시 끓여 와서 티 테이블에 내놓고 맞은편 소파에 앉았다. 찻잔에서 뜨거운 김이 모락모락 났다. 은형사는 차를 마시며 무슨 차일까 궁금했다. 새콤한 맛이다.

"정말 열 살입니까?"

은형사가 찻잔에 입을 대며 물었다. 충격 때문에 뒤로 미루었던 질문이었다.

"열 살 아이가 어떻게 그렇게 성장할 수 있느냐고 묻는 것인가요?"

"네."

"유리는 자율신경계를 통제할 수 있어요."

"……"

"그건 정신의학뿐만 아니라 주변 의학의 감미로운 혁명을 의미합니다. 제 자신이 바로 그 증거예요. 저는 늙음을 삶에서 추방시킬 자신이 있어요. 어쩌면 죽음도 추방시킬 수 있어요."

새매가 '눈이 오면 세상이 하얗게 변합니다' 하고 말하는 어투로 불로장생을 언급했다.

"체내 전해질의 불안으로 늙지 않을 수도 있지."

칼잠이 퉁명스런 어조로 끼어들었다.

"당신이 그렇다는 말처럼 들리는데요."

새매가 대화 대상을 바꿔 은형사에게 말했다.

"후뇌 발달과 몸에 대한 지식이 만나면 불로장생은 꿈이 아니에요. 후뇌에서 발생하는 전기 화학적 신호는 효소와 호르몬 작용까지 조절할 수 있으니까요."

"강의는 딴 데서 하시지그래."

칼잠이 비아냥거렸다.

"내가 알고 싶은 건……"

"알고 싶은 건?"

새매가 칼잠의 말을 따라 하면서 의미심장한 미소를 지었다.

"유리 아버지는 누구지?"

칼잠의 질문에 새매가 배를 움켜쥐고 폭소를 터뜨렸다. 입에 재갈이라도 물리지 않는다면 웃음을 멈출 것 같지가 않았다. 새매는 히스테릭하게 웃었다. 갑자기 침묵이 찾아온 것은 1분 후쯤이었다.

은형사는 흠칫 거실 유리문을 쳐다보았다. 눈으로 하얗게 뒤덮인 뒤뜰이 보였다. 창고 건물도 하얗게 변해 있었다. 저 창고에서 무슨 소리가 났다. 뭔가가 깨지는 소리. 칼잠과 새매는 그 소리에 신경을 쓰지 않는 것 같았다. 은형사도 더 이상 신경 쓸 수가 없었다.

"유리는…… 당신 딸이에요."

3

"무슨 소리 들리지 않아?"
장 순경이 물었다.
"바람 소리 아니에요?"
한 직원이 말했다.
파출소에는 세 명의 직원이 있었다.
"자네가 한 번 나가봐."
장 순경이 말했다. 그에게 지목당한 젊은 직원이 자리에 일어서서 밖으로 나갔다. 젊은 직원의 등 뒤로 문이 닫혔다.
"눈이 정말 많이 왔군요!"
젊은 직원의 들뜬 목소리가 들렸다.
5분 후. 밖을 나갔던 젊은 직원이 등으로 문을 밀며 들어왔다. 양팔을 들어 '꼼짝 마' 상태를 유지한 채였다. 파출소 문이 활짝 열렸다. 눈보라가 들이쳤고, 젊은 직원을 앞세우고 검은 양복을 입은 사내들이 들이닥쳤다.

"무슨 일입니까?"

장 순경이 눈을 동그랗게 뜨고 물었지만 검은 양복 사내들은 대답하지 않았다. 총 여덟 명이었다. 그들이 들어오자 파출소 안이 꽉 찼다. 모두 낯선 얼굴이고 무표정했다. 조직 폭력배가 쳐들어온 걸까 하고 장 순경은 의심했다. 사내들은 살벌한 분위기를 풍겼다. 하지만 움직임이 민첩하고 절제되어 있어서 훈련을 받은 군인 같았다. 권총을 들고 있는 사내도 있었다.

검은색에 광적인 애착을 보이는 것 같은 사내가 이쪽으로 걸어왔다. 검은 정장, 검은 구두, 검은 목도리, 검은 선글라스, 검은 코트. 왼쪽 뺨에는 강인한 느낌을 주는 칼자국이 나 있었다.

장 순경에게 검정색 애호가로 비쳐진 나다북이 장 순경에게 다가갔다.

"유 형사는 어디에 있지?"

장 순경의 이마에 총구가 겨누어졌다. 장 순경은 눈썹을 꿈틀거렸다.

"먼저 신분을 밝히십시오."

장 순경이 말했다.

나다북이 총을 들지 않는 손으로 신분증을 꺼냈다. 장 순경이 엄지와 검지로 그 신분증을 잡았다.

"국정원에서 오셨습니까?"

장 순경은 신분증과 나다북의 얼굴을 번갈아 쳐다보았다. 선글라스로 얼굴의 절반을 가리고 있었다. 그래도 나다북이 혼혈이란 것을 가릴 수는 없었다. 한국말이 유창했지만 버터를 바른 것 같은 발음이었다. 그런 사람이 국정원 요원이라는 게 의심이 갔다. 하지만 음흉스런 비밀과 거대한 음모로 움직이는 조직이 국정원이라는 게 평소 장 순경의 지론이었다. 첩보영화 마니아인 장 순경은 국정원이 외국인을 고용한다고 해도 별 이상할 것이 없다고 판단했다. 국정원 신분증이 어떻게 생겨먹었는지 제대로 구경이나 하고 싶었다. 그가 신분증을 자세히 들여다보려고 하자 나다북이 낚아채듯이 신분증을 회수했다.
"총 좀 치워주면 안 되겠습니까?"
장 순경이 생글생글 웃으며 말했다.
"유 형사는 어디에 있지?"
나다북이 총구를 치우며 짜증 섞인 목소리로 말했다.
"무슨 문제라도……?"
웃는 얼굴에 침을 못 뱉는다는 말을 신봉하고 있는 장 순경은 미소를 거두지 않았다.
"묻는 말에만 대답해."

4

칼잠이 가볍게 한숨을 쉬었다. 그게 반응의 전부였다.
반응만을 따진다면 유리가 자신의 딸이란 말을 들은 사람은 은 형사였다. 로또에 당첨된 사람처럼 억! 소리를 지르며 벌떡 일어섰다.
"하지만 당신 딸이 아니기도 해요. 당신도 알잖아요? 당신은 당신 자신이 아니라는 것을."

5

거울이 요란한 소리를 내며 깨졌다.

소년은 깨진 거울을 바라보며 씩씩거렸다. 깨진 조각마다 씩씩거리는 모습이 담겼다. 사방의 거울들에도 일그러진 모습이 담겼다. 소년은 이쪽 거울을 집어 들어 저쪽 거울에 던졌다. 거울이 산산이 부서졌다. 얼굴과 팔다리가 따로따로 거울 속에 담겨 조각조각 흩어졌다. 거울을 부수는 일이 계속되었지만 아무도 나타나지 않았다.

소년은 제희를 만나고 싶었다. 그리움이 사무쳐서 견딜 수가 없었다. 제희를 만나려면 여길 나가야 하고, 여길 나가려면 누군가가 천장 출입문을 열어줘야 한다. 소년은 새매가 나타나길 바라며 거울을 계속 부쉈다.

거울에 맞아 텔레비전 브라운관도 박살 났다.

6

은형사를 정서 불안상태로 만들어놓은 새매는 칼잠에게 에둘러

이야기했다.

"언젠가는 당신이 우리 모녀를 찾아올 줄 알았어요. 병원에서 탈출한 이후에 당신 주위를 한 달 정도 맴돌았어요. 당신은 기억을 잃고, 불면증에 시달리고, 말더듬이가 되어서 그 잘난 에이전시에서 쫓겨나더군요. 당신이 외출했을 때 당신의 오피스텔에도 가보았죠."

은형사가 칼잠을 쳐다보니까 칼잠의 얼굴은 끔찍할 만큼 일그러져 있었다.

"오피스텔을 거울로 도배했더군요."

새매는 서너 호흡 뜸을 들인 다음 말을 이었다.

"그날 외출한 당신은 돌아오지 않았어요. 증발해 버린 거죠."

은형사는 새매의 이야기에 귀를 기울이는 한편, 유리가 어떻게 칼잠의 딸이 될 수 있을까 하고 소설 몇 편을 썼다가 지우기를 반복했다.

"당신은 그때 증발해 버린 당신이 맞지만 우리가 기다리는 유현서가 아니에요."

"무슨 뜻이지?"

칼잠이 물었다.

"당신이 당신을 죽였잖아요? 아니, 당신이 진짜 유현서를 죽였어요."

은형사는 눈을 부릅뜨고 칼잠을 쳐다보았다. 칼잠이 유현서가 아니라면 도대체 누구란 말인가! 은형사는 의구의 눈초리로 두 남녀를 쳐다보았다. 두 사람이 짜고서 그를 정신 이상으로 만드는 게 아닐까 의심이 들었다.

"그럼, 나는 누구지?"

칼잠이 조용히 물었다.

"기억이 나지 않는 모양이군요. 당신은 꿈에서 온 이방인이에요."

은형사가 신음을 질렀다.

"저, 정말입니까?"

새매가 고개를 끄덕였다.

"예."

은형사는 칼잠에게 시선을 돌렸다.

"선배님이 정말……."

"나를 한 대 후려치고 싶어? 그렇지 않으면 그런 눈으로 보지 말게. 맹세코 자네가 생각하는 그런 종류의 일이 일어난 것이 아냐. 난 자네가 생각하는 그런 종류의 인간은 더욱더 아니네. 나는 드림워크의 에이전시네. 자네가 드림워크의 에이전시이듯."

찬물을 뒤집어쓴 것처럼 은형사는 정신이 번쩍 들었다.

7

소년은 주저앉으며 눈물을 터뜨렸다.

발치에는 거울 파편들과 사진들이 어지럽게 널려 있었다.

소년은 사진 한 장을 주워들었다. 제희와 함께 찍은 사진. 제희, 하고 이름을 불러보았다. 제희, 제희, 제희…… 가슴속에서 시작된 제희란 이름은 목구멍을 거쳐 혀끝에서 발아되었다.
"제희……."
나의 쌍둥이…….
제희가 보고 싶었다. 하지만 나갈 수가 없었다. 지하실 문은 잠겨 있었다. 사방은 어두웠다. 촛불은 모조리 꺼졌고, 그가 들고 있는 촛불 하나밖에 남아 있지 않았다.
마지막 촛불마저 꺼져 버렸다.
어둠.

8

"연극은 그만두게."
칼잠이 말했다.
은형사는 꿀 먹은 벙어리가 되었다. 침묵이 긍정을 의미한다는 것을 알았지만 어쩔 수 없었다. 더 이상 잡아뗄 수 없었다. 허탈감이 물밀듯이 밀려들었다.
학교 상담실에서 광수의 진술을 들었을 때부터 고양이 섬에 프레디가 있다고 판단했다. 제서의 죽음에 프레디가 개입한 게 분명했다. 그 프레디는 드림워크에 등록되어 있지 않는 자연산 프레디일 것이다. 그가 예상하지 못한 것은 '프레디 퀸'의 존재였다. 그 유명한 프레디 퀸이 이 섬 같지 않은 섬에 있을 줄은 몰랐다. 제서를 죽인 게 프레디 퀸 아니면 그녀에게 전염된 자연산 프레디일 것이다.

새매는 에이전시 사이에서 회자되는 전설적인 프레디였고, 드림워크의 블랙리스트 꼭대기에 올라가 있었다. 드림워크에 등록되어 에이전시로 활동하고 있는 프레디라면 그녀를 모르는 사람이 없다. 드림워크를 탈출해서 잡히지 않은 유일한 프레디. 과학의 도움을 받지 않고도 수많은 프레디를 양산할 수 있는 여왕 같은 존재, 프레디 퀸.

지난 10년 동안 드림워크의 통제―과학적인 도움을 받지 않고도―를 벗어나서 프레디가 이곳저곳에 생겨났다. 드림워크는 그들 자연산 프레디를 크루거라고 불렀다. 나이트메어에서 크루거는 프레디의 성이지만 구별을 위해서 그 성을 빌려왔다.

크루거의 발생은 한국에 집중되어 있었다. 에이전시 사이에 크루거의 발생을 101사건이라고 명명했고, 드림워크에서는 크루거의 발생에 프레디 퀸이 관련되어 있을 거라고 판단했다. 지난 10년 동안 드림워크는 크루거를 색출하는 데 주력했다. 드림워크는 프레디 능력이 있는 에이전시를 파견하여 크루거를 색출했다. 드림워크의 레이더에 걸린 크루거는 회유되거나 제거되었다. 회유된 크루거는 드림워크에 등록되었고, 드림워크가 요구하는 프레디 코스를 밟고 나서 드림워크의 1급 에이전시가 되었다. 회유에 넘어가지 않거나 미온적인 태도를 보인 크루거는 프레디의 무덤에 보내졌다. 프레디의 무덤에 보내진 크루거 중 돌아오는 이는 아무도 없었다.

지난 10년 동안 크루거를 색출하고 에이전시의 숫자를 늘렸지만 프레디 퀸의 흔적은 찾기 어려웠다. 드림워크의 레이더에 걸린 크루거의 절반 이상이 프레디 퀸일지 모르는 아바타를 만난 듯했지만, 드림워크는 그 아바타의 종적을 쫓을 수가 없었다. 지금도 프레디 퀸을 담당하고 있는 팀이 있었다. 그 팀에 소속된 에이전시들은 수많은 사람들의 쿰을 탐색하면서 프레디 퀸의 흔적을 쫓고 있었다.

드림워크를 움직이는 건 비밀과 프레디와 돈이었다. 세계적인 부호들, 유명한 연예인들, 다국적인 기업들, 권력자들이 드림워크의 배경이며 자금줄이었다. 그들이 원하는 것은 진시황제의 염원이 담겨 있는 불로장생이며 불로장생의 키를 쥐고 있는 것은 프레디 퀸이었다.

은형사는 칼잠이 새매를 담당한 신경정신과 의사이며 한때 드림워크의 에이전시였단 사실을 진작부터 알고 있었다. 에이전시 대부분이 그런 듯이 칼잠도 프레디였다. 꿈을 다루는 것이 다른 프레디보다 뛰어나다고 했던가. 하지만 10년 전부터 칼잠은 드림워크의 주요 관찰 대상이 되었다. 프레디 퀸이 사라진 이후에 칼잠은 불면증에 시달렸고, 불면증은 그에게서 꿈을 박탈했다. 꿈의 박탈은 에이전시의 지위 박탈로 이어졌다.

칼잠은 기억까지 잃었다. 드림워크에선 새매가 꿈을 이용하여 칼잠의 기억을 지웠을 거라고 판단했다. 제서를 죽인 크루거를 체포해서 드림워크에 넘기려는 것이 은형사의 처음 계획이었다. 하지만 살인범이 누군지 확실치 않았고, 일이 풀려나가는 것이 만만하지 않았다. 프레디 퀸은 그로서도 어떻게 할 수 없는 거물이었다. 또 기억을 되찾은 칼잠이 어떤 변수로 작용할지 몰랐다.

칼잠 몰래 연락을 취해놓았기 때문에 드림워크에서는 프레디 퀸이 고양이 섬에 있다는 사실을 알고 있을 것이다. 드림워크는 모든 수단을 동원해서 프레디 퀸을 잡으려 들 것이다. 드림워크에서 칼잠의 감시자로 은형사를 붙인 것도 칼잠이 언젠가는 프레디 퀸을 찾아낼 거라는 계산을 했기 때문이다.

은형사는 칼잠과 새매의 눈치를 살폈다.

칼잠의 폭로에 새매의 반응이 만만치 않았다. 새매는 은형사를 거들떠보지도 않았다. 표정의 변화도 없었다. 칼잠의 폭로는 그녀의 발톱에 낀 때 수준에서 일어난 사건 정도밖에 되지 않는 모양이다. 은형사는 오른손을 코트 주머니 속에 넣었다. 권총이 만져졌다.

새매와 칼잠은 은형사를 내팽개치고 서로 눈을 맞추고 있었다.

은형사는 권총을 이용하여 존재증명에 들어가고 싶은 충동에 사로잡혔다.

은형사의 입을 막고 그 손에 권총을 쥐게 만든 장본인이 새매에게 말했다.

"내가 유현서가 아니란 걸 증명해 봐. 그러면 내가 누군지 생각날 것 같으니까."

상황 파악이 우선순위라는 생각에 은형사는 권총을 쥔 손가락들을 달랬다. 존재증명을 미루는 찰나 새매가 은형사에게 시선을 돌렸다. 은형사는 움찔했다. 그녀는 그의 가슴이 설렐 만큼 매력적인 미소를 지었다.

"제 이야기를 듣고 이 사람이 유현서인지 아닌지 판단해 주세요."

새매는 은형사가 대꾸할 틈을 주지 않고 칼잠에게 말머리를 돌렸다.

"당신 자신이 유현서가 아니란 걸 가장 잘 알고 있겠죠. 꿈속의 등장인물에 불과한 당신이 유현서를 죽였어요. 주인을 죽이고 스스로 주인이 된 거예요. 그를 죽였다는 건 기억하겠죠?"

칼잠이 고개를 끄덕였다.

"그가 꿈속의 인물이었어."

새매가 유리 테이블에 놓인 찻잔을 들었다.

"당신은 그렇게 생각할 수밖에 없었겠죠. 유현서가 되기 위해서 당신에게 한 가지 문제가 있었어요. 그건 기억이에요. 그의 죽음으로 인해 당신은 기억의 원천을 잃어버렸고, 그의 죽음 이전에 그의 꿈을 통하여 그로부터 받았던 단편적인 기억만 가지게 되었어요. 당신은 그의 과거 대부분을 기억하지 못했기에 자신의 정체성에 혼란을 느꼈어요. 그래서 등장한 것이 기억상실이죠. 그 이후 당신은 당신 자신마저 속이는 무서운 시나리오를 짰어요. 당신 자신을 설득하고, 기억상실을 정당화시키기 위해서 당신은 정체성의 혼란을 솔직히 시인했거든요. 그렇게 해서 당신은 자신이 진짜 유현서를 죽이고, 자신이 유현서가 아닐 수 있다는 가능성을 열어놓았지요. 그런 가능성은 당신에게 정신적인 충격으로 작용하고, 그 충격은 기억상실의 훌륭한 변명이 되었고요. 그렇게 해서 당신은 당신을 허물어뜨릴 수 있는 약점을 강점으로 바꿔놓았어요. 자신이 유현서가 아닐 수 있다는 생각, 바로 이 정체성의 흔들림이 인간적인 고뇌를 가져다주고, 인간적인 고뇌는 정체성의 굳건한 발판이 되었으니 참 아이러닉한 결과가 아닌가요?"

"……."

"하지만 당신의 본질은 바꿀 수가 없었어요. 당신은 시선이 필요했지요. 아이데카 육신을 유지하기 위해 거울을 이용한 아이디어는 독창적이었어요. 또, 당신은 잠자는 것을 두려워했습니다. 잠들면 꿈에 묶일 거라고 생각했기 때문이죠. 잠을 자지 못하는 것은 아이데카 생물의 특징이죠. 또 당신은 인간이 되기 위해서 인간이면 가질 수 있는 불완전한 특징을 자신에게 부여했어요. 말을 더듬는 것이었죠. 그리고…… 당신의 얼굴을 봐요. 당신은 전혀 늙지 않았어요. 10년 전의 얼굴과 똑같아요. 아이데카 인간은 늙지 않는답니다."

은형사는 그녀의 설명이 일리가 있다고 생각했다. 그래도 칼잠이 꿈을 탯줄로 삼는 아이데카 종족이란 게 믿어지지 않았다. 몇 년 동안 형사 파트너로 동고동락을 했던 칼잠이 아닌가.

"당신이 빠뜨린 게 있어."

칼잠이 말했다.

9

어둠,

어둠,

그리고 어둠…….

어둠이 뇌 안쪽에서 폭발했다. 어둠은 차가웠다. 온몸이 수축하기 시작했다. 소년은 비명을 질렀지만 목에서 성대가 사라져 있었다. 온몸에 간질밥을 먹이는 감각이 찾아왔다. 어둠이 그를 물어뜯었다.

소년은 어둠의 먹이였다. 몸의 바깥이 안을 겨누며 점점 줄어들

프레디 퀸 345

었다. 소년은 두려움에 떨며 몸을 일으켰다. 하지만 직립을 완성시킬 수 없었다.

두 다리가 허물어졌다.

어둠이 소년을 후려쳤고 난도질했다. 온몸이 갈기갈기 찢겨졌다. 찢겨짐엔 희열이 따랐다. 거대하고, 낡고, 기묘한 존재가 그를 부르고 있었다.

그 존재는 어둠의 다른 이름이었다.

소년은 어둠이 섞인 눈물을 흘렸다. 눈물이 조금씩 육신을 녹였다.

10

"프레디의 무덤에서 기억이 파괴되어 내가 혼란에 빠졌다는 걸 왜 빠뜨렸지? 내가 그를 죽이고 나서 기억이 상실된 게 아냐. 그를 죽였을 때 정체성의 혼란을 느낀 것은 사실이야. 충격도 받았지. 그때부터 나 자신을 얼마나 의심했는지 몰라. 기억의 대부분을 잃어버린 나는 내가 유현서가 아니라고 생각했어. 그래서 내가 아이데카 인간이라면 할 만한 행동을 했지. 잠을 자지 않고, 말을 더듬고, 매일 거울에 비친 내 시선을 통해 내 육신을 다듬었지. 지금 생각하면 거울에 내 모습을 비추며 내 육신을 시선으로 더듬는 행위가 나에게 젊음을 가져다준 것인지 몰라. 당신의 영향을 받아 내 후뇌도 당신처럼 자율신경계를 조절하는 게 가능해졌을지 모르지. 말을 더

듣는 것과 불면이 가능했던 것도 그 때문이지 않을까?"

"계속해 보세요."

새매가 팔짱을 끼고 다리를 꼬았다.

"드림워크에서 쫓겨난 이후 나는 내 기억들을 되찾고 싶었어. 마침 내가 누군가를 그리워하고 있다는 사실을 깨달았어. 누군가가 당신이고, 그 그리움이 친화력이란 걸 몰랐을 때였지. 내 본능은 당신이 내 기억의 열쇠를 쥐고 있을 거라고 판단했어. 사람을 찾으면서 입에 풀칠할 수 있는 직업은 경찰만 한 것이 없었지. 그래서 난 형사가 되었어. 지금 생각해 보니까 내가 형사가 된 것은 내 의지와 나를 쭉 감시하고 있던 드림워크의 입김이 작용한 것 같아. 당신을 찾기 위해서 혈안이 되어 있을 때였으니 나를 통해서 당신을 찾고 싶어 했겠지."

칼잠이 은형사에게 한 번 힐끔 시선을 두었다가 다시 새매를 쳐다보았다.

"난 전국을 돌아다니며 당신을 찾았지. 물론 나는 누구를 찾아야 하는지 몰랐어. 내 본능이 이끄는 대로 이상하고 기묘한 사건을 쫓아다니면서 여기까지 오게 된 것이야. 운명이라면 운명이고 친화력이라면 친화력이지. 고양이 섬에 일어난 살인사건을 조사하면서 난 기억을 조금씩 되찾았어. 꿈속에서 당신을 만나 기억 대부분을 찾을 수 있었지. 난 유현서야. 당신 말대로 유현서가 죽어서 기억의 원천이 막혔다면 내가 어떻게 기억을 되찾을 수 있겠어?"

은형사는 두 사람의 이야기를 비교하면서 누구의 손을 들어줘야 할지 판단이 서지 않았다.

새매가 고개를 저었다.

"당신은 드림워크에서 쫓겨나고 나서 유현서의 오피스텔에서 한 달 동안 지냈어요. 오피스텔엔 그에 관한 자료가 차고 넘쳤어요. 그의 앨범들, 그의 편지들, 일기장들, 그의 논문들, 그의 책들, 심지어 저를 관찰하면서 기록한 노트들……. 드림워크에서 그것들을 일부러 마련해 준 것 같아요. 당신의 기억을 되살리기 위해서 말이죠. 물론 그들이 당신을 유현서로 오인했기에 그렇게 했던 것이죠. 그들은 당신의 기억을 되살리면 프레디의 무덤 너머에 뭐가 있는지 알아낼 수 있을 거라고 생각했을 거고. 참, 프레디의 무덤 너머에 뭐가 있었는지 기억하고 있나요?"

은형사는 귀가 솔깃해 칼잠을 쳐다보았다.

칼잠이 눈살을 찌푸렸다.

"그건…… 당신도 알다시피 난 온전한 정신상태가 아니었어. 그래서 프레디의 무덤 너머에서 뭔가를 봤더라도 그 뭔가가 무엇인지 기억나지 않아. 입력이 제대로 되지 않는 정보를 기억하는 건 무리야."

새매가 콧방귀를 뀌었다.

"당신의 기억 메커니즘은 입맛대로 작동하는가 보군요. 다음으로 넘어가죠. 당신은 그의 오피스텔에서 그를 흉내 내고 그를 배웠어요. 한 달 동안 유현서가 되기 위한 학습을 한 것이에요. 실제로 당신은 자신을 유현서라고 굳게 믿었어요. 그 한 달은 당신의 정체성에 날개를 달아준 기간이었지요. 당신은 기억을 잃어버린 그가 했을 법한 행동을 했어요. 한 달 동안 학습한 내용까지 깡그리 망각의 서랍에 집어넣으면서 말이에요. 무서운 건 실제로 당신이 친화력을 발휘해서 고양이 섬을 찾아왔고, 또 프레디의 능력까지 갖췄다는 것이죠. 어느 누가 당신을 유현서가 아니라고 의심하겠어요? 내 이야기에 상상력과 추측이 가미되었다는 것은 인정해요. 당신이 스스로를 유현서라고 생각하면, 그것으로 충분할지도 몰라요. 당신이 유현서와 무슨 차이가 있겠어요? 당신은 잠도 자고 꿈도 꿀 수 있을 거예요."

새매가 은형사에게 시선을 돌렸다.

"옆에 앉은 분이 진짜 유현서라고 생각하세요?"

"진짜인지 가짜인지 드림워크의 판단에 맡겨야겠군요."

은형사는 자신의 표정이 근엄하기를 바라며 총을 꺼내 칼잠을 겨누었다. 극적인 반응을 기대했지만 칼잠은 총을 힐끔 쳐다볼 뿐 별 반응을 보이지 않았다.

새매도 덤덤한 얼굴로 자리를 지켰다.

"죄송하지만……."

은형사는 민첩한 움직임으로 칼잠의 코트 주머니를 뒤졌다. 총은 없었다. 칼잠이 반항할 거라고 생각했지만 그런 일은 일어나지 않았다. 칼잠은 말 잘 듣는 아이처럼 가만히 있었다. 마찰이 있을 거라고 예측하고 난폭한 대응을 불사할 작정이었는데, 일이 너무 싱겁게 풀려서 불안한 기분이 들었다. 은형사는 칼잠의 수갑과 열쇠를 챙겼다.

"저쪽으로."

은형사는 권총으로 맞은편 새매의 옆자리를 가리켰다. 칼잠이 말없이 맞은편에 가서 앉았다. 은형사는 그가 너무 순순히 나오자 자신이 큰 잘못을 하고 있는 기분이 들었다. 그 기분을 떨쳐내듯 칼잠에게 수갑을 던졌다.

"두 분의 손목을 연결해서 채우세요."

칼잠이 묵묵히 수갑을 받았다. 새매가 싱글거리며 칼잠에게 말했다.

"우리 주례라도 서 줄 모양이에요."

칼잠의 굳은 얼굴이 펴졌다. 칼잠이 미소를 지으며 새매의 왼쪽 손목과 자신의 오른쪽 손목에 수갑을 채웠다. 그들의 미소에 은형사는 당황했다.

"드림워크에서 에이전시들이 올 것입니다. 그때까지 불편하더라도 참아주십시오."

은형사는 기분이 좋아졌다. 새매의 얼굴이 딱딱하게 굳어졌기 때문이다.

"자네가 불렀나?"

"크루거의 흔적을 발견한 다음 바로 통화를 했었지요."

"크루거?"

"모르나 보네요. 드림워크의 통제에서 벗어난 자연산 프레디를 크루거라고 부르죠. 광수의 꿈 이야기를 듣고서 제서를 죽인 크루거가 있을 거라고 판단했죠. 처음엔 크루거가 광수일 거라고 추측했습니다. 영호보다 꿈 묘사가 뛰어난 광수에게 크루거의 자질이 있다고 생각했거든요. 확인하기 위해 광수의 꿈에 접촉했습니다. 악몽의 형태로 광수에게 위협을 가하니까 광수는 방어하지 못하고 자기 꿈에 허덕였습니다. 그런데 제가 드림워크의 에이전시란 걸 언제 안 것입니까?"

칼잠이 미소를 지었다.

"드림워크에서 감시를 붙였을 거라고 생각한 것은 꽤 오래되었어. 내 감시인으로 자네가 물망에 올랐어. 자네가 드림워크의 에이전시라고 확신한 것은 조금 전 자네가 내게 총구를 겨누었을 때야."

은형사가 쓴웃음을 지으며 '당신은 어때요?' 하고 말하는 듯 새매를 쳐다보았다. 새매가 어깨를 으쓱했다.

"조금 전이라고 해두죠. 이제 일어날까 해요. 드림워크 에이전시들이 들이닥치는데 뭔가 대책을 세워야겠어요."

은형사는 자신의 손에 들린 것을 쳐다보았다. 아무리 들여다봐도 권총이다. 새매는 수갑까지 차고 있었다.

"제가 들고 있는 게 총이란 것을 잊으신 모양입니다. 총 자루를 제가 쥐고 있다는 걸 두 분께 환기시켜야겠군요. 이것은 꽤 비싼 총이고. 두 분은 제 다정한 포로입니다."

새매가 거실이 밝아질 만큼 활짝 미소를 지었다.

"미안하지만 당신은 나를 어떻게 할 수가 없어요. 여긴 내 꿈속이거든요."

제16장

프레디의 무덤

꿈을 꾸다

4월 24일.

현서가 새매를 프레디 존으로 옮겼다.

새매는 숨 막히는 증세가 사라지지 않았다. 그녀의 눈앞에 흐릿한 이미지가 떠올랐다. 이미지의 주인은 나다북이었다. 홀로그램 같은 영상이지만 나다북이 그녀에게 힘을 발휘했다. 나다북이 두 손으로 그녀의 목을 조르고 있었다. 그녀는 나다북의 두 손을 잡았다. 손에 감촉이 왔다. 조르는 힘이 너무나도 강했다. 눈알이 튀어나올 것 같았다.

새매는 현서의 어깨에 기대어 앉아 있음에도 누워 있는 기분이 들었다. 나다북의 등 뒤로 하얀 천장이 보였다. 눈에 익은 원형 천장. 감시 카메라도 있었다. 그녀가 수면제를 먹고 잠들어 있는 병실이 분명했다. 그녀는 나다북의 손목을 움켜쥔 다음 고개를 젖히며 현서에게 말했다.
"그, 그예요. 나다북⋯⋯."
현서가 나다북과 겹쳐졌다.
"무슨 말이야?"
현서가 물었지만 새매는 대답하지 못했다. 숨통이 막혔다. 그녀는 발버둥을 쳤다. 고통스러웠다. 차라리 기절하고 싶었다. 하지만 기절은 죽음과 이어질 것이다. 나다북이 홀로그램이 아니라 실체처럼 또렷하게 보였다. 병실의 풍경도 선명하게 보였다. 둥근 의자 두 개가 딸린 원탁, 원탁에 놓인 꽃병, 라일락, 말굽 모양의 문, 둥근 벽시계⋯⋯.

잠에서 깨어나려는 모양이다. 깨어나기 전에 나다북의 손에 죽겠지만.

의식은 또렷했다. 눈에는 병실의 풍경도 보였고, 푸른 사막의 풍경도 보였다. 그녀는 두 장소에 동시에 존재했다. 프레디의 존에서 현서가 사라졌다는 것을 깨달았다. 그 사라졌던 현서가 문을 밀치고 병실에 들어왔다.

"그만둬!"
현서가 나다북을 잡아챘다. 나다북은 그녀의 목에서 손을 떼지 않았다.

"그녀가 프레디의 무덤에 있소."
현서가 말했다.

나다북이 흠칫 손을 풀었다. 새매는 캑캑거렸다. 둘러보니 병실이 희미해지더니 사라졌다. 무심한 모래파도가 밀려나고 달려들기를 반복했다.

독한 수면제인가 보았다. 교살을 겨우 피한 현실의 육신은 경각심이 없이 다시 잠이 든 듯했다.

"여기를 벗어나야 하지 않을까?"

그렇지만 어디로 간단 말인가? 잠에서 깨어나는 것 외에는 이곳을 벗어나는 방법을 알지 못했다. 하지만 수면제가 그녀의 잠을 지킬 것이다.

새매는 뭘 한다는 의식 없이 자갈을 주워 수평으로 힘껏 던졌다. 물수제비가 모래바다에 담방담방 떴다. 물수제비를 계속 띄웠다. 그 짓이 무료해지자 지평선이자 수평선을 쳐다보았다. 수평선에는 푸른 태양이 반쯤 걸려 있었다. 아지랑이가 보였다. 푸른 태양에서 실타래처럼 풀어져 나온 아지랑이였다. 아지랑이가 동물의 운동력을 갖고 움직였다. 아지랑이들이 서로 엉키면서 광채를 내었고, 투명한 뭔가를 이루었다. 신기루였다. 까치발을 곁들여 쳐다봤지만 먼 거리를 제압할 수 없었다. 신기루는 도시의 마천루처럼 보였다. 마천루가 푸른 태양을 찌르고 있었다. 하지만 더 자세히 볼 수 없었다. 푸른 태양 아래 신기루는 다이아몬드처럼 휘황찬란한 빛을 뿌렸다. 프레디들이 저 신기루를 보고 천국 어쩌고저쩌고 한 모양이었다.

"신기루를 보고 있나?"

등 뒤에서 낯익은 목소리가 들려왔다. 새매는 고개를 돌렸다. 현서와 나다북이 서 있었다. 두 사람 모두 프레디라서 금세 가수면 상태에 들 수 있는가 보았다. 드림워크의 프레디 코스에는 가수면 상태로 이끄는 명상법이 있다고 했던가? 누군가—아마 현서일 것이다—의 쿰에서 그런 얘기를 들은 적이 있었다. 프레디 코스에는 상대를 가수면으로 이끌기 위한 고급 최면술 과정도 있었다. 상대를 가수면으로 이끌 수 있다면 프레디의 꿈에 상대를 초대할 수 있고, 또 프레디의 의지로 상대의 꿈을 활성화시킬 수 있다고 했다.

그들의 손에 권총이 들려져 있었다.

"목 조르기가 취미인 분이 납시었군요. 나를 죽이려면 좀 더 고상한 방법을 연구해 보세요."

새매의 야유에 나다북은 끄떡도 하지 않았다. 나다북은 저 여자를 계속 지껄이게 놔둘 것이냐 하는 얼굴로 현서를 쳐다보았다. 현서가 두 걸음 다가왔다.

"그는 당신을 깨우려고 한 거야."

"그렇게 깨우다가는 여럿 죽이겠어요."

"당신을 죽이기 위해선 당신을 깨우는 게 먼저였어."

"네?"

"프레디 사이에 미신이 많은데, 아바타가 꿈속에 있을 때 아바타의 주인을 죽이면 주인을 잃은 아바타 유령이 살인자의 꿈을 따라다닌다는 것도 미신의 하나이지. 그의 행동은 미신에서 비롯된 것이지. 강력한 수면제를 먹인 데다 쿰을 쿠고 있었기에 웬만한 자극으로는 당신을 깨우기 힘들었대. 그래서 그런 강력한 방법을 쓴 거야. 완전한 죽음을 주는 것은 아니지만 죽음을 예고하는 자극이 필요했던 것이지. 그런 자극이면 현실의 육신과 연결된 아바타도 느낄 수 있으니까."

"내 목을 조르는데 그런 인문학적인 사연이 담겨 있을 줄은 몰랐군요."

비꼼을 무심함으로 받아넘기며 현서가 프레디의 무덤을 가리켰다. 그의 손짓이 뭘 의미하는지 모를 새매가 아니었다.

"내가 드림워크와 거래할 비밀을 쥐게 된다면 두 분의 목숨을 놓고 거래를 해야겠군요."

새매는 등을 돌리고 잠시 망설였다. 막상 들어가려고 하니 겁이 났다. 언젠가는 반드시 죽겠지만 자신의 죽음에 대해서 한 번도 생각해 보지 못한 그녀였다. 다시 등을 돌려 두 에이전시를 쳐다보았다.

안 들어가면 안 될까요?

새매에게 돌아온 것은 무정한 총알이었다. 나다북이 쏜 총알이었다. 발치에서 자갈과 모래가 튀었다. 화들짝 몇 걸음 물러난 그녀는 '좀 말려주세요?' 하고 애절 모드로 현서를 쳐다보았다. 무정한 사내 현서가 그녀의 눈길을 거부하고 뒷짐을 졌다.

탕.

새매는 다시 물러났다. 몇 번의 총성이 있었고, 그때마다 물러섰다. 약이 올랐지만 어떻게 할 수가 없었다.

총성이 끊겼다. 새매는 고개를 갸웃하며 두 남자를 쳐다보았다. 현서가 입으로 원을 만들며 두 눈을 동그랗게 떴다. 나다북은 선글라스를 벗었다. 그들이 그녀의 발치를 가리켰다.

새매는 비명을 지르고 싶었고, 비명을 지르며 고개를 숙였다. 현실이라면 전혀 이상할 것 없는 일이 일어났다. 그녀의 발은 푸른 모래를 당당하게 딛고 서 있었다. 해변과는 열 걸음 정도 떨어져 있는 거리였다.

밀물인 모양이었다. 모래파도가 기세를 돋우어 두 남자의 발치에까지 밀려들었다. 그들이 물러섰다. 새매는 모래바다에 빠지지 않고 서 있었다. 발을 굴려보았다. 색깔이 푸를 뿐이지 평범한 모래에 불과했다. 몇 번 폴짝 뛰었고, 무턱대고 걸어보았다. 모래가 발 아래로 움직이는 것을 느낄 수 있었지만 그 외에는 아무런 이상이 없었다. 그녀를 집어삼킬 것 같지는 않았다. 이번에는 모래언덕을 향해 올라갔다. 발이 푹푹 빠졌지만 그 정도는 보통 사막에서도 허용되는 인장력이었다. 새매는 키 높이의 모래 언덕에 올라섰다. 그리고 그들을 향해 돌아섰다.

"제가 죽을 것 같지는 않군요!"

두 남자가 멍한 얼굴로 새매를 쳐다보았다.

거리가 멀어서 잘 몰랐지만 언뜻 현서가 미소를 지은 것처럼 보였다.

"여기 들어오시지 않을래요?"

신이 나서 그들에게 손을 흔들어 보였다.

"어?"

새매는 유서 깊은 할리우드 액션을 취하며 쓰러졌다. 그리고 언덕 아래로 굴렀다. 그녀는 두 눈을 떴다. 그러자 감은 효과가 났다. 아무것도 보이지 않았다. 알아들을 수 없는 고함 소리가 들렸다. 현서의 고함 소리였다.

새매는 씩 웃으며 눈을 감았다. 그러자 보였다. 그녀의 행동에 두 남자가 어떻게 반응할지 기대가 되었다. 특히 현서가 어떤 반응을 보일지 궁금했다. 하지만 신파적인 행동까지 기대한 것은 아니었다. 현서가 뛰어왔다. 새매는 약간 놀랐고 조금 감동했다. 모래바다에 들어오자마자 그의 발이 푹푹 빠졌고, 무릎까지 잠겼다. 힘겨운지 오는 속도가 더뎠다. 얼굴이 잔뜩 일그러져 있었다. 이유는 알 수 없지만 그녀에게 뭍에 불과한 사막이 그에게 물로 작용하는 모양이다. 그가 헤엄치듯 다가왔다. 그의 자취를 따라 푸른 모래가 물보라처럼 일었다.

모래바다에 나를 집어넣지 못해 안달이더니. 그의 이중성을 이해할 수가 없었다. 팔만 뻗으면 닿을 수 있는 거리에까지 그가 다가왔다. 가슴까지 모래바다에 잠겼다. 움직임이 잦아들고 그가 더 이상 움직이지 못했다. 그의 눈동자는 그녀를 보고 있는 것 같지가 않았다. 실제로는 감고 있겠지만 꿈을 꾸듯 그의 눈동자가 끊임없이 흔들렸다. 그의 눈동자는 변덕 많은 구름처럼 순간순간 변했다. 습기를 머금은 뭉게구름이 되어 부풀어 올랐다가 눈물을 떨어뜨리며 사라지고, 다시 양떼구름처럼 모여들었다가 새털구름처럼 흩어졌다.

그의 눈에 맺힌 것은 눈물이었다. 남자의 눈물에 약해질 그녀가 아니지만 계속 기절한 척할 만큼 모진 여자도 아니었다. 현서가 비명을 지르며 한쪽 팔을 마구 휘저었다. 다른 쪽 팔은 모래바다 속에 파묻혀 있었다. 요동이 심해질수록 모래바다는 늪지가 된 듯 그를 무겁게 끌어당겼다. 목까지 모래바다 속에 잠겼다.

새매는 벌떡 일어나 앉아 밖으로 나온 그의 팔을 붙들었다.

"괜찮아요?"

새매가 말했다.

현서가 움직임을 멈추고 그녀를 쳐다보았다. 그의 얼굴에 경련이 일었다. 순간 그의 눈에 맺혔던 눈물이 뺨을 타고 주르륵 흘러내렸다.

현서가 갑자기 소리쳤다.

"네가 본 짐승은 전에 있었다가 시방 없으나 장차 무저갱으로부터 올라 멸망으로 들어갈 자니 땅에 거하는 자들로서 창세 이후로 생명책에 녹명되지 못한 자들이 이전에 있었다가 시방 없으나 장차 나올 짐승을 보고 기이히 여기리라."

제정신이 아닌 듯했다. 아버지가 목사라고 하더니 아버지의 환영이라도 보는 모양이었다.

그에게는 아버지가 악몽인 걸까?

새매가 지탱할 수 없을 만큼 그의 무게가 늘어났다. 두 손에 힘을 주었다. 다행히 더 이상 그는 모래바다 속으로 빨려 들어가지 않았다. 하지만 그를 끄집어낼 수가 없었다.

같은 날 같은 시각.

모래를 팠다. 빠른 속도로 모래를 파고 또 팠다. 푸른 모래는 부드러웠고, 모래 속의 모래는 더욱 푸르렀다. 그는 모래 속에서 목만 내밀고 기절해 있었다. 얼굴은 잔뜩 일그러지고, 뺨에는 눈물 자국이 있었다.

상체가 모습을 드러냈다. 새매는 그의 양쪽 겨드랑이에 두 손을 넣고 끌어당겼다. 모래 속의 인력은 여전했다. 마침내 그가 끌려나왔다. 그를 모래바닥에 눕혔다. 더 이상 가라앉지 않았다.

새매는 그의 옆에 엉덩이를 깔고 앉았다. 세운 무릎을 두 팔로 껴안고 해변을 바라보았다. 그쪽은 어둠의 장벽으로 존재했다. 어둠의 장벽 앞에 서 있는 나다북이 개미처럼 작게 보였다.

모래의 움직임 때문인지 새매와 현서는 신기루가 있는 쪽으로 표류했다. 사막의 푸름이 더 깊어지고 부드러워졌다. 모래파도를 이루는 언덕과 골짜기들이 똑같은 크기와 모양으로 눈길이 닿는 데까지 뻗어 있었다. 신기루가 가까워진 것 같았지만 그 형태는 더 희미해져서 알아보기 힘들었다. 바람 부는 소리 외에는 아무 소리도 들리지 않았다.

사막의 푸름도 슬슬 지겨워졌다. 새매는 무릎을 감싼 두 팔에 턱을 괴고 발아래의 모래를 응시했다. 모래가 꿈틀하며 움직였다. 모래바닥에 기묘한 영상이 떠올랐다. 푸른 스크린을 보는 듯했다.

억새밭 사이의 국도를 질주하고 있는 SUV 차가 보였다. 차 지붕에 스키도구가 장착되어 있었다. 영상은 바뀌어 자동차 안의 광경을 비췄다.

"엄마……."

새매가 중얼거렸다.

운전대를 잡은 아빠도 보였다.

열여덟 살을 먹은 그녀의 모습. 새매는 자신의 얼굴을 만졌다. 지금 그녀의 얼굴과 너무 다른 그녀의 또 다른 얼굴이 저기에 존재했다. 남 같았다. 3년 전의 자신이 연약하고 작은 생명체처럼 느껴졌다.

가족이 함께 인공 스키장을 가는 길이었다.

3년 전 겨울이었지, 아마.

열여덟 살 새매가 음악을 틀고 볼륨을 높였다. 그리고 소리를 지르며 노래를 불렀다.

무슨 노래였더라……. 기억이 나지 않아.

"얘, 좀 조용히 해, 시끄러워 죽겠다. 요즘 애들은 왜 그딴 노래를 듣는 거니? 그리고 창문 좀 닫아."

뒷좌석에서 엄마가 투덜거렸다.

"이 노래가 뭐 어때서? 엄마는 구식이야."

새매가 뒤돌아보며 혀를 내밀었다.

"그치 아빠?"

아빠가 새매에게 고개를 돌렸고, 돌린 고개를 끄덕이며 미소를 지었다.

"늬네 엄마가 좀 구식이기는 하지."

"누가 그 아빠에 그 딸 아니랄까 봐."

엄마가 투덜거렸다.

"와, 예쁘다! 엄마, 저 억새 좀 봐."

열여덟 살의 새매가 버튼을 눌러 창문을 조금 내렸다.

"추워. 열지 마."

엄마가 말했다.

새매가 그 말을 귓등으로 들으며 창문을 더 내렸다. 차가운 공기. 빛나는 이마. 맑은 눈은 억새밭 풍경을 담고 있었다. 겨울이었는데도 억새는 모진 생명력을 자랑하고 있었다. 3년 어린 새매는 손을 차창 밖으로 내밀었다. 손으로 바람을 느끼다가 머리까지 내밀었다. 나부끼는 머리칼과 머플러.

3년 전의 새매가 눈을 감았다. 그리고 눈물을 흘렸다. 기억에 없던 장면이다.

왜 눈물을 흘렸지?

새매는 그런 생각을 하며 3년 전의 새매가 그랬던 것처럼 눈을 감았다. 실제로는 눈을 떴다. 눈꺼풀에 부딪히는 투명한 햇살. 그

햇살 때문인지 눈꺼풀 안쪽이 푸름으로 물들여졌다. 눈꺼풀 안쪽에도 시선이 있었고, 눈꺼풀 안을 보는 게 가능했다.

반투명한 빛 보푸라기 하나가 물음표 형상을 찍으며 눈꺼풀 안쪽을 둥둥 떠다녔다. 눈꺼풀 안쪽의 시선으로 빛 보푸라기를 쫓으면 그것은 저만치 도망갔고, 안쪽 시야에서 사라져 버렸다. 빛 보푸라기를 의식하지 않는 순간 그것은 약을 올리듯 다시 안쪽 시야에 슬그머니 모습을 드러냈다.

눈 안쪽의 시선으로 빛 보푸라기를 쫓는 일을 계속했다. 새매는 열여덟 살 그녀도 그렇게 했다는 것을 깨달았다. 어느 순간 빛 보푸라기가 새끼를 치듯 두 개로 늘어났고, 다시 네 개로, 여덟 개로 늘어났다. 실을 잣듯이 증식하고 또 증식했다. 더 이상 눈 안쪽의 시선으로 그것을 쫓지 않았다. 늘어난 빛 보푸라기가 눈 안쪽의 시야를 가득 채웠다. 그 각자가 신경뉴런처럼 손을 잡으면서 역동적인 패턴을 이루었다. 그 패턴에 색깔이 명암과 깊이와 부피가 더해지면서 의미있는 장면을 토해냈다. 기억의 일부였다. 네 살 난 새매가 엄마와 함께 놀이터에서 미끄럼을 타는 장면. 까르르 웃는 새매. 시소를 타는 어린 새매. 교복을 입고 바람처럼 달려가는 새매. 패턴이 소용돌이치며 그녀의 인생을 압축시켜 놓은 장면들이 빠르게 지나갔다.

아!

새매는 몸을 떨었다. 이제야 기억이 났다. 그 당시 열여덟 살 새매는 기묘한 상태에 놓여 있었다. 3년 전의 그녀도 지금 새매가 보고 있는 장면들을 보고 있었다. 그 환영에는 미래에 대한 기억까지 포함되어 있었다. 사막에 앉아 있는 현재의 모습이 보였고, 그녀가

3년 전의 그녀를 보는 장면까지 보였다. 열여덟 살 새매는 눈 안쪽 시야에 떠오르는 미래의 장면을 좇으면서 이 순간, 과거와 미래가 서로의 속살을 섞는 이 순간에 들이닥칠 일이 뭔지 알고 있었다. 자신에게 일어날 일임에도 그녀에게는 달에서 일어날 일처럼 멀게 느껴졌다.

"머리 조심해!"

운전석에서 아빠가 소리쳤다.

차체가 흔들리고 몸이 한쪽으로 기울어졌다.

3년 전의 새매는 눈을 떴고, 3년 후의 새매는 눈을 감았다. 새매는 3년 전의 새매로 돌아가 있었다. 차가운 바람을 얼굴로 느낄 수 있었다. 바람에 찔린 것인지 눈물이 흘러나왔다. 새매는 4.5톤 트럭 한 대를 보았다. 얼른 고개를 안으로 집어넣었다. 트럭이 아슬아슬하게 스치고 지나갔다. 가슴을 쓸어내릴 시간도 없었다. 아빠가 핸들을 크게 꺾는 바람에 그들이 타고 있는 SUV가 왼쪽으로 쏠려 있었다.

급커브 길이었다.

아빠가 급히 오른쪽으로 핸들을 꺾었다. 몸이 반대쪽으로 쏠렸다. 급커브를 도는 중이었다. 핸들의 움직임이 커서 SUV는 중앙선을 넘었다. 커브를 돌자마자 대형버스 한 대가 코앞에 나타났다.

공기를 찢어발기는 굉음. 그 굉음은 너무나 커서 귀에 들어오지도 않았다.

차체에 충격이 왔고, 허리가 부러지고 머리가 잘려져 나간 것 같은 감각이 찾아왔다.

새매와 열여덟 살 새매가 동시에 비명을 질렀지만 그 비명은 소리가 되어서 새어 나오지 못했다. SUV는 으깨어졌고, 그 상태에서 요동을 쳤고, 빙글빙글 회전했고, 뭔가를 들이받고 종잇장처럼 구겨졌다.

유리로 이루어진 것은 모두 박살 났다.

새매는 정면 차창에 머리를 들이박은 상태였다. 뇌수가 줄줄 새는 것 같았지만 별 고통을 느끼지 못했다. 팔다리가 몸과 수천 킬로 떨어져 다른 곳에 존재하는 것처럼 팔다리로 아무것도 느낄 수 없었다.

사금파리처럼 반짝이는 유리 조각들이 눈에 띄었다. 유리 조각은 일정한 크기를 유지하고 있었다. 유리 조각이 머리에 피를 흘리고 있는 새매를 비추었다. 새매는 유리 조각들 속에서 현재 자신의 얼굴을 보았다. 열여덟 살 새매는 유리 조각들 속에서 자신의 얼굴과는 다른 새매의 얼굴을 보았다. 수많은 유리 조각들 속에 수많은 새매가 존재하고 있었다.

유리 조각들에 비친 새매를 보고 나서야 현기증이 그녀를 덮쳤다.

사방이 뱅글뱅글 돌았고, 무겁고 거대한 뭔가가 그녀를 깊은 나락으로 끌어당겼다.

그리고 어둠.

정신을 잃었지만 여전히 뭔가가 그녀를 아래로 끌어당겼다. 새매는 발버둥을 치면서 그 힘에 저항했다. 발버둥을 치는 도중에 손발의 움직임을 확연히 느낄 수 있었다. 그 움직임 때문에 정신을 차릴 수 있었고, 열여덟 살 새매에게서 벗어났다.

새매는 사막의 지평선을 응시하고 있는 자신을 발견했다. 한숨을 쉬면서 가슴에 손을 얹었다. 심장이 콩닥콩닥 뛰었다. 3년 전에 일어난 교통사고였지만 몇 초 전에 일어난 일인 것처럼 생생했다. 열여덟 살 새매가 겪은 사고를 이제야 온전히 기억해낸 게 믿기지 않았다. 그 기억이 희미한 것은 천 년의 꿈이 가로막고 있기 때문일까.

뭐지?

뭔가가 아직도 새매를 아래로 끌어당기고 있었다. 새매는 시선을 떨어뜨렸다. 엉덩이가 모래바다에 잠겨 있었다. 아무래도 모래에 빠지는 게 기억과 관계가 있는 것 같았다. 힘을 주어 엉덩이를 빼냈다. 그건 쉽게 되었다.

기억의 무게 때문에 모래바다에 빠지는 거라면 그녀에게 3년 전의 기억은 너무나 가벼울 것이다. 그녀의 생체시계로는 천 년 전의 기억일 테니까. 더욱이 미래의 일까지 포함된 비현실적인 기억이었다면.

새매는 자리를 새로 정하고 앉았다. 미래에 관한 기억과 미래의 자신의 얼굴을 본 게 어떤 종류의 일인지 알고 싶었다. 하지만 아무리 생각해도 어떤 종류의 일인지 알 수 없었다. 생각이 깊어지자 바닥이 그녀를 다시 끌어당겼다. 새매는 생각에 고삐를 매고 지평선을 쳐다보았다. 사막의 푸름이 지루했다. 졸음이 밀려왔다. 하품을 했고 무릎을 감싼 두 팔에 얼굴을 묻었다. 새매는 졸았고, 자신이 꿈을 꾸고 있다는 사실을 인식했다. 프레디의 무덤에서 꿈을 꾸는 게 가능한지 의심스러웠지만.

꿈은 기묘하고 열정적이었다. 침대에서 현서와 그녀가 벌거벗은 채 엉켜 있었다.

그의 꿈과 연결된 걸까?

꿈속의 그녀는 흥분했고, 그를 유도했고, 적극적으로 몸을 움직였다. 아랫도리에 통증이 밀려들었다.

새매는 꿈에서 깨어났다. 꿈속의 통증은 푸른 사막에까지 따라왔다. 옷이 헝클어져 있었다. 슬쩍 현서의 얼굴을 쳐다보았다. 입가에 미소가 감돌고 있었다. 그의 옷도 흐트러져 있었다.

어떻게 된 것일까?

방금 전 꾼 꿈속에 등장한 그녀도 아바타란 생각이 들었다. 하지만 꿈결을 빙자해서 모래 위에서 남녀의 다른 신체구조를 즐긴 것 같지는 않았다.

쿰 속의 쿰 속의 쿰……. 더 생각하려고 하니까 골치가 아팠다.

그가 괘씸하게 느껴졌다. 한 대 후려치고 싶었다. 대신에 어깨를 흔들었다. 그가 게슴츠레 눈을 떴고, 그녀를 보자마자 일어나 앉았다. 얼굴을 붉힌 채였다. 새매는 그가 자신과 똑같은 꿈을 꿨다는 것을 확신했다.

새매는 고개를 돌려 쥐구멍을 찾았다. 푸른 사막에는 쥐구멍이 없었다. 그가 다시 기절했으면 좋겠다고 생각했다. 그가 기절하지 않고 헛기침을 터뜨렸다.

"어떻게 된 거지?"

질문이 너무 노골적이잖아?

질문을 중의적으로 해석할 수 있다고 깨달은 것은 잠시 후였다.

"내가 당신을 구했어요."

그의 얼굴이 일그러졌다. 새매는 겁이 났다. 현서가 모래바다에 조금씩 잠기고 있었다. 엉덩이가 잠겨 그의 앉은키가 줄어들었다.

"손을 빌려줄까요?"

새매가 일어서서 손을 내밀었다. 현서가 그녀의 손을 잡고 일어났다.

현서가 신기루에 시선을 두었다.

"걷는 게 좋겠어."

그동안 푸른 사막이 그들을 꽤 먼 곳까지 싣고 온 모양이었다. 신기루가 손에 잡힐 듯이 가깝게 보였다. 신기루는 도시 형태를 띠었다. 푸른 안개 때문에 도시의 세부는 볼 수 없었지만 드림워크가 바라는 천국 같지는 않았다.

푸른 안개가 도시를 감싸고 있었다. 발밑에 느껴지는 모래 감촉이 부드러웠다. 현서가 그녀의 손을 꽉 잡고 걸었다. 새매는 그의 얼굴을 쳐다보았다. 그는 눈을 감고 있었다. 다시 말해, 그는 눈을 뜬 채 암흑을 바라보고 있었다.

"무덤에 왜 뛰어들었죠? 나를 떠밀 때는 언제이고……."

"드림워크에 염증이 났거나 당신에게 잘 보이고 싶었거나, 둘 중 하나겠지."

"너무 통속적이네요. 진짜 이유를 말해봐요."

"내 머리가 이상해져서 그랬나 봐. 뇌에 전기 마사지를 많이 받았거든."

새매는 그의 얼굴을 더 이상 보고 있지 않았다.

"내 앞에 누군가 걸어오고 있는데, 괜찮다면 눈을 감고 한 번 보시겠어요?"

현서가 눈을 감았다가 바로 떴다.

"내 눈에 안 보이는 걸 보니까 당신이 부른 환영인 것 같은데. 누구지?"

"잔."

깨진 선글라스를 끼고 검은 코트 자락을 날리며 그녀 앞에 서 있었다. 뺨에 칼자국이 없는 것으로 보건대 잔이었다. 새매는 두 다리가 천근만근 무거워졌다. 무릎까지 모래바다에 쏙 잠겼다.

"잡아당겨 주세요. 바다에 열심히 빠지고 있거든요."

새매가 눈을 뜨고 말했다. 현서가 힘을 썼다. 두 다리가 모래바다에서 빠져나왔다.

"이젠 둘 다 눈 뜬 장님이 되었군요."

그들은 몇 걸음 걸었다. 새매는 현서의 손이 떨리는 것을 느꼈다.

"왜 그래요?"

"눈을 떠도 환영이 보여."

그들은 뛰었다.

새매는 방향을 잡기 위해서 이따금 눈을 감았다. 현서가 몇 번이나 휘청거렸다.

그들은 호흡이 가팔라지고 숨결이 뜨거워졌다. 모래언덕을 내려가자 모래를 실은 바람이 그들을 후려쳤다. 새매는 턱을 끌어당겨 모래바람에 노출된 얼굴 면적을 최소화시켰다. 모래바람은 점점 강해졌다. 걸음의 속도는 느려졌다. 이따금 바람에 맞아 그들은 비틀거렸다. 모래 언덕 하나를 더 넘었다. 옷 사이로 파고든 모래가 퍼석거렸다. 입안에도 모래가 서걱서걱 씹혔다. 몇 번이나 침을 뱉어내야 했다. 모래바람은 폭풍으로 바뀌었다. 걷는 것이 더 힘들어졌다. 새매는 폭풍을 피하기 위해 고개를 가슴에 닿을 만큼 숙였다. 옷자락은 찢어질 듯이 펄럭였다.

실눈을 하고 보니 사방에 모래 회오리 수십 개가 분화구의 불길처럼 솟구치고 있었다. 회오리는 절규하고, 웃고, 꾸짖고, 속삭이고, 고함치고, 울부짖으며 그녀의 혼을 빼놓았다. 소리로 사람을 죽일 수 있다면 지금 회오리 속에서 나오는 소리가 그랬다. 소리가 송곳처럼 고막을 파고들었다. 소리 때문에 뇌가 갈가리 찢겨지는 것 같았다. 저것들은 모래 회오리이기보다는 소리 회오리였다. 회오리에는 세상의 모든 소리들이 담겨 있었다. 회오리가 꿈틀거렸고, 소리들을 토했다. 우르르 쾅. 바각바각, 바그르르, 가르랑, 탕탕, 퉁퉁, 절거덕, 달가닥, 하하하, 우두둑, 덜컹, 으악…… . 아, 이런 소리의 표현은 옳지 못했다. 자음과 모음으로 쪼갤 수 없는 소리들이 회오리 속에서 튀어나왔다.

귀곡성도 있었다. 수천, 수만의 유령들이 한꺼번에 울부짖는 소리. 새매는 공포를 느꼈다. 소리는 형체가 있는 것처럼 목을 조르고, 후려치고, 때리고, 꼬집었다.

바로 옆에서 비명 소리가 울렸다.

"괜찮아요?"

그녀의 고함은 회오리들이 내는 소리에 파묻혔다.

소리 회오리들은 사막의 지형을 매순간 바꿔놓았다. 인간 두 명이 모래 속에 파묻히지 않는 게 신기할 정도였다. 회오리가 확성기인 듯 회오리를 빠져나오는 소리들이 증폭되었다. 소리 회오리 수십 개가 그들 주위를 돌면서 하나둘씩 결합하여 큰 회오리를 내놓았다.

소리가 더욱 커졌고, 폭주했다. 뇌가 견딜 수 없을 정도로 큰 소리였다. 아무것도 의식할 수 없는 순간이 찾아왔다.

회오리 지대를 어떻게 빠져나왔는지 새매는 기억이 나지 않았다.

걷는 상태를 유지한 채 잠깐 기절을 했는지도 모른다. 아니면 그녀의 정신이 기묘한 상태에 머물러 있었는지도 모른다. 그녀가 정신을 차렸을 때 두 다리는 걷고 있었다. 오른손에 그의 왼손이 느껴졌다. 소리 회오리는 사라지고 없었다. 기분 나쁜 이명이 있기는 했다.

"벗어났어요!"

발밑이 단단했다. 새매는 고개를 들었다. 사방이 보이지 않았다. 눈을 떠보았다. 그들은 푸른 안개 속에 서 있었다. 정면으로 도시의 고층빌딩이 보였다. 가까이서 보니 현서는 눈을 감고 있었다.

"눈을 떠요. 이제는 눈을 떠야 보여요."

현서가 눈을 떴다.

"프레디의 무덤에서 벗어난 것 같지만 저기가 천국은 아닌 것 같군요."

현서는 대꾸하지 않았다. 새매는 그의 손을 끌었다. 그들은 안개를 헤치며 도시 가까이 다가갔다. 좀 더 걸어들어 가자 안개가 엷어졌다.

가로수 길이 보였다.

"별것 없네요. 그냥 안개 낀 도시잖아요."

현서는 말이 없었다. 새매는 그의 얼굴을 쳐다보았다. 멍한 눈빛에 멍한 표정. 그답게 하는 뭔가가 얼굴에서 깡그리 사라져 있었다. 그녀는 그의 어깨를 돌려세웠다. 그가 좀비처럼 흐느적거렸다.

제17장

아이데카 랩소디

꿈을 꾸다

1

은형사는 거실 안을 둘러보았다. 눈에 보이는 것들이 색깔이 빠져나갔다.
흑백의 세상.
은형사는 혀를 내둘렀다. 드림필드 안에 있으면 깨어 있는 상대에게 수면과 최면 조장이 어느 정도 가능하다. 드림워크의 프레디 코스에도 수면 조장을 위한 고급 최면술 과정도 있었다. 상대의 정신 상태에 따라 수면 조장의 성패가 달라지지만 일단 수면 조장이 성공하면 프레디가 상대의 꿈에 들어가거나 자신의 꿈에 초대할 수 있는 필요조건을 갖추게 된다.
말이야 쉽지 두 눈 말똥하게 뜨고 있는 상대를 잠으로 이끄는 것은 어려운 일이다. 상대의 동조도 어느 정도 필요하다. 수면 조장도 이렇게 까다로운데, 수면 조장 도중에 꿈을 형성시키고 그 꿈에 상대를 불러들이는 것임에야. 꿈에 초대된 상대가 초대된 사실을 의식하지 못하도록 하려면 그 어려움은 더욱 크다. 더욱이 그녀가 자신의 꿈에 불러들인 상대는 한 명이 아니라 두 명이고, 그 두 명은 잠과 꿈을 다루는 데 베테랑인 전, 현직 두 에이전시가 아닌가. 거의 불가능한 일을 프레디 퀸이 해낸 것이다.

경의를…….

은형사는 프레디 퀸의 꿈에 초대된 또 다른 에이전시를 쳐다보았다. 칼잠이 어깨를 으쓱했다. 칼잠은 알고 있었던 모양이다. 찰칵, 하는 소리가 은형사의 상념에 끼어들었다. '어때요?' 하고 말하듯 새매가 수갑을 흔들어 보였다.

"마술이랍니다. 그런데 그 총이 무겁지 않나요?"

은형사가 놀랄 겨를도 없었다.

새매가 소파에서 사라졌고, 손에 총을 들고 나타나 소파에 앉았다. 은형사는 오른손에 허전함을, 왼쪽 손목에 감촉을 느꼈다. 오른손에는 총이 사라졌고, 손목에 수갑이 채워져 소파 팔걸이에 연결되어 있었다.

"수갑을 채우는 일이 없었으면 좋겠어요. 제 편이 되어주실 거라고 믿어요."

새매가 칼잠에게 말했다.

은형사는 호흡에 정신을 집중했다. 들이쉬고 내뱉고, 다시 들이쉬고 내뱉고……. 현실의 은형사에게 돌아가려는 시도였다. 시도는 실패로 돌아갔다. 이번에는 무릎 쪽의 테이블을 쳐다보았다. 의태를 통하여 다른 꿈으로 피하기 위해서였다.

새매가 빙그레 미소를 지었다.

"당신 능력으로 내 꿈을 변형시킬 수 없어요. 내 꿈에서 도망칠 생각을 하지 마세요. 제 꿈은 인력(引力)이 강해서 내가 원하지 않으면 당신이 어떤 방법으로 도망칠 수 없습니다. 믿을 수 없으면 시험해 보아도 좋아요."

테이블로 의태할 수 없었다. 은형사는 다른 방법을 시도했다. 오른쪽의 유리문을 쳐다보았다. 유리문에 그의 모습이 비쳤다. 그런데 정면이 아니라 뒷모습이었다. 거울에 반영된 눈동자를 응시할 수 없다면 쿰의 보늬로 피하는 것은 불가능했다. 유리문에 비친 자신의 뒤통수를 정면으로 바라보고 있자니 등골이 서늘해졌다.

"나를 잡아두었군요."

은형사가 말했다.

"당신은 제 다정한 포로예요."

새매가 한쪽 손을 등 뒤로 감추고 은형사에게 다가왔다.

"오른손을 내밀어 봐요. 선물할 게 있으니까."

새매는 은형사가 움찔할 만큼 애교 섞인 미소를 지었다. 은형사는 그녀의 미소도 그녀의 말도 거부하지 못했다. 최면에 걸린 것처럼 멈칫멈칫 오른손을 내밀었다. 그녀가 등 뒤로 감추고 있는 것이 궁금하기도 했다. 칼잠의 얼굴에 미소가 자리 잡는 것을 보았지만 그 미소의 의미를 조금 후에야 알았다. 새매가 등 뒤에 감추어진 손을 앞으로 내밀었다.

찰칵.

은형사는 자신의 오른쪽 손목에 채워진 수갑을 멍하게 쳐다보다가 왼쪽 손목으로 시선을 돌렸다. 왼쪽 손목에 채워진 수갑이 사라지고 없었다. 새매는 짝을 이루는 다른 쪽 수갑을 그의 왼쪽 손목에까지 채웠다. 완벽하게 두 손이 수갑에 채워지는 순간이었다.

"현실이군요!"

은형사가 탄성을 터뜨리자 새매가 어깨를 으쓱했다.

꿈을 다루는 게 능란했다. 그 잠깐 사이에 꿈에서 현실로 이동한 것이다. 그 이동에 틈이나 어색함, 어떤 흔적도 없었다. 꿈과 현실이 하나로 연결된 것 같았다. 역시 프레디의 퀸다웠다.

거실은 제 색깔을 찾았다.

새매가 총을 은형사와 칼잠에게 겨누었다.

"두 분 일어나세요. 갈 데가 있어요."

"어딜?"

칼잠이 물었다.

"제서에게."

2

총구가 은형사의 등을 겨누었다. 새매가 총을 쥐고 있었다. 은형사는 칼잠과 함께 나란히 걷다가 창고 앞에서 걸음을 멈추었다.

은형사는 그녀가 그들을 창고에 데리고 온 이유를 알지 못했다. 제서에게 가자고 하더니 온 곳이 창고였다. 거실에 있을 때 창고에서 무슨 소리가 들렸는데, 그 때문에 여기에 온 것일까? 아니면 제서가 여기에?

3

세 사람은 창고 안에 있었다.
"여세요."
새매가 칼잠에게 열쇠를 던져주며 바닥을 가리켰다. 칼잠이 쇠고리에 채워진 자물쇠를 열었다. 바닥 문이 열리고 지하실 입구가 나타났다.
새매가 창고 선반에서 손전등을 꺼내 쥐었다.
"들어가세요."
칼잠이 앞장섰다. 칼잠의 뒤를 은형사가 따랐다. 두 손에 수갑이 채워진 채였다. 새매가 은형사의 뒤를 따랐다.
손전등 불빛이 칠흑같이 어두운 지하실을 비췄다. 지하실 바닥에는 깨진 거울 조각들이 사방으로 널려 있었다. 텔레비전은 박살이 나 있었다. 촛대엔 초가 모두 타고 없었다.
새매는 구석구석을 살피다가 한숨을 쉬었다. 소년은 사라지고 없었다. 소년은 꿈에서 소환된 아이데카였다. 유리가 불러낸 것이 아니었다. 새매 자신은 더욱더 아니었다. 소년은 제희의 작품이었다. 자폐증 환자가 어떤 분야에서는 천재성을 발휘하는데, 제희의 교감 능력도 그 천재성에 기인하는 것인지 모른다. 제희의 주 교감 대상은 제서와 유리였다.
"돌아가요."
새매가 먼저 계단을 올라갔다.

계단을 오르면서 시간을 거슬러 고양이 섬에 왔을 때를 떠올렸다.

유리는 태어난 지 1년도 되지 않았지만 외모는 열 살 아이와 똑같았다. 그것도 부족해 매일매일 성장했다. 특별한 아이를 기르는 엄마 마음은 늘 불안한 법이다. 유리의 지능은 열 살을 웃돌았지만 나머지 정신적인 자질은 갓 태어난 아기 수준이었다.

새매는 서류를 조작하고 유리에게 보통 아이의 행동 모델을 숙지시킨 다음 미리내 초등학교에 보냈다. 유리는 말수가 적었고, 외모도 평범했기에 남의 눈에 잘 띄지 않았다. 하지만 유리와 같은 반이란 게 제희의 불행이었다.

쌍둥이 남매는 잘생기고 예쁜 아이들이었다. 어린 유리가 제서를 좋아했다. 유리처럼 보통 아이와 다른 제희를 제서가 따뜻하게 보살피는 점이 마음에 든 것이다. 유리는 제희를 부러워했다. 이때부터 제희와 유리 사이에 교감이 시작되었다.

유리가 제희를 모방하고 제희의 감정에 자신의 감정을 동조시키면서 유리의 성장 코드에 이상이 생겼다. 유리의 성장이 멈췄다. 두 살배기 유리는 자신을 제희라고 여겼고, 이렇게 자라다가는 제서의 보살핌을 받을 수 없다고 판단한 것이다. 새매는 유리의 변화를 환영했다. 문제는 제희의 육신이 유리의 변화에 동조했다는 것이다. 제희의 왜소증은 유리 때문에 생겼다. 유리의 성장이 묶이면서 제희는 자라지 않았다.

새매는 현관문을 열면서 상념의 곁가지를 쳐갔다. 제희가 아이데카 제서를 현실에 내놓은 것은 제서가 죽은 다음 날 아침이었다. 제희가 제서를 그리워하자 유리가 동조해서 제서를 형상화시킨 것이다. 제희가 유리의 능력을 이용한 셈이었다.

아이데카 제서는 제희의 기억으로 이루어진 존재였다. 제희의 정신이 불완전해서 현실에 발을 디딘 제서는 자신이 누군지 알지 못했다. 새매는 제서를 거두고 학습을 시켰다. 학습이 진행되면서 제서에 관한 제희의 기억이 발효되었고, 그는 자신을 제서라고 믿었다.

그런데 제서가 견디지 못하고 소멸된 것이다.

새매는 현관문 안으로 들어오는 칼잠을 바라보았다. 그는 아이데카 현서가 아니라 진짜 현서인지 모른다. 아이데카 생명체의 낮은 생존율과 생존 조건을 생각한다면 그렇다. 하지만 그녀가 기억하는 것이 틀리지 않다면 칼잠은 아이데카 종족이었다.

새매는 소파에 앉았다. 그리고 말똥말똥 그녀를 내려다보고 있는 은형사를 올려다보았다.

"궁금한 게 많은 모양이군요. 제서는 두 번 죽었어요. 한 번은 저 때문에, 한 번은 광수 때문에."

4

"물 좀 주세요."

환자가 미소를 지으며 말했다.

민 간호사는 눈을 동그랗게 떴다. 환자의 목소리가 또렷했다. 그녀는 귀를 의심했다. 사람이 말을 하는 게 뭐가 이상하겠느냐만 이 병실의 환자는 그렇게 해서는 안 되었다. 그렇게 하면 환자는 더 이상 환자가 아니기 때문이다. 그녀는 환자에게서 시선을 거두고 주위를 둘러보았다. 다른 사람은 없었다. 분명히 환자가 말을 꺼낸 것이다.

"지금 뭐라고 했어요?"

민 간호사가 환자에게 물었다.

"물, 좀, 달, 라, 고, 요."

환자가 또박또박 말했다.

"어머! 말할 줄 아네?"

민 간호사는 환한 표정을 지으며 차트를 내려놓았다. 병이 나은 것이 분명했다. 그녀는 침대 옆 선반에 올려놓은 주전자의 손잡이를 잡고 환자에게 내밀었다.

"컵 없습니까?"

환자가 말했다.

"아……."

민 간호사가 얼굴을 붉히며 컵을 가져왔고, 물을 따라 환자에게 내밀었다.

"고맙습니다."

환자가 상체를 일으키며 컵을 받아 쥐었다.

"움직일 수도 있네?"

민 간호사는 탄성을 지르며 밖으로 뛰쳐나갔다. 닫아놓았던 문이 열려 있었지만 그녀는 미처 주의를 기울이지 못했다. 환자가 나았다는 것을 어서 알리고 싶었다.

"선생님!"

그렇게 소리치며 복도로 나간 민 간호사는 그 자리에 얼어붙고 말았다.

"———?"

동료 간호사 둘과 광수를 담당하는 의사 두 명이 있었고, 그들은 민 간호사가 알아들을 수 없는 말을 빠르게 지껄였다. 그녀가 상황을 파악하기도 전에 몸에 감촉이 있었다. 그녀는 공중에 떴고, 들것에 실렸다.

"왜 그래요!"

소리를 질렀지만 소용이 없었다. 사람들이 빠른 속도로 움직였다. 발버둥도 쳐보지 못하고 그녀는 광수의 옆 침대에 눕혀졌다. 이상한 생각이 든 그녀는 벽시계를 쳐다보았다. 광수의 병실에 들어간 지 두 시간이나 지나 있었다. 그녀에겐 몇 분에 불과한 시간이었지만.

광수가 1분에 걸쳐서 말했다.

"제 꿈속에 들어온 걸 환영합니다."

❖

광수는 그 말을 하면서 묘한 그리움에 젖어들었다.

한 달 전, 그는 유리와 꿈속에서 혀를 섞으며 격렬하게 키스했다. 키스한 다음날 마지막 수업 시간에 쪽지를 발견했다. 쪽지는 책갈피에 끼워져 있었다.

내 꿈속에 들어온 것을 환영해.

어젯밤 키스 어땠어?

네가 맘에 든다. 우리 사귀자.

광수는 손이 떨리는 것을 의식하며 쪽지를 몇 번이나 읽었고, 입술을 몇 번이나 만지작거렸다. 입술에는 아직 어젯밤의 달콤함이 남아 있었다. 꿈인 것을 알고 있는데도 실제로 일어난 일처럼 느껴졌다. 광수는 뒷자리에 있는 유리의 시선을 의식했지만 감히 돌아보지 못했다.

수업이 끝나자 삼총사의 눈을 피해 학교 뒤뜰로 갔다. 뒤뜰은 조용했고 아무도 없었다. 광수는 너도밤나무에 등을 기댔다. 아름드리 너도밤나무 앞에 작은 연못이 있었고, 너도밤나무 옆에는 등나무 길이 30미터 정도 뻗어 있었다. 꽤 운치있는 곳이었고, 어젯밤 꿈에서 유리와 키스를 한 곳이 너도밤나무 아래였다. 꿈속에 보았던 그대로의 풍경이었다. 색채만 달랐다. 꿈속에는 흑백의 농담으로 조율되어 있었고, 그 때문에 더 아련하고 그리운 느낌을 주었다. 등으로 느끼는 너도밤나무의 옹이도 꿈속 그대로의 감촉을 전해줬다.

광수는 연못을 바라본다는 의식 없이 바라보다가 한숨을 내쉬었다. 마음이 진정되지 않았다. 은밀한 꿈인 줄 알았는데 유리가 꿈속에서 일어난 일을 알고 있을 줄이야. 단순한 꿈이 아니었다. 초자연적인 뭔가가 개입되어 있었다. 머리는 뭔가 이상하다고 말하고 있는데, 온몸은 심장으로 바뀐 것처럼 두근댔다. 유리처럼 아름다운 여자애가 사귀자는 것은 여왕이 천민에게 손을 내미는 수준의 일이었다. 그 내민 손을 덥석 잡고 싶었다. 기회를 놓치고 싶지 않았다. 다시 오지 않을 기회인지 모른다. 하지만 유리와 사귀었던 남학생들에게 하나같이 안 좋은 일이 생겼다는 소문이 마음에 걸렸다.

"뭘 그렇게 생각해?"

광수는 심장이 목구멍으로 튀어오를 만큼 놀랐다. 뒷걸음쳐 보았지만 물러설 곳이 없었다. 등 뒤를 너도밤나무가 막아섰다.

"아, 아, 아무것도."

더듬지 말아야 한다고 생각했지만 더듬고 말았다. 광수는 자신의 입을 찢어버리고 싶은 충동을 느꼈다. 유리의 눈에 자신이 얼마나 멍청하게 보였을까.

등나무 그림자에서 나온 유리가 여신 같은 걸음걸이로 다가왔다. 광수는 눈부신 뭔가를 쳐다보듯 유리를 쳐다보았다. 한 발짝 앞에서 유리가 걸음을 멈췄다. 그리고 상체를 앞으로 기울여 광수의 귀에 대고 속삭였다.

"네 키스, 굉장했어."

광수는 귓불까지 빨개졌다. 갈비뼈를 뚫고 나올 만큼 심장이 쿵쾅거렸다.

"꿈일 뿐이었어."

광수가 가까스로 말했다.

"아니. 실제로 일어난 일이었어. 이렇게."

유리의 입이 그의 입을 찍어 눌렀다. 광수는 이미 일어난 일을 반복하고 있다는 느낌을 받았다. 꿈속에서처럼 입이 저절로 벌어졌다. 유리의 혀가 치고 들어왔다. 꿈속에서 꼭 그랬던 것처럼 키스했다.

키스는 길었다. 혀가 미친 듯이 서로를 탐했다. 두 손은 어디에서 어떻게 노는지도 인식할 수가 없었다. 가슴에 부드럽고 탄력적인 뭔가가 안겨왔고, 기분 좋은 무게로 그를 압박했다. 포옹 속에 숨겨진 격렬한 키스. 광수는 기절할 것 같았고, 실제로 반쯤 기절했다.

의식할 수 없는 시간이 흐르고 나서야 그녀에게 풀려날 수 있었다. 풀려나자마자 그는 그 자리에 주저앉고 말았다.

유리가 배시시 웃었다.

"이제 우리 사귀는 거다."

그 선언이 그렇게 달콤할 수가 없었다. 어찌 감히 거부하랴. 광수는 대꾸할 말과 표정을 고르면서 유리를 올려다보았다. 유리가 곁눈질로 등나무 길을 바라보고 있었다. 광수는 유리가 쳐다보는 것을 쳐다보았다. 길 끝에 누군가의 뒷모습이 보였다. 거리가 멀어서 누군지 알 수 없었다. 누군가는 등나무 길과 이어진 담 모퉁이를 돌았고, 시야에서 사라졌다. 유리가 담 모퉁이를 쳐다보며 기묘한 미소를 지었다. 광수는 그때까지도 그 미소가 뭘 의미하는지 알지 못했다.

5

새매는 유리의 이야기를 듣고 유추한 거라고 단서를 달았다.

"토요일 밤 아이들이 등장했던 꿈은 광수의 꿈입니다. 광수가 다른 아이들을 꿈에 초대한 것이죠. 그 꿈과 관계있는 사람은 제서,

광수, 영호, 반 말고 한 사람이 더 있습니다. ……경아예요. 경아는 스토커처럼 유리를 쫓아다니며 유리를 흉내 내는 아이이죠."

"꿈에 등장한 여학생이 유리의 아바타가 아니라는 겁니까?"

은형사가 물었고, 새매가 고개를 끄덕였다.

"유리는 광수의 꿈을 스캔하고 있었어요. 아바타로 모습을 드러낸 게 아니라 보이지 않는 관찰자였던 것이죠. 그래서 유리가 제서를 죽인 게 아니라고 말했던 것입니다. 다섯 아이들 중에 아바타는 넷이에요. 나머지 하나는 단순한 등장인물에 불과해요. 나머지 하나가 누군지 알겠어요?"

은형사와 칼잠이 고개를 흔들었다.

"반이에요."

새매가 말했다.

은형사가 고개를 갸웃했다.

"반이 누구의 아바타도 아니라면……."

"꿈에 나타난 반은 꼭두각시에 불과해요. 꿈꾸는 자의 꼭두각시죠. 꿈에 등장한 다섯 사람은 모두 유리의 영향을 많이 받은 아이들이에요. 유리의 능력을 베낄 수 있을 정도의 충분한 접촉이 있었다는 뜻이에요. 광수가 원두막의 사건을 꿈에다 풀어놓았을 경우를 생각해 보세요. 광수의 무의식이 원두막에 있었던 아이들을 불렀어요. 아이들이 광수의 꿈을 형성시키고 그 꿈에 접촉했다고 해도 틀린 말은 아니에요. 아이들의 뇌는 서로 동조하면서 자발적으로 수면상태에 머물렀어요. 어떤 아이는 깜빡 졸면서, 어떤 아이는 자면서, 어떤 아이는 술에 취해서, 광수의 꿈에 등장한 거죠. 하지만 반은 동조하지 않았어요. 그 아이는 이상한 아이예요. 꿈을 거의 꾸지 않는 아이니까요. 만나봐서 알겠지만 그 아이에게는 노인의 체념 같은 것이 배어 있어요. 꿈을 꿀 만한 정서적인 재료가 부족한 아이이에요."

 은형사는 아이들이 유리의 영향을 받아 모두 크루거의 자질을 갖춘 거라고 생각했다. 꿈에 동조하여 그 꿈에다 자신들의 아바타를 풀어놓을 정도라면······.

 은형사는 상념의 곁가지를 따르느라 새매의 이야기 일부를 놓쳤다.

 "반을 제외한 아이들은 광수의 꿈에 각자의 아바타를 풀어놓았고, 광수의 무의식이 꿈의 배경과 꿈의 사건을 내놓았을 거예요. 제서의 죽음은 일종의 사고예요. 그것을 살인으로 볼 수 없어요. 제서를 죽인 것은 광수의 무의식과 관련이 있지, 의지와는 무관하니까요. 광수는 자신이 뭘 하려는지도 몰랐을 거예요."

6

 키스는 두 번으로 끝났다. 꿈속에서 한 번, 현실에서 한 번.
 유리는 다른 사람의 시선이 있을 때는 도도하고 감히 접근할 수 없는 카리스마를 풍겼다. 광수는 유리와 사귀고 있다고 다른 사람들한테 자랑하고 싶었다. 특히 삼총사한테. 하지만 유리가 원하지 않았다. 서로 사귀고 있다는 것을 다른 사람이 알게 되면 끝이라고 했다. 비밀이 두 사람을 단단히 묶어놓을 거라고 했다. 단둘이 있을 때는 그에게 살갑게 굴었다. 광수는 그녀가 살갑게 굴 때조차도 불안했다. 그녀의 가벼움 때문이었다. 모든 걸 재미로 생각하고 있었다. 둘 사이에 재미가 사라진다면 그녀가 두 번 재지도 않고 단칼에 그를 쳐낼 것 같았다. 광수는 인터넷 유머 게시판을 들락날락했다. 최신 유머를 머릿속에 메모하여 유리에게 들려주었다. 유머를 들려줄 때마다 유리는 환하게 웃었다. 어린아이 같은 해맑은 미소였다.

    그는 이제 알고 있었다. 유리가 겉과 다르게 뼛속 깊이 어린아이란 것을. 유리의 미소를 계속 보기 위해서 광대 짓도 마다하지 않았다. 개그맨의 유행어를 흉내 내고, 노래를 부르고, 춤도 추었다. 마술까지 배워 유리에게 보여주었다. 유리의 해맑은 미소가 유일한 보상이었다. 그 보상에 그는 만족하지 못했다. 스킨십에 진척이 없었다. 오히려 퇴보했다. 몇 번이나 키스를 시도했지만 유리는 단호하게 거절했다. 선심 쓰듯 꿈에서 그녀와 키스를 한다면 현실에서 하겠다고 했다.

    광수는 틈만 나면 잠을 잤고, 유리가 나오는 꿈을 꾸려고 했다. 두 번째 시도에 유리가 나오는 꿈을 꾸었다. 유리와 포옹했고, 접촉하는 순간 유리의 마음을 읽을 수 있었다. 그는 유리가 키스를 간절히 원한다는 것을 알았고, 그녀와 격렬하게 키스했다. 하지만 전처럼 그렇게 달콤하지 않았고 현실성도 반감되어 있었다. 다음 날 키스한 꿈을 꿨다고 말했다.

    "내 아바타가 아냐."

    유리가 말했다.

    "아바타?"

    "내 분신이 아니란 뜻이야. 내 아바타와 키스해야 나와 키스하는 거야. 어젯밤 네 꿈에 등장한 나는 네가 창조한 가짜야. 나와 아무런 관련이 없어."

"가짜와 아바타를 어떻게 구별할 수 있는데?"

"네가 상대의 마음을 읽을 수 없다면 그 상대가 아바타야. 읽을 수 있으면 가짜이지."

"넌 그런 걸 어떻게······?"

"알면 다쳐."

"네 아바타는 어떻게 하면 볼 수 있는데?"

"흑백의 꿈을 꾸면 내 아바타를 보게 될지도 몰라."

그러고 보니 유리와 첫 키스를 할 때도 흑백의 꿈을 꾸고 있었다. 그때는 제대로 인식하지 못했지만.

"어떻게 하면 흑백의 꿈을 꿀 수 있는데?"

"네가 간절히 원한다면. 어쩌면 오늘 흑백의 꿈을 꾸게 될 수도 있고."

그 말이 주문이 된 것처럼 그날 점심시간에 책상에 엎드린 채로 흑백의 꿈을 꾸었다. 예전의 꿈들과 다르게 현실감이 넘치는 꿈이었다. 꿈을 꾸고 있는 것조차 의식이 되지 않았다. 꿈은 교실에서부터 시작되었다. 광수는 유리를 찾아 학교를 돌아다녔다. 옥상에서 유리를 만났다.

키스했다.

가짜였다.

진짜 유리를 찾아 학교 뒤뜰로 갔고, 너도밤나무 아래에 서 있는 유리를 발견했다. 그런데 유리 곁을 차지하고 있는 누군가가 있었다. 먼 거리였지만 시야가 줌인 되면서 누군지 알아볼 수 있었다. 제서였다. 광수는 당황해서 등나무 그늘에 몸을 숨겼다.

유리가 제서와 나란히 서서 너도밤나무에 등을 기댔다. 그리고 태양을 정면으로 바라보며 미소를 지었다. 그 미소에 전염된 것처럼 제서의 얼굴이 초자연적인 광채를 띠었다. 반투명한 두개골이 빛나는 정신을 감싸고 있는 것 같았다.

유리가 두 손을 뺨에 가져가면서 수줍은 미소를 지었다.

바람 한 줄기가 광수가 있는 쪽으로 불어왔다. 바닥에 쌓인 낙엽들이 서걱거렸다. 바람에 조율된 등나무 길은 날카로운 휘파람 소리를 냈다.

"널 사랑해."

유리가 제서한테 속삭였다. 그 말이 광수에게 천둥소리처럼 들렸다. 꿈은 거리를 무시했다. 먼 거리임에도 그들의 대화를 들을 수 있었다.

"광수와 사귀잖아?"

"아니."

"전에 저기에서 내가 봤어."

제서가 자신이 있는 쪽을 가리켰을 때 광수는 도망치고 싶었다. 하지만 충격 때문에 그 자리에서 움직이지 못했다. 광수는 노력을 그렇게 했는데도 사랑한다는 말은커녕 좋아한다는 말도 들은 적이 없었다.

"네가 자꾸 나를 피하니까 광수를 이용한 거야. 네가 질투하기를 원했거든."

제서가 한숨을 쉬었다.

"그래서 그날 여기에 오라고 했던 거냐?"

"어."

"전에도 말했지만 넌 내 타입이 아냐."
"어떤 타입을 원하는데?"
유리가 말했다.

광수는 자존심이 상했다. 자신은 유리가 내민 손을 덥석 잡았는데 제서는 그 손을 뿌리치는 게 아닌가. 속인 유리보다 그녀를 거절하는 제서가 더 얄미웠다. 제서는 근사했지만 자신은 하잘것없는 존재로 느껴졌다.

유리가 제서의 허리를 감싸듯 한쪽 다리를 뻗어 너도밤나무의 그루터기에 발을 걸쳤다. 그러자 치마가 골반 쪽으로 밀리면서 허벅지가 드러났다.

제서가 조용히 그녀의 어깨를 밀었다.
"다리 좀 치워줄래?"
제서가 말했다.
유리가 배시시 웃었다.
"그렇게 못하겠는데."
그리고는 제서의 입술을 덮쳤다, 전에 광수에게 그랬듯이.

제서는 무너졌고, 두 사람은 엉켜서 키스했다. 멀리서 지켜보던 광수는 자리를 떠나고 싶었지만 뭔가가 그의 발을 붙들어 매었다. 자리를 떠날 수 없다면 이 꿈에서 깨어나고 싶었다. 그래, 이건 꿈일 뿐이야. 저 애들은 가짜야. 그렇게 생각해도 전혀 위로가 되지 않았다. 광수는 두 눈을 깜빡이지도 않고 두 사람을 지켜보았다.

"광수하고 끝내."
키스를 끝내고 나서 제서가 말했다.
"물론이지."

유리가 살가운 미소를 지으며 제서의 팔짱을 꼈고, 제서의 어깨에 머리를 기댔다. 그리고 이쪽으로 걸어왔다. 광수는 물러서지 않고 제자리를 지켰다. 유리가 광수를 발견했는지 제서를 돌려세웠고, 제서의 품에 쓰러지듯 안겼다.

광수는 주먹을 쥐었다. 주먹 쥔 손에 힘을 주었을 땐 꿈에서 깨어나 있었다. 책상에 엎드린 자세 그대로였다. 광수는 벌떡 일어서서 교실을 둘러보았다. 제서와 유리가 책상에 엎드려 있었다. 자고 있는 모양이었다. 그쪽으로 가려는데 제서와 유리가 동시에 고개를 들었다. 제서는 광수의 시선을 피했고, 유리는 광수를 보고 생긋 웃었다.

그 꿈을 꾼 이후로 유리가 광수를 대하는 태도가 변했다. 둘만 있는 자리를 피했고, 둘이 있을 때도 정신이 다른 곳을 배회했다. 우스갯소리를 해도 웃지 않았다. 어떤 때는 성가신 파리를 쳐다보듯 그를 쳐다보았다. 가까이 있는데도 그녀가 멀리 떨어져 있는 것 같아서 가슴이 아팠다. 그녀를 온전히 그의 것으로 하고 싶었다. 그녀를 씹어 먹어 그의 살과 뼈가 되게 하고 싶었다. 하지만 그 방법을 알지 못했다.

유리가 '이젠 끝이야' 하고 말할 것 같아서 마음이 조마조마했다. 지나간 시간과 돌아선 연인의 마음은 돌릴 수 없다고 했던가. 광수는 상처를 입었고, 며칠 동안 상처 입은 짐승처럼 신음했다. 좌절은 했지만 미련까지는 버릴 수 없었다. 그녀가 그리웠고, 그녀와 나누었던 모든 게 그리웠다.

일요일에 광수는 꿈결 같은 첫 키스를 회상하며 학교 뒤뜰로 갔다. 거기에서 너도밤나무 아래에서 격렬하게 키스를 나누고 있는 유리와 제서를 발견했다. 그와 나누었던 똑같은 방식으로 키스를 나누고 있었다. 꿈속에서는 지켜보았지만 현실에서는 그럴 수가 없었다. 광수는 뒷걸음치면서 자리를 피했다.
다음 날 유리가 광수에게 말했다.
"우리 끝내자."

7

은형사가 물었다. 광수가 제서를 죽이고 싶어 할 이유가 있을 것 아니냐고. 살인동기가 있었기 때문에 무의식의 지령을 받은 반이 제서의 아바타를 죽였을 것 아닌가.
"질투 때문이에요."
맥이 빠질 정도로 허탈한 대답이었다.
새매가 미소를 지으며 말을 이었다.
"내가 삼류 영화에 자주 등장하는 멍청하고 수다스러운 악당이 된 것 같군요. 마지막에 어쩌고저쩌고 하면서 사건의 전모를 설명하는 그런 악당 말이에요. 미주알고주알 이야기하는 내 자신이 한심스러워요. ……그런 눈으로 보지 마세요. 더 이상 말하지 않겠다는 뜻이에요."

8

처음에는 유리가 미웠지만 나중에는 제서가 더 미웠다. 아이 같고 여신 같은 유리를 감히 미워할 수 없었다. 비록 그의 감정을 갖고 놀았다고 해도.

제서는 그를 보잘것없는 인간으로 떨어뜨렸고, 자존심에 커다란 상처를 입혔다. 제서만 없었다면 지금까지 유리와 잘 지내고 있을지도 몰랐다. 자신은 유리한테 늘 약자인데, 제서는 늘 강자처럼 굴었다. 제서와 유리가 은밀히 눈짓과 미소를 주고받는 것을 하루에도 몇 번이나 목격했다. 그걸 목격할 때마다 가슴 한쪽이 무너져 내렸다. 바쁜 일이 있다고 삼총사를 떼어놓고 유리와 달콤한 시간을 보내는 것을 본 적도 있었다. 그에게는 더 이상 가슴이 남아 있지 않았다. 왜 이런 시련을 내게 주느냐고 하늘을 원망하고 원망했다.

지옥 같은 나날이 계속되었다.

유리는 그와 눈도 마주치지 않았다. 소 닭 보듯 했다. 제서는 평소처럼 광수를 대했다. 광수는 그게 더욱 싫었다. 모든 걸 알고 있으면서도 저렇게 시치미를 뗄 수 있단 말인가. 가증스러웠다. 제서에 대한 미움이 점점 커졌다. 그 미움에 고삐를 매고 싶은 생각이 추호도 없었다. 겉으로는 제서 앞에서 쾌활하게 행동했다.

심리적인 격랑이 심했던지 거의 매일 흑백의 꿈을 꾸었다. 흑백의 꿈에서 모양을 규정지을 수 없는 형이상학적인 괴물에게 쫓기다가 엎어진 적이 있었다. 꿈에서 깨어났을 때 무르팍에 상처가 남아 있었다. 어떤 주술적인 논리가 적용되는지 몰랐지만 그 상처에서 희망을 보았으며, 지옥에서 그를 건져줄 구원의 메시지를 읽었다.

어느 날 꿈에서 영호를 만났다. 반가워서 영호와 악수를 나누었다. 영호의 마음을 읽을 수가 없었다. 광수는 망설임없이 영호에게 주먹을 휘둘렀다. 다음 날 등교하자 영호가 입에 거품을 물었다.
"야, 인마. 네가 이랬지?"
영호의 한쪽 눈은 멍이 들어 있었다.
"무슨 소리야?"
광수는 미소를 지으며 시치미를 뗐다.
"어젯밤 꿈속에서 때렸잖아."
영호가 씩씩거렸다.
"그걸 말이라고. 너, 자다가 침대에서 떨어졌지?"
"침대에서 떨어졌다고 이런 식으로 멍들지 않는데……."
영호가 수상쩍은 눈길을 거두지 않았지만 광수는 뛸 듯이 기뻤다.

꿈 실험은 계속되었다. 이제 꿈을 꾸었다면 흑백의 꿈을 꾸었다. 꿈속에 누군가의 아바타를 초대할 수도 있었다. 낮에 그와 충분한 접촉이 있는 사람의 아바타를 꿈속으로 불러들이는 것은 쉽지도 어렵지도 않았다. 꿈꾸는 도중에, 그 사람과 접촉할 당시의 구체적인 상황과 그 사람의 개성적인 이미지를 머릿속에 떠올리면 되었고, 이렇게 하기 위해서는 반 각성 상태가 필요했다. 꿈속에서 꿈을 꾸고 있다는 사실을 의식하고 있어야 하는데, 흑백의 꿈에서 그렇게 하는 것은 시끄러운 음악을 틀어놓고 명상을 하는 것만큼 어려웠다. 게다가 꿈을 꾸고 있다는 사실을 완전히 의식하면 각성 상태가 되어서 꿈에서 깨어났다. 반 각성은 꿈과 현실에 한 발씩 걸쳐놓은 상태이며 정신의 섬세한 조율이 필요했다. 광수는 반 각성 상태에 도달하기 위해서 꾸준히 연습했고, 성공률을 조금씩 높여갔다.

아바타를 꿈으로 초대하면 아바타의 주인은 비교적 쉽게 수면이 조장되었다. 꿈꾸는 자의 뇌에 동조해서 그런 모양인데, 그런 사실에 약간 소름끼쳤다. 얼마 전 유리의 꿈에 초대된 적이 있는데, 그때 그는 기면증 환자처럼 밥을 먹다가 잠이 들었다. 초대하지 않았는데도 꿈속에 나타나는 아바타도 있었다. 그건 어떻게 할 수가 없었다. 초대는 가능하되 축객은 가능하지 않았다. 한 번은 반과 충분한 접촉을 하고 나서 반의 아바타를 초대해 보았는데 실패했다. 반처럼 초대가 불가능한 주변 인물이 몇몇 있었다. 같은 인물이라도 활동 중이거나 심리적인 동요가 클 때는 수면 조장이 잘되지 않았다. 그래서 낮에는 아바타를 초대하는 것은 거의 불가능했다. 잠들 밤 시간에 수면 조장이 쉬웠다.

수면 조장을 위해서는 상대가 부교감신경계의 지배 아래에 있어야 했다. 교감신경계가 활성화되어 있으면 수면 조장이 어려웠다. 이런 사실을 꿈 실험과 의학 서적을 통하여 배워나갔다.

나중에는 꿈에 가필을 해서 배경과 상황에 변화를 줄 수 있었다. 꿈에 변화를 주는 것에 점점 능숙해졌다. 아바타와 단순한 등장인물을 쉽게 구별하는 눈도 생겼다. 그는 꿈 다루는 것을 연습하면서 자신이 거대하고 신성한 존재에게 한 걸음씩 다가가는 기분이 들었다.

제서의 아바타를 초대하는 것은 삼갔다. 꿈을 다루는 게 완벽해질 때까지 미루고 싶었다. 물론 초대를 하지 않았는데도 자신의 꿈에서 제서의 아바타를 본 적이 있었다.

어느 날 제서가 유리와 사귀고 있다고 말했다. 제희를 위해서 그랬다는 구차한 변명까지 곁들이면서.

삼총사의 아지트에서 유리를 보았을 때 광수는 가슴이 찢어졌다.

이제 공식적으로 둘이 사귀는 것을 인정해야 한다는 사실이 너무 싫었다. 유리가 달콤한 미소를 지으며 노골적으로 제서의 팔짱을 꼈다. 광수는 화가 났고 그 화를 억누르라 미쳐 버릴 것 같았다. 마침 제희를 목말 태운 반이 눈에 띄었고, 분노의 화살을 반에게 돌렸다.

그는 제희를 내려놓게 하고 반을 무지막지하게 때렸다. 제서가 왜 그러냐고 묻기에 반이 제희의 치마 속에 손을 넣었다고 말했다. 영호와 제서도 폭행에 가담했다. 광수는 반을 때려도 후련하지 않았다. 유리가 말렸고, 폭행 사건은 그것으로 끝이 났다.

광수는 오후에 제서의 집을 찾아갔다. 오늘 밤 제서를 꿈속에 초대하려면 특별한 접촉이 필요했다. 길고 특별한 접촉은 꿈속에 아바타를 확실히 끌어들일 수 있었다. 할 말이 있다고 하면서 오름산을 산책하자고 했다. 제서의 집에서 오름산은 가까웠다. 오름산에 오르면서 별 의미 없는 일상적인 대화를 나누었다. 서로가 상대의 말을 귓등으로 들었다. 대화는 자주 끊겼다. 나중에는 둘 사이에 불편한 침묵이 흘렀다. 공중다리가 보이는 암벽에서 광수가 침묵을 깼다.

"나, 유리와 사귀었다가 차였어."

제서가 흠칫했다.

"정말?"

"몰랐어?"

"어."

뭔가를 숨기고 있는 표정이었다.

"농담이야."

제서가 눈을 격렬하게 끔뻑였다.

"깜짝 놀랐잖아."

하지만 놀란 얼굴이 아니었다.

"네가 부러워서 그냥 해본 소리야."

광수가 말했다.

그는 시치미를 떼는 제서가 가증스러웠다. 제서가 뭔가를 말하려다 입을 다물었다. 둘은 암벽 위에 서서 난바다를 바라보았다. 장밋빛 석양 때문에 수면이 핏빛으로 물들여져 있었다. 광수는 바다를 바라보며 연적 살해를 소재로 하는 수많은 소설을 머릿속에 떠올렸다.

여기에서 녀석을 확 밀어버릴까?

그럴 마음이 굴뚝같았으나 실행에 옮기지 않았다.

오름산에서 내려온 그들은 헤어졌다. 광수는 제서가 집에 들어가는 것을 보고 다시 오름산에 올랐다. 저녁이 오기까지 오름산 암벽과 공중다리에서 지냈다. 흑백의 꿈을 꿀 때 보통 잠든 장소에서 꿈이 시작되지만 많은 시간을 보냈거나 특별한 에피소드가 있는 장소로 배경이 쉽게 바뀌었다. 지금까지의 경험으론 그랬다. 꿈의 시작이 집이었다가 학교로 배경이 바뀌는 게 한두 번이 아니었다. 접촉이 충분하고 에피소드가 있는 장소라면 그가 그 장소로 꿈속의 배경을 바꿀 수 있었다. 그가 잠든 장소에서 사건이 일어나는 것은 원하지 않았다. 사방을 향해 오줌을 갈겼고, 준비해 온 면도칼로 손바닥을 그어 공중다리에 피를 떨어뜨렸다. 오줌을 싸고 피를 내는 게 극적인 에피소드는 아니겠지만 피와 오줌이 묻어 있는 이 장소가 그렇지 않은 장소보다 꿈속으로 불러들이기 더 쉬울 터였다.

광수는 암벽에 서서 가상의 제서를 상대로 미는 시늉을 지칠 때까지 반복했다.

그날 밤 방파제에서 영호와 술을 마시다가 흑백의 꿈을 꾸었다.

배경이 순식간에 오름산으로 바뀌었다. 그가 의도하지 않았는데도 상황이 세심하게 설정되어 있었다. 낮에 아지트에서 일어난 사건의 영향이 큰 모양이었다. 그는 꿈에다 약간의 가필만 하면 되었다.

그는 증오심을 반에게 건네주었다. 이쪽에서 저쪽으로 물건을 건네주듯. 굳이 그럴 필요가 없는지도 몰랐다. 반이 꿈속에 등장할 때부터 제서를 증오하도록 설정되어 있었다. 어쩌면 이 모든 것은 자신의 의지와 상관없이 꿈이 시작될 때부터 예정된 일인지 몰랐다.

그가 의도했든 의도하지 않았든 상황이 자연스럽게 흘러갔다. 반이 암벽에서 제서를 떠미는 것으로 상황이 마무리되었다. 제서가 검푸른 바다에 떨어져 그 모습이 사라졌을 때 유리가 암벽 위에 모습을 드러냈다. 어쩌면 제서를 구하려고 나타났는지 모른다. 멀리 떨어져 있음에도 유리가 원망의 눈길을 보내는 것을 느낄 수 있었다.

제서의 죽음을 애도하듯 유리가 목에 둘렀던 하얀 목도리가 허공으로 날아올랐다.

아바타의 상처가 현실에서 재현되지만 제서가 죽지 않을 수도 있었다. 꿈속의 죽음을 현실에 물려주지 않을 수 있었다. 그럴 가능성이 높았다. 그래도 상관없었다. 연인을 빼앗긴 남자가 할 수 있는 일을 했으므로.

❖

"이 자식아, 나를 원래대로 돌려놔."

오른쪽 병상에 누워 있는 민 간호사가 소리쳤다. 민 간호사는 몇 번이나 일어나 앉으려고 했지만 '빠른 인간' 들에 의해서 다시 눕혀졌다.

"널 내 손으로 죽여 버리겠어."

왼쪽 병상에 누워 있는 강 간호사가 고함을 질렀다. 강 간호사는 30분 전에 시간 환자로 병실에 실려 왔다.

"두 분 운명을 받아들이세요. 지금은 우리가 '빠른 인간' 들 때문에 마음대로 행동하지 못하지만 시간이 지나면 우리와 같은 인간들이 더 생길 거예요. 그러면 우리는 우리끼리 마음대로 대화하고 마음대로 행동할 수 있고, 우리에게 맞는 시계도 가질 수 있게 될 거예요."

"헛소리 집어치워!"

강 간호사는 베개를 던졌지만 베개는 그녀의 손을 떠나지 못했다. '빠른 인간'에 의해서 얌전하게 그녀의 머리에 받쳐졌다.

광수가 미소를 지었다.

"제 말이 마음에 들지 않아도 일단 이 상황을 즐기세요. 우리가 바둑 한 판을 두는 사이 이 세상이 10년이나 늙어 있을 거라는 생각을 해봐요. 생각만 해도 재미있지 않나요?"

"민 간호사, 저 자식 입 좀 막아봐. 그러면 내가 아끼던 머그잔을 줄게."

보통 사람이면 5분 안에 끝낼 수 있는 대화가 한 병실에서는 2시간에 걸쳐서 이루어지고 있었다.

9

새매는 1분을 침묵하지 못하고 입을 열었다. 대화 상대는 은형사가 아니라 칼잠이었다.

"당신이 겪은 혼란은 아무것도 아니에요. 내가 겪은 혼란에 비하면……."

그녀의 얼굴에는 해야 하지 말아야 할 말을 내뱉어버린 자의 멈칫거림 같은 것이 있었다.

새매는 팔을 뻗어 찻잔을 들었다. 팔 외에는 다른 신체 부위가 전혀 미동도 하지 않았다. 멈춤 속에 격렬한 움직임을 숨겨놓고, 침묵 속에 극적인 대사를 숨겨놓은 연극배우처럼 가만히 허공에 시선을 두었다.

"이 현실이 꿈처럼 느껴져요."

눈빛이 깊어지고 목소리가 갈라졌다.

"이 세상에서 난 겨우 30년을 살았어요. 하지만 저쪽 세상에선 천년을 살았어요. 상대가 되지 않아요. 저쪽 세상이 내게 현실이에요."

목소리가 잦아들었고, 한쪽 눈에 맺힌 그녀의 눈물은 두 남자를 당황케 했다.

그녀에게서 움직임이 완전히 제거되었다.

현관문이 박살 나면서 검은 양복의 사내들이 뛰어 들어온 것은 그때였다.

제18장

이상한 도시

꿈을 쿠다

4월 24일.

"저를 놀릴 생각이라면 관두세요. 재미없으니까."

현서는 대꾸하지 않았다. 눈에는 초점이 잡혀 있지 않았다.

나는 등을 돌리고 몇 걸음 걸었다. 현서를 혼자 남겨둔 채. 따라오는 기척이 없었다. 돌아보았다. 그는 우두커니 서 있었다.

바보가 된 건가?

프레디의 무덤을 통과하면서 어떤 타격을 입은 모양이었다.

"이리 오세요."

말귀는 알아듣는가 보았다. 현서가 나에게 다가왔다. 그리고 내 옆에 섰다.

순간 온갖 소리들이 들려왔다. 소리 회오리는 아니었다. 도시의 소음이다. 정지되어 있던 것들이 활기차게 움직였다. 안개가 완전히 걷히며 도시가 웅장한 모습을 드러냈다. 도시는 밤이었다. 날씨는 따뜻했다. 어디선가 밤꽃 냄새가 났다. 우리는 은행나무 가로수 아래에 서 있었다.

주위를 둘러보았다. 네온사인, 수은등, 광고판, 간판, 신호등, 헤드라이트, 고층빌딩의 불빛들……. 왼쪽은 4차선 차도다.

차도에는 각양각색의 자동차들이 소음을 내뿜으며 질주했다. 인도는 사람들로 북적거렸다. 나는 현서를 은행나무 쪽으로 끌어당겼다. 그가 통행에 방해가 되었기 때문이다.

나는 은행나무에 기대 차도 건너편을 쳐다보았다. 어디선가 많이 본 강이 보였다.

"한강?"

설마.

"저것 한강이잖아?"

현서는 대답하지 않았다.

한강 다리 위로 전철이 지나갔다.

프레디가 오매불망 그리던 천국이 서울?

말도 되지 않아.

웃음이 나오려고 했다. 여기가 현실일까? 나는 꿈에서 깨어난 거고. 그렇다면 왜 내가 여기에 있는 거지? 저 똑똑한 양반은 왜 저렇게 바보처럼 변한 거고? 혹시나 해서 오른쪽으로 고개를 돌렸다. 천 미터 정도 떨어진 곳에 내가 입원해 있던 병원이 보였다. 21층 건물이라 눈에 잘 띄었다.

지나간 사람들을 붙들고 여기가 어디냐고 묻고 싶었다. 실제로 두 여학생을 붙들고 물었다.

"여기 서울 맞니?"

얼굴이 여드름투성이인 두 여학생이 이상한 눈으로 나를 쳐다보았다. 나를 지나치면서 한 여학생이 유서 깊은 동작을 취했다. 집게손가락을 귀에 가져가 몇 바퀴 원을 그리는 동작.

그래, 나 미쳤다.

볼을 꼬집어 아프면 여기가 현실이고 아프지 않으면 꿈이라는 명쾌한 구분법에 유혹을 받긴 했지만 그렇게 하지 않았다. 대신에 주위 건물과 사람들을 자세히 살폈다. 모두 칼라였다. 현실이 아니라면 내가 칼라의 꿈을 꾸고 있는 것이다. 여기가 현실이라고 하면 너무나 많은 것이 설명되지 않는다.

현서를 쳐다보았다. 현서는 시골에서 막 상경한 노인네처럼 주위를 두리번거리고 있었다. 나는 그의 어깨를 사납게 잡아챘다.

"내가 누군지 알겠어요?"

현서가 겁먹은 얼굴로 고개를 흔들었다. 도시에 들어오면서 지능과 기억을 프레디의 무덤에 남겨두고 온 모양이다.

"두 눈 똑바로 뜨고 다녀!"

"미친 여자 아냐?"

뒤쪽에서 고함 소리가 들려왔다.

인도에 있던 사람들이 눈살을 찌푸리며 투덜거렸다.

나는 현서의 손을 끌고 은행나무에 붙어 섰다. 인파를 가르며 늘씬하고 키가 큰 여자가 모습을 드러냈다. 여자의 얼굴을 볼 수 있었다. 여자가 속도를 늦추며 나를 쳐다보았다. 내 외모를 닮은 여자였다.

나와 다른 것은 그녀의 머리가 길다는 것. 나는 충격을 받았다. 나를 닮았다는 사실보다 그녀가 시간 가속을 했기 때문이다. 여자는 이쪽에서 저쪽으로 가는 데 중간 과정을 생략한 움직임을 보였다. 이쪽 은행나무 옆에서 사라졌다가 저쪽 나무 앞에서 나타났다. 시간 가속이 약간 삐걱거리는 것 같았다. 하긴 시선이 많은 곳에선 시간 가속이 힘들 것이다.

그 여자를 쫓는 남자가 있었는데, 난 그 남자를 보고 비명이 튀어나오는 내 입을 막았다. 나는 현서를 쳐다보며 남자를 가리켰다.

"당신, 왜 저기서 헉헉거리며 달리고 있죠?"

농담으로도 내 놀라움을 달랠 수 없었다. 현서는 멍한 눈빛으로 남자를 쳐다보았다. 나는 현서와 남자를 번갈아 쳐다보았다. 정말 생김새가 똑같았다. 현서는 낡은 코트 안에 우중충한 회색 상의와 검은 바지를 받쳐 입고 있었다. 내가 미처 인식하지 못했지만 도시에 들어오면서 복장이 그렇게 바뀐 모양이다. 나를 닮은 여자의 뒤를 쫓는 그 남자도 현서와 똑같은 복색이다.

이 도시에 또 다른 내가 살고 있었다.

여기가 꿈속이라고 확신했다. 꿈이라면 또 다른 내가 있는 것은 그렇게 놀랄 만한 일은 아니다.

'또 다른 사람들'이 어떤 꿈의 스토리를 쫓아 움직이는지 궁금했다. 쫓고 쫓기는 걸 보면 또 다른 현서와 또 다른 나는 사이가 좋지 않은 모양이다. 뭔가에 이끌린 듯 현서가 그 남자를 쫓으려고 했다.

"멈춰요."

현서의 소매를 끌다가 보고 싶지 않은 사람을 발견했다.

검은 정장 차림의 사내가 주위를 두리번거리며 모습을 드러냈다. 검은 선글라스. 칼자국.

푸른 사막을 건너서 여기까지 왔을까?

나다북 옆에는 스포츠형 머리에 모직 코트를 입고 있는 젊은 사내가 서 있었다. 눈꼬리가 처져 있고 얼굴이 준수한 사내였다. 나다북 뒤로 검은 정장 차림의 사내 서넛이 주위를 두리번거리며 모습을 드러냈다.

"어디로 갔습니까?"

모직 코트가 나다북에게 물었다.

나다북의 고개가 빠르게 돌아갔다. 그 고개의 정면에 내가 서 있었다.

어?

나다북의 검은 선글라스와 내 눈이 마주치고 말았다.

상황이 어떻게 돌아가는지 몰랐지만 내 몸이 먼저 반응했다.

"뛰어요!"

고함을 지르며 현서의 손을 잡고 뛰었다.

나다북과 모직 코트와 검은 정장 세 명이 우리를 따라왔다. 저들이 또 다른 우리를 쫓다가 착각해서 우리를 쫓는 것인지, 아니면 원래부터 목표가 우리였는지 판단하기가 어려웠다. 우리는 4차선 도로를 횡단했다. 자동차들이 요란한 소리를 내며 멈추거나 핸들을 꺾었다. 여기저기서 삿대질과 욕설이 튀어나왔다. 우리는 도로를 건너 반대편의 인도에 발을 디뎠다.

인도에 상가 건물이 쭉 늘어서 있었다. 우리는 3층 건물을 양쪽으로 거느리고 있는 골목으로 뛰어들었다. 바로 등 뒤로 발소리가 따라왔다.

"나를 따라오세요."

옆에서 뛰고 있는 현서에게 소리친 다음 나는 시간을 가속시켰다. 먹히지 않았다. 현서가 바로 등 뒤에서 따라오고 있었다.

그 여자는 되는데 왜 나는 안 되지?

골목을 몇 번 바꾸고, 도로를 두 번 가로지르고, 길에 내놓은 간판 서너 개, 자전거 한 대, 오토바이 두 대, 과일 가판대 하나, 사람들 수십 명을 무너뜨리며 달렸지만 나다북과 그 일당은 우리를 놓치지 않았다.

그들과 우리는 교통 혼잡의 주범이었다. 숨이 턱 끝까지 차올랐다. 횡단보도 앞에 젊은 경찰관 두 명이 눈에 띄었다.

경찰관에게 뛰어가며 소리쳤다.

"이상한 사람들이 저희 부부를 죽이려고 해요!"

나는 겁먹은 표정을 꾸미는 것을 잊지 않았다.

순진한 경찰관 두 명이 정직한 근무 태도를 보이며 그들을 마중 나갔다.

우리는 경찰관을 돌아서 횡단보도를 건넜고, 반대편 시장 골목으로 숨어들었다. 모퉁이를 돌면서 뒤돌아보았다. 경찰관 두 명이 검은 정장들을 막았지만 나다북은 권총을 들이밀어 경찰관 둘을 간단하게 제압한 다음 횡단보도를 건넜다. 그 뒤를 모직 코트가 따랐다.

복잡한 시장 구조는 추적자를 따돌리는 데 유리했다. 시장을 벗어난 이후부터 추적자들이 보이지 않았다. 그래도 안심이 안 되었다. 우리는 지하도를 이용하여 맞은편 공용 지하 주차장에 들어갔다. 주차장은 조용했다.

자동차의 보닛에 등을 기대고 숨을 가다듬었다. 지쳤는지 현서가 내 발치에 주저앉았다. 겁을 잔뜩 집어먹고 있는 표정이었다.

상황을 정리할 필요가 있다고 생각했을 때 내 신경을 건드리는 목소리가 있었다.

"오지 않았으면 했는데……."

고개를 숙여 현서를 쳐다보았다. 현서가 어린아이 특유의 방만함을 보이며 두 다리를 쭉 뻗었다. 그리고 다리를 톡톡 두드렸다. 방금 들었던 목소리는 현서의 것이 아니었다. 여자의 목소리였다. 나는 자동차의 운전석을 오른쪽으로 끼고 걸었다. 한 여자가 팔짱을 낀 채 뒤쪽 자동차 문에 등을 기대고 서 있었다. 지쳐 보이는 얼굴이었다.

나와 닮은 그 여자였다.

"누구시죠?"

내가 놀라지 않기를 바랐고, 실제로 나는 놀라지 않았다. 꿈에선 아무리 놀랍게 보이는 일도 별로 놀랍지 않는 법이다. 여자가 말했다.

"난 네 현실이야. 넌 내 꿈이고."

여자는 자신의 말에 의문을 품은 듯 고개를 갸웃거렸고, 기묘한 말을 돌발적으로 이어갔다.

"너를 보기 위해서 그렇게 수많은 꿈속을 헤맸다는 생각이 들어."

나는 조금 전 여드름 여학생이 내게 베풀었던 유서 깊은 동작을 취하고 싶었다.

"당신에게 내 정신 감정을 받아볼 생각은 없어요. 혹시, 돗자리 필요하세요?"

여자가 풋 웃음을 터뜨렸다.

"내가 너란 사실을 믿지 못하는구나."

가슴이 두근거렸다.

난 그녀에게 주눅이 들었다. 앞의 여자가 현명하고, 오래되고, 서글프고, 기묘한 존재란 느낌이 들었다. 서글프고 기묘한 존재가 한 걸음 다가왔다.

물러서라고 두 다리에게 명령을 내렸지만 두 다리는 내 명령을 거부했다. 파리 끈끈이에 달라붙은 파리처럼 그녀의 시선에 얽매여 꼼짝도 할 수 없었다. 그녀의 얼굴을 쳐다보았다. 그녀의 두 눈이 확대되었다.

커피숍 색유리에 비친 내 눈동자를 보았을 때 일어났던 일이 내게 일어났다. 서로의 눈동자를 비추며 내 모습이 수없이 반복되었고, 내 모습은 점점 희미해지고 작아졌다. 몸이 점점 줄어드는 감각. 좌우와 상하가 바뀌면서 시야가 흔들렸다.

어둠.

빛.

시야가 제자리를 찾았을 땐 여자는 사라지고 없었다.

나는 차체에 등을 기대고 서 있었다. 그 여자가 조금 전 취했던 포즈였다. 뭔가 극적이고 시적인 일이 일어났다고 생각했지만 그게 정확히 뭔지 몰랐다.

기분이 몹시 나빴다.

걸음을 떼는 순간 총성이 울렸다.

탕, 탕, 탕.

모두 세 방이었다.

총성의 메아리는 주차장을 휘감으며 길게 이어졌다. 왼쪽으로 운전석을 끼고 돌면서 보닛 앞으로 달려갔다. 두 사람이 있었다. 한 사람은 쓰러져 있었고, 다른 한 사람은 권총을 들고 서 있었다. 문제는 두 사람이 똑같이 생겼다는 것이다.
　권총을 든 현서가 겁에 질린 표정으로 쓰러진 현서를 쳐다보다가 고개를 돌렸다. 그리고 나에게 물었다.
　"너, 너, 넌 누구지?"
　내가 묻고 싶은 말이었다.

제19장

꿈과 현실의 경계를 걷는 자

꿈을 꾸다

1

현관문이 박살 났다.
나다북과 그를 따르는 에이전시 일곱이 들이닥쳤다.
칼잠이 새매의 어깨를 흔들었다. 깨어나지 않았다. 눈 깜짝할 사이에 잠이 든 모양이다. 칼잠은 가수면 상태를 유지하려고 했다. 명상과 방법이 비슷했지만 불면 습관이 그를 가수면 상태로 쉽게 이끌지 못했다.
"움직이지 마!"
나다북이 총구를 들이대며 소리쳤다.
칼잠은 눈을 감고 거실의 유리문에 몸을 던졌다. 충격은 없었다. 그는 유리문을 통과했다. 능수버들 길이 나타났다. 성공한 것이다.
새매가 보였다. 그는 그녀를 부르며 뛰어갔다.

2

새매는 뒤돌아보았다. 칼잠이 능수버들을 길을 따라 달려오고 있었다. 그의 등 뒤로 은형사, 나다북, 검은 정장 차림의 사내들이 달려오고 있었다.

새매는 의태해서 능수버들의 나무둥치에 몸을 쑤셔 넣었고, 다시 전이했다.

황무지.

새매는 꿈속으로 미끄러져 들어온 이유가 뭘까 생각했다. 꿈으로 도망치기 위해서? 그건 아니다. 딸을 남겨두고 어떻게 도망칠 수 있단 말인가? 더욱이 잠들어 있는 내 육신을 두고 어디로 간단 말인가.

등 뒤에서 발소리가 났다. 새매는 전이했고, 아파트 옥상에 옷자락을 날리며 모습을 드러냈다. 두 발이 허공을 내디뎠다. 새매는 추락했다.

그녀를 꿈속으로 밀어 넣은 무엇이 있었다. 그럴 수밖에 없고, 그렇게 할 수밖에 없는 운명적인 무엇이.

그것이 이 꿈에서 저 꿈으로, 저 꿈에서 이 꿈으로 그녀를 끌어당겼다. 철로를 따라 멈추지 않고 종착역까지 달리는 급행열차에 올라탄 기분이 들었다. 어느 꿈으로 전이해도, 현실로 도망친다고 해도, 아무리 발버둥 쳐도 그 예정된 철로를 벗어날 수 없을 것 같았다.

지금의 내 행동, 내 생각, 내 느낌도 준비되어진 걸까?
고층 아파트에서 뛰어내렸음에도 예정된 운명을 피해갈 수 없을 거라고 생각했다. 아스팔트 바닥에 부딪히는 순간에 새매는 전이했다.

절벽이 나타났다. 절벽 아래로 검푸른 바다가 꿈틀거렸다. 새매는 바다 속에 뛰어들어 부력에 몸을 맡겼다. 등 푸른 물고기가 헤엄쳐 와서 아가미를 뻐끔거렸다.

"안녕하세요. 무슨 고민 있으세요?"

의인화를 즐겨하는 어린아이의 꿈인가 보았다. 물고기와 대화할 생각이 없었기 때문에 다시 전이했다.

수증기가 가득했다.

목욕탕?

가슴 아래서 따뜻한 물이 찰랑찰랑했다.

"이봐요, 아가씨!"

놀란 목소리였다.

"뭐 보기 좋은데…… 아가씨, 시간 있어?"

음흉한 미소가 곁들인 다른 목소리.

"죄송해요. 나누어 드릴 시간이 없군요."

새매가 말했다.

남탕이었다.

시꺼먼 남자들이 그녀를 둘러싸고 있었다.

전이.

운명을 만들어낸 것은 그녀 자신이다. 그랬다. 10년 동안 그녀를 사로잡았던 고민이 무엇인지 잘 알고 있는 그녀의 무의식이, 혹은 꿈의 거대한 자아가 그녀를 인도하고 있었다. 아니면 그녀와 친화력이 강하고, 그녀를 완전히 뒤흔들어 놓았던 '어떤 꿈'이 그녀를 이끌고 있는지 모른다. 그녀는 꿈을 거스르지 말고 꿈에 자신을 맡기기로 마음먹었다. 전이를 했지만 그녀는 여전히 따뜻한 물속에 있었다.

더러운 갈색 물.

물이 심하게 흔들렸다. 고개 든 새매는 거대한 얼굴을 보았다. 입술에 새빨간 루즈를 바른 여인의 얼굴.

새매는 커피 잔 속에 들어 있었다.

전이.

"안전벨트를 매세요."

운전기사가 말했다.

택시 안.

"밟으세요, 아저씨."

전이.

운전기사가 비명을 질렀다. 비행기 안이었다. 기체가 흔들렸다. 창밖으로 흘러가는 구름이 보였다.

"어떻게 된 겁니까, 아가씨!"

운전기사가 소리쳤다.

새매는 묵묵히 일어섰고, 기내의 통로를 걸었다.

"앉으세요, 아가씨. 이륙하고 있습니다."

스튜어디스가 말했다.

"낙하산을 빌리려면 누구한테 말해야 하나요?"

3

새매를 보호하려는 목적으로 꿈속으로 뛰어든 것이었지만 칼잠은 그녀와 비슷한 심리상태에 빠졌다. 기시감이 작용했다. 그녀를 쫓고 에이전시에게 쫓기는 것이 한 번 있었던 일처럼 느껴졌다.

새매가 물결 같은 공기 파문을 남기며 사라졌다. 칼잠은 전이했다. 친화력은 그를 아파트의 옥상으로 인도했다. 그녀가 뛰어내렸다. 뒤늦게 그도 뛰어내렸다.

전이.

절벽.

기억이 되살아나면서 자신이 유현서라고 확신했지만 지금 그 확신이 흔들렸다. 중요한 것들이 기억이 나지 않았다. 프레디의 무덤에 있었던 일들이 기억에 없었다. 또 그녀가 병원을 어떻게 탈출했는지도 기억에 없었다. '또 다른 유현서'를 죽일 때부터 기억이 났다. 그때는 몰랐지만 그 장소에 새매가 있었다. 그때는 그녀가 누군지 몰랐다.

몸에 닿는 감촉이 차가웠다.

바다.

등 푸른 물고기.

"안녕하세요, 무슨 고민 있으세요?"

4

탕.

나다북이 권총으로 말하는 물고기를 쏘았다.

"어디에 있소?"

은형사를 다그치는 게 나다북의 일이었다. 나다북은 새매가 꿈을 조작하여 현실을 파괴하는 수준의 음모를 꾸밀 거라고 믿었다.

현재 꿈 안내자는 은형사였다. 칼잠과 새매의 친화력이 은형사에게만 작용했다. 두 남녀가 빈번히 전이를 하고 있었지만 은형사는 놓치지 않을 자신이 있었다.

전이.

"어머, 당장 나가지 못해요! 여기는 여탕이에요."

5

도시 야경이 발아래로 흘러가고 있었다.

새매는 낙하산을 타고 하강했다.

도시의 불빛을 비추고 있는 강줄기가 보였다. 눈에 익은 강이다.

한강인가?

새매가 착지했다. 낙하산이 인도를 덮쳤다. 사람들이 비명을 지르며 흩어졌다. 낙하산을 벗고 걸었다. 그때 그녀 오른쪽에 기묘한 움직임이 있었다. 가로수로 심어놓은 은행나무가 있었는데, 그 은행나무에서 사람의 윤곽이 튀어나왔다.

새매는 뛰었다. 사람들과 어깨를 부딪쳤다. 여드름투성이 두 여학생이 그녀의 어깨에 부딪혀 자빠졌다.

"두 눈 똑바로 뜨고 다녀!"

"미친 여자 아냐?"

새매는 시간을 가속시켰다. 시선들 때문인지 낮은 수준의 시간가속만 가능했다. 달리면서 이상한 기분이 들었다. 낯익은 시선이 있었다. 고개를 돌려 쳐다보았다. 은행나무 앞에 남녀가 서 있었다. 순간, 새매는 운명이란 급행열차의 종착점이 어디인지 알 수 있었다.

여기였다!

새매는 달렸고, 걸었고, 멈췄고, 생각했다.

꿈과 현실이, 과거와 미래가 이런 식으로 교차할 수 있는 걸까?

10년 전 이 도시에서 봤던 그 여자가 정말 나였단 말인가?

웃고 싶었다. 그래서 웃었다.

앞으로 무슨 일이 일어날 것인지 알고 있었지만 꿈이 그녀를 어떻게 갖고 놀 것인지 확인하고 싶었다. 자신의 손짓 하나까지 꿈의 지시를 받아야 한다고 하더라도.

새매는 꿈의 시간으로 30분 후 지하 주차장에 있었다. 팔짱을 끼고 차체에 등을 기댔다. 또 다른 그녀를 기다리면서 상대가 여기에 나타나지 않기를 진심으로 바랐다.

하지만 10분 후에 그녀보다 10년 어리고 머리가 짧은 새매가 나타났고, 자동차의 보닛에 등을 기댔다.

"오지 않았으면 했는데……."

새매는 10년 전에 '그 여자'에게 들었던 말을 그대로 읊는 자신을 발견하고 당황했다. 어린 새매가 오른쪽으로 운전석을 끼고 그녀에게 다가왔다. 연민이 솟구쳤다. 꿈의 장난에 휘둘리는 어린 새매와 그녀 자신이 불쌍하게 느껴졌다.

"누구시죠?"

어리고 생기가 넘치는 새매가 물었다.

"난 네 현실이야. 넌 내 꿈이고……."

그 여자가 했던 말이잖아. 10년 전의 일이기에 그 여자가 무슨 말을 했는지 기억이 잘 나지 않았지만 말하는 순간 그 말을 했다는 게 기억이 났다. 다음에 그 여자가 무슨 말을 했지? 기억이 나지 않았다. 그래서 그녀는 자신이 하고 싶은 말을 하기로 했다.

"너를 보기 위해서 수많은 꿈을 그렇게 헤맸다는 생각이 들어."

새매는 그 말을 해놓고 그 여자의 말과 똑같다는 사실을 깨달았다.

어린 새매의 반응은 10년 전 그녀의 반응이었다.

"당신에게 내 정신 감정을 받아볼 생각은 없어요. 혹시, 돗자리 필요하세요?"

아무 짬도 모르는 어린 새매에게 그녀가 해줄 수 있는 것은 아무것도 없었다. 웃는 게 고작이었다.

"내가 너란 사실을 믿지 못하는구나."

새매가 말했다.

새매는 다음에 일어날 일이 두려웠다. 아무리 꿈이라고 해도 정말 10년 전처럼 그런 결과가 생기는 걸까? 그냥 지금 꿈에서 깨어나 드림워크의 손에 넘어가는 게 낫지 않을까? 아니면 어린 나로부터 도망칠까?

발을 빼기에는 이미 늦었다는 사실을 깨달았다. 어린 그녀가 그녀의 얼굴을 똑바로 쳐다보았다.

6

칼잠은 차 트렁크 그늘에 숨어 있었다. 새매를 쫓아 주차장에 몰래 따라 들어왔던 그는 똑같은 생김새의 두 여자가 나누는 대화를 들었다. 들었지만 그들의 대화에 어떤 의미가 담겨 있는지 알 수 없었다. 새매가 사라졌을 때도 어떤 종류의 일이 일어났는지 알 수 없었다.

조금 전 '또 다른 한 쌍'이 등장했을 때, 여기가 자신들을 쫓고 있는 에이전시 중 한 명의 꿈속이라고 생각하고 많이 놀라지는 않았다.

자신들을 알고 있다면 쿰을 형성하면서 그들을 꿈속의 인물로 등장시킬 수 있기 때문이다. 하지만 그런 종류의 일이 일어난 게 아닌 것 같았다. 꿈속의 등장인물이 아바타에게 무슨 짓을 한 것이다.

새매가 혹시 다른 꿈속으로 전이했나 싶었지만 '끌림' 즉 친화력이 전혀 작동하지 않았고, 그녀가 주위 사물에 녹아드는 전이의 흔적을 전혀 보이지 않았다.

혹시 꿈에서 깨어난 걸까?

이제 주차장의 희미한 조명 아래에 서 있는 사람은 머리 짧은 새매밖에 없었다. 칼잠은 멈칫멈칫 몸을 일으켜 머리 짧은 새매 쪽으로 몇 걸음 떼었다.

어떻게 된 일인지 묻고 싶었다.

하지만 자동차 앞에 앉아 있던 또 다른 칼잠이 몸을 일으키는 순간, 10년 전의 기억이 작동했다. 그렇고 보니 주차장도 눈에 익었다. 10년 전 또 다른 칼잠이 서 있는 곳에 자신이 서 있었다. 지금은 그 위치가 바뀌어 있었지만.

또 다른 칼잠은 총을 든 손을 부들부들 떨며 칼잠을 겨누었다. 칼잠은 상대의 얼굴에 떠오른 것이 공포란 것을 알았다. 자기 자신과 똑같은 얼굴을 보고 놀랐을 것이다. 겁에 질린 나머지 상대가 총을 쏠 거라는 사실을 알았지만 칼잠은 어떤 반응도 보일 수가 없었다. 그의 머릿속은 실타래처럼 엉기고, 그의 의식은 혼돈의 바다 속에 가라앉았다.

탕.

7

나다북이 한국 재래시장의 복잡한 구조에 대해 불만을 터뜨렸다. 은형사는 그의 말을 귓등으로 흘려들으며 머릿속 나침반을 사방으로 겨누었다.

5분 후.

"다른 꿈속으로 사라진 것 아니오?"

나다북이 물었다.

"친화력이 작동하지 않습니다."

은형사가 말했다.

8

햇살은 투명했다. 어젯밤에 내린 함박눈 때문에 눈길 닿는 곳이 모두 은빛이었다. 눈이 부시다 못해 은빛에는 보랏빛이 섞여 있었다.

은형사는 검은 선글라스를 착용했다.

칼잠과 새매가 들것에 실려 나가고 있었다. 꿈 사고로 그들의 아바타가 죽은 거라고 잠정적인 결론을 내렸지만 은형사는 그들의 죽음을 믿을 수가 없었다. 너무나 돌발적이고 허무한 죽음이었다.

시체 두 구가 의무용 차에 실렸다. 유리도 들것에 실려 나왔다. 아직도 의식을 회복하지 못한 모양이다. 잠에서 깨어나지 않았거나. 가슴에는 붕대가 감겨져 있었다. 총상으로 확인되었다.

은형사는 유리가 새매의 딸이란 사실밖에 말하지 않았지만 나다북은 횡재를 한 것처럼 기뻐했다.

"이것 좀 보십시오."

군인 복장을 한 대원 한 명이 뭔가를 내밀었다. 드림워크에서는 실력자들을 움직여 에이전시 말고 50명 정도 되는 용병을 지원해줬다. 용병의 3분의 1이 외국인이었지만 모두 헬멧을 쓰고 있기 때문에 용모를 파악하기 힘들었다. 용병대는 미 제8군 2보병사단 제1중여단 방역팀의 복장을 착용하고 있었고, 방역을 위해서 고양이 섬에 온 것처럼 사람들을 속였다.

"안방 벽 금고에 넣어져 있었습니다."

은형사가 비디오테이프를 받았다.

9

말소리가 들렸다. 나뭇가지에 앉아 있던 영호는 무거운 눈꺼풀을 밀어 올렸다. 나무 아래에 제복을 입은 군인 두 명이 서 있었다. 회전초는 더 이상 보이지 않았다.

10

은형사는 비디오 화면을 뚫어지게 쳐다보았다.

화면이 주차장을 보여주고 있었다.

주차장엔 네 사람이 등장했다.

칼잠 둘, 새매 둘.

11

은형사는 두 눈을 믿을 수가 없었다. 선글라스를 벗고 자리에서 일어났다. 지프를 운전하던 대원도 놀랐는지 급브레이크를 밟았다. 능수버들 길의 능수버들이 기괴하게 뒤틀린 채 묘목 수준으로 줄어들어 있었다. 그뿐만 아니었다. 전봇대가 넘어졌고, 전깃줄은 불꽃을 일으키며 타올랐다.

도로의 일부는 어디로 사라졌는지 맨땅을 드러냈고, 도로 곳곳이 속살을 드러내며 뒤집어졌다. 자동차 몇 대가 길가에 내팽개쳐져 있었다. 길가에 있는 건물 몇 채는 이곳저곳이 뜯겨져 나갔다. 이 순간에도 주위는 파괴되고 있었다.

"아이데카……"

은형사는 탄식을 토했다.

아이데카로 이루어진 것들이 파괴되고 있었다.

12

"더 이상 시간 환자가 생기지 않습니다. 여덟 명이 전부입니다.

그런데……."
 병원에 갔다 온 대원이 말꼬리를 흐렸다.
 "그런데?"
 은형사가 되물었다.
 "광수란 학생이 보이지 않습니다."
 "병원을 샅샅이 찾아봤습니까?"
 "네. 그 학생을 본 사람도 없다고 했습니다."
 "섬 전체를 수색해 주십시오. 반드시 찾아야 합니다."
 은형사는 그렇게 말하고 15층 아파트의 옥상으로 올라갔다. 옥상에서 소리마을 전체를 바라보았다. 아이데카가 건축자재로 들어가지 않는 건물은 말짱했지만 아이데카가 건축자재로 들어간 건물은 눈에 띄지 않게 조금씩 뒤틀리고 있었다. 거리의 몇몇 사람들도 비뚤어져 보였다. 소리마을에는 사람들의 시선이 많았다. 새매와 교감하고 있는 아이데카라고 해도 무너지려면 시간이 걸릴 모양이었다. 보통 건축물이 폐건물이 되는 데 걸리는 시간이 걸릴지도 모른다.

13

 수색대 1개조는 밤늦도록 오름산을 뒤졌다. 그러다 수색 대원 하나가 암벽에 서 있는 누군가를 발견했다.
 "누구냐?"

수색 대원이 플래시를 비췄다. 누군가는 환자복을 입고 있었다. 병실에서 사라진 시간 환자인가 보았다. 시간 환자가 제 가슴을 안은 채 팔짱을 끼고 서 있다가 팔짱을 풀었다. 움직임이 지극히 정상으로 보였다. 플래시를 얼굴에 비추니까 시간 환자가 씩 미소를 지었다. 그리고 휘청거리더니 그 자리에서 거짓말처럼 사라졌다. 당황한 수색 대원이 시간 환자가 서 있던 곳으로 뛰어갔다. 아무것도 없었다.

수색 대원은 암벽 아래를 내려다보았다. 어둠보다 깊은 바다가 넘실대고 있었다. 그가 고개를 갸웃하고 있을 때에 공중다리가 심하게 흔들렸다. 공중다리를 쳐다보았지만 공중다리에는 아무도 없었다.

14

고양이 섬은 출입이 통제된 상태였다. 오고 가는 배도 없었다. 지금은 발이 묶여 있지만 통제가 풀리면 이 섬을 벗어날 수 있을 것이다. 수색대는 그가 바다에 빠져 죽었을 거라고 판단할 것이다. 뭔가 미심쩍어서 그를 찾는다고 해도 눈에 띄지 않을 자신이 있었다. 꿈이 그의 편이듯 시간도 그의 편이었다. 꿈을 다루듯이 시간을 다룰 수 있었다.

유리가 보고 싶었다. 지독히도.
섬을 샅샅이 뒤졌지만 그녀는 보이지 않았다.

광수는 그리움을 달래며 황무지를 바라보았다.

황무지에서 민들레 홀씨처럼 뭔가가 날아오르고 있었다. 한둘이 아니었다. 중력을 비웃지 않을 생각이라면 저렇게 날아서는 안 되었다. 풍차의 날개 같았고, 바람개비 같았고, 코스모스 꽃잎 같았고, 물레방아 같았고, 헬기의 날개 같았다. 풍력발전기의 날개들이 허공을 수놓으며 날아오르고 있었다. 가벼움으로 자신의 장례를 치르는 허구의 날개들이 햇살에 부서져 투명한 빛을 뿌렸다.

제20장

고양이 제 꼬리 물기

꿈을 쿠다

바람.

햇살.

눈부셨다.

햇살이 바다에 잠겨들었다가 파도 끝에 매달렸다.

햇살이 시간에 익으면서 바다의 푸름은 빠져나가고 수면에 은빛 햇살이 넘쳐났다.

은빛 수평선에 걸린 고양이 섬.

나는 눈을 감았다. 바람을 타고 은빛 바다가 내 콧속으로 들어왔다.

"엄마!"

내 손을 잡는 손이 있었다. 눈을 떴다. 색깔들이 사방에서 튀어나왔다. 눈을 한 번 감았다가 뜬 행위만으로도 새로운 세계가 펼쳐졌다. 눈에 들어오는 것들이 너무 낯설었다.

나는 미소를 지으며 시선을 떨어뜨렸다.

나의 딸, 나의 유일한 현실.

딸아이가 내 손을 잡고 내 얼굴을 올려다보고 있었다. 태어난 지 얼마 되지 않았지만 벌써 저렇게 자라 있었다.

"저 이상하게 생긴 섬이 엄마가 말한 고양이 섬이야?"

유리가 물었다.

"그래."

허리를 숙이고 유리의 뺨을 살짝 꼬집었다.

"아파."

딸아이의 작은 손을 잡고 뱃머리에 서서 고양이 섬을 바라보았다. 고양이 섬이 머리에 이고 있는 하늘은 푸르렀다. 눈물이 나올 만큼 좋은 날씨였다.

"엄마, 그런데 유리에게는 아빠가 없어?"

"왜 없겠어?"

"어디에 있는데?"

"저 섬에서 기다리고 있으면 우리를 찾아올 거야."

"정말? 신난다."

유리가 내 주위를 돌면서 앙감질을 했다.

현서가 보고 싶었고, 기억을 잃어버린 그가 부러웠다. 그의 기억 상실은 이 세상을 견뎌내는 데 유용한 도구였다. 나는 현실을 감당하기 어려웠다. 아니, 꿈을 감당하기 어려웠다. 하지만 나는 미치지 않았다. 미쳤으면 좋겠다고 생각한 적이 한두 번이 아니었지만.

뇌에도 굳은살이 박이는가 보았다. 새로운 현실에 잘 적응하는 나를 보면 그랬다. 프레디의 무덤 너머에 있는 도시에서 1년을 보냈지만 나는 아직도 꿈에서 깨어나지 못했다. 내가 알고 있는 한 그랬다.

이 세상이 나에게는 허구에 불과했지만 사람들에게는 현실이었다. 죽을 때까지 나는 꿈에서 깨지 못할지도 모른다.

만약…… 의식하지 못하는 사이에 내가 꿈에서 깨어난 것이라면? 그래서 병원에서 탈출한 일련의 과정이 내 기억의 공백으로 남아 있는 것이라면 여기가 현실일 것이다. 지난 1년 동안 나는 여기가 현실이란 사실을 증명하기 위해 내 불쌍한 뇌를 혹사시켰다. 이성적인 것에는 그 증명을 기대할 수 없었고 내 상상력에 부탁해야 했다.

꿈이 질적 변화를 거쳐 현실이 된 거라고 상상했다. 물론 '깸'이라도 신체적인 행위 없이 꿈에서 현실로 도약한 것이다. 질적 변화의 매개는 1년 전 만났던 나와 닮은 그 여자일 것이다. 거울에 비친 내 눈동자를 바라봄으로써 프레디의 무덤으로 들어올 수 있었듯이 그 여자의 눈동자를 바라봄으로써 꿈이 현실로 이행된 것인지 모른다.

꿈에서 일어나는 일이 현실이며 현실에 일어나는 일이 꿈일 수 있는 걸까?

현실과 꿈 중에 하나를 선택하는 건 불가능했다. 하지만 내 이성은 여기가 꿈이란 걸 알고 있었다. 내 이성조차 꿈에 의지하고 있지만.

지난 1년 동안 잠이 들 때마다 쿰의 보늬로 들어가 프레디의 무덤을 건너 또 다른 세상으로 가고 싶은 충동을 느꼈다. 하지만 충동을 억눌렀다. 또 다른 세상에 더 끔찍한 현실이 기다리고 있을지 모른다.

모든 사람들이 이 세상을 현실로 믿었다. 내 의심을 포기하고 인류의 믿음에 적극적으로 가담한 것은 내 뱃속에 유리가 생기고 난 이후부터였다. 유리를 위해서라도 예쁜 현실을 선물해 주고 싶었다. 내 사랑하는 딸아이에게 현실을 줘야지 악몽을 줄 수는 없지 않는가.

하지만…… 하지만…… 딸아이의 존재마저 꿈에 빚지고 있는지 모른다. 유리가 아이데카 종족이란 뜻이다. 프레디의 무덤에서 현서와 함께 꾸었던 정사의 꿈은 단지 내 상상 속에서 일어난 일인지 모른다. 어쩌면 나 자신을 속이기 위해서 내게 그런 상징적인 사건이 필요하지 않았을까.

내가 눈을 깜빡일 때마다 꿈과 현실이 번갈아 펼쳐지는지 모른다. 눈을 뜨면 현실, 눈을 감으면 꿈. 그 반대일 수도 있다. 꿈과 현실이 논리를 배제하고 매순간 서로에게 시적(詩的)인 도약을 허용한다.

나는 고양이 섬을 쳐다보았다. 어딘가 모르게 눈에 익었고, 마음이 끌렸다. 이유 없이 명치 부근이 저려왔다.

감미로운 뱃고동 소리. 우리가 살게 될 저 섬이 좋아질 것 같았다.

소금기를 실은 바닷바람이 내 눈을 찔렀다. 두 눈이 시큰했다.

"엄마, 우는 거야?"

「쿰을 쿠다」 끝